Fazendo meu filme
LADO • B

CB020042

PAULA PIMENTA

Fazendo meu filme

LADO · B

8ª reimpressão

Copyright © 2019 Paula Pimenta

Todos os direitos reservados pela Editora Gutenberg. Nenhuma parte desta publicação poderá ser reproduzida, seja por meios mecânicos, eletrônicos, seja via cópia xerográfica, sem a autorização prévia da Editora.

EDITORAS RESPONSÁVEIS
Rejane Dias
Cecília Martins

EDITORA ASSISTENTE
Carol Christo

PROJETO GRÁFICO DE MIOLO
Patrícia De Michelis

DIAGRAMAÇÃO
Larissa Carvalho Mazzoni
Waldênia Alvarenga

PREPARAÇÃO E REVISÃO
Bruni Emanuele Fernandes
Carol Christo
Cecília Martins
Julia Sousa

CAPA
PROJETO GRÁFICO: *Diogo Droschi*
FOTOGRAFIAS: *Marcio Rodrigues / Lumini Fotografia*
DIREÇÃO DE ARTE E CENOGRAFIA DA FOTOGRAFIA: *Rick Cavalcante*
MODELO: *Vinícius Costa*

Dados Internacionais de Catalogação na Publicação (CIP)
Câmara Brasileira do Livro, SP, Brasil

Pimenta, Paula
    Fazendo meu filme : lado B / Paula Pimenta. – 1 ed.; 8. reimp. – Belo Horizonte: Editora Gutenberg, 2024.

    ISBN 978-85-8235-617-3

    1. Ficção brasileira 2. Literatura juvenil I. Título.

19-30648   CDD-B869.3

Índices para catálogo sistemático:
1. Ficção : Literatura brasileira B869.3

Maria Alice Ferreira - Bibliotecária - CRB-8/7964

A **GUTENBERG** É UMA EDITORA DO **GRUPO AUTÊNTICA**

São Paulo
Av. Paulista, 2.073 . Conjunto Nacional
Horsa I . Salas 404-406 . Bela Vista
01311-940 . São Paulo . SP
Tel.: (55 11) 3034 4468

Belo Horizonte
Rua Carlos Turner, 420
Silveira . 31140-520
Belo Horizonte . MG
Tel.: (55 31) 3465 4500

www.editoragutenberg.com.br
SAC: atendimentoleitor@grupoautentica.com.br

Para a Mabel.
Que tomou conta de todos os lados da minha vida... ♥

Agradecimentos

Muito obrigada...

À Aninha, à Elisa e à minha mãe, por terem lido capítulo por capítulo em tempo recorde e me passarem suas impressões (e gritos de raiva e alegria) sobre cada um deles. Agora precisamos de uma apothic night pra comemorar!

Ao Kiko, por mais uma vez ter escutado a história em voz alta, por todo apoio, toda torcida e pelo companheirismo. Teria sido (ainda mais) difícil sem você...

Aos meus leitores, por ainda hoje, sete anos após o final da série Fazendo meu Filme, terem todo esse amor pelo Leo e pela Fani... Espero que dê pra matar a saudade!

Ao pessoal da editora, por toda a paciência e pelo carinho de sempre.

À Mabel, por ter entendido que a mamãe precisava escrever e ter colaborado ficando quietinha na maioria dos dias (e das noites). Prometo que agora vamos recuperar o tempo perdido!

Para ver cenas dos filmes e ouvir
as músicas dos CDs, visite:

www.fazendomeufilme.com.br

Amor é paixão, obsessão por alguém que você não consiga viver sem. Encontre essa pessoa que você possa amar loucamente e que corresponda a esse amor. Como vai encontrá-la? Esqueça a razão e escute seu coração. A verdade é que sem isso a vida não tem sentido. Terminar a longa jornada sem ter amado... seria como não ter vivido.

(Encontro marcado)

Prólogo

Uma vez me perguntaram por que eu era tão obcecado por *ela*.

Confesso que não soube responder... Precisava de uma razão? Não podia ser apenas o fato de ela existir?

Porém, quando cheguei ao meu quarto e me deparei com minha coleção de discos de vinil, entendi tudo.

Esses discos têm dois lados. O lado A é onde ficam aquelas músicas mais comerciais, de melodia fácil, que todo mundo gosta. Mas é no lado B que mora o tesouro dos verdadeiros fãs. Lá se escondem aquelas músicas menos tocadas, às quais os artistas se dedicaram por mais tempo, que podem até não ser populares, mas têm muito mais conteúdo. Depois de um tempo, as músicas do lado A acabam enjoando, elas grudam, a gente cansa. Já as do lado B... Ah, essas a gente quer levar pro resto da vida. É como se fosse um segredo nosso, aquela melodia que apenas a gente conhece...

A Fani é o meu lado B.

1

Elaine Miller: Na opinião de Carl Jung, todos nós temos intuição, sexto sentido. Quando você conhece uma pessoa e de repente sente que não pode viver sem ela, essa pode ser a lembrança de um amor do inconsciente coletivo... Ou podem ser apenas os hormônios.

(Quase famosos)

"Leo, acorda! Você já matou os dois primeiros dias de aula, hoje você vai de qualquer jeito!"

Abri os olhos com relutância e no mesmo instante os fechei novamente, sentindo um raio de sol me cegar. Não bastava me acordar aos gritos, minha mãe precisava também ter aberto a janela? Acordar o filho desse jeito deveria ser enquadrado como tortura!

Puxei o edredom por cima da cabeça e fiquei mentalizando estar em uma caverna bem escura e silenciosa, longe de tudo, especialmente de mães pouco compreensivas. Eu já tinha explicado para ela, eu havia dito tantas vezes que até perdi a conta! Não acontece *nada* na escola na primeira semana de aula! Os alunos ficam lá apenas colocando o assunto em dia, contando o que cada um fez nas férias, enquanto os professores fingem que são bravos para tentar causar uma "boa primeira impressão", mas no fundo eles próprios estão bem revoltados pelas férias terem terminado e acabam deixando a turma fazer o que quiser. Apenas na segunda semana é que as aulas realmente começam, quando todo mundo já se conformou e a rotina toma conta.

Eu estava pensando nisso e já meio que voltando para o sonho perfeito que estava tendo antes da minha mãe me acordar, quando senti o edredom sendo puxado com força. Não apenas da minha cabeça, mas da minha cama inteira. Aliás, não só ele, mas o lençol também. Eu havia dormido com o ar-condicionado ligado, então meu quarto estava gelado, o que me fez tremer imediatamente.

"Leonardo, eu não estou brincando. Não me faça chamar o seu pai..."

"Já estou de pé!", falei bravo.

Eu não tinha medo do meu pai, ele no máximo me daria uma bronca. Mas com aquela gritaria toda a minha cama tinha até perdido a graça. O melhor era ir logo para a aula e dormir em cima dos cadernos.

Entrei depressa no chuveiro e estava começando a me ensaboar quando tive uma ideia... Se eu demorasse no banho, chegaria atrasado à escola e não conseguiria entrar, pois havia apenas dez minutos de tolerância depois que o sinal batia, quem chegasse e se deparasse com o portão fechado podia voltar pra casa. A diretora não abria nenhuma exceção.

Sendo assim, comecei a fazer hora. Passei xampu três vezes no cabelo, fiquei brincando de escrever palavras aleatórias no vapor do box, cantarolei algumas músicas testando a acústica... Minha mãe nem poderia reclamar, afinal, eu iria até a escola, como ela exigiu. Só que ela teria que aceitar quando eu voltasse meia hora depois contando que *infelizmente* não tinha conseguido chegar a tempo.

Saí do banho, vesti meu uniforme calmamente e dei uma olhada no relógio. Seis e quarenta e cinco. Perfeito! O sinal batia às sete, o ônibus até o colégio demorava vinte minutos, então, se eu saísse naquele instante, chegaria lá faltando apenas cinco minutos para fecharem o portão. E é claro que eu não sairia tão imediatamente assim, eu ainda tinha que tomar café da manhã... Não era a minha mãe mesmo que vivia dizendo que eu não podia ir para a aula sem comer nada, pois estava em fase de crescimento? Dessa vez ela ficaria satisfeita, eu estava morrendo de fome!

Cheguei à cozinha sorridente, mas fechei a cara ao notar que não tinha nada na mesa. Minha mãe fazia questão de enchê-la todos os dias com pães, frutas, iogurte, leite, bolo... Tudo para que, segundo ela, eu e meus irmãos crescêssemos fortes e saudáveis. Mas exatamente naquele dia... Nada!

"Ah, você está aí!"

Me virei depressa ao ouvir a voz do meu pai. O que estava acontecendo naquela casa? Primeiro o café da manhã e agora o meu pai. Eu nunca o via de manhã! Geralmente, quando eu saía para a escola, ele nem acordado estava ainda, já que tinha que estar na empresa apenas às nove horas!

"Que cara é essa?", ele perguntou. "Vou te levar à escola hoje. Sua mãe chegou no quarto bufando, dizendo que só um guindaste pra te tirar da cama, que ela está há três dias tentando fazer você ir pra aula... Que história é essa, Leo? Acha que eu colho o dinheiro da mensalidade em alguma árvore?"

Fiquei sem graça olhando para ele, comecei a balbuciar a minha explicação de sempre, que nos primeiros dias de aula nunca tem nada, mas ele me cortou: "Sem desculpas, não te criei para se tornar um preguiçoso! Pegue uma maçã na geladeira e vamos logo. Você já está atrasado, vou te levar de carro para não correr o risco de não conseguir entrar".

Em seguida ele foi andando em direção à porta, eu tratei de pegar minha mochila – que estava largada em um canto do meu quarto desde o fim das aulas do ano anterior – e o segui, antes que eu levasse mais uma bronca.

Não adiantou. Durante todo o percurso tive que ouvir o maior sermão sobre os encargos da vida e o fato de eu já ser "adulto" o suficiente para cumprir as minhas obrigações sem precisar de que ele e a minha mãe ficassem me cobrando o tempo todo. Além disso, avisou que a partir da semana seguinte eu faria estágio todas as tardes na empresa dele, para aprender a lidar com as responsabilidades. Essa não!

Senti o maior alívio ao ver o colégio se aproximando. Agradeci ao meu pai e desci correndo, antes que ele dissesse mais alguma coisa.

Logo vi que o sinal tinha acabado de bater. A maioria dos alunos caminhava vagarosamente em direção ao portão conversando entre si, mas eu não estava a fim de papo com ninguém. Eu ainda não tinha comido nada e o mau humor que me acometia sempre que minha barriga começava a roncar já estava aparecendo. Por isso, antes mesmo de olhar no mural da portaria a sala em que eu estudaria naquele ano, corri para a cantina. Eu não gostava da comida de lá, mas, naquele momento, um pão de queijo frio e borrachento me parecia um verdadeiro banquete.

Só então fui procurar meu nome na lista de alunos do 2º ano, para ver o número da minha nova sala. Eu estava começando a ler, quando ouvi o meu nome.

"Leonardo, você está com alguma dúvida? Posso ajudar?"

Olhei para o lado e vi a secretária da diretora. Por algum motivo ela simpatizava comigo, já tinha me livrado de algumas encrencas.

"Obrigado, Nádia!", falei com um sorriso. "Estou só vendo qual é a minha nova sala..."

Ela olhou para trás e falou meio sussurrando: "Você está no 2º ano B, sala 320. É melhor subir depressa, a diretora Clarice está indo para uma reunião externa e vai ter que passar por aqui... O humor dela não está dos melhores hoje".

Ela não precisou falar duas vezes. Eu não estava a fim de levar uma bronca já no meu primeiro dia. A diretora não ia com a minha cara desde o jardim de infância e não perdia uma chance de me repreender...

Subi as escadas correndo. Eu já tinha sacado que realmente teria que enfrentar o início das aulas.

Cheguei ao 3º andar, onde ficava o ensino médio, e fui andando lentamente pelo corredor, olhando para dentro das salas que estavam com a porta aberta enquanto tentava encontrar a minha. Em uma das primeiras pela qual passei, avistei a Natália, ela costumava se sentar na frente. Olhei para o fundo e vi todos os meus colegas. Era ali.

Uma professora que eu não conhecia estava dando aula, então apenas pedi licença e fui direto para o fundo, onde eu tinha avistado o Rodrigo e a Priscila. Porém, ao olhar em volta, não encontrei nenhum lugar vago, estavam todos ocupados!

"Posso te ajudar, rapazinho?", a professora desconhecida, que pelos rabiscos no quadro parecia ensinar Matemática, perguntou.

"Hum", falei, ainda olhando para os lados. "Acho que está faltando uma cadeira, não tem lugar para eu sentar."

"Você é dessa sala?", ela perguntou com as sobrancelhas franzidas. "Acabei de fazer a chamada, todos os alunos estão presentes..."

"Sou dessa turma, sim!", afirmei.

"Qual é o seu nome?", a professora perguntou, indo em direção à mesa e já pegando a lista.

"Leonardo Santiago", respondi rápido.

De repente, fui atraído pelo olhar do Rodrigo, que estava com uma expressão muito estranha. Ele fez sinal para que eu chegasse mais perto.

"Leo, você trocou comigo, esqueceu?", ele sussurrou. "Você agora é da outra sala!"

Subitamente, minha memória resolveu funcionar. O Rodrigo havia me ligado dois dias antes, praticamente de madrugada, implorando para que eu trocasse de classe com ele, por causa de alguma confusão que a Priscila tinha arrumado. Na hora eu acabei dizendo que sim, apenas para voltar logo para os meus sonhos. Mas agora, ao ver todos os meus antigos colegas, uma ponta de arrependimento começava a aparecer. Eu me sentia em casa ali. E como ia saber quem eram os mais nerds da nova sala, para sentar perto e poder colar?

"Seu nome não está aqui", a professora falou me olhando novamente. "Tem certeza de que nos dias anteriores você ficou nessa sala?"

"Eu não vim nos dois primeiros dias", falei já me direcionando para a porta. "Mas nos *anos* anteriores estudei com essa turma, então pensei que continuaria na mesma sala, devo estar na outra."

Aquela professora e o resto dos alunos não precisavam saber do meu combinado com o Rodrigo.

"O melhor é você ir até a secretaria e conferir", ela falou meio impaciente. "Senão vai acabar interrompendo outra aula. Alunos que *gostam* de estudar, que vêm desde o primeiro dia, podem se sentir prejudicados..."

Assenti dando um sorrisinho, já sabendo que, por causa desse incidente, aquela professora, que provavelmente também dava aula para a outra turma, ia pegar no meu pé pelo resto do ano.

Lancei um último olhar para a minha ex-sala. Notei que o Rodrigo e a Priscila estavam de mãos dadas, me olhando agradecidos. Aqueles dois eram minha meta de relacionamento, eu não entendia como eles podiam estar juntos há anos e ainda serem tão apaixonados um pelo outro... No fundo, eu sabia que havia feito bem em ter trocado com o Rô. Eles realmente não mereciam ficar separados.

Saí de lá e resolvi conferir os números das salas dessa vez. A secretária havia dito que eu estava na 320... Se tivesse prestado atenção de cara, não teria entrado no lugar errado. Olhei para o outro lado do corredor e logo avistei aquele número em cima de uma porta, que estava fechada. Espiei pela fechadura e vi que quem estava dando aula era a irmã Imaculada. Ufa! Ela me adorava, certamente não ia reclamar do meu atraso. Preparei o meu melhor sorriso e abri a porta.

"Dá licença, irmã! Posso entrar? Desculpa por ter chegado tarde..."

Ela nem parou de explicar a matéria, apenas fez sinal para que eu entrasse, o que eu fiz depressa. Fui olhando em volta, novamente tentando achar algum lugar vago. Logo vi que estudar ali não seria tão mal assim. Avistei vários rostos conhecidos, algumas pessoas até acenaram para mim. E então notei que o Alan, um cara que eu sempre encontrava nas baladas, tinha tirado a mochila de uma cadeira para que eu me sentasse ao seu lado.

"E aí, Leozão!", ele falou assim que me aproximei. "Veio pro lado bom da Força?" Eu me sentei, e ele continuou a falar, em um tom mais baixo: "Essa sala é muito melhor, cheia de gatas! Olha a Vanessinha ali na frente...".

Me virei para onde ele estava apontando. Eu sabia quem era a Vanessa, a garota mais bonita da escola inteira, mas também a mais convencida. Ela conhecia muito bem o poder que tinha... Porém, no meio do caminho, meu olhar foi atraído para outra menina. Ela estava bem concentrada nas palavras da irmã Imaculada enquanto mordiscava a ponta de um lápis. Tinha um cabelo superliso e castanho, e a pele mais branca que a da Branca de Neve. Mas não era pálida. Suas bochechas eram rosadas, e os lábios tão vermelhos que parecia que ela estava de batom. Mas eu sabia que aquele era o tom natural da boca dela... porque subitamente me lembrei que eu já a conhecia.

"Aquela menina é novata?", perguntei pro Alan, sem tirar os olhos dela. "Não me lembro de tê-la visto na escola antes..."

Eu certamente me lembraria.

O Alan se virou para onde eu estava olhando e assentiu. "Novata. Bonitinha, mas muito esquisita... Fui cumprimentá-la outro dia e ela ficou toda vermelha, olhando pro chão..."

Esquisito seria se ela não ficasse envergonhada com o jeito que o Alan costumava falar com as meninas, sempre com algum elogio constrangedor. E pelo visto ela ainda era tímida...

Passei o resto daquela aula observando a tal garota. Ela era bem quietinha, apenas em um momento vi que respondeu algo que a Gabriela – uma colega que eu já conhecia – perguntou. Por isso, assim que o sinal bateu e vi que as duas continuavam conversando, me aproximei.

"Não vai me apresentar à sua nova amiga, não, Gabi?", perguntei.

"Como se você não fosse se apresentar de qualquer jeito...", a Gabi respondeu. "Essa é a Estefânia. Estefânia, esse é o Leo".

Estefânia? Que nome diferente era aquele?

"É um nome meio comprido", falei, achando que ele não tinha nada a ver com ela. "Aposto que você tem algum apelido!"

"Fani!", ela respondeu sorridente, e na mesma hora entendi que era assim que gostava de ser chamada.

Devolvi o sorriso dizendo: "Ah, combina bem mais com você! Muito prazer, Fani!".

Ela sorriu ainda mais, e aí a Gabi perguntou: "Por que você não me disse que tinha apelido, Estefânia? Quero dizer... Fani!".

Ela apenas balançou os ombros e olhou para baixo. Realmente era muito tímida...

"Então tá, Fani, seja bem-vinda!", falei já voltando para o meu lugar. Eu sabia como funcionavam as garotas tímidas, a gente tinha que ir devagar...

"Obrigada", ela disse sorrindo outra vez, e naquela hora percebi que estava encrencado. Eu faria de tudo só para ter a chance de ver aquele sorriso novamente...

2

Jack: Pode ser que eu esteja apaixonado por outra mulher.
Miles Raymond: Apaixonado? Sério?

(Sideways)

"Leo, muito obrigado mais uma vez! E desculpe por você ter passado por aquela situação no começo da aula hoje. Eu deveria ter te ligado pra lembrar que nós trocamos de sala, mas imaginei que você fosse faltar a semana inteira!"

"Relaxa, Rodrigo", tranquilizei o meu amigo. "Não foi tão ruim assim, a outra sala também é legal."

"Legal, é?", ele disse olhando para alguém atrás de mim e em seguida continuou a falar mais baixo. "Pelo visto você realmente não se importou muito de ter mudado... É impressão minha ou isso tem a ver com a novata?"

Eu estava louco para comentar sobre aquilo com alguém, então chamei o Rodrigo mais para o canto e, assim que saímos da vista das meninas, expliquei: "Você não vai acreditar! Eu procuro essa garota há tempos! Eu a vi anos atrás, naquela festa junina em que você e a Pri começaram a namorar, e nunca a tirei da cabeça! Na época lembro que até perguntei pra Priscila, mas ela ficou me zoando, aí deixei pra lá. Nem acreditei quando a encontrei na aula hoje. Mas, pelo pouco que conversamos, da sala até aqui, parece que ela é bem introvertida, do tipo caseira, não curte balada...".

"Que bom, Leo!", o Rodrigo disse rindo. "Quem sabe ela consegue te segurar e você para de fazer sua casa de hotel? Não sei se te contaram, mas tem mais coisas pra fazer lá além de dormir e tomar banho! E por falar em segurar, como vai a Carol? A sua namorada, lembra dela?"

Fechei a cara no mesmo instante. Claro que me lembrava da Carol. Eu a havia encontrado no dia anterior. E no outro dia também. E também no outro. Éramos vizinhos e nos víamos o tempo todo. E talvez por isso o namoro estivesse tão sem graça, sem emoção. Éramos praticamente amigos que se beijavam... Na verdade, sempre fomos amigos. Crescemos juntos, havia muitas crianças no nosso prédio e vivíamos indo para o playground, primeiro para brincar, depois para conversar... E a Carol estava sempre lá. Um dia, acabamos nos beijando, acho que por carência das duas partes. Mas nossos amigos não perdoaram. Começaram a gritar: "Tão namorando! Tão namorando!". Ela não negou, nem eu, e acabamos realmente virando namorados.

Porém agora, três meses e meio depois, aquela situação estava me cansando. Eu gostava da Carol, claro, ela era bem bonitinha, muito gente boa... Mas eu certamente não sentia por ela aquilo que o Rodrigo dizia sentir pela Priscila. Ela não acelerava meu coração. Nem me dava frio na barriga...

E de repente me toquei. Desde que eu entrara na sala 320 naquela manhã, meu estômago estava gelado. E aquela euforia que eu estava sentindo certamente não existia no meu peito no dia anterior.

Olhei para o lado e vi que a Fani continuava conversando com as outras meninas. Talvez, atraída pelo meu olhar, ela virou um pouco a cabeça na minha direção e, ao me ver, acenou. Meu coração disparou no mesmo instante.

"Terra chamando Leo!"

"Oi?", me forcei a olhar para o Rodrigo, que se virou para trás, para entender em que eu estava tão interessado. Ao ver que não era em *que*, e sim em *quem*, ele balançou a cabeça de um lado para o outro, rindo, e em seguida foi em direção à Priscila. Eu o puxei a tempo.

"Não vai comentar nada disso com a Pri, vai?", sussurrei. Eu sabia que, se ela tivesse aquela informação, já era, a Fani saberia no segundo seguinte! A namorada do meu amigo era a pior pessoa do mundo para guardar segredos...

"Relaxa, Leo!", ele sussurrou de volta, rindo ainda mais. "Caramba, nunca te vi assim! O que foi isso, amor à primeira vista?"

"Não é à primeira vista, já tinha gostado dela na festa junina, te contei, lembra?"

"Não é à primeira vista, mas é *amor*?", o Rodrigo perguntou admirado.

Nesse momento a Priscila se aproximou, provavelmente curiosa para saber o que nós dois estávamos sussurrando. Lancei um olhar mortal para o Rodrigo, torcendo para ele captar que, se soltasse uma palavra daquele assunto para a namorada, nossa amizade estaria seriamente abalada. Ele a abraçou ainda sorrindo e começou a falar alguma coisa sobre o cachorro dele, o que fez com que a curiosidade dela sobre o nosso assunto se dissipasse. Aproveitei para ir lanchar, o sinal já ia bater e eu ainda não tinha comido nada.

O resto da aula passou mais rápido do que eu gostaria. Para ter assunto com a Fani, perguntei se ela tinha a matéria dos dois dias anteriores, e ela prontamente me emprestou os cadernos. Fiquei surpreso ao ver que já tinha bastante coisa e comecei a copiar, para que ela não sacasse que aquilo era só uma desculpa. E não pude deixar de notar o quanto ela era caprichosa, organizada e como sua letra era bonita...

Só parei de pensar nela quando cheguei em casa. Assim que entrei, minha mãe veio dizer que tinha encontrado com a Carol e os pais na portaria e perguntou se eu sabia que era o aniversário dela. Bati na testa, eu havia me esquecido completamente! Eu estava mesmo pensando em terminar, mas ainda assim precisava dar um presente para a menina... Eu até podia não querer mais que ela fosse minha namorada, mas certamente gostaria que continuasse minha amiga.

"Que horas meu pai chega pra almoçar?", perguntei depressa. "Queria o carro dele emprestado pra comprar um presente. Vou e volto rapidinho."

Minha mãe me olhou meio brava.

"Já te falei que não quero que você dirija! Você não tem carteira e não vai ter por pelo menos mais dois anos e meio! Te levo até o shopping depois do almoço."

Bufei, impaciente. Eu sabia dirigir desde os doze anos, quando meu pai resolveu dar aulas de direção para o meu irmão mais velho. Prestei tanta atenção nos ensinamentos que aprendi antes do Luiz Cláudio. Por isso, meu pai tinha plena confiança em mim, sempre dizia que eu dirigia melhor do que muita gente. Eu só tinha a lamentar que apenas aos dezoito poderia tirar carteira... Por causa desse mero "detalhe", minha mãe implicava a cada vez que meu pai me deixava pegar o carro. Como agora.

"Vou de ônibus então", respondi. Não queria que ela fosse comigo... Ia ficar dando palpites sobre o que dar para a Carol, e eu teria que ficar ouvindo, já sabendo que ela só escolheria presentes românticos. Eu não tinha a menor intenção de dar flores ou bombons... Ia comprar alguma coisa básica, tipo um livro ou um CD.

"Eu tenho que sair mesmo", ela respondeu. "Amanhã é aniversário da sua tia, também preciso comprar um presente pra ela. E depois tenho que passar no supermercado..."

"Você não quer comprar pra mim então?", perguntei depressa, mudando totalmente de ideia. Eu preferia mil vezes que ela comprasse o que quisesse para a Carol a ter que enfrentar horas de shopping, como pelo visto eram os planos dela. E para não ter o risco de ela recusar, completei: "Tenho dever de casa, já passaram muita matéria!".

Ela me olhou surpresa, mas em seguida fez uma expressão de sabichona e disse: "Eu sabia! Te falei que dessa vez seus professores iam começar a cobrar logo no começo. Afinal, no fim do ano que vem você já faz vestibular! Não devia ter te deixado faltar os dois primeiros dias!"

"É, era melhor eu ter ido...", concordei, embora por outra razão.

Minha mãe me olhou com ar de aprovação, provavelmente pensando que eu tinha ficado subitamente responsável, e falou que eu não precisava me preocupar, pois ela escolheria um lindo presente para a minha namorada.

Fui para o meu quarto, larguei a mochila no chão, liguei o som, deitei na cama e deixei a música me envolver. Quando dei por mim, estava sorrindo. Eu realmente não deveria ter faltado, mas agora só restava aguardar o dia seguinte, que eu esperava que chegasse logo.

Eu nunca tinha ficado tão ansioso para ir à escola...

3

Thomas Leroy: A única pessoa bloqueando seu caminho é você mesmo.

(Cisne negro)

"Leo, tá dormindo de olho aberto?"

Me virei para o lado e vi o Alan me olhando com uma expressão estranha.

"Não estou dormindo!", respondi impaciente, apesar de estar morrendo de sono. Eu não vinha dormindo bem já fazia mais de uma semana, desde o final das férias.

"Parece que está! Estou falando há horas e você não responde!"

Olhei para o relógio. A aula tinha começado havia apenas dez minutos.

"Estou prestando atenção na explicação", apontei para o professor de Química, que estava escrevendo alguma coisa no quadro.

Ele ignorou minha observação e continuou a falar, como se estivéssemos no pátio.

"Eu estava perguntando se você anima passar o Carnaval em Diamantina! Meu irmão alugou uma casa, ainda tem dois lugares disponíveis. Ele falou que foi pra lá no ano passado e que só tinha mulher linda! Pensei em chamar você e aquele seu amigo da outra sala, o Rodrigo."

Claro que minha mãe não ia me deixar viajar sozinho em pleno Carnaval... No máximo permitiria que eu fosse para o Rio de Janeiro, assim a minha tia poderia me vigiar.

Mas eu não ia contar isso para o Alan.

"O Rodrigo não passa nenhum Carnaval longe da Priscila", respondi. E, meio desanimado, continuei: "E eu também tenho namorada".

Ele franziu as sobrancelhas, pensou um pouco e falou: "Tem? Mas você vive na balada! E com essa cara de enterro, acho que o namoro daqui a pouco vai pra cova!".

Revirei os olhos e voltei a olhar para a frente. Eu não estava com o menor saco para aquele assunto. Pensei que o Alan também tivesse se cansado e resolvido me deixar em paz, mas assim que o sinal bateu e eu saí para beber água, ele veio atrás.

"Mas e então, Leo, topa?", ele perguntou me alcançando.

Nesse momento o Rodrigo saiu da sala em frente e se aproximou.

"Ah, que ótimo te encontrar, Rodrigo!", o Alan falou antes que eu pudesse responder. "Eu chamei vocês dois pra passar o Carnaval em Diamantina, esquema imperdível! Casa alugada com churrasqueira, piscina e um monte de amigas do meu irmão!"

O Rodrigo olhou pra trás e só então disse: "Adoraria, mas se eu for pra um 'esquema imperdível' desses, perco é a minha namorada! A Priscila nunca iria aceitar que eu fosse sozinho. E acho que não é bem sua proposta ir junto com ela...".

"É óbvio que não!", o Alan falou com cara de nojo. "Que desperdício de vida vocês dois namorando! Tem que curtir enquanto é tempo! Sua namorada também te proíbe de viajar sem ela, Leo?"

"Não resolveu o caso ainda?", o Rodrigo me perguntou antes que eu respondesse.

Virei a cabeça levemente de um lado para o outro – eu não queria que o Alan ficasse por dentro daquele assunto. E já emendei outra conversa, para despistar: "Meu irmão disse que a professora de Português repete as mesmas provas todos os anos... Ele ainda tem guardadas as de quando estudava aqui, alguém quer xerocar?".

"Espera, de que caso ele está falando?", o Alan segurou meu ombro, ignorando minha tentativa de distraí-lo.

O sinal bateu nesse momento, o Rodrigo foi para a sala dele e eu aproveitei para fazer o mesmo, dizendo pro Alan que depois a gente conversava.

Vi que a Fani e a Gabi estavam em pé, no corredor da sala, e me aproximei das duas.

"E aí, meninas? Planos pro fim de semana?"

A Fani só me cumprimentou, mas a Gabi respondeu depressa: "Estou aqui exatamente tentando convencer a Fani a dar uma saída, mas ela só quer ir ao cinema! Nunca vi ninguém gostar tanto assim de filmes!".

"Sério?", perguntei interessado. Aquela informação poderia ser útil. "Eu também adoro. Qual o seu estilo preferido?"

"Ah, todos...", ela falou com um sorriso tímido.

"Vamos combinar de ir ao cinema juntos algum dia!", eu não podia perder aquela oportunidade de encontrá-la fora da escola. Notei que ela arregalou os olhos meio assustada, então completei: "Todos nós. Eu, você, a Gabi...". Vi que o Alan continuava por perto e acrescentei. "O Alan também! E podemos chamar a Natália, o Rodrigo e a Priscila da outra sala, acho que eles também adoram cinema! Quem não gosta, né?"

Ela sorriu e assentiu alegremente com a cabeça.

"E a sua namorada, não vai chamar também?", o Alan, que pelo visto estava prestando mais atenção do que eu imaginava, perguntou.

Notei um ar de surpresa no rosto das meninas e respondi depressa: "Ah, hum, claro, quer dizer, acho que é mais legal só o pessoal da escola, ela ficaria meio deslocada, né... Mas depois a gente combina!".

Disse isso e empurrei o Alan para o fundo da sala, onde nos sentávamos.

"Poxa, Alan. Precisa espalhar pro mundo inteiro que eu tenho namorada?", sussurrei assim que percebi que as meninas já tinham se sentado e estavam olhando para a frente.

"Ué, o que é que tem?", ele deu de ombros. "Não é por causa dela que você não vai passar o Carnaval comigo? Imaginei que ela não ia gostar de você ir ao cinema com as amigas... E, por falar nisso, sobre o que você e o Rodrigo estavam falando lá fora? O que foi que você não resolveu?"

Por sorte a professora entrou naquele momento e pediu silêncio. Eu realmente não queria colocar o Alan a par da minha vida amorosa, ele não ia entender e dificilmente poderia me ajudar.

O fato é que eu vinha tentando terminar com a Carol havia dias e simplesmente não conseguia. Primeiro por causa do aniversário dela. Bem que eu queria apagar aquele dia da minha memória, mas ele não saía da minha cabeça...

Tudo começou quando eu liguei para dar os parabéns e a Carol me avisou que, para comemorar, faria um lanche à noite, apenas para a família, as amigas mais próximas e eu, claro... Mesmo sem vontade, eu fui e levei a sacolinha que minha mãe havia me entregado. Ela tinha dito que era uma bijuteria simples, mas de muito bom gosto. Apenas quando a Carol abriu, na frente de todo mundo, é que eu vi que aquele anel poderia até ser simples, mas continha um grande significado.

"Um anel de compromisso!", a melhor amiga dela praticamente gritou assim que viu, já pegando da mão da Carol e fazendo com que ela experimentasse. "Nossa, Leo, você subiu no meu conceito agora! Pensei que só quisesse passar o tempo com a minha amiga, mas pelo jeito suas intenções são sérias!"

"Quero ver", a mãe dela falou antes que eu pudesse comentar alguma coisa, já se abaixando para olhar bem de perto o anel. Vi que a expressão dela, que normalmente era meio séria, suavizou, e até um sorriso apareceu quando se virou para mim. "Que bonitinho, Leo!", ela disse abraçando a filha. "Que bom saber que você é um garoto à moda antiga. Pensei que ia dar algum presente sem personalidade, como fazem os meninos de hoje em dia! Não imaginei que daria mais que um CD ou um livro!"

Ops...

"Obrigada, Leo", a Carol finalmente falou, meio sem graça, mas visivelmente feliz. "Eu adorei."

Respirei fundo. Nesse momento vi que terminar com ela seria mais complicado do que eu tinha imaginado. Eu não queria partir o coração de ninguém...

E por esse motivo eu continuava assim, comprometido com uma garota, mas sem parar de pensar em outra!

Olhei para o lado e vi que o Alan estava conversando com duas colegas nossas, com aquele ar de conquistador de sempre. As meninas pareciam estar adorando ser paparicadas por ele... Quando viu que eu estava prestando atenção, ele escreveu algo em um papel, dobrou e atirou em minha direção. Peguei e abri, curioso.

Por que se prender a uma só, se você pode ter várias?

Revirei os olhos, coloquei o bilhete de lado e me virei para a frente, para ver se a aula me distraía dos problemas. Eu não queria ter várias. Eu desejava apenas uma. O único problema é que não era com ela que eu estava no momento...

4

> Christopher: A felicidade só é verdadeira quando compartilhada.
>
> (Na natureza selvagem)

De: Natália <natnatalia@mail.com>
Para: Vários <undisclosed recipients>
Enviada: 18 de fevereiro, 15:45
Assunto: Pingue-pongue
Anexo: pinguepongue.docx

Pessoal, estou mandando o pingue-pongue (anexo) para que a gente possa se conhecer melhor. Quem quiser pode responder por e-mail mesmo ou então postar em alguma rede social, mas me marquem, quero ver as respostas de vocês!

Beijos

Nat

De: Leonardo <soueuoleo@gmail.com>
Para: Natália <natnatalia@mail.com>
Enviada: 18 de fevereiro, 18:05
Assunto: Re: Pingue-pongue

Nossa, Natália, que falta do que fazer. Não vou responder, é muito grande, estou com preguiça. Você vai ao cinema com a gente no sábado? Até agora, confirmados: Eu, Fani, Gabi e Alan. Mas acho que o Rodrigo e a Priscila vão também.

Beijo

Leo

De: Natália <natnatalia@mail.com>
Para: Leonardo <soueuoleo@gmail.com>
Enviada: 18 de fevereiro, 18:08
Assunto: Re: Re: Pingue-pongue

Que grosseria! Não é falta do que fazer, achei o questionário muito interessante para que possamos saber os gostos e as aspirações de cada um dos nossos amigos, mas se não tem interesse, problema seu.
Claro que vou ao cinema, não ficaria de fora dessa de jeito nenhum. Já resolveram o que vamos assistir?

Beijinhos

Nat

De: Leonardo <soueuoleo@gmail.com>
Para: Natália <natnatalia@mail.com>
Enviada: 18 de fevereiro, 18:11
Assunto: Re: Re: Re: Pingue-pongue

Pensando bem, acho que você está certa, saber os gostos e as aspirações dos nossos amigos é algo realmente interessante! Alguém já te respondeu? Gostaria de ler as respostas... Especialmente as da Fani, porque ela é novata e ninguém sabe muito sobre ela. Acho que se a conhecermos melhor poderemos ajudá-la a se enturmar mais depressa.

Por falar na Fani, ela é que está escolhendo o filme, parece que entende do assunto. Você tem o e-mail dela?

Beijo

Leo

De: Natália <natnatalia@mail.com>
Para: Leonardo <soueuoleo@gmail.com>
Enviada: 18 de fevereiro, 18:13
Assunto: Re: Re: Re: Re: Pingue-pongue

Ah, mas você JÁ está ajudando a Fani a se enturmar superdepressa. Fiquei sabendo que a ideia do cinema veio de você. Não sabia que era tão solidário com os novatos assim... Aliás, por que não chama o Alexandre também? Ele é novato e vi que até fica conversando com a Fani às vezes! Seria legal para os dois se enturmarem mais ainda! O e-mail dela é: <u>fanifani@gmail.com</u>

Sobre o questionário, ninguém respondeu... Acho que é meio grande mesmo, provavelmente todo mundo vai guardar pra preencher só quando tiver tempo de sobra. Quem sabe até o final do ano eu receba alguma resposta, né? Te mantenho informado!

Beijinhos

Nat

P.S.: Sua namorada vai com a gente também?

De: Leonardo <soueuoleo@gmail.com>
Para: Carolina <carol@enet.com.br>
Enviada: 22 de fevereiro, 23:13
Assunto: Amanhã

Oi, Carol, vai ter um encontro do pessoal da minha sala amanhã, então só vou poder te encontrar no domingo, tá? Não te liguei porque já está tarde, fiquei com medo de você já estar dormindo.

Beijão!

Leo

De: Leonardo <soueuoleo@gmail.com>
Para: Fani <fanifani@gmail.com>
Enviada: 22 de fevereiro, 23:15
Assunto: Cinema

Oi, Fani! Tudo certo para o cinema amanhã? Estou ansioso, nunca vi um filme ao lado de uma especialista!

Beijos!!

Leo

PINGUE-PONGUE

Nome: Leonardo Morel Santiago
Apelidos: Leo
Dia e mês de nascimento: 12 de julho
Signo: Câncer
Olhos: Castanho-claros
Cabelos: Castanho-claros
Pele: Precisando de um sol
Profissão: Estudante e ajudante do meu pai
Hobbies: Música
Cor preferida: Azul
Música: Faz parte da minha vida
Amigo: Rodrigo
Amiga: Fani
Comida preferida: Churrasco
Doce: Torta de morango com chantilly da minha mãe
Adora: Ela
Detesta: Acordar cedo
Perfume: Sabonete
Livro: Nesse momento estudando o livro de Química
Filme: Qualquer um ao lado dela
Escritor: Paulo Coelho
Cantor/Cantora: A Taylor Swift é a maior gata.
Compositor: Paul McCartney
Banda: Depeche Mode, Beatles, Oasis, Rolling Stones...
Ator/Atriz: Aquele cara que fez *Click*. E aquela menina de *De repente 30*.
Sonho: Trabalhar com música
Roupa: Jeans e camiseta
Animal: Meus cachorros que moram no sítio
Coração: Batendo forte
Corpo: Meio fora de forma
Ilusão: Espero que não seja só ilusão
Orgulho: Dos meus discos de vinil e da minha aparelhagem de gravar e mixar CDs

Dinheiro: Sempre bom
Vida: É bonita, é bonita e é bonita
Tempo: Podia passar mais rápido
Acredita: Nos meus amigos
Duvida: De alguns professores
Tristeza: O fim de semana só durar dois dias
Surpresa: Encontrar alguém que eu procurava há anos
Gostoso: É pra escrever isso mesmo?
Doença: Deus me livre!
Vício: Música
Importante: Família e amigos
Precisa urgente: Ficar com ela
Compromisso: Estágio na empresa do meu pai
Relaxante: Ir pro clube
Saudade: Do meu cachorro Bob que morreu atropelado quando eu tinha cinco anos
Aventura: Rio de Janeiro
Lugar ideal: Meu quarto
Medo: De nada
Estação do ano: Inverno no verão e verão no inverno
Decepção: Pote de sorvete com feijão congelado dentro!
Mania: Gravar CDs
Programão: Escutar música
Defeito: Sou perfeito! Hahaha!
Esporte: Futebol
Antipatia: De alguns professores...
Uma frase: "I don't believe that anybody feels the way I do about you now..." (Oasis)

5

Simon Green: Essa coisa de conhecer a sua outra metade... Você está andando por aí, você acha que é feliz, você pensa que é completo. De repente percebe que não é nada sem ela. Então você não pode voltar a ser uma metade... porque você já sabe como é se sentir inteiro.

(A família da noiva)

Pelo menos uma coisa deu certo. A ida ao cinema com a Fani. A menina era mesmo louca por filmes, por isso, tudo que tive que fazer foi imprimir a programação do Pátio Savassi, shopping que eu já sabia que ficava perto da casa dela, e comentar na aula que estava escolhendo um filme para ver no fim de semana... Como quem não quer nada, perguntei se ela já tinha assistido a algum deles. E foi aí que vi a mágica acontecer. A Fani mudou completamente! Aquela garota tímida, que só falava mirando o chão e que corava só de olharem para ela, deu lugar a uma outra, totalmente desinibida. Ela pegou a folha da minha mão e começou a falar de cada um dos filmes – tanto dos que ela já tinha visto quanto dos que queria ver – com o maior brilho no olhar. Ela claramente entendia do assunto. Falou do diretor, do elenco e do lugar onde o filme se passava, com uma desenvoltura surpreendente... Percebi que aquilo era bem mais que um *hobby* para ela.

Sugeri então que ela deveria estudar para ser diretora ou algo assim, e a menina abriu um sorriso maior que o rosto dela, disse que era seu sonho. Por essa razão aproveitei e já perguntei se no fim de semana ela não topava assistir comigo a algum dos que ela ainda não havia visto, pois seria bem interessante ver um filme com uma futura diretora... Daqui a alguns anos eu poderia até me gabar disso.

Ela riu muito, falou que topava ir sim, o que me deixou eufórico por uns três segundos, até ela se virar para o lado e perguntar para a Gabi se ela queria ir com a gente. Parece que a conversa que havíamos tido no outro dia tinha ficado na cabeça dela, pois, assim que a Gabi respondeu afirmativamente, ela avisou que ia chamar também a Natália, o Rodrigo, a Priscila... e o Alan, que se aproximou ao ouvir seu nome e já falou que topava.

Por isso, agora eu estava naquela sala de cinema, assistindo a *A família da noiva*, um filme no qual eu não tinha o menor interesse, sentado em uma ponta da fileira e a Fani na outra, com meus amigos todos no meio parecendo estar se divertindo muito... Mas a diversão que eu tinha imaginado era outra bem diferente! O que eu queria mesmo era ficar sozinho com ela na sala escura, com nossas mãos se tocando "sem querer" enquanto dividíamos uma pipoca...

Pensei que pelo menos quando a sessão terminasse eu poderia comentar sobre o filme com ela, mas a Natália sugeriu ir à praça de alimentação, e todo mundo concordou. E mais uma vez ficamos distantes, pois a Gabi se sentou à esquerda da Fani e a Priscila, à direita.

Por isso, só quando nos levantamos da mesa, depois de todos terminarem de lanchar, é que dei um jeito de puxar assunto com ela, antes que mais alguém fizesse isso.

"Você falou que deu só duas estrelinhas pro filme", comentei me lembrando de algo que ela havia dito logo que saímos da sessão. "Como é isso? Você classifica tudo a que assiste, como os críticos de cinema fazem, ou foi só dessa vez?"

Novamente percebi que aquele assunto era a chave para o coração (ou pelo menos para a boca) daquela menina tímida. Durante o lanche, ela havia ficado calada, apenas ouvindo a conversa. Mas bastou que eu perguntasse aquilo para começar a tagarelar.

"Classifico tudo!", ela respondeu sorrindo. "Eu tenho um caderno onde anoto todos os filmes a que assisto e na frente vou colocando o número de estrelas que acho que cada um merece. Todos os que ganham cinco estrelas – a pontuação máxima – faço questão de ter na minha coleção de DVDs!"

Hum, coleção de DVDs... Muito interessante.

"Ela já deu cinco estrelas para muitos, porque tem milhares de DVDs no quarto dela!", a Gabi entrou no assunto, me deixando ao mesmo tempo contrariado – pois eu estava gostando muito daquela conversa exclusiva com a Fani –, mas também interessado. Eu tinha curiosidade em saber como o quarto dela era, para entender mais um pouco da sua personalidade.

"Não são tantos assim, tenho apenas uns cinquenta...", ela disse enrubescendo.

"Uau, é bastante! Qual é o seu preferido?", perguntei pensando que ela iria simplesmente me falar um título. Em vez disso, ela remexeu na bolsa, tirou de lá uma agenda e, de dentro dela, uma folha de papel dobrada.

"Não consigo escolher...", ela disse como se estivesse se desculpando. "Olha, todos esses são meus preferidos!"

Ela me estendeu a folha, e eu olhei atenciosamente.

Lista de DVDs de Fani Castelino Belluz

1. As patricinhas de Beverly Hills
2. Cinderela
3. Enquanto você dormia
4. Feitiço do tempo
5. Alice no País das Maravilhas
6. Efeito borboleta
7. O fabuloso destino de Amélie Poulain
8. Em busca da Terra do Nunca
9. Campo dos sonhos
10. Brilho eterno de uma mente sem lembranças
11. O diário de Bridget Jones
12. Sociedade dos poetas mortos
13. Procurando Nemo
14. O cão e a raposa
15. Uma linda mulher
16. The Wonders - O sonho não acabou
17. Os incríveis
18. Mero acaso
19. Os Goonies
20. A noviça rebelde
21. Alguém como você
22. O mágico de Oz
23. Curtindo a vida adoidado
24. O Expresso Polar
25. Love story - Uma história de amor
26. Alguém muito especial
27. Moulin Rouge - Amor em vermelho
28. O casamento do meu melhor amigo
29. Colcha de retalhos
30. Como perder um homem em 10 dias
31. Para sempre Cinderela
32. Titanic
33. Dumbo
34. Peter Pan
35. Labirinto - A magia do tempo

36. O diário da princesa
37. Ela é demais
38. De repente 30
39. Sintonia de amor
40. Branca de Neve e os sete anões
41. O casamento dos meus sonhos
42. Feito cães e gatos
43. Como se fosse a primeira vez
44. Quatro casamentos e um funeral
45. Um sonho, dois amores
46. Shakespeare apaixonado
47. Mensagem para você
48. 10 coisas que eu odeio em você
49. Romeu e Julieta
50. Harry & Sally - Feitos um para o outro
51. Sob o sol da Toscana
52. Dirty dancing - Ritmo quente
53. Diário de uma paixão
54. Wimbledon - O jogo do amor
55. Grease - Nos tempos da brilhantina

Muitos ali eu conhecia, outros me deixaram curioso. Mas, ao terminar de ler, tive uma certeza: aquela menina exalava romantismo. Na maioria daqueles filmes, o tema principal era o amor.

"Você gosta muito de comédia romântica, né?", falei tentando usar o termo técnico que eu sempre via nos sites de cinema, para pelo menos parecer que eu entendia um pouco.

"Ela ama *filmes de amorzinho!*", a Natália respondeu, entrando no assunto. Perfeito, nosso pequeno diálogo tinha chegado ao fim. "É assim que ela chama esse estilo de filme meloso."

A Fani, meio contrariada, pegou a folha de volta da minha mão e comentou baixinho, como se estivesse falando com ela mesma: "Que mal tem em querer suspirar um pouco? De sem graça já basta a nossa vida".

Então ela achava a vida monótona... Isso é porque ela não me conhecia direito. Se ela deixasse, eu a faria suspirar todos os dias!

"Sua vida não é sem graça, Fani, para com isso!", a Gabi falou, segurando o braço dela. "Sua casa é tão animada! Dois irmãos, sobrinhos, pais gente boa e até uma tartaruga! Você faz aula de Inglês, academia... Perto da sua vida, a minha parece que está em câmera lenta!"

Quanta informação! Mais um pouco e eu teria que anotar, para não esquecer nenhum detalhe.

"Ah, mas não é como um filme...", ela falou meio cabisbaixa. "Nada de muito interessante acontece."

Eu já ia falar que poderíamos mudar aquilo, quando ouvi meu nome sendo dito atrás de mim.

"Leo?"

Me virei depressa e dei de cara com a única pessoa que eu não poderia ver naquele momento. A Carol. Caramba, Belo Horizonte tinha mais de um milhão de habitantes e pelo menos uns dez shoppings! Por que ela tinha que aparecer justo ali naquele momento?

"Oi, Carol", falei completamente sem lugar.

"Oi, Leo...", ela disse sorrindo e, meio hesitante, chegou perto e me deu um beijo. Na boca...

"Ah, você que é a namorada do Leo?", a Gabi falou com as sobrancelhas erguidas. "Já ouvimos falar de você! Eu sou a Gabi e essa é a Fani! Por que você não foi ao cinema com a gente?"

Vi que a Carol ficou meio sem graça, afinal, ela não tinha ido porque eu não tinha convidado... Mas a Lorena, a melhor amiga da Carol, que estava bem ao lado dela, respondeu.

"A Carol veio trocar alguns presentes que ganhou de aniversário...", ela falou balançando umas sacolas. "Por falar nisso, vocês viram o que o Leo deu?", ela perguntou e em seguida levantou a mão da amiga, só faltando esfregar o anel na cara da Gabi e da Fani.

"Nossa, que bonito!", a Gabi comentou. "Viu, Fani? Ainda existem meninos românticos na vida real, não só nos filmes..."

A Fani assentiu, mas então o Rodrigo, que até aquele momento estava um pouco afastado conversando com o Alan e a Priscila, percebeu o que estava acontecendo e veio me salvar.

"Oi, Carol, tudo bom?", ele a cumprimentou com um sorriso. "Que legal te encontrar aqui! O Leo queria chamar você pra ir ao cinema com a gente, mas o Alan falou que seria melhor só o pessoal da escola, pra interagir... Afinal, se você viesse, o Leo não daria atenção pra mais ninguém. Você sabe como ele fica quando você está perto... Não desgruda!"

O rosto da Carol adquiriu uma expressão de surpresa, e a Lorena fez que ia dizer alguma coisa. Porém, nesse momento, o Alan se aproximou.

"Alguém falou meu nome?", ele veio sorrindo para perto da Carol e da Lorena. "Já que ninguém nos apresenta, eu mesmo farei isso. Sou o Alan, muito prazer!", disse dando um beijo em cada uma delas. E na sequência completou: "Tenho que pedir desculpas, Carol! Fui eu que convenci o Leo a não te chamar, já que ele fala de você o tempo inteiro... Imaginei que ele nem olharia pra tela se estivesse com a namorada do lado! Mas isso foi porque eu não te conhecia. Agora que te vi, eu entendo totalmente a fixação do meu colega! Com você por perto, realmente não dá a menor vontade de olhar pra outra coisa! Aliás, com vocês duas!".

A Carol e a Lorena deram risinhos, claramente apreciando os elogios recebidos, e eu então olhei para o lado, para ver o que a Fani e a Gabi estavam achando daquele papo. Com surpresa constatei que elas não estavam mais prestando atenção. A Priscila e a Natália tinham se aproximado, e as quatro estavam comentando sobre os próximos filmes e séries que iam estrear.

O Alan acabou se oferecendo para carregar as sacolas da Carol e da Lorena, e com isso as duas ficaram andando com a gente até a hora de ir embora.

"Meu pai vem nos buscar, quer uma carona, Leo?", a Carol perguntou.

Como o shopping era perto da casa da Fani, inicialmente eu tinha planejado de oferecer para acompanhá-la até lá, a pé, assim poderíamos conversar mais e eu veria exatamente qual era o prédio dela. Mas, agora, qualquer clima que pudesse existir havia se perdido. Se antes ela já me considerava um amigo, agora então... Eu era um amigo comprometido! Praticamente uma mulher!

"Ok...", falei desanimado, já me despedindo do pessoal. Com o "bom humor" que eu estava, ir logo para casa não era uma má ideia.

6

Chuck Noland: Sei o que eu tenho
que fazer agora. Tenho que
continuar respirando, porque
amanhã o sol vai nascer. Quem
sabe o que a maré pode trazer?

(Náufrago)

"Leo, só não entendi uma coisa. Se você está querendo terminar com a menina, por que deu um anel de compromisso pra ela?", o Alan perguntou assim que entrei na sala na segunda de manhã.

"Quem te disse que eu quero terminar com ela?", sussurrei para que ninguém escutasse. Eu tinha percebido que a Fani também já estava na sala.

O Alan deu uma risada e balançou a cabeça, como se eu fosse muito ingênuo, e falou sem se preocupar que alguém nos ouvisse: "É óbvio! Está escrito na sua cara! Aliás, antes mesmo de sábado eu já sabia disso, quando você falou que não ia chamar sua namorada pra ir ao cinema com a gente pra ela não ficar *deslocada*... Quando demos de cara com ela lá no shopping, quem ficou completamente deslocado foi você! Por isso fui ajudar. Tá bem nítido que você não quer nada com a Carol, coitada. Mas eu te entendo. Apesar de ela ser bem gatinha, namorar tá por fora!".

"Não quero falar desse assunto agora, Alan", eu disse me sentando. "A aula já vai começar."

"Só quero saber por que você deu uma aliança se estava querendo sair fora da gata..."

Respirei fundo, fechei os olhos e falei entredentes: "Não é uma aliança! É só um anel ridículo que minha mãe comprou. Eu nem sabia qual era o presente até a Carol abrir. Fiquei mais surpreso do que ela!".

O Alan levantou as sobrancelhas e assentiu, como se enfim tivesse entendido tudo. A professora entrou na sala e pensei que ele ia me deixar em paz, mas bastou que eu me virasse para a frente e abrisse o caderno, para ele sussurrar: "Já sei como você pode terminar com ela! Vai ser indolor! Quer dizer, pelo menos pra você, que nem vai precisar olhar pra cara de desolada que ela certamente vai fazer... Afinal, não é muito fácil achar que está a um passo de ficar noiva e levar um pé na bunda na semana seguinte".

"Ela não acha que está prestes a ficar noiva!", sussurrei de volta. Mas acho que, por estar meio com raiva, acabei falando um pouco alto, porque a professora chegou bem perto da gente e perguntou se gostaríamos que ela interrompesse a explicação da matéria para que pudéssemos conversar melhor. A sala inteira olhou para trás, e eu só pude sorrir amarelo, fingir não entender a ironia e dizer que ela podia continuar a explicação.

Bastou o sinal bater para o Alan se materializar ao meu lado, como se nem um segundo tivesse passado.

"O melhor jeito de terminar é não dar chance pra ela ficar te perguntando se você não gosta mais dela, se apareceu outra menina na sua vida, cair no choro, fazer chantagem emocional... Porque eu sei muito bem como você é, Leo! Parece durão, mas tem o coração mole. Já te vi várias vezes dando trocados pra pedintes e dividindo sua comida com cachorros de rua, você não consegue dizer não pra ninguém!"

"Para, Alan! Eu não preciso de ajuda!", falei sem muita certeza. Na verdade, eu estava *louco* para terminar, cada dia mais. Toda vez que olhava para a Fani, eu tinha mais certeza disso. Não sei o que aquela menina tinha feito, mas, desde o segundo em que eu a havia visto ali na sala, ela não tinha saído da minha cabeça. Eu acordava e dormia pensando nela! Aliás, a ajuda de que eu precisava era de um mago, um padre, um exorcista ou coisa parecida, para arrancá-la dos meus pensamentos!

"A melhor forma de terminar é por escrito!", o Alan continuou a falar. "Manda um e-mail, uma mensagem de celular, um bilhete, uma carta... Qualquer coisa pra você não precisar olhar nos olhos dela. A garota vai ler e sofrer sozinha! Quando se recuperar da tristeza, aí sim ela pode te procurar pra pedir satisfações ou pra devolver o tal anel e alguma coisa sua que esteja com ela. Mas aí vai ser fácil, o choque já vai ter passado, ela vai levar na boa... Não é uma ideia fantástica? Não precisa me agradecer!"

"Alan, isso é desumano!", falei meio bravo. "É a maior covardia!"

"Covardia é o que elas fazem com a gente!", o Alan replicou. "Todas as mulheres são atrizes, basta a gente falar ou fazer algo de que não gostem, e elas aparecem com mil lágrimas, fazendo a gente se sentir uns monstros, as piores pessoas do mundo... Só te arrumei uma forma de não ter que presenciar essa encenação toda! Mas, se não gostou, deixa pra lá, fica aí desperdiçando tempo da sua vida mesmo!"

O Alan disse isso e saiu da sala, enquanto eu fiquei lá, com as palavras dele rodando na minha cabeça.

Quando cheguei em casa, eu ainda estava pensando nisso. Talvez por essa razão, no meio da tarde, depois de terminar o dever de Física, me peguei rabiscando uma folha em branco do caderno.

Querida Carol, sinto muito, mas...

Não, eu não podia chamá-la de "querida"! Se eu queria terminar, precisava ser mais seco.

Carolina, peço perdão, mas a verdade é que...

Apaguei novamente. Seco demais. Nunca na vida eu a havia chamado de "Carolina", nem quando éramos apenas amigos.

Tentei uma terceira vez.

Carol, desculpa estar escrevendo, mas não conseguiria dizer isso pessoalmente. Acho que nosso namoro não está dando certo. Não é que eu não goste de você, eu gosto, muito! Mas tenho percebido que te considero muito mais uma amiga do que uma namorada. Adoro os momentos que passamos juntos e quero que continuemos nos encontrando, mas acho que você merece alguém que te idolatre, que seja completamente apaixonado por você. Que te tenha nos pensamentos em todos os momentos. Não sei o que você acha sobre isso, mas tenho a impressão de que também me vê assim, muito mais como um amigo. Nosso namoro sempre foi calmo, talvez seja até melhor desse jeito, mas acho que falta a tormenta, a emoção, o drama, o coração batendo forte e as loucuras que o amor nos leva a fazer. Não que algum dia ele tenha me levado a fazer algo assim, mas é exatamente por isso que sinto falta, por não ter passado por nada parecido. Queria viver um amor desses que a gente escuta nas músicas... Preciso saber se isso existe na vida real ou se é apenas ficção. Você entende? Desculpa se estou te magoando, mas desejo sinceramente que possamos continuar sendo amigos. Eu realmente gosto muito de você.

Um beijo enorme.
Leo

Terminei de escrever e senti lágrimas nos olhos, mas também o peito aliviado. Era isso, ali estava tudo que eu queria dizer para ela. Supreendentemente, o Alan tinha me dado uma boa ideia no fim das contas... Porém, eu não ia ser covarde, não ia apenas enviar e deixar pra lá. Eu deixaria que ela lesse na minha frente e, se quisesse, conversaríamos a respeito. Sim, provavelmente ia acontecer tudo o que o Alan havia previsto. Ela ia chorar, pedir para não terminar, perguntar se tinha aparecido outra garota... Mas eu não costumava correr dos problemas, ia consolar a Carol, explicar a situação mil vezes se fosse preciso, até ela entender que o melhor era que voltássemos a ser apenas amigos.

Eu estava passando a carta a limpo, disposto a conversar com a Carol naquela tarde mesmo, quando a campainha tocou. Como minha mãe estava em casa, nem dei bola, provavelmente era a zeladora entregando alguma correspondência. Porém, um minuto depois, ouvi uma batida na minha porta e uma voz conhecida.

"Leo, posso entrar?"

"Carol?!", levantei assustado. Ela não costumava aparecer sem me ligar antes. O que era aquilo, transmissão de pensamento?

Abri a porta depressa e de cara percebi que ela estava nervosa.

"Aconteceu alguma coisa?", perguntei curioso.

"Será que a gente pode conversar?", foi o que ela respondeu.

Fiz sinal para que ela entrasse e puxei a cadeira da escrivaninha para ela se sentar. Fechei a porta, apesar de saber que minha mãe não gostava disso. Ela havia prometido para a mãe da Carol que não ficaríamos sozinhos sem vigilância ou algo assim... Bem, naquele momento as nossas mães não precisavam se preocupar. Estávamos sozinhos, mas nada do que elas temiam ia acontecer...

Me sentei na cama, de frente para ela, e esperei que ela dissesse logo o que queria. Enquanto esperava, fiquei pensando se terminar seria a coisa certa a se fazer. Ela realmente era atraente, tinha uma beleza clássica. Cabelos castanhos ondulados, bem compridos. Pele bronzeada, olhos profundos em um tom de mel. Um sorriso lindo, corrigido por aparelho ortodôntico que ela havia usado por três anos. Devia ter quase 1,70 m, pois era pouco mais baixa do que eu, que atualmente tinha 1,74 m.

Definitivamente, era bonita. Mas aquilo não era o mais importante para mim.

"Carol, tá tudo bem?" Eu estava começando a ficar preocupado, pois ela continuava calada. "Aconteceu alguma coisa com você?"

"Não aconteceu nada comigo...", ela falou olhando para o chão, sem querer me encarar.

"Não é o que parece", eu disse me levantando. Em seguida me ajoelhei aos pés dela, para que ela tivesse que me olhar de frente. "Você está estranha. Pode se abrir comigo..."

Ela se levantou e virou de costas para mim. Respirei fundo. O Alan tinha razão, as mulheres eram muito dramáticas. Dessa vez não insisti. Tornei a me sentar na cama e fiquei esperando, sem dizer nada.

Alguns segundos depois, ela se virou de repente e, de olhos fechados, falou: "Leo, vou dizer tudo de uma vez, senão não vou ter coragem! Eu quero terminar o nosso namoro!".

Levantei as sobrancelhas em surpresa e fiquei um tempo mudo, admirado demais para comentar alguma coisa. Ela então abriu os olhos devagar e voltou a falar, enquanto esfregava uma mão na outra com força.

"Já tem um tempo que eu queria conversar com você, exatamente pra dizer que eu não queria mais ser sua namorada. Eu pensava que você não iria se importar, nosso namoro anda muito sem graça, a gente mal se beija... Mas aí, do nada, você apareceu com aquele anel! Eu fiquei confusa e achando que estava entendendo tudo errado. Você não me daria um anel de compromisso se não gostasse pra valer de mim... né?"

"Hum", cocei a garganta, sem saber o que dizer. Por sorte ela havia preparado um discurso, pois, sem que eu precisasse falar nada, continuou.

"Eu resolvi que ia tentar mais um pouco, talvez o namoro melhorasse... Mas depois do meu aniversário você continuou igual. Na verdade, até mais frio do que o normal. Não estou reclamando, eu também não te trato muito diferente... Mas aí, no sábado, quando nos encontramos no shopping, vi claramente que nós já deveríamos ter terminado há tempos. No fundo sei que a gente nem deveria ter começado."

"Carol, eu já te expliquei...", interrompi. "Eu só não te chamei pra ir ao cinema porque o pessoal da sala queria que fosse algo só nosso, sem ninguém de fora..."

"Não é isso!", ela falou meio brava. "Se tivesse me chamado, eu provavelmente nem teria aceitado."

"O que foi então?", eu me levantei, para ver se ela esclarecia tudo de uma vez.

Ela olhou para o chão, respirou fundo e então, parecendo criar coragem, disse: "Eu gostei do jeito do seu amigo. O Alan. Eu não parei de pensar nele desde aquele dia. O modo como ele me tratou e falou comigo me deixou desejando que ele fizesse aquilo mais vezes... É um cara assim que eu quero namorar. Não me leve a mal, Leo, não estou dizendo que você não sabe como tratar uma garota. Mas é que sempre fomos muito amigos, isso esfriou as coisas, entende? Quero alguém que me deseje, que me olhe como o seu amigo me olhou, que faça com que eu me sinta especial...".

Ela estava dizendo exatamente o que eu tinha escrito na minha carta. Eu deveria apenas concordar e encerrar aquilo ali, mas algo não estava certo...

"O Alan?!", perguntei sem acreditar. "Você acha que o Alan pode ser um namorado melhor do que eu? E que história é essa de ele ter *te olhado com desejo?*"

"Leo, a questão não é essa." Ela disse segurando minhas mãos, para que eu me acalmasse. "Não estou dizendo que vou ter algo com seu amigo... Só quero alguém que me veja como uma garota, e não como mais um dos caras!"

"Eu nunca te olhei como *mais um dos caras!*", respondi ainda horrorizado por ela estar interessada justamente no Alan.

"Leo...", ela balançou a cabeça de um lado para o outro. "Nós dois sabemos muito bem que, por mais que a gente tenha tentado, nossa química é zero! Quer ver só? Nos nossos quatro meses de namoro você não tentou 'avançar o sinal' nem uma vez sequer... Está bem claro pra mim que você me acha atraente como uma porta!"

"Carol, isso se chama *respeito*!", falei cada vez mais incrédulo. "Não tem nada a ver com atração! Você tem só quatorze anos!"

"Eu fiz quinze anos!", ela replicou brava. "E não é como se você fosse maior de idade, você ainda nem completou dezesseis!"

Nesse momento, minha mãe bateu na porta. Eu não me importaria nem um pouco se ela tivesse ouvido tudo, seria muito bom para perceber que os receios dela eram totalmente infundados.

A própria Carol se encarregou de abrir.

"Desculpa, dona Maria Carmem, sei que a senhora não gosta que a gente fique de porta fechada. Mas é que eu tinha um assunto particular pra resolver com o Leo, já estou indo embora."

Minha mãe pareceu meio desconcertada, mas falou depressa: "Não, querida, fica mais! Só vim avisar que acabei de colocar o lanche na mesa, caso vocês estejam com fome...".

Eu não estava com fome nenhuma. E acho que minha mãe percebeu que o clima estava meio tenso, porque ela mesma fechou a porta atrás de si, sentindo que precisávamos de privacidade para terminar o assunto.

"Carol, se você quer terminar, tudo bem", falei depressa, antes que algo mais interrompesse. "Mas nem pense em se envolver com o Alan! Ele só quer curtir... Acha que namorar é perda de tempo, que as mulheres são descartáveis..."

"Ele não é assim!", ela franziu as sobrancelhas. "Eu vi naquele dia, ele é um cavalheiro!"

Abafei o riso. Adoraria que o Rodrigo estivesse ouvindo aquilo, com certeza daríamos gargalhadas depois.

"Tudo bem, Carol", resolvi acabar logo o papo, afinal, ela estava me fazendo um favor terminando comigo. Eu nem precisaria mais ser o vilão da história. "Está avisada."

"Não fica com ciúmes, Leo...", ela passou a mão no meu cabelo, como se estivesse com pena de mim. "Você vai conhecer outras garotas, tenho certeza."

"Aposto que nenhuma vai ser tão legal quanto você...", resolvi encenar um pouquinho.

Ela deu um suspiro e tirou o anel do dedo.

"Toma, acho que não mereço isso", ela me entregou.

"De jeito nenhum", devolvi para ela. "Foi um presente, guarde pra você!"

Ela balançou a cabeça, com uma expressão triste.

"Olhar pra esse anel só vai me deixar chateada. Apesar de tudo, eu gosto muito de você, Leo. E espero que possamos continuar amigos."

Ela então colocou o anel em cima da escrivaninha, enquanto eu dizia que continuar amigo dela era o que eu mais queria. Porém, nesse momento, ela viu algo que não deveria...

"O que é isso, uma carta?", perguntou, tentando ler o que estava escrito.

Subitamente me lembrei que havia deixado o caderno aberto.

"Não é nada!", tentei pegá-lo, mas ela já o havia levantado e estava lendo avidamente.

"Carol, isso é invasão de privacidade!", eu disse meio desesperado.

"Você ia terminar comigo, Leo?", ela perguntou sem tirar os olhos do papel.

"Claro que não, isso é uma redação pro colégio, dever de casa!", falei a primeira coisa que me veio à cabeça.

"Ah, claro!", ela colocou o caderno de volta na escrivaninha. "Uma redação que começa com 'Carol, nosso namoro não está dando certo'?"

Eu sabia que não adiantava tentar, ela já tinha lido tudo. Balancei os ombros, como se estivesse pedindo desculpas.

"E eu me achando a pior pessoa do mundo por terminar com você!", ela falou brava, mas de repente caiu na gargalhada. "Nem acredito que fiquei dias criando coragem pra acabar o relacionamento e no fundo você queria a mesma coisa!"

"Você não está com raiva?", perguntei apreensivo. Eu não estava acostumado com mudanças de humor repentinas assim. Ela revirou os olhos. "Claro que não! Estou aliviada! Achei que você fosse ficar triste e estava arrasada por isso. É muito bom saber que pensamos da mesma forma!".

Eu me aproximei dela e a abracei. Ficamos assim por um tempo e então falei: "Eu realmente quero que nossa amizade continue, Carol".

"Vai continuar", ela disse e em seguida me deu um beijo no rosto. "Tenho que ir agora."

Eu abri a porta, ela me deu uma última olhada e saiu do quarto.

Foi quando me lembrei de uma coisa.

"Carol!", chamei, antes que ela desse mais um passo. "O que eu disse sobre o Alan é verdade. Eu não gostaria que ninguém se aproveitasse de você. Não quero te ver sofrer."

Ela deu um sorriso meio triste, balançou a cabeça de um lado para o outro e então falou: "Acho que isso não te diz mais respeito... Seja feliz, Leo".

Em seguida ela se foi em direção à porta da sala, sem olhar para trás.

Voltei para o meu quarto, e pouco depois minha mãe apareceu.

"A Carol me contou que vocês terminaram. Não fica triste, filhinho... Você é o menino mais fofo que existe! Tenho certeza que logo, logo vai arrumar outra namorada e ela vai ser louca por você!"

"Espero que sim, mamãe...", falei olhando pela janela.

Ela não tinha ideia do quanto eu queria que aquilo se tornasse realidade.

SANTIAGO CORP FARMACÊUTICA

Estagiário: Leonardo Santiago

Funções:
- Verificar a correspondência.
- Receber os representantes de laboratório.
- Checar o e-mail e o fax de hora em hora.
- Arquivar documentos importantes.
- Organizar o arquivo.
- Participar nas decisões da empresa.
- Planejar e organizar eventos e confraternizações.
- Preparar e acompanhar as reuniões.
- Elaborar pesquisas de mercado.
- Ajudar no desenvolvimento de novos produtos.
- Supervisionar a equipe e suas atividades.
- Apresentar relatórios para a diretoria.
- Atualizar as redes sociais da empresa.
- Ser o braço direito do diretor-executivo.

7

> Jake: Eu quero uma namorada de verdade. Alguém que eu possa amar e que vai me amar de volta. Isso é loucura?
>
> (Gatinhas e gatões)

O primeiro mês de aula passou voando. O 2º ano era bem apertado, e tive que me dedicar aos estudos. Além disso, comecei a trabalhar pra valer na empresa do meu pai. Até o ano anterior, eu o acompanhava apenas em algumas tardes, porém agora, talvez por querer que eu seguisse seus passos, ele começou a me passar muito mais funções, e, com isso, ir todos os dias se tornou necessário. Meu pai queria que eu cursasse Administração, o que não me desagradava totalmente, mas eu realmente gostaria de estudar algo mais empolgante, para que posteriormente pudesse trabalhar com prazer.

Por causa dos estudos e do trabalho, meus dias vinham passando muito rápido. Apenas algo continuou a se desenvolver bem lentamente... Meu relacionamento com a Fani. Para me aproximar dela, eu havia vestido a fantasia de *amigo*, vinha fingindo que a companhia dela para o cinema e os estudos era tudo o que eu queria... Eu pensava que com o tempo ela acabaria percebendo que eu desejava algo mais, mas o problema é que ela parecia bem feliz de me ter na zona da amizade. E, por mais que eu tentasse fugir dali, me via preso, sem conseguir evoluir.

Porém, em um dia, na casa dela, enquanto assistíamos a um DVD, obtive uma informação que poderia mudar aquela situação. Vínhamos fazendo aquele programa com frequência, a Fani tinha mesmo uma grande coleção de DVDs, e quando eu disse que também adorava cinema, ela passou a me incluir nos convites para as "sessões pipoca" – que era como ela chamava os encontros da turma para ver filmes. Eu tinha esperança de que algum dia aquelas sessões fossem apenas a dois... Mas por enquanto eu precisava me contentar em dividi-las, especialmente com a Gabi.

Mas foi a própria Gabi que me trouxe a tal informação que me deu a ideia perfeita para eu finalmente conseguir me declarar.

Estávamos na sala do apartamento da Fani, assistindo a *Gatinhas e gatões*, um filme da coleção de DVDs dela, que conta a história de uma garota que tem seu aniversário de dezesseis anos esquecido por toda sua família, quando a Gabi soltou: "Seu aniversário de dezesseis anos também está chegando, não é, Fani? Prometo que não vou esquecer como esse pessoal do filme! Vai comemorar?".

Fui pego de surpresa, mas não perdi tempo: "Quando é? Temos que comemorar, sim! Passar o aniversário em branco dá azar pro resto do ano!".

"Vinte de março", ela disse rindo. "Falta uma semana. E acho que não vou comemorar, não... Eu odeio que cantem parabéns pra mim, morro de vergonha!"

Sorri ao ter mais uma prova do quanto ela era tímida. Vergonha de fazer aniversário era algo que eu nunca tinha visto, aquela menina era mesmo diferente...

"Prometo que não vou cantar parabéns", falei com sinceridade. "Mas comemoração tem que ter! Nem que seja com uma sessão pipoca só com filmes de aniversário."

Ela sorriu na mesma hora. "Tá aí, gostei! Você é mesmo um ótimo amigo, Leo! Já pode se considerar convidado. Mas é sério, não quero que cantem 'parabéns pra você'!".

Sorri amarelo, constatando mais uma vez que ela me considerava apenas um amigo... Quero dizer, um "ótimo" amigo. Mas ainda assim fiquei feliz por saber que dali a alguns dias teria um pretexto para vê-la de novo fora da escola. Na verdade, se tudo desse certo, seria bem melhor do que isso. Eu tinha que achar o presente perfeito, algo que a fizesse ver o quanto eu me importava com ela e também como seria bom se fôssemos mais que amigos... O problema agora era descobrir que presente teria esse poder.

Pensando nisso, resolvi pedir opinião para quem tinha o melhor relacionamento que eu conhecia. Se existia alguém realizado no amor, essa pessoa era o Rodrigo. Mas eu me lembrava bem que três anos antes, quando ele e a Priscila começaram a namorar, ele também havia feito um grande esforço para conquistá-la, eu até tinha ajudado um pouco... Pois agora era o momento de ele retribuir.

Eu o procurei na escola na manhã seguinte, porém exatamente naquele dia a Priscila havia se tornado um carrapato, não saía do lado do meu amigo por nada! Eu não queria pedir para conversar com ele em particular, pois a Pri era a pessoa mais curiosa do mundo, ela não sossegaria enquanto não descobrisse do que se tratava. Por isso, preferi telefonar quando cheguei em casa, mas ele tinha acabado de sair para levar o cachorro ao veterinário. Tentei mais algumas vezes durante o dia: primeiro ele não tinha chegado, depois tinha saído de novo, mais tarde havia voltado junto com a Priscila... Comecei a ficar meio nervoso, eu tinha poucos dias para providenciar o presente perfeito! Resolvi então mandar um e-mail, eu sabia que o Rodrigo checava com regularidade, provavelmente desse jeito seria mais fácil.

De: Leonardo <soueuoleo@gmail.com>
Para: Rodrigo <rrrrrodrigooooo@gmail.com>
Enviada: 15 de março, 20:22
Assunto: Ajuda

Rodrigo, preciso de um favor. Quero dar um presente de aniversário para uma amiga (você sabe qual), mas estou meio sem ideias. O que a Priscila gosta de ganhar? Eu poderia perguntar direto pra ela, mas tenho medo de que a Pri pense que estou interessado nessa minha "amiga". Não que eu não esteja, mas é melhor que isso não se torne público, senão posso assustar a menina.

Não tenho nenhuma irmã pra perguntar e a minha mãe não é a pessoa mais indicada, ela vai me mandar comprar uma joia... Até parece que tenho dinheiro pra isso! Como sei que você também vive sem grana, me passa uma dica do que você costuma dar pra Priscila, algo que ela goste e que possa agradar outras garotas também.

Nem preciso pedir pra você não abrir o bico, né? Adoro a Pri, mas você sabe tão bem quanto eu que sua namorada não consegue guardar segredo.

Valeu!

Leo

Deu certo! Menos de uma hora depois a resposta dele chegou.

De: Rodrigo <rrrrrodrigooooo@gmail.com>
Para: Leonardo <soueuoleo@gmail.com>
Enviada: 15 de março, 21:06
Assunto: Re: Ajuda

Meu amigo está apaixonado mesmo? Ah... Que bonitinho! Já está desenhando coraçõezinhos no caderno? Hahaha!

Rodrigo

De: Leonardo <soueuoleo@gmail.com>
Para: Rodrigo <rrrrrodrigooooo@gmail.com>
Enviada: 15 de março, 21:10
Assunto: Re: Re: Ajuda

Se não quer ajudar, fala logo, ô mané! Não tirei sarro quando você ficava escrevendo poemas de amor pra Priscila! Por falar nisso, você parou com isso, né? Finalmente virou homem?

Leo

De: Rodrigo <rrrrrodrigooooo@gmail.com>
Para: Leonardo <soueuoleo@gmail.com>
Enviada: 15 de março, 21:19
Assunto: Re: Re: Re: Ajuda

Não tirou "pouco" sarro, né? Estou só revidando anos de zoação! Se você escrevesse poesias, não ia precisar ficar me pedindo ajuda, saberia exatamente do que as mulheres gostam. E também que é preciso ser muito homem pra ter coragem de demonstrar algum sentimento, mesmo sabendo que seus amigos "supermachos" vão ficar te enchendo. Tenho uma ideia de um bom presente pra ela, te explico na aula amanhã.

Rodrigo

Quando ele me contou no dia seguinte o que eu deveria dar para a Fani, achei a ideia muito boa, e, por isso, na sexta à tarde, nos reunimos na minha casa para colocar o plano em prática. Não era um presente que eu precisaria comprar, e sim fabricar.

"Sugerir músicas pra Priscila ouvir fez com que ela ficasse superdesconfiada, querendo saber o que eu realmente sentia por ela", o Rodrigo explicou mais uma vez. "Eu sabia que ela era curiosa, então só tive que achar músicas cujas letras passassem o que eu queria dizer. Eu tinha certeza de que ela ia prestar atenção. Na verdade, inicialmente pensei que ela não ia sacar, que eu tivesse que enviar várias, mas a Pri pegou de cara e começou também a me falar o nome de canções que enviavam recados pra mim. Aí a paquera ficou meio descarada. Bom, não sei se a Fani é tão curiosa quanto a Priscila, mas acho que se você fizer uma playlist pra ela, com umas cinco músicas contendo declarações de amor, ela vai se ligar!"

"Cinco?", franzi as sobrancelhas. "Mas isso não dá nem pro começo! Ela precisa ter certeza das minhas intenções. E uma playlist é muito sem graça, mandar um link pra ela clicar e ouvir não é bem um presente...". Pensei mais um pouco e cheguei à conclusão do que eu deveria fazer. "Vou gravar um CD! Assim posso embrulhar, entregar... E ela pode escutar várias vezes! Se tudo der certo, ele vai virar inclusive a trilha sonora da nossa história!"

"Não empolga tanto, Leo...", o Rodrigo falou meio sério. "Tudo bem, faça o tal CD, mas não crie muita expectativa. Se der certo, ótimo. Mas já se prepare para o pior também. Ela pode não gostar de música e nem ouvir! Ou não gostar do que você gravar e nem prestar atenção nas letras..."

"Quem não gosta de música?!", perguntei sem entender. "Ela vai gostar, sim! E você vai me ajudar a escolher a melhor trilha, afinal, não conheço ninguém que entenda mais do assunto que você!"

Dizendo isso, coloquei na cama toda a minha coleção de CDs e também os discos de vinil que eu havia herdado dos meus pais. Eles iam jogar fora, por não terem mais toca-discos, mas eu não deixei que fizessem isso. Levei tudo para o meu quarto, comprei uma radiola em um antiquário e agora eu tinha o maior acervo musical que eu já tinha visto.

Eu e o Rodrigo, então, começamos a ouvir músicas e mais músicas e finalmente, duas horas depois, conseguimos montar o CD perfeito. Ele não era muito meloso, poderia perfeitamente ser tocado em alguma festa. Mas se ela prestasse atenção nas letras... teria uma grande surpresa!

De: Leo — Para: Fani — Com: Muito carinho!!!
CD — Internacionais atemporais

1. Enjoy the silence — Depeche Mode
2. Can't take my eyes off you — versão Boys Town Gang
3. Heal the pain — George Michael
4. All through the night — Cyndi Lauper
5. Every little thing she does is magic — The Police
6. Give me love — George Harrison
7. Wonderwall — Oasis
8. More than a woman — Bee Gees
9. That thing you do — The Wonders
10. Sweet child o' mine — Guns and Roses
11. Something — The Beatles
12. Losing my religion — R.E.M.

Fiz uma capa azul, escrevi o nome das músicas e, ao ver o resultado final, fiquei satisfeito! Aquilo ia dar certo, claro que ia!

O CD tinha uma lógica. Começava com "Enjoy the silence", que era bem discreta, apenas falava que as palavras eram desnecessárias e que tudo que eu queria estava bem ali.

Daí passava para "Can't take my eyes off you", que era um pouco mais explícita e mostrava que eu não conseguia tirar os olhos dela.

Através da terceira, "Heal the pain", eu pedia que ela me deixasse entrar em seu coração e mostrar o meu amor.

Pela quarta, "All through the night", eu queria dizer que não tínhamos um passado, mas poderíamos ter um futuro.

Com a quinta, "Every little thing she does is magic", eu explicava que tentei falar dos meus sentimentos para ela, mas não consegui, e por isso estava condenado a ficar sozinho.

Na próxima, "Give me love", eu suplicava pelo amor dela.

Em seguida vinha "Wonderwall", em que eu revelava que ninguém poderia sentir por ela o que eu sentia naquele momento.

Com a oitava, "More than a woman", eu dizia que mesmo que se passassem milhares de anos, eu me apaixonaria por ela novamente.

Na décima, "Sweet child o' mine", eu falava o quanto ela era perfeita.

Na décima primeira, "Something", contei tudo o que eu sentia.

E então terminei com "Losing my religion", em que eu assumia a minha culpa na gravação daquele CD, explicando que tinha dito demais, revelado tudo, mas que mesmo assim não tinha sido o suficiente e que eu continuava ali a olhá-la, como um bobo...

"Leo, você tem certeza de que ela entende inglês?", o Rodrigo me perguntou depois de eu ter explicado mais uma vez a razão de cada uma das músicas escolhidas. "Se tivesse escolhido algumas em português, acho que ela pegaria suas intenções mais rápido..."

"É que não quero ser tão explícito assim. Vai que ela mostra o CD pra Gabi? E se as duas ficarem rindo da minha cara? Desse jeito é melhor. Assim, quando escutar sozinha, talvez pela segunda vez, ela vai ficar prestando atenção e só então descobrir minhas intenções."

"Você que sabe...", o Rodrigo falou meio sem certeza.

Nesse momento, a mãe da Priscila ligou para ele, pedindo ajuda para resolver um problema. Pelo visto, a Pri tinha inventado de fazer um protesto pelos animais em pleno Mercado Central, e ele teria que ir lá para convencê-la a ir embora.

"Obrigado, Rodrigo", falei antes que ele saísse correndo. "Você ajudou muito!"

"Eu espero sinceramente que dê certo, Leo...", ele disse já chamando o elevador. "E também que a Fani, quando virar sua namorada, não se mostre tão maluca quanto a minha..."

Eu ri, desejei boa sorte e ele foi embora. Mas as palavras dele continuaram nos meus ouvidos. "Quando a Fani virar sua namorada...". *Quando*, e não *se*. Era sinal de que ele realmente acreditava que aquilo ia acontecer.

Respirei fundo, torcendo muito para que aquele sonho não demorasse a se realizar...

8

Red: Deixe-me dizer uma coisa, meu amigo.
A esperança é uma coisa perigosa.
A esperança pode deixar um homem louco.

(Um sonho de liberdade)

"Obrigada, Leo! Não precisava..."

"Precisava sim! Onde já se viu aniversário sem presentes? Olha, fui eu que gravei, com canções que eu acho que você vai gostar..."

Enquanto a Fani analisava o título das músicas, senti até frio na barriga. Eu queria que ela sacasse minhas intenções, mas não ali, na minha frente... Se ela conhecesse aquelas músicas – e provavelmente conhecia, pois eram bem populares –, poderia facilmente se lembrar das letras e entender o que eu realmente pretendia com aquele presente. Mas logo vi que eu não precisava me preocupar.

"Que original, obrigada mesmo!", ela disse, colocando o CD em cima da mesa, junto de outras coisas que havia ganhado, parecendo não ter captado nada demais nele. "Adoro presentes *fabricados*, muito melhor do que os comprados!"

"Credo, Fani, isso quer dizer que você não gostou do meu?", a Gabi, que estava por perto, perguntou.

A Fani fez a maior cara de sem graça e começou a explicar que tinha adorado, meio gaguejando. Resolvi ajudar.

"Tenho certeza de que ela gostou muito mais desse livro que você deu do que do meu CD, ela só falou isso para eu não me sentir mal por ter feito um presente em vez de comprar na loja..."

A Fani começou a dizer que não era nada disso, mas dei uma piscadinha para ela, mostrando que era só para sossegar a Gabi. Ela sorriu, me lançou um olhar cúmplice e em seguida foi conversar com outras amigas.

Apesar de ter dito que não ia comemorar, ela acabou fazendo um lanche para poucas pessoas. Do colégio, além da Gabi e de mim, apenas a Natália estava ali. Ela também tinha convidado o Rodrigo e a Priscila, mas a Pri estava de castigo por causa da confusão que havia arrumado no Mercado Central por causa de um coelho ou algo assim... E o Rodrigo deu só uma passadinha no começo, apenas para cumprimentar a Fani, mas logo foi embora, porque queria assistir ao ensaio da nova banda do irmão dele. Como a Fani estava rodeada de gente da família, e eu não tinha a menor chance de conversar sozinho com ela, acabei também resolvendo ir embora cedo.

"Não vai esperar nem cantar os parabéns?", o Alberto, um dos irmãos da Fani, que era muito gente boa e não tirava os olhos da Natália, perguntou, assim que me despedi.

"Ah, vai ter bolo?", perguntei surpreso. "Bom, mais um motivo para eu ir embora", falei sorrindo para a Fani. "Eu prometi pra sua irmã que não cantaria parabéns pra ela!"

A Fani sorriu de volta dizendo que não se importava que eu quebrasse a promessa, mas eu falei que precisava mesmo ir. Ela se despediu, dizendo que ouviria o CD assim que a festinha terminasse e que depois me diria o que tinha achado, o que me deixou ainda mais ansioso.

Eu não sei o que estava esperando. Um telefonema? Um e-mail? O fato é que já era mais de meia-noite quando me convenci de que ela não ia dar nenhum sinal de fumaça. Aquilo só poderia significar duas coisas: que no fundo ela não havia nem ligado para o meu presente, não tinha ouvido e nem ia ouvir, e ele ia ficar mofando na estante dela eternamente, ou, o meu maior pesadelo: ela tinha, sim, escutado, entendido perfeitamente e ficado apavorada com as minhas declarações musicais. E por isso agora queria o máximo de distância de mim.

Sem conseguir parar de pensar nisso, custei a dormir. Por mais que soubesse que sonhando o tempo passaria bem mais rápido, tive que enfrentar os segundos, os minutos e as horas passando sem que meus olhos se fechassem. Apenas quando as luzes do novo dia começaram a dar sinal é que o sono me dominou. Por isso, levei o maior susto quando minha mãe me sacudiu, dizendo que já era hora do almoço e que estava me gritando havia dez minutos.

"Seus irmãos estão morrendo de fome e reclamando porque eu disse que teriam que te esperar para eu colocar a mesa!", ela falou brava, e eu nem liguei.

Virei para o outro lado, mas de repente me lembrei da Fani. Do CD. De que eu precisava saber o que tinha acontecido. Dei um salto da cama, o que fez com que minha mãe até desse um pulo pra trás, avisei que não ia almoçar e corri para o chuveiro. Eu não estava com a mínima fome.

No dia anterior, eu tinha ouvido a Natália convencendo a Fani de ir ao clube, para encontrar um garoto que ela estava paquerando. A Fani havia falado que preferia passar o sábado vendo filmes, só que a Nat fez alguma chantagem emocional e ela acabou concordando, mas enfatizou que ia ficar lá só um pouquinho. Por isso eu tinha planejado ficar de plantão naquele clube desde o comecinho da manhã, para não correr o risco de perder a presença dela por lá... Só que agora a Fani já devia até ter ido embora! Eu não podia acreditar, além de não poder conversar com ela sobre o CD, eu ainda perderia a chance de vê-la de biquíni!

O clube era relativamente perto do meu prédio, uns vinte minutos de caminhada. Mas eu não tinha esse tempo. Peguei o primeiro táxi que passou, com o dinheiro que eu estava juntando para comprar uns CDs. Valeu a pena, cheguei em cinco minutos.

Desci as escadas correndo, olhando para os lados, tentando ver alguma das meninas. A Natália costumava estender a toalha bem perto da piscina olímpica, então rumei para lá rapidamente, o que não foi fácil, pois o clube estava lotado, talvez pelo lindo sábado de sol que estava fazendo.

Quando cheguei ao local, olhei em volta e não avistei a Nat. Muito menos a Fani. Fiquei meio desanimado, elas já deviam ter ido embora! Nesse momento, uns amigos do meu irmão vieram conversar comigo. Enquanto falava com eles, continuei a olhar em todas as direções, mas elas realmente não estavam lá.

Resolvi procurar em outras partes do clube. Na lanchonete, perto dos banheiros, nas quadras e até nas piscinas infantis! Nem sinal das meninas. Provavelmente elas tinham mesmo ido para casa.

Decidi ir embora também, eu ainda estava com sono e começando a ficar com muita fome. Além disso, eu não podia ficar no clube sabendo que a Fani poderia ligar para a minha casa para falar do CD... Pela primeira vez eu estava arrependido de não ter um celular. O Rodrigo vivia dizendo que eu tinha que arrumar um, e eu sempre respondia que não gostava de me sentir rastreado. Mas naquele momento eu adoraria poder ser encontrado!

Fui andando desanimado em direção às escadas. Além de tudo, eu teria que voltar a pé, pois não tinha mais dinheiro. Mas foi só passar pela portaria e começar a subir a rua, que ouvi meu nome.

"Olha o Leo ali!"

Eu me virei em direção à voz e dei de cara com a Fani e a Natália, que estavam descendo do carro da mãe da Nat.

Fiquei estático, sem saber o que fazer. Claro que elas viram que eu estava indo embora. Será que pegava muito mal se eu simplesmente desse meia-volta e entrasse no clube de novo? "Tá vendo, Fani?", a Natália falou assim que elas se aproximaram. "Até o Leo já está voltando pra casa! Eu te falei que a gente precisava vir pra cá cedo! Aposto que o Mateus não está mais aí também!"

A Fani me cumprimentou com beijinhos e então falou, mais para mim do que para a Natália: "É que eu ganhei vários DVDs ontem de aniversário, aí não consegui dormir, virei a madrugada assistindo... Por isso só consegui acordar meio-dia!".

Hum, interessante. Se ela tinha ficado a noite toda vendo filmes, provavelmente nem havia ouvido o meu CD ainda.

"Não tem desculpa, Fani, você tinha me prometido. Eu deveria ter combinado com a Júlia, mas preferi vir com você!", a Nat cruzou os braços. "Anda, vamos entrar logo, ainda tenho esperanças de que ele esteja aí..."

"Não era hoje o aniversário da irmãzinha da Júlia?", perguntei piscando para a Fani, sabendo que com certeza a Natália a havia chamado antes e que apenas por ela não poder vir é que a Fani tinha sido requisitada.

A Nat ficou meio sem graça, mas a Fani logo falou: "Já vou, só um minuto. E, se virando para mim, completou: "Eu ouvi seu CD, Leo...".

Eu estava meio distraído, ainda tentando inventar uma desculpa para voltar para dentro do clube, mas, assim que ela disse isso, todos os meus sentidos ficaram em alerta. Meu coração disparou e minha boca ficou seca. Consegui encontrar minha voz para perguntar: "E aí, gostou?". Eu só esperava que ela não notasse a minha ansiedade.

"Amei... Meu irmão também adorou, até pediu emprestado!".

"Seu irmão?", perguntei meio contrariado. Eu não queria que meu CD fosse parar nas mãos do irmão dela!

"Mas eu falei que não ia emprestar, ele costuma pegar os CDs dele com os dedos cheios de gordura, imagina! Ele vai ficar guardadinho!"

Guardadinho? Mas era para ela escutar mil vezes, não para guardar! Algo em mim me avisou que aquilo não estava correndo como eu havia planejado. Se ela tinha escutado, devia ter sacado as minhas intenções e naquele momento estaria rolando um certo clima entre nós...

Foi quando ela, parecendo ainda mais envergonhada do que o normal, se aproximou um pouco de mim. Antes que eu me desse conta, ela me deu um abraço.

Ali estava o clima! Ela provavelmente tinha entendido tudo! Retribuí o abraço, e ela então ficou na pontinha dos pés, para falar algo no meu ouvido. Me arrepiei inteiro com o contato da boca dela na minha pele. Respirei fundo e prendi a respiração, para ouvir o que ela ia dizer. Eu tinha certeza de que ia me falar que precisávamos conversar a sós.

"Foi o melhor presente que eu ganhei, Leo!", ela disse sussurrando. "Adorei de verdade você ter gastado seu tempo pra gravar um CD pra mim. Você é realmente um ótimo amigo. O meu *melhor* amigo!"

Tentei sorrir, por mais que minha vontade fosse de chorar. Melhor *amigo*?

"Vamos, Fani!", a Natália falou bufando.

Ela então foi atrás da Nat, mas parou e me olhou mais uma vez: "Eu não vou demorar aqui no clube, não posso ficar muito no sol, porque mesmo com protetor solar fico muito vermelha. Quer ir ver um filme comigo lá em casa mais tarde?".

Eu ainda estava meio decepcionado, mas não conseguia recusar a companhia dela.

"Só fique sabendo que o filme vai ser bem meloso, viu, Leo? Você sabe que a Fani só gosta de água com açúcar...", a Natália entrou no meio puxando a amiga.

Por uma fração de segundo passaram pela minha cabeça cenas de vários filmes melodramáticos, com histórias românticas e muitos beijos, que só me fariam ter mais vontade de ficar com ela.

"Se não quiser, não precisa ir...", a Fani falou baixinho, com uma expressão meio acanhada.

"Quero ir, sim!", respondi depressa, sem conseguir recusar. Ela sorriu e então completei: "Amigo é pra essas coisas, né?"

Ela sorriu mais ainda, me deu beijo na bochecha e em seguida as duas entraram no clube.

Ainda fiquei ali parado por um tempo, sem conseguir andar, apenas sentindo no rosto o calor dos lábios da minha *amiga*...

Comunicado aos alunos

Conforme Artigo 35 do Estatuto da nossa escola, que indica que o quadro do Conselho Escolar precisa ser composto por um aluno, e tendo em vista que o atual representante do Conselho já está cursando o 3º ano, anunciamos aberta a seleção para o preenchimento dessa vaga.

O aluno representante do Conselho Escolar participará de todas as tomadas de decisões relativas às diretrizes e linhas gerais das ações pedagógicas, administrativas e financeiras quanto ao direcionamento das políticas públicas desenvolvidas no âmbito escolar.

Pré-requisitos:

- Estar cursando o 1º ou o 2º ano do Ensino Médio. Lembrando que excluímos os alunos do 3º ano desta seleção a pedido dos pais, que consideram que nesta fase todos os interesses extracurriculares dos filhos devem ter relação com o vestibular.
- Ter boas notas. Consideramos que um bom representante do Conselho deve ser exemplar em todos os aspectos.
- Ter aprovação dos responsáveis. No formulário de aplicação, os pais devem assinar, mostrando-se, assim, cientes do interesse do filho em participar do Conselho e dando seu consentimento.
- Ter disponibilidade aos sábados. As reuniões do Conselho Escolar acontecem todos os sábados às 10h. Em caso de falta sem justificativa, o representante será deposto e uma nova vaga será aberta.

Os interessados devem preencher o formulário de aplicação que se encontra na secretaria da escola até o dia 2 de abril.

Clarice Albuquerque da Silva Fagundes
Diretora Clarice Albuquerque da Silva Fagundes
Belo Horizonte, 25 de março.

Formulário de Aplicação ao Conselho Escolar

Nome:

Leonardo Morel Santiago

Idade:

15 anos (faço 16 em julho)

Série:

2° ano B

Descreva suas maiores qualidades:

Procuro ser amigo de todo mundo. Sou leal e gosto de ajudar as pessoas. Me preocupo com o que está acontecendo à minha volta e com a sociedade como um todo.

Você considera ter algum defeito?

Minha mãe diz que sou um pouco teimoso. E tenho ciúmes de quem eu gosto.

Em no máximo um parágrafo, conte por que você merece ser representante do Conselho Escolar:

Mereço ser o novo representante do Conselho porque estudo no colégio desde o maternal e por isso conheço bastante os professores, os funcionários e a diretoria. Possuo ideias que podem melhorar a interação dos alunos com o corpo docente e com isso aumentar o rendimento escolar. Gostaria também de fortalecer o lado cultural da escola, que (sinceramente) anda meio esquecido.

Assinatura:

Leonardo M. Santiago

9

Mrs. Nickleby: Ele morreu de
coração partido.

Ralph Nickleby: Isso não existe.

Nicholas: Concordo, desde que você
não tenha um coração.

(O herói da família)

Vários dias se passaram sem que nada mudasse, a não ser o fato de que eu e a Fani estávamos cada vez mais próximos. Eu realmente havia me tornado seu melhor amigo, e agora todas as pessoas nos viam assim, como amiguinhos. A mãe dela nem mesmo se importava que ficássemos deitados na cama da Fani vendo filmes, pois sabia que nada ia acontecer. E as amigas dela não ligavam de falar sobre outros caras perto de mim, como se eu também fosse uma das meninas.

Apesar de não gostar disso, eu aproveitava para dar conselhos, numa tentativa de que a Fani também resolvesse se abrir comigo no setor sentimental. Ela devia gostar de alguém, não era possível que uma garota tão romântica se contentasse em ficar apenas assistindo às outras pessoas se amarem, ainda que dentro das telas. Eu tinha certeza de que a Fani tinha um amor secreto, que o coração dela provavelmente estava ocupado, apesar de no fundo torcer para estar enganado. Tudo que eu queria era que ela descobrisse que podia gostar de mim de um jeito diferente...

Talvez por isso, custei a acreditar quando soube que eu estava certo. Ela gostava mesmo de alguém. Apesar de estar preparado para isso, imaginei que fosse alguém da nossa idade, algum garoto com quem eu pudesse concorrer de igual para igual. Só não esperava que fosse uma pessoa tão "irreal".

Tudo começou quando passei a notar que de vez em quando a Fani ia mais arrumada para a aula do que o normal. Na maioria dos dias, ela tinha sua aparência habitual, de cara limpa e com o cheirinho de sabonete de bebê. Mas às terças e sextas, ela passava maquiagem. Nada demais, apenas batom e rímel, mas além disso usava perfume.

Comecei a ficar intrigado, perguntei várias vezes se ela ia para algum lugar depois da escola, por estar tão bonita, o que ela negava depressa, dizendo que estava do mesmo jeito de sempre.

Foi então que outra atitude dela me chamou a atenção. Quando o intervalo acabava, normalmente ela esperava o segundo sinal bater, como todos da nossa turma, para só então se levantar e ir para a sala. Porém, notei que às terças ela comia depressa e já inventava alguma desculpa para subir.

Não precisei pensar muito para associar que nesse dia tínhamos aula de Biologia no 4º horário. A princípio pensei que ela pudesse estar com as notas meio baixas e quisesse se concentrar, mas essa teoria se mostrou infundada quando vi que ela tirava total em todas as provas e trabalhos dessa matéria.

Resolvi observá-la mais atentamente durante aquela aula. No começo não vi diferença, até que o professor resolveu fazer a chamada. O professor Marquinho costumava olhar para cada um dos alunos ao dizer o nome, acho que para verificar se alguém estava respondendo para um colega que porventura tivesse faltado. Notei que, pouco antes de chegar ao nome dela, a Fani começou a ficar meio nervosa, a passar os dedos pelos cabelos, e até tirou um espelhinho da mochila para se olhar. Então, quando ele chamou "Estefânia", ela não torceu o nariz como fazia a cada vez que escutava seu nome em vez do apelido. Ao contrário, deu um sorrisinho tímido e um tchauzinho para o professor, dizendo um "presente" praticamente inaudível.

Meu maxilar quase caiu! Eu não podia acreditar, a Fani estava jogando charme para o *Marquinho*?! Ele era muito mais velho que nós, usava umas roupas meio *hippies*, e definitivamente não tinha nada a ver com ela! Aquilo não devia estar certo, eu provavelmente tinha entendido mal.

Porém, durante o resto da aula, a Fani continuou a babar, ela não desgrudava os olhos do professor... Resolvi verificar na sexta-feira, quando novamente ele daria aula para nossa turma. E foi ainda pior.

Dessa vez, além de se derreter totalmente enquanto respondia a chamada, ela também resolveu fazer perguntas sobre a matéria enquanto ele explicava. A Fani era muito tímida, se tinha alguma dúvida, ela simplesmente pedia para que eu ou a Gabi perguntássemos, mas daquela vez ela mesma levantou as mãos e abriu o maior sorriso quando o Marquinho falou que a pergunta dela era muito inteligente. Como se não bastasse, ela ficou com a maior cara de boba pelo resto da aula, suspirando a cada palavra que ele dizia...

Por essa eu realmente não esperava! A Fani gostava de um professor?! Quer dizer que era por isso que ela não percebia as minhas intenções... O coração e a cabeça dela já estavam ocupados. Mas será que ele retribuía? Isso era proibido! A Fani era menor de idade, e o Marquinho devia ter pelo menos 25 anos!

Tomado por uma raiva súbita, saí da sala logo que o sinal bateu, sem nem olhar pra trás. A Fani que ficasse com aquele professorzinho de araque!

Fui direto para o bebedouro, minha garganta estava até seca. Minha vontade era matar o resto da aula e ir pra casa, mas teríamos um trabalho valendo pontos. Eu ainda estava abaixado tomando água, quando alguém fez cócegas na minha barriga. Me virei depressa e dei de cara com ela. Com um sorriso radiante, que, se fosse antes, eu acharia que era por minha causa. Mas agora eu sabia que era por causa *dele*. "Vamos fazer o trabalho de História juntos?", ela perguntou, certa de que eu aceitaria. "A professora disse que pode ser em dupla!"

Arranhei a garganta, tentando ganhar tempo enquanto pensava no que responder. Até uma hora atrás, com certeza eu diria que sim. Mas agora eu estava com raiva demais para passar um horário inteiro ao lado dela.

"Foi mal, já combinei com o Alan", falei olhando para os lados, tentando ver se meu amigo estava por perto. Ele teria que fazer aquele trabalho comigo por bem ou por mal.

O sorriso dela sumiu no mesmo instante.

"Ah, que pena", ela disse com uma carinha triste. "Adoro estudar com você, suas observações são tão divertidas que nem parece que estamos estudando..."

Eu também adorava estudar com ela. E adorava mais ainda quando ela me olhava como agora, com aqueles olhos românticos, que me faziam desejar fazer parte dos seus sonhos.

"Acho que vou ter que fazer sozinha então...", ela falou olhando para baixo, meio sem graça. "A Gabi não gosta de trabalho em grupo, você sabe. E tenho vergonha de pedir pra outra pessoa da sala."

Respirei fundo. Eu não podia fazer isso com ela. E nem queria...

"Acho que o Alan não vai se importar se eu formar a dupla com você", disse coçando a cabeça, sabendo que eu ia me arrepender daquilo. "Ele pode fazer o trabalho com o Carlos André ou com algum dos outros meninos."

"Jura?", ela disse com o sorriso de volta ao rosto. "Você vê com ele? Por favor?"

Não sei que poder era aquele que a Fani tinha de me fazer ser seu escravo, mas o fato é que pedi que ela esperasse um segundo, fui até o Alan e perguntei as horas, só para parecer que eu estava falando do trabalho. Em seguida voltei para perto da Fani e falei que estava tudo certo, eu e ela seríamos parceiros.

"Obrigada, Leo!", ela disse me dando um abraço. "O sinal bateu, te espero na sala!"

Ela saiu meio saltitante, e eu fiquei parado no corredor, tomando consciência de que esquecê-la seria mais difícil do que eu imaginava.

"Seu relógio está parado?", o Alan apareceu do meu lado de repente, me fazendo dar um pulo. Eu ainda estava seguindo a Fani com o olhar e, sempre que eu me concentrava nela, era como se o resto do mundo deixasse de existir.

"O quê?", perguntei sem entender.

"Seu relógio!", ele disse apontando para o meu pulso. "Você me perguntou as horas agora mesmo, acabou a bateria?"

"Ah, é", falei balançando a cabeça. "Esqueci que eu estava de relógio, estou com a cabeça cheia, muito estudo..."

"Tem que relaxar, Leozão! Desse jeito você pira! Anima ir ao Mineirão no domingo? Vai ter clássico! Você é atleticano, claro, né? Nosso time vai detonar o adversário!"

"Torço pro Flamengo...", falei desanimado. Meu pai não ligava para futebol, então desde criança acabei torcendo para o time da minha mãe, cuja família era toda do Rio de Janeiro. "E já tenho planos pra domingo, valeu!"

Dei um tapinha nas costas dele e entrei na sala. A professora já estava lá, explicando como seria o trabalho. Por isso, nos 45 minutos seguintes, me vi preso ao lado da Fani, notando nossos braços e pernas se tocarem sem querer, sentindo o perfume suave que ela estava usando – que agora eu sabia que era com intenção de que outra pessoa a achasse cheirosa –, ouvindo o riso dela a cada graça que eu fazia mesmo sem estar com vontade, apenas para que ela não estranhasse minha mudança de comportamento.

Mesmo assim, ao fim da aula, depois de entregarmos a tarefa, ela falou, com as sobrancelhas um pouco franzidas: "Tá tudo bem, Leo? Estou te achando meio nervoso...".

Eu não podia dizer que o motivo do nervosismo era a paixão dela pelo nosso professor. Nem a minha por ela... Então só respondi que era cansaço.

"Ainda bem que hoje é sexta-feira", ela disse assentindo. "Ei, por falar nisso, topa ir à minha casa assistir a uns filmes no domingo? Amanhã vou ter que passar o dia no apartamento do meu irmão, pra ajudar com meus sobrinhos. Mas domingo quero tirar o dia pra ver vários DVDs novos que comprei! Prometo que faço pipoca!"

Ela falou novamente com aquele sorriso que me estonteava, e eu estava a ponto de aceitar o convite, mas me contive a tempo. Que bem aquilo ia fazer? Eu seria obrigado a ver vários filmes de romance sabendo que no fundo ela desejava viver uma história daquelas com o Marquinho! Definitivamente, eu não precisava daquilo.

"Desculpa, Fani, já combinei com o Alan de ir ao jogo", falei, agradecendo o fato do meu amigo ter me dado essa ideia, mesmo sem intenção. "Acho que ele vai ficar bravo se eu furar de novo. Já basta o trabalho em dupla, né?"

Ela sorriu concordando. Só que, quando estávamos saindo da sala, o Alan passou, se despediu da gente, e a Fani aproveitou para dizer: "Ei, Alan, valeu por ter deixado o Leo fazer o trabalho comigo!".

Ele ficou me olhando meio sem entender, até que a Fani continuou: "Que bom que vocês vão ao jogo no domingo! Espero que se divirtam muito, o Leo está precisando!"

Em seguida ela me deu um beijo no rosto, desejou um bom fim de semana para nós dois e foi depressa atrás da Gabi, que tinha acabado de sair da sala.

"Que história é essa de trabalho?", o Alan perguntou com as sobrancelhas franzidas, mas no segundo seguinte pareceu entender tudo e deu um sorriso meio debochado. "Ah, acho que estou começando a sacar algo aqui... Tá rolando alguma coisa entre vocês dois?"

"Shhh!", eu o puxei para um canto, para que ninguém escutasse aquilo. "Não tem nada rolando." E para que ele tirasse aquela ideia da cabeça, perguntei depressa: "Afinal, que horas é o jogo?"

Ele pareceu surpreso, mas feliz. "Sabia que você ia mudar de ideia! Afinal, quem quer perder a chance de ver meu Galo ganhar de goleada? Passo na sua casa às duas da tarde. O meu irmão vai de carro, podemos ir com ele".

Concordei com a cabeça, já sabendo que eu ia me arrepender. O que eu realmente queria fazer no domingo era um programa bem diferente...

10

Tyler: O amor consiste em ficar juntos, mas passar um tempo separados pode levar a amar ainda mais.

(Lembranças)

De: Leonardo <soueuoleo@gmail.com>
Para: Rodrigo <rrrrrodrigooooo@gmail.com>
Enviada: 28 de março, 22:01
Assunto: Maior roubada!

Oi, Rodrigo! Minha mãe falou que você me telefonou uma hora atrás. Eu estava dormindo, o dia foi muito cansativo. Mas agora está tarde para ligar, por isso estou mandando este e-mail. Que sorte a sua de não ter ido assistir ao jogo comigo e com o Alan, foi a maior roubada! Se arrependimento matasse...

Eu fui apenas pra tentar tirar a Fani da cabeça por umas horas. E também porque o Alan começou a sacar meu interesse por ela e, para distraí-lo, acabei topando. Só que rolou uma briga no estádio, nem entendi o motivo, só sei que, quando vi, o Alan estava embolado com uns

caras, que acabaram quebrando os óculos dele.
Tive que ajudar, deu polícia... O maior rolo!
Mas o pior é que eu passei o tempo inteiro pensando que eu poderia estar vendo um filme com a
Fani em vez de estar assistindo a um bando de
marmanjos correndo de um lado pro outro! Vou te
falar que nunca mais deixo o Alan me carregar
pra esse tipo de programa!

Abração!

Leo

De: Rodrigo <rrrrrodrigooooo@gmail.com>
Para: Leonardo <soueuoleo@gmail.com>
Enviada: 28 de março, 23:05
Assunto: Fani

Oi, Leo, só vi seu e-mail agora, podia ter ligado, acabei de chegar da casa da Priscila.
Cara, para de bobeira, até parece que você vai
esquecer a Fani indo pro jogo com o Alan! Se
ainda fosse pra balada...
Mas lembra o que eu te disse: se eu fosse
você, lutaria por ela. Vai entregar a menina
de bandeja? Aliás, aquela história dela gostar do professor está muito mal contada, você
deve ter entendido errado... Mas mesmo se for
verdade, claro que não tem chances de dar
certo. Eu conheci a mãe da Fani no aniversário dela, a coroa tem a maior cara de brava,
supercontroladora. Pelo pouco que fiquei lá vi
que ela ficava mandando a Fani abaixar a música, parar de conversar com as amigas para dar
atenção às tias... Tenho certeza de que ela
nunca deixaria a filha namorar um cara tão mais
velho. Já com você... Pelo que me disse, ela
nem mesmo se importa de vocês ficarem deitados
na cama dela!

Vai por mim, em vez de se afastar, você deveria se aproximar ainda mais. Mesmo que ela te considere um amigo, quem disse que uma amizade não pode evoluir pra amor? Eu pagaria pra ver! Valeu!

Rodrigo

De: Alan <alan_alan@mail.com.br>
Para: Leonardo <soueuoleo@gmail.com>
Enviada: 28 de março, 23:35
Assunto: Jogo

Fala, Leozão! Estou escrevendo porque você não tem celular (cara, sei de um site que vende uns baratinhos de segunda mão, pega até mal você dar o telefone de casa para as gatas, imagina se sua mãe atender e ficar te chamando de "filhinho", como ela sempre faz?!).
Valeu demais por ter ido ao jogo comigo e mais ainda por ter ajudado na briga! Os caras ficaram com medo da gente, você viu? Se a polícia não tivesse aparecido, nós teríamos acabado com eles! Mas vamos ter outra oportunidade, porque no próximo domingo você vai comigo ao Mineirão de novo, né?
Bom, vou nessa, amanhã na aula conversamos direito. Tá bem difícil digitar com esses óculos quebrados!

Alan

De: Leonardo <soueuoleo@gmail.com>
Para: Alan <alan_alan@mail.com.br>
Enviada: 28 de março, 23:42
Assunto: Re: Jogo

Oi, Alan, foi legal mesmo ter ido ao jogo, mas não sei se vou poder ir no domingo que vem de novo. Época de provas, tenho que estudar. Dá um jeito de arrumar esses óculos logo! Mas se eu fosse você, passava a ir ao Mineirão sem eles... Fiquei preocupado, poderia ter entrado um caco de vidro no seu olho. Na verdade, achei até bom a polícia ter aparecido.

Até amanhã!

Leo

De: Leonardo <soueuoleo@gmail.com>
Para: Fani <fanifani@gmail.com>
Enviada: 28 de março, 23:53
Assunto: Filmes

Oi, Fani.
Vi que estrearam uns filmes novos. Tem algum que você queira assistir no fim de semana que vem? Ou também podemos estudar juntos para as provas. Ou as duas coisas, se você preferir...
Beijão!

Leo

11

Brandon: Você não entende como é difícil? Todos os dias na escola eu fico angustiado. Então, por favor, me ajude. Não consigo aguentar mais um dia assim. Eu não sei o que fazer.

(A mentira)

Depois de pensar muito, resolvi seguir a orientação do Rodrigo. Ele havia me aconselhado a lutar pela Fani, pois ela e o Marquinho não tinham a menor chance de dar certo. Como eu já havia percebido que não ia conseguir esquecê-la assim tão fácil, decidi que não custava nada tentar um pouco mais.

Então, na segunda-feira, me aproximei assim que tive chance. Ela havia acabado de se sentar e, quando abriu a mochila para pegar o caderno, vários DVDs saltaram lá de dentro.

"Aonde você vai com esses filmes, vai ter sessão pipoca na sua casa hoje? Nem me convida?", perguntei meio enciumado.

"A sessão foi ontem e você foi convidado... Mas me trocou por um jogo de futebol!"

Ela disse aquilo brincando. E eu estava prestes a dizer que não a trocaria por nada, mas ela continuou antes que eu abrisse a boca: "Que briga foi aquela do Alan com o Carlos André?", se referindo a uma discussão entre nossos colegas que havia acontecido um pouco antes.

A professora chegou nesse momento, então só pude responder no intervalo, quando saímos para dar uma volta no corredor.

"O Alan é atleticano roxo, e o Carlos é cruzeirense fanático. Ontem no jogo o Alan se envolveu em uma briga na torcida, aí chegou aqui hoje xingando até a última geração do time do Cruzeiro. O Carlos levou pro lado pessoal, e, se o Alan não ficar esperto, vai acabar com a outra lente quebrada..."

"Nossa, toma cuidado, daqui a pouco vai sobrar pra você... Não entendo essa loucura dos homens por futebol! O meu pai e o Alberto também chegaram lá em casa animadíssimos depois desse jogo de ontem! E falaram que na semana que vem irão de novo..."

"Nem todos os homens são fissurados por futebol, eu mesmo prefiro assistir a um filme em vez de uma partida..."

Parecendo gostar da minha observação, ela respondeu: "Ah é, eu recebi seu e-mail! Só não respondi porque já estava tarde. Aproveitei que minha mãe dormiu cedo e fiquei vendo filmes até de madrugada ontem... Aliás, é exatamente por causa disso que eu trouxe esses DVDs. Eu estava com tanto sono ontem à noite que acabei esquecendo de guardar. Se meus pais vissem tudo espalhado na sala, iam acabar percebendo que não fui dormir na hora que deveria, então enfiei todos eles na mochila quando saí pra escola!"

"Por isso que está com essa cara de sono, né?", falei rindo enquanto brincava com o cabelo dela.

"Estou com olheiras?", ela falou subitamente séria, já pegando o celular para checar a aparência pela câmera frontal.

"Está linda como sempre...", falei com sinceridade.

"Você só fala isso porque é meu amigo!", ela respondeu meio impaciente, guardando o celular no bolso.

Tive vontade de falar que não era por ser amigo dela, e sim porque eu realmente a achava uma princesa. Eu não sabia como a Fani tinha aquela aparência perfeita mesmo às sete da manhã. Em vez disso, preferi mudar de assunto.

"Mas e aí, o que você acha de repetir a sessão de DVDs no próximo domingo? Ou se preferir podemos ir ao cinema. Prometo que não vou a jogo nenhum. Na verdade, só fui ao de ontem porque o Alan tinha uns ingressos e me convidou. Você sabe que eu não torço pra nenhum dos dois times."

"Acho ótimo", ela concordou sorrindo, "que tal às cinco da tarde?"

"Por mim pode ser até mais cedo, assim podemos ver mais filmes... O que você acha?"

Em vez de responder a minha pergunta, ela ficou muda, olhando estática para algo atrás de mim. Me virei depressa para ver o que era e tive a maior decepção ao dar de cara com o Marquinho conversando com o Alan sobre futebol. Tive vontade de ir embora, de largá-la ali, mas me lembrei mais uma vez das palavras do Rodrigo. Eu devia lutar!

"Fani? Pode ser?", estalei o dedo na frente do rosto dela para chamar sua atenção.

"Pode ser o quê?", ela perguntou completamente aérea.

Expliquei que eu tinha sugerido de começarmos a sessão mais cedo, mas ela subitamente ficou séria.

"Leo, pensando bem, podemos deixar pra combinar isso mais pro final da semana? É que eu lembrei que... talvez a minha tia faça aniversário."

"*Talvez* ela faça aniversário? Como assim, ela escolhe se faz ou não? Tipo, se quer ou não ficar mais velha?", perguntei fazendo graça.

"Você entendeu o que eu quis dizer", ela respondeu sem paciência. "Talvez ela *comemore*! A gente conversa depois, tá?"

Em seguida entrou na sala e me deixou falando sozinho. Respirei fundo, sentindo mais uma vez a raiva e a decepção me dominarem. A Fani nunca ia gostar de mim de verdade, eu podia esquecer. Só de ver o Marquinho no corredor, ela tinha mudado completamente, no mínimo havia lembrado que eu não era ele, a pessoa com quem ela realmente gostaria de passar o fim de semana vendo filmes.

Entrei na sala ainda chateado. Assim que me sentei, o Alan veio para o meu lado.

"Fala, Leozão! Vi seu e-mail. Aquela história de estudar em pleno domingo era brincadeira, né? É óbvio que você tem coisas bem melhores pra fazer no seu fim de semana, como ir ao jogo mais uma vez comigo! Você vai, né?"

Dei mais uma olhada para a Fani, que estava com uma expressão apaixonada escrevendo alguma coisa no caderno. Provavelmente era o nome dela junto com o do Marquinho, para ver como ia ficar quando os dois se casassem...

"Vou sim, Alan!", respondi decidido. "Não tenho *nada* melhor pra fazer!"

Ele abriu um sorriso, bateu no peito, depois no meu ombro e então foi se sentar. E eu passei o resto da aula tentando não pensar nem olhar para a Fani. O que realmente deveriam ensinar na escola é como fazer a gente tirar alguém da cabeça. E do coração...

12

George: Estou triste. Porque eu quero você. Porque a minha mente se fixou em você e não consegue pensar em nada mais. É por isso que eu tenho sofrido. Estou doente de desejo.

(O piano)

"Tá louco, Leo? Camisa do Flamengo em pleno Atlético e Cruzeiro?"

"Eu defendo meu time mesmo no jogo dos outros!", respondi para o Alan enquanto beijava minha blusa, orgulhoso. "E vamos logo antes que eu desista. Eu estava jogando futebol no PlayStation e aposto que ia marcar muito mais gols do que esse seu timinho hoje!"

Entramos no carro do Adriano, o irmão do Alan, e em meia-hora chegamos ao estádio. Demoramos pelo menos mais trinta minutos para conseguirmos entrar, pois estava ainda mais cheio que no fim de semana anterior. Eu não parava de pensar que deveria ter ficado em casa... Não sei onde eu estava com a cabeça quando topei novamente encarar o Mineirão lotado, mas eu realmente precisava me agarrar a qualquer coisa que não fosse a Fani.

O juiz marcou o início da partida, e eu bem que tentei me concentrar nos lances dos jogadores, mas, talvez por não torcer por nenhum dos times, comecei a ficar com sono. Quanto mais eu olhava para o relógio, mais o tempo demorava a passar. Para piorar, a partida estava completamente estagnada, nenhum gol havia sido marcado e os jogadores pareciam nem ao menos estar tentando. Por isso, quando faltavam uns vinte minutos para o fim do primeiro tempo, resolvi comprar uma Coca, para tentar dar uma despertada.

"Não acredito que você vai sair bem no meio do jogo! E se marcarem um gol e você perder?", o Alan ficou indignado quando eu disse que ia até o bar.

"Eu vou e volto rápido", falei já me levantando. "E se fizerem um gol bem na hora que eu sair, é sinal de que sou o maior pé-frio... Daí vai ser até melhor eu ir embora!"

O Alan pensou um pouco, sem tirar os olhos do gramado, e então disse: "Ok, vá depressa. Traz uma cerveja pra mim, minha garganta já está seca de tanto gritar!".

"Não vão vender cerveja pra mim, sou menor de idade... Aliás, você também é!"

"Ah, traz qualquer coisa, suco, refrigerante, água!"

Em seguida ele gritou um palavrão para um lance perigoso de um jogador, e resolvi ir depressa, antes que as pessoas sentadas atrás de nós começassem a reclamar.

Por sorte, o bar estava vazio. Em poucos minutos aquilo mudaria totalmente, pois no intervalo todo mundo aproveitava para abastecer os copos. Então resolvi voltar depressa, para que a multidão não acabasse derrubando os dois refrigerantes que eu estava carregando.

Porém, assim que me virei em direção às arquibancadas, vi a última pessoa que eu esperava encontrar ali... a *Fani*.

Ela estava vestindo uma blusa do Cruzeiro. Até pisquei com força algumas vezes para ter certeza de que aquilo era real, e não uma alucinação. A Fani vivia dizendo que não gostava de futebol e que exatamente por isso não torcia por time nenhum... O que ela estaria fazendo ali?

Embora eu soubesse que deveria dar meia volta e ir para o lado oposto, não resisti e fui até ela. Só então percebi que a Gabi também estava lá.

"Oi, meninas! O que vocês estão fazendo aqui?"

As duas me olharam como se estivessem vendo uma assombração.

"Hum, eu estava exatamente tentando provar pra Gabi que é possível encontrar algum conhecido, por acaso, no meio de cinquenta mil pessoas...", a Fani respondeu mais para a Gabi do que para mim.

Sobre o que ela estava falando?

"Por que você está com essa camisa do Flamengo?", a Gabi perguntou. "Acho que está no estádio errado..."

Revirei os olhos e falei pela décima vez naquele dia: "Eu defendo meu time mesmo no jogo dos outros!". Então aproveitei para perguntar o que eu queria saber desde o momento em que as vira.

"E essa blusa do Cruzeiro, Fani? Você sempre me falou que não gostava de futebol... Aliás, você não disse que hoje era o aniversário da sua tia? Eu só topei vir com o Alan porque você cancelou a nossa sessão de DVDs..."

Na verdade, ela nem tinha cancelado, simplesmente não havíamos mais falado desse assunto. Depois de ter visto a adoração dela pelo Marquinho no corredor, eu tinha perdido a vontade. Mas agora, olhando para ela bem na minha frente, toda linda mesmo com camisa de futebol, não tive como não desejar estar com ela em outro lugar, com bem menos gente.

"É que o meu pai estava vindo pra cá com o meu irmão, o Alberto, e então..."

"E então eu perguntei se a gente não podia vir junto com eles, pois eu queria desesperadamente ver um paquera meu que eu sabia que estaria aqui", a Gabi cortou a explicação da

Fani. "A gente ia agora mesmo dar uma volta pela torcida do Atlético, pra tentar encontrá-lo. Quer vir junto?".

Achei aquilo meio estranho, a Gabi não era o tipo de garota que corria atrás de cara nenhum. Mas esse não era um problema meu, no fundo eu estava achando ótimo ter encontrado as duas para sacudir o marasmo daquele jogo.

"Claro, vou com vocês", respondi depressa. Não queria nem imaginar a Fani passeando toda linda no meio de um bando de caras exaltados. "Aliás, eu e o Alan estamos na torcida do Atlético, em um lugar com ótima visibilidade, pode ser que você consiga encontrar o cara que está procurando. Quem é o sortudo?"

"Ah, você não conhece, não é do colégio...", a Gabi disse depressa, enquanto andávamos para as arquibancadas.

Ela continuou a falar alguma coisa, mas eu nem prestei atenção, todos os meus sentidos estavam voltados para a Fani, que vinha logo atrás da gente, meio distraída olhando para os lados. Eu já ia perguntar se era a primeira vez dela em um estádio, quando um sujeito um pouquinho mais velho que nós falou no ouvido dela, mas alto o suficiente para que eu pudesse ouvir: "Seria gata se não fosse cruzeirense. Mas se sair comigo eu tiro essa sua blusa rapidinho. O que tem por baixo deve ser bem mais bonito...".

Não sei o que aconteceu, mas quando dei por mim eu já estava em cima do cara. Agarrei a camisa dele e o empurrei com uma força que fez com que ele caísse nas arquibancadas. Na verdade, minha vontade era que ele tivesse caído no meio do campo, tamanha minha raiva.

"Ficou louco, Leo?", a Fani gritou no mesmo instante, meio preocupada, porque pelo visto ele tinha batido a cabeça no cimento.

"Ele agiu certo, Fani!", a Gabi gritou também. "O cara estava a ponto de te agarrar!"

As duas começaram a discutir, mas o sujeito de repente se levantou e veio em minha direção. Pela expressão, ele estava disposto a me arrebentar, e ainda por cima alguns amigos dele vieram junto.

Comecei a me preparar psicologicamente para apanhar, só que bem nesse momento o Alan apareceu, perguntando o que estava acontecendo.

"Ei, foi você que implicou comigo no jogo da semana passada!", o garoto que eu tinha empurrado falou assim que avistou o Alan.

"Sabia que eu estava te reconhecendo de algum lugar...", o Alan pulou dois degraus e já parou na frente dele. "Que bom te ver de novo, quero terminar o que comecei na semana passada!"

O cara não se intimidou, estalou os dedos dizendo que, se o Alan desse mais um passo, quebraria a outra lente dele.

Me posicionei ao lado do Alan e os amigos do sujeito vieram pra cima de nós. As pessoas que estavam em volta saíram depressa, com medo de acabarem levando um soco por tabela. Me sentindo em um ringue de boxe, só tive tempo de me certificar de que a Fani estava bem, antes de levar um pontapé no joelho. Retribuí com uma cabeçada na barriga de um deles, mas então algumas pessoas me seguraram, tentando apartar a briga. Gritei para que me soltassem, mas nessa hora uns guardas apareceram.

"Vocês de novo?", um dos policiais perguntou. "Não aprenderam na semana passada que não devem brigar no estádio? E onde estão os pais de vocês? Já falei que menores de idade só podem ficar aqui acompanhados pelos responsáveis! Vou levar vocês para o juizado de menores."

Um dos guardas pegou no meu ombro, mas bem nesse instante a Fani surgiu na minha frente, dizendo: "O Alan e o Leo estão comigo! O meu pai trouxe a gente, ele está na torcida do Cruzeiro. Os dois só entraram na briga porque esse menino aqui...", ela deu uma pausa, apontando para o cara que havia começado tudo, e em seguida continuou meio tímida, abraçando o próprio corpo: "Ele ficou falando umas bobagens pra mim, meus amigos só quiseram me defender...".

Nem tive tempo de ficar feliz pelo fato da Fani nos acobertar, pois os caras começaram a dizer que era tudo mentira, que nós tínhamos brigado com eles à toa. Eu e o Alan ficamos indignados e quase começamos a brigar de novo. A torcida começou a vaiar, já que estávamos atrapalhando totalmente a visão do jogo, e foi aí que um dos policiais disse que ia nos levar até o pai da Fani e que queria conversar com ele. O outro ficou com o outro grupo.

Enquanto andávamos em direção à torcida do Cruzeiro, percebi que a Fani estava apreensiva e comecei a dizer para ela que não precisava se preocupar, eu assumiria toda a culpa para o pai dela. Mas bem nesse momento ele apareceu na nossa frente, com a maior cara de assustado.

"Fani, minha filha!", ele a abraçou. "Onde você estava? Te procurei por toda parte! Não falei que era pra me encontrar na frente do banheiro no intervalo? E por que não atendeu o celular? Eu estava morrendo de preocupação!"

"Desculpa, seu João Otávio", falei depressa, "fui eu que pedi pra Fani ir comigo até a torcida do Atlético, não é culpa dela..."

A Fani sorriu para mim, visivelmente aliviada por eu estar tentando livrar a barra dela, mas então a Gabi falou: "Na verdade, a culpa é minha, que estava procurando uma pessoa e pedi pra ela vir comigo...".

O pai da Fani ficou olhando de mim pra Gabi e da Gabi pra mim, mas o Alan de repente bateu no próprio peito dizendo: "Não, o culpado sou eu! Apanhei de uns caras na semana passada e pedi pra eles me ajudarem a revidar! Só não sabia que meninas podiam ser tão boas de briga...".

Nós quatro nos olhamos com cumplicidade, sorrindo uns para os outros. O guarda então, já cansado daquilo, falou: "Espero que tenham aprendido a lição e que não fiquem mais provocando as outras torcidas! Cada uma do seu lado!". E, se virando para o Alan, completou: "E se eu te pegar aqui de novo sem um responsável, vou me certificar de que você só volte ao Mineirão quando completar 21 anos!".

"O senhor não precisa se preocupar!", o pai da Fani falou antes que um de nós dissesse mais alguma coisa. "Vou levar todos eles embora agora mesmo."

O Alan reclamou que o jogo ainda não tinha terminado e que iria embora com o irmão dele. Eu ajudei, pois no fim das contas estava gostando bastante do programa, mas o Sr. João Otávio nos olhou com uma cara tão feia que nem dissemos mais nada. Apenas o seguimos calados em direção ao estacionamento, enquanto ele ligava para o Alberto avisando que teria que nos levar para casa mais cedo por causa de um "incidente".

"Pai, o pessoal pode ir lá pra casa ver um filme?", a Fani perguntou de repente. "Juro que não foi culpa deles, um cara realmente mexeu comigo, os meninos foram só me defender..."

Ele pensou um pouco e acabou assentindo. "Tudo bem, acho que o culpado sou eu, que não deveria ter deixado você e a Gabi andarem sozinhas em um estádio cheio desse jeito. Ainda bem que vocês encontraram seus amigos".

A Fani sorriu feliz. O Alan agradeceu o convite, dizendo que preferia ir para um barzinho ver o fim do jogo e comemorar depois, pois tinha certeza de que o Atlético ganharia. A Gabi também disse que não podia, pois precisava terminar o dever de casa.

Apesar de ter prometido para mim mesmo que ia esquecer a Fani, não resisti, ainda mais que ela estava com uma expressão triste, pela recusa dos nossos amigos.

"Eu posso, Fani", falei depressa, e ela na mesma hora abriu o maior sorriso. Começou então a dizer o nome de uns DVDs novos que havia comprado, e eu fiquei instantaneamente feliz por ela ter se alegrado com a minha companhia.

Quando estávamos para sair do estádio, perguntei para o pai dela se poderia só ir ao banheiro antes de irmos para o carro. Ele disse que sim, mas que, por não querer mais nenhuma confusão naquele dia, todos iriam comigo e me esperariam na porta do banheiro. Achei aquilo meio constrangedor, mas concordei. Porém, assim que me virei, vi a

última pessoa que eu queria encontrar naquele momento...
O professor Marquinho.

Ele estava vestindo uma camisa do Atlético, e minha cabeça começou a funcionar depressa. Será que era por causa dele que a Fani estava ali? E aquela história de paquera da Gabi... Ela tinha dito aquilo apenas para acobertar a amiga?! Era a Fani que tinha ido até ali para paquerar? Para tentar encontrar o nosso professor?

Foi com a cabeça rodando e percebendo que a Fani veria Marquinho em um segundo, caso continuássemos naquela direção, que tomei uma decisão. Mesmo sabendo que não devia, dei meia volta, virei a Fani para o outro lado e disse: "Quer saber? Nem estou tão apertado assim, o banheiro deve estar muito sujo, vamos direto pro carro".

"Ai, que mocinha, preocupado com o estado do banheiro...", o Alan zombou. "Vai fazer xixi sentadinho, vai?"

"Não enche...", eu disse com o coração ainda acelerado. Eu não podia acreditar que tinha boicotado o esquema da Fani.

Quando chegamos à casa dela, eu ainda estava pensativo.

"Tá tudo bem, Leo?", a Fani perguntou assim que nos sentamos no sofá da sala. "Você veio tão calado no carro..."

Falei que era só impressão dela e, para provar, comecei a falar sobre o jogo, sobre a briga, sobre o Alan, até que ela se lembrou da cantada que havia recebido.

"Você ficou todo exaltado só porque o menino falou da minha blusa...", ela disse com um sorrisinho de lado.

Só de me lembrar daquilo meu sangue ferveu novamente.

"Não foi por ele ter falado da sua blusa, você sabe muito bem... E o que você queria? O cara estava pedindo pra brigar, né? Mexer com a minha... *amiga* na minha frente?"

Assim que disse isso, me arrependi. Enquanto eu ficasse incentivando essa história de amizade, era assim que ela ia me ver. Mas o que eu poderia ter dito? Que fiquei com ciúmes porque a considerava muito mais do que uma simples amiguinha?

Nesse momento o Alberto chegou em casa, acompanhado de uma menina bem bonita. Ela estava com uma camisa do Atlético. "Que ideia foi essa de saírem do jogo mais cedo?", ele perguntou, fechando a porta. "Fiquei com pena do papai, que perdeu o final! Acho que agora ele só vai deixar você ir a algum jogo novamente daqui a uns dezesseis anos, Fani! Ainda bem que eu encontrei a Sandrinha... Uns amigos dela me deram carona pra voltar."

A menina acenou pra gente, e o Alberto pediu que fizéssemos companhia para ela por um minuto, pois só ia pegar a chave do carro, os dois iam a um barzinho comemorar.

"Comemorar a vitória de qual time? Você torce pro Cruzeiro e ela, pelo visto, pro Atlético... Afinal, quanto ficou o placar?", perguntei me lembrando que, no fim, nem tinha ficado sabendo o resultado do jogo.

"Zero a zero...", ele respondeu abrindo a porta. Assim que a garota saiu, ele deu uma piscadinha para nós e falou em um tom mais baixo: "Mas vocês sabem o que dizem... Azar no jogo, sorte no amor".

Ele fechou a porta, e a Fani deu um suspiro, dizendo que no caso dela era azar nos dois setores.

Resolvi colocá-la contra a parede e perguntei depressa: "Por que você diz isso?".

Em vez de responder, ela apenas mandou que eu ligasse logo o DVD. Obedeci, sabendo que não ia conseguir prestar a menor atenção no filme.

Um tempo depois, a Fani deitou a cabeça no meu ombro. Prendi a respiração, curtindo aquela sensação boa do rosto dela tão perto do meu. Tive vontade de abraçá-la, mas em vez disso deitei minha cabeça suavemente na dela, que chegou ainda mais perto de mim.

Suspirei. Será que ela não percebia como nossos corpos se encaixavam?

Ficamos vendo o filme assim, e por alguns minutos cheguei a esquecer que ela gostava de outra pessoa. Até que ela falou, apertando minha mão: "Sabe, acho que aquele ditado está errado. O certo deveria ser: azar no jogo, sorte na amizade!".

Eu estava com um sorriso bobo no rosto, fingindo para mim mesmo que ela era minha namorada, mas aquela observação me sacudiu e me jogou no frio chão da realidade. Tive vontade de me levantar, de gritar que eu não queria a amizade dela, e sim algo mais... Mas recobrei a sensatez a tempo. Vesti minha máscara de melhor amigo e fiz cócegas na barriga dela.

"Ainda bem que disso você não pode reclamar!", falei forçando um sorriso. "Você tem muita sorte de ter um amigo como eu!"

"Você é que tem sorte!", ela replicou, também me fazendo cócegas. Segurei a mão dela e a encarei. Se aquilo fosse um filme, como os de que a Fani gostava, era naquele momento que ela enxergaria nos meus olhos o que eu realmente sentia. E que de sortudo eu não tinha nada...

Mas como a vida não é um filme, ela apenas se deitou no meu colo e voltou a assistir ao DVD, com uma expressão sonhadora.

Resistindo à vontade de beijá-la, também me concentrei na TV. E pela milésima vez naquela semana concluí que eu não podia viver assim. Eu tinha que partir pra outra. Senão nunca teria meu próprio final feliz...

13

Jake: Você tinha que ver essa garota.
Ela é tímida, frágil, introspectiva...
E não tem ideia de como é linda.

(Procura-se um amor que goste de cachorros)

Leo está online

Luigi está online

Leo: Fala, primo! Que bom te ver online! Tudo bem aí no Rio?

Luigi: Oi, Leo! Tudo certo! Saudade de você! Estava aqui falando com a Marilu, ela foi passar o fim de semana em Nova Friburgo, onde a família tem casa. Queria ter ido junto, mas amanhã é o aniversário da Letícia. Acho que a minha irmã ficaria com raiva pra sempre se eu faltasse à festinha dela pra viajar com minha namorada...

Leo: A Let deve ter puxado o primo aqui... Ciumenta com seis anos de idade? Coitados dos futuros namorados!

Luigi: Espero que demore muito para ela arrumar esses tais namorados! Deve ser de família, morro de ciúmes até da minha irmã!

Leo: Nem fala... Atualmente estou curtindo a maior deprê exatamente por causa disso. Estou gostando de uma menina. Ela é linda, inteligente, charmosa, cheirosa, tem gostos parecidos com os meus...

Luigi: Parece perfeita! Qual é a razão da tristeza?

Leo: Ela está a fim de outro. Estou enciumado com isso. E, pra piorar, tenho tentado esquecê-la, fico querendo dar um gelo nela, me afastar, mas não consigo... Basta que ela se aproxime para eu perder a pose. Tenho que sofrer mesmo pra aprender a ficar esperto!

Luigi: Essa garota te conhece direito? Certamente não! Como pode estar a fim de outro com você por perto?!

Leo: Haha, valeu pela força! Ela conhece, sim. Até bem demais. Me deu o posto de melhor amigo, e eu aceitei...

Luigi: Ihhh, saquei! Então você tem que mudar isso. Mostre pra ela que você quer ser bem mais que um amigo...

Leo: Já tentei, mas acho que o coração dela está realmente ocupado por esse outro cara.

Luigi: Então nada de se afastar! Fique por perto. Te garanto que assim ela vai perceber que você é muito melhor que esse outro sujeito!

Leo: A história é bem mais complicada... Mas vou tentar. Obrigado pela força!

Luigi: Estou às ordens! Tenho que ir agora, não some! Depois me dê notícias, aposto que da próxima vez que a gente conversar você já vai ter virado o jogo!

Leo: Bem que eu queria... Valeu, primo! Até mais!

Luigi está offline

Leo está offline

De: Leonardo <soueuoleo@gmail.com>
Para: Fani <fanifani@gmail.com>
Enviada: 30 de abril, 10:32
Assunto: Hoje

Oi, Fani!

Estou escrevendo pra te pedir um DVD emprestado! Hahaha! Brincadeira, sei que você não
emprestaria, mas saiba que eu o trataria como
se fosse meu... Não, quer dizer, eu tomaria
conta como se fosse seu mesmo, assim com certeza eu teria muito mais cuidado!

Fanizinha, tem um filme que eu estou querendo
ver ao cinema hoje à tardinha, o nome dele é "O
chamado 2"! Sei que não faz muito seu estilo,
mas eu estou querendo muito assistir, pois vi
o primeiro e achei muito legal! Eu ia chamar
o Rodrigo, mas ele tem ensaio daquela banda
do irmão dele e, além disso, a Priscila ainda
está de castigo, então é garantido que ele não
vai animar. Topa me fazer companhia?

Seu celular está desligado e não quero ligar
pra sua casa, sua mãe sempre atende...

Beijo!

Leo

De: Gabriela <gabizinha@netnetnet.com.br>
Para: Leonardo <soueuoleo@gmail.com>
Enviada: 30 de abril, 14:09
Assunto: Cinema e aniversário

Oi, Leo!

A Fani falou que você chamou a gente pra ir ao
cinema hoje, já estou indo pra casa dela! Mas

tem certeza de que tem que ser "O chamado 2"? Aquela Samara me dá arrepios! Bom, mas pelo menos não é um romance açucarado, como os que a Fani gosta...

Leo, aproveitando, queria te chamar para o meu aniversário, que é no dia 5 de maio. Para comemorar, vai ter um jantar aqui em casa. Tenho certeza de que você não vai resistir ao convite, especialmente quando eu te contar que a minha mãe vai encomendar uma torta da Gulagulosa para sobremesa! Ah, você viu que abriu uma lanchonete dessas na frente da escola? Ai, ai, já vi que vou engordar!

Bom, te espero aqui no dia 5 às sete da noite! Não precisa vir muito arrumado, a comemoração vai ser só pra família mesmo. De fora só convidei você e a Fani. Ah! E talvez eu chame também a Priscila da outra sala (e o namorado dela, que é seu amigo também), até que ela é legal. Achei interessante a iniciativa do abaixo-assinado, acho que vai dar certo.

Aliás, gostei de você ter me contado que ela disse que me considera a aluna mais inteligente do 2° ano! Pode falar pra ela que vou ajudar no que for preciso na sexta-feira! Fala também que se ela precisar de alguém para substituí-la, caso fique doente, precise viajar, tenha que estudar ou apenas queira namorar um pouco, eu posso assumir o lugar dela! Por favor, diga a ela que sou muito mais qualificada do que a Victória, que sei que deve estar enchendo a cabeça da Priscila querendo ser "vice-representante do Conselho Escolar" (sim, eu sei que esse cargo não existe, mas bem que a Priscila podia criá-lo)!

Beijo!

Gabi

De: Alan <alan_alan@mail.com.br>
Para: Leonardo <soueuoleo@gmail.com>
Enviada: 01 de maio, 11:42
Assunto: Carol

Oi Leo, estou em Escarpas curtindo o feriado! Você não vai acreditar em quem encontrei aqui ontem à noite... Sua ex-namorada, a Carol! Cara, não sou de fofoca e fico até meio constrangido de te contar isso, mas a menina tá me dando muito mole! Eu saí fora, claro, mulher de amigo meu é homem!

Bem, só pra te colocar a par do que está acontecendo, sei muito bem como as mulheres são com rejeição. No mínimo ia virar pra você e dizer que EU que dei em cima dela, só pra se vingar!

Espero que você esteja aproveitando o feriado também!

Até mais!

Alan

P.S.: Nada de celular ainda?! Quando é que você vai chegar no século XXI?

P.S. 2: Seu gosto pra mulheres é ótimo, a Carol é muito gata!

De: Leonardo <soueuoleo@gmail.com>
Para: Alan <alan_alan@mail.com.br>
Enviada: 01 de maio, 14:46
Assunto: Re: Carol

Fala, Alan!

Valeu por ter me contado, mas desencanei da Carol há tempos! Na verdade, o namoro da gente nunca foi muito sério. Se quiser ficar com ela, vai em frente, não vou ficar com raiva, juro! Já estou em outra. Mas a Carol é pra casar, viu? Nada de fazer hora com ela!

Abraço!

Leo

De: Alan <alan_alan@mail.com.br>
Para: Leonardo <soueuoleo@gmail.com>
Enviada: 02 de maio, 03:45
Assunto: Re: Re: Carol

CASAR? Tá louco?? Confesso que até estava meio interessado, mas depois dessa desisti!

Esta cidade está cheia de gatas, estou tendo que ficar com duas por noite pra dar tempo de conhecer todas... Valeu por ter avisado, vou passar longe dela!

Abração!

Alan

De: Leonardo <soueuoleo@gmail.com>
Para: Rodrigo <rrrrrodrigooooo@gmail.com>
Enviada: 06 de junho, 21:42
Assunto: Era segredo!

Rodrigo, que história foi aquela da Priscila ficar me perguntando sobre a Fani hoje no colégio? Você falou alguma coisa pra ela? Caramba, sei que ela é sua namorada, mas segredo de amigo a gente não revela nem pra ESPOSA!

Se eu não posso confiar nem no meu melhor amigo, em quem eu vou confiar?

O que aconteceu com o telefone da sua casa? Estou ligando há horas e só dá ocupado!

Valeu!

Leo

De: Rodrigo <rrrrrodrigooooo@gmail.com>
Para: Leonardo <soueuoleo@gmail.com>
Enviada: 06 de junho, 22:19
Assunto: Re: Era segredo!

Calma, nervosinho! O que é isso, TPM? A minha mãe estava conversando com a minha avó, mas já desligou. Vou te responder por aqui mesmo, estou com preguiça de buscar o telefone.

Por que você acha que a Priscila está te perguntando sobre a Fani? Exatamente porque eu NÃO contei pra ela! Se eu tivesse dito qualquer coisa, ela não estaria fazendo perguntas, e sim afirmações! Você sabe como a Pri acha que tem domínio de tudo. Se ela tivesse certeza, no mínimo já estaria organizando o casamento de vocês, escolhendo a cor do vestido para ir à festa e tudo mais...

Pode saber que foi algo que você mesmo fez que a deixou com essa impressão. Aliás, você está dando bandeira demais! Acho que só mesmo a Fani ainda não sacou que você se amarra nela... Você só não dá mais na cara do que aquele Juliano com a Priscila! Sério, tenho que me segurar pra não dar um soco na boca daquele cara quando ele começa a dar em cima dela na minha frente! Mas eu sei que ela não me perdoaria, parece que a Pri o adotou, como um daqueles cachorrinhos abandonados lá da ONG. Ela acha que tem que cuidar dele, que isso é responsabilidade dela. Além do mais, eu poderia ser expulso ou algo parecido se partisse para a agressão física. E aí seria pior. O gaiato continuaria a dar em cima da minha namorada. Mas eu ficaria só imaginando...

Por falar nisso, como está o progresso com a Fani? Sabe que na verdade eu acho que seria bom se a Priscila ajudasse? Porque às vezes tem algo que está bem na nossa cara, mas a gente não percebe, e eu acho que é isso que está acontecendo com a Fani. Antes de eu namorar a Priscila, a ex-cunhada dela me mandou um e-mail avisando que a Pri estava a ponto de desistir. E essa foi uma das coisas que me fez tomar uma atitude. Você deve se lembrar daquele rolo todo com o meu irmão e tal...

Bem, só estou dizendo que às vezes um empurrãozinho de outras pessoas não atrapalha, muito pelo contrário. Pode ajudar.

Abraço!

Rodrigo

14

> Jack Twist: Eu gostaria de saber
> como desistir de você.
>
> (O segredo de Brokeback Mountain)

Maio e junho trouxeram várias novidades. A primeira delas foi a (re)criação do grêmio do colégio, que já estava extinto havia três anos. A responsável foi a Priscila, que após ter sido convidada pela diretora para ser representante dos alunos no Conselho Escolar, usou o poder adquirido para fazer um grande abaixo-assinado que resultou no renascimento do grêmio.

Confesso que a princípio fiquei meio com raiva da Priscila, porque eu também estava concorrendo à vaga de representante do Conselho. Porém ninguém consegue ficar com raiva da Pri por muito tempo... Eu não sei como ela faz, mas certamente deveriam chamá-la para as campanhas de desarmamento e para ser diplomata nas guerras do mundo! A menina tem uma lábia capaz de derreter qualquer coração de pedra e um carisma que faz com que todo mundo faça qualquer coisa que ela pedir.

E, talvez por isso, a Priscila não só conseguiu persuadir a diretora a reativar o grêmio, mas também me convenceu a participar dele. Pra falar a verdade, não foi muito difícil aceitar, ela me nomeou "diretor social e de cultura" e eu acabei conseguindo o que sempre quis: implementar mais eventos extracurriculares na escola!

Para começar, resolvi ressuscitar a festa junina, que não acontecia havia anos. A última delas, aliás, havia sido a culpada pelo fim do antigo grêmio. Lembro perfeitamente, porque meu irmão, que fazia parte, foi um dos responsáveis... Na ocasião dessa festa, a única imposição da diretora foi que não soltassem fogos de artifício, pois a escola se localizava em uma área residencial e muito arborizada. Ninguém levou a sério a advertência, e com isso o colégio recebeu a maior multa do Corpo de Bombeiros. Por essa razão, após uma reunião de pais com a diretoria, o grêmio foi abolido.

Desde então a diretora passou a me olhar como se eu também fosse um dos culpados, apenas pelo fato do meu irmão ter sido um dos organizadores da festa. Mas agora era o momento de mudar a imagem que ela tinha de mim. Nós teríamos a melhor festa junina da história daquela escola. E sem fogos dessa vez...

Por semanas, eu e os outros integrantes do grêmio trabalhamos arduamente para que aquela festa ficasse na memória de todos que comparecessem. Inclusive contratamos a banda do irmão do Rodrigo, que eu esperava que fizesse todo mundo tirar o pé do chão.

Na sexta-feira anterior à festa, ficamos no colégio até tarde, acertando os últimos detalhes. Da minha lista de incumbências só faltava mesmo pregar as bandeirinhas na quadra, coisa que faríamos apenas no dia seguinte, para que o vento da noite não as rasgasse, e fiscalizar a passagem de som da banda. Ainda assim, a Priscila marcou de todos os integrantes do grêmio estarem na escola no sábado às dez da manhã, ela não queria que nada desse errado.

Na hora não reclamei, mas eu não contava com o fato do Alan me chamar para uma festa que a vizinha dele estava dando. Eu já conhecia a menina, e o Alan vivia dizendo que ela estava a fim de mim. Como eu estava fazendo de tudo para esquecer a Fani, topei... Só que com isso acabei chegando em casa muito tarde. Quando o despertador tocou às nove horas, eu simplesmente o desliguei para dormir "só mais cinco minutinhos" e acordei quase duas horas depois!

Como eu conheço a eficiência da Priscila, resolvi telefonar para saber se minha presença lá era realmente necessária. Se ela e os outros integrantes do grêmio já tivessem finalizado tudo, eu poderia virar para o lado e dormir mais um pouco. Só que a Pri atendeu aos berros, perguntando onde eu estava, por que não tinha chegado lá ainda e contando que uns mil problemas diferentes haviam acontecido, sendo o principal deles a possibilidade da festa ser cancelada por causa de um temporal que ameaçava cair. Nem tive coragem de dizer o real motivo do meu telefonema, apenas falei que em quinze minutos estaria lá.

Na verdade, demorei uns 45, mas, quando cheguei, o Rodrigo e o irmão dele estavam entrando na escola também. Aquilo me tranquilizou por dois motivos. Primeiro porque os dois poderiam ajudar a resolver os tais problemas que a Priscila tinha mencionado. E segundo porque ela sempre ficava feliz ao lado do meu amigo, então pensei que com isso até esqueceria o meu atraso.

Só que, ao chegarmos na quadra, tive a maior surpresa. A decoração havia sumido! Tudo que havíamos feito no dia anterior tinha sido em vão... Foi quando vimos duas faxineiras da escola levando umas caixas para o ginásio, que estava aberto. Corremos para lá. O local já estava totalmente decorado, até melhor do que havíamos feito antes. A Priscila realmente era eficiente!

Como pelo visto a Pri estava no controle total da situação, me virei para o Rodrigo para perguntar se precisava de ajuda com os equipamentos de som da banda do irmão dele, que se continuassem na quadra poderiam molhar. Foi quando o vi olhando fixamente para o fundo do ginásio. Segui o olhar dele e vi que a Priscila estava lá. Mas não sozinha. Um menino da sala deles, que não conseguia falar sem gaguejar, estava com ela. O Rodrigo já havia me dito que ele vivia dando em cima da Pri, e eu achava que era ciúme infundado. Porém, naquele momento, constatei que era verdade, pois ele estava segurando a mão dela e a olhando com o maior ar de adoração. E a Priscila parecia estar gostando...

"Que palhaçada é essa...", foi tudo que ouvi o Rodrigo dizer antes de ir correndo em direção aos dois. Como se não bastasse, o gago resolveu dar um beijo na mão da Priscila bem nesse momento. Juro que pensei que o Rodrigo ia quebrar o nariz dele, seria o que eu faria se visse um sujeito qualquer se esfregando na minha namorada. Mas acho que o Rô é bem mais calmo do que eu, pois apenas deu um empurrão no safado, que acabou caindo e se esborrachando no chão.

Eu e o Daniel fomos correndo ampará-lo, mas a própria Priscila já tinha se encarregado de ajudar o menino a se levantar e começou a berrar com o Rodrigo. Por sorte o celular dela tocou, e aparentemente era mais algum problema, pois ela ficou meio pálida e saiu do ginásio, não sem antes gritar que o Rodrigo era um *monstro*.

Ele tentou ir atrás dela, mas eu e o Daniel o seguramos. Do jeito que os dois estavam nervosos, aquela discussão poderia ter consequências mais sérias, era melhor deixar para conversar mais tarde. Mas ele não concordou, porque, quando viu que a Priscila já tinha ido embora, passou a ligar para o celular dela de dois em dois minutos. Só sossegou quando eu telefonei para a Gabi e descobri que a Pri tinha ido alugar um toldo para que as pessoas não se molhassem na chegada da festa. Talvez por constatar que ela estava muito ocupada, ele acabou se ocupando também e finalmente fomos transferir os equipamentos da banda da quadra para o ginásio.

O resto do dia passou depressa, pois fiquei no colégio até mais tarde acertando os últimos detalhes com o pessoal do grêmio. Por isso, só tive tempo de ir em casa para tomar um banho, me arrumar, e voltar para lá.

Assim que cheguei, percebi que os alunos estavam mesmo bem ansiosos para o retorno da festa junina, pois o ginásio já estava lotado. De cara encontrei o Rodrigo, e logo saquei que ele ainda não tinha conversado com a Priscila... Não parava de olhar para os lados. Resolvi ajudá-lo, mas, quando comecei a procurá-la na multidão, não foi a Pri que encontrei... E aí eu não vi mais nada. A *Fani* ofuscou minha visão.

Ela também me viu e veio depressa em minha direção.

"A Gabi me contou o que aconteceu, Leo", ela disse assim que me cumprimentou com um beijo no rosto. Percebi que tinha o nariz e as mãos geladas, apesar de estar usando casaco, cachecol e botas. Fiquei com vontade de aquecê-la. "Ainda bem que deu pra transferir a festa pro ginásio, ficou ótimo! O grêmio de vocês está de parabéns!"

Comecei a contar para ela os detalhes da mudança de local, e então a Gabi puxou o Rô, dizendo que queria conversar alguma coisa com o pessoal da banda do irmão dele. Achei aquilo estranho, mas eram tão raros os momentos em que eu podia ficar sozinho com a Fani que nem reclamei. Por mais que eu quisesse esquecê-la, tinha que admitir que ficar ao lado dela me fazia mais feliz.

"A Gabi me disse que o Rodrigo e a Priscila brigaram...", ela comentou assim que eles se afastaram.

"Eles discutiram", expliquei. "Mas quer apostar que no final da festa eles já vão ter feito as pazes? Aqueles dois não conseguem ficar longe um do outro por muito tempo..."

Ela suspirou. "Tomara... O amor deles é tão lindo! E a história de como começaram o namoro podia até ser contada em um filme!"

Ri e resolvi provocar. Eu já tinha percebido que não importava o que eu fizesse, ela sempre encarava como amizade, então eu já nem tinha mais receio de me expor.

"E quando é que você vai ter o seu próprio 'filme de amorzinho'?", perguntei, usando a "linguagem" dela para me referir às comédias românticas. "É até desperdício estar tão linda assim", olhei-a de cima a baixo, "sem um namorado para te encher de elogios..."

"Para, Leo!", ela riu sem graça. "Você só fala isso porque é meu amigo..."

"Juro que não é por isso...", falei bem sério, a encarando. Ela continuou a sorrir, mas de repente arregalou os olhos. "Leo, tenho que achar a Gabi, tá?", e saiu, me deixando sozinho. Por um segundo cheguei a pensar que ela tinha percebido minhas intenções e se assustado, mas quando me virei na direção em que ela tinha ido, avistei o professor Marquinho, conversando com umas alunas da outra sala.

Era ele a razão do assombro dela. A razão dos sorrisos. A razão de ela não ter olhos para mais ninguém.

Fiquei imediatamente de mau humor e resolvi ver se estava tudo certo com o equipamento de som. Eu não precisava que nada mais desse errado naquele dia...

15

<u>Randal Graves:</u> Acho melhor não me meter no relacionamento das outras pessoas.

(O balconista)

Correio elegante

De: X
Para: LEO
VOCÊ HOJE ESTÁ AINDA
MAIS GATINHO!
MIAU!

Correio elegante

De: Ana Lu
Para: Leo
Leo, você é o menino mais
legal da sala! Me ajuda
a ficar com
o Carlos?

Correio elegante
De: Fani
Para: Leo
Adoro você!
Quero ser sua melhor
amiga pra
sempre!

Inesquecível. Quando comecei a organizar a festa junina, tudo que eu queria era isso. Que ela fosse memorável e que continuasse na lembrança daquela escola para sempre. Aquilo acabou acontecendo... Embora pelos motivos errados.

Tudo começou muito bem, os ingressos se esgotaram, a nossa organização foi impecável e em certo momento até vi a diretora dançando, enquanto comia uma maçã do amor. Porém, o problema começou na hora do show. Aliás, um pouco antes...

Uma das diversões da festa, que a Priscila fez questão de implementar, foi o correio elegante. Antigamente nosso colégio fazia essa brincadeira todos os anos, mas quando a festa junina foi extinta, o correio acabou junto com ela. Porém, foram alguns bilhetes desse correio que fizeram com que o namoro da Pri e do Rodrigo começasse pra valer, por isso ela fez questão de resgatá-lo.

Eu tinha acabado de receber três bilhetes, inclusive um anônimo, e estava tentando desvendar de quem poderia ter vindo, quando o Rodrigo apareceu meio esbaforido.

"Leo, você não acredita quem veio junto com o pessoal da banda", ele disse sussurrando, olhando para os lados. "Se a Priscila descobrir, aí é que vai brigar comigo mesmo, apesar de eu não ter culpa nenhuma dela ter vindo!"

"Calma, Rodrigo", falei guardando os bilhetes no bolso. "De quem você está falando?"

Ele não teve tempo de responder, porque naquele instante vi o Daniel e os outros caras da banda chegando acompanhados de uma garota. Uma garota linda, para ser mais preciso. Ela tinha cabelos pretos bem compridos, uns olhos verdes de hipnotizar qualquer um e um corpo de tirar o fôlego. Ao contrário das outras meninas da festa, ela parecia não sentir muito frio, pois estava com cada curva à mostra.

Eu ainda estava babando, quando o Rodrigo falou: "Leo, essa é a Nicole. A vocalista daquela banda com que eu toquei nas férias, lá em Morro de São Paulo".

O quê?! Aquela era a garota que tinha atraído o Rodrigo para o quarto dela e de quem ele havia fugido? Eu me lembrava perfeitamente daquela história, apesar de já ter passado uns seis meses. O Rodrigo tinha ido com os irmãos para a Bahia e lá acabou tocando com uma banda. Só que a vocalista havia ficado interessada nele e deu em cima com todas as forças, inclusive fazendo um *striptease*... Em vez de aproveitar, ele se lembrou da Priscila. E saiu correndo.

Na época, eu já tinha achado loucura da parte dele não ter ido até o fim. Eu conversava sobre sexo com o Rodrigo, sabia perfeitamente que ele estava se guardando para a Priscila, que por sinal vinha enrolando meu amigo havia três anos. Eu achava nobre essa atitude, mas, se estivesse no lugar dele, com certeza não aguentaria esperar tanto. Bem, talvez se fosse pela Fani... Por algumas garotas a espera realmente vale a pena. Pelo menos eu pensava isso até conhecer a Nicole! Aquilo não era uma garota normal, era um monumento!

"Claro, lembro sim!", respondi um pouco atrasado, pois demorei para recuperar a fala. "Seja bem-vinda à nossa festa!"

"Obrigada, fofo!", ela me deu um beijo no rosto que deixou minha pele até latejando, e em seguida foi atrás dos caras da banda, que tinham ido checar os instrumentos.

O Rodrigo só me olhou com uma expressão desesperada e foi atrás, pois ele ia fazer a equalização do show, que começaria em poucos minutos.

Respirei fundo, sabendo que ele estava encrencado, e fui procurar a Priscila, para checar se a banda já podia começar. Porém, no minuto em que a encontrei, vi que ela estava bem séria, olhando fixamente para algum lugar. Já imaginando o que seria, resolvi passar direto, mas ela puxou minha blusa antes que eu tivesse a chance de me afastar.

"Quem é aquela que está conversando com o Rodrigo, Leo?", ela perguntou brava. "Sei que não é do colégio."

Comecei a dizer que não tinha ideia, mas é claro que ela viu que eu estava mentindo, o Rodrigo era meu melhor amigo... Além disso a Priscila me conhecia havia anos e sabia perfeitamente quando eu estava ou não falando a verdade. Por sorte, bem nesse momento, a Natália apareceu. Aproveitei a distração para desgrudar a mão da Pri da minha blusa e saí depressa, dizendo: "Já falei que não gosto de me meter no namoro de vocês. Pergunta pro Rodrigo. Vou falar pra banda começar".

O fato é que a Priscila se tornou minha amiga antes mesmo de começar a namorar o Rô. Ela é daquelas meninas de quem temos vontade de ficar perto... Apesar de nunca ter tido nenhum interesse amoroso nela, gostar da Pri é fácil, ela é divertida, animada, participativa... Só que, com o início do namoro dos dois, acabei tendo que priorizar um dos lados. E nesse caso a minha amizade de infância com o Rodrigo falou mais alto.

Por isso, assim que cheguei ao lado do palco e vi que o Rô já estava tomando conta da mesa de som, não perdi tempo.

"A Priscila te viu conversando com a Nicole e está louca para saber quem ela é... Consegui fugir do interrogatório, mas acho que mais tarde você não vai ter escapatória."

Ele balançou a cabeça, pegou o celular e mandou uma mensagem para a Priscila, pedindo para que ela o encontrasse ali.

"Prefiro falar com ela o quanto antes", ele explicou. "Ela já está com raiva de mim, não quero que pense que eu estou escondendo a Nicole ou algo assim. Eu nem ao menos sabia que ela viria!"

Concordei com a cabeça, sabendo que aquela conversa não ia ser fácil. A Pri era bem dramática. E ciumenta.

O show começou, e eu parei de prestar atenção nos problemas do Rodrigo. Eu tinha meus próprios dilemas para resolver. Eu precisava encontrar o Carlos, para contar que uma colega nossa estava a fim dele, e também queria descobrir quem havia me mandado aquele correio elegante anônimo. Mas tudo isso foi esquecido no segundo em que a Fani apareceu ao meu lado, sozinha, dizendo que tinha se perdido da Gabi e perguntando se poderia ver o show junto comigo.

Fiquei olhando para ela sem dizer nada por uns dois segundos. Ela havia acabado de me mandar um bilhete me chamando novamente de melhor amigo. E mais cedo tinha me largado sozinho por causa do professor. Eu estava em uma festa cheia de meninas lindas, inclusive aquela com quem eu tinha ficado no dia anterior, e uma outra que estava interessada mas não tinha se identificado. Tudo o que eu tinha que fazer era dizer que eu não ia ver o show ou que tinha combinado com outra pessoa, ou qualquer coisa que me permitisse dar um rumo na minha vida...

Mas, em vez disso, o que falei foi: "Claro, Fani, vou adorar ver o show com você...".

Sério, eu realmente merecia ficar sozinho pela eternidade.

Resolvi me concentrar na banda e na verdade não foi difícil ouvir todas aquelas músicas ao lado da Fani. Ela dançava muito bem e sua animação era contagiante. Além disso, parecia verdadeiramente feliz por estar ao meu lado... Será que ela não percebia o quanto a gente combinava? O quanto nós dois juntos era... *certo?*

Lá pelo fim do show, o vocalista chamou o Rodrigo ao palco, para tocar uma música com eles. O Rô vinha dando uma grande força para a banda, não só ajudando na equalização, mas também divulgando e até compondo algumas músicas.

Além disso, aquele show estava acontecendo por causa dele, a Priscila só havia convidado a banda porque o Daniel era irmão dele. Era bom mesmo eles mostrarem um pouco do talento do meu amigo.

"Fani, vou dar uma força pro Rodrigo, vem comigo!", falei já a puxando, pois vi que ele estava meio relutante em deixar a mesa de som sem ninguém.

Avisei ao Rodrigo que tomaria conta de tudo para que ele pudesse subir ao palco e dar um show, mas ele disse que não precisava. Percebi que estava morrendo de vergonha. Então o empurrei para a escada que levava ao palco.

"Anda, vai logo! Você merece esse reconhecimento."

Ele respirou fundo e foi, quase cavando um buraco no chão para se esconder. Sério, eu não entendia a timidez do Rodrigo. Ele poderia ser o dono do mundo se não fosse tão acanhado. O cara era muito talentoso. Tocava bateria e violão, cantava, compunha, escrevia poesias... Mas odiava os holofotes.

Só que, assim que ele finalmente se posicionou atrás da bateria, o vocalista chamou também a Nicole para cantar umas músicas. Ao contrário do meu amigo, ela foi de imediato, toda serelepe, como se estivesse esperando por aquilo desde o começo da noite. Eles começaram a próxima canção, e vi o Rodrigo apenas revirar os olhos, se concentrando totalmente nas baquetas. Eu, por minha vez, não perdi nenhum passo dela no palco. Além de tudo, a danada cantava como um anjo e dançava como uma sílfide.

"Que moça bonita, você já a conhecia, Leo?", a Fani de repente perguntou, me fazendo despertar do transe em que eu tinha entrado com os movimentos da Nicole.

"Não... Quer dizer, sim, o Rodrigo acabou de me apresentar. Eles se conheceram em Morro de São Paulo, pra onde ele foi nas férias."

"Ah, sei. Deve ser por isso que ela não para de olhar pra ele... Por falar nisso, onde está a Priscila?", ela perguntou com o maior ar de desaprovação e começou a olhar para os lados, tentando achar a amiga.

A música terminou e vi que o Rodrigo se levantou no mesmo instante, já indo em direção à escada. Só que a Nicole, ao perceber que ele estava prestes a descer do palco, disse ao microfone: "Aonde você pensa que vai? Vem cá, Rodrigo!".

Ele se virou para mim, como se pedisse socorro, mas notou que a plateia inteira estava olhando para ele. Por isso, acabou atendendo o chamado da Nicole. Assim que ele chegou perto, ela disse: "Queria pedir aplausos especialmente para este baterista lindo aqui!".

Fechei os olhos, sentindo a dor do Rodrigo. Como se não bastasse o constrangimento, a Priscila certamente estava vendo tudo...

As pessoas aplaudiram, e ela continuou: "Ele abala todos os locais onde toca e com certeza deve abalar muitos corações por aí também. Sem dúvida nenhuma, ele abalou o meu!".

"Que abusada!", a Fani disse franzindo as sobrancelhas. "Ela sabe que o Rodrigo tem namorada? Tadinha da Pri!"

"Acho que sabe...", falei sem conseguir tirar os olhos do palco. Porque, bem nesse momento, a Nicole ficou na ponta dos pés, puxou o Rodrigo e deu o maior beijão na boca dele.

"Que absurdo é esse?!", a Fani arregalou os olhos, indignada. Eu não sabia se olhava para ela ou para o Rodrigo, que no mesmo instante se desvencilhou da Nicole, pulou do palco e saiu correndo. A princípio pensei que ele tivesse feito isso apenas por vergonha, já que tinha protagonizado a maior cena de novela na frente de todo mundo, mas logo vi que ele estava gritando a Priscila, que já estava no fundo do ginásio, tentando passar pela multidão.

Olhei para a Fani, sem saber o que fazer. Queria ajudar o Rodrigo, mas sempre achei que em briga de casal o melhor a se fazer é ficar bem longe, senão acaba espirrando na gente...

"Meu Deus, o que foi aquilo?", a Gabi apareceu de repente. "O Rodrigo está tendo um caso?"

"Não tem caso nenhum!", falei com raiva pelo meu amigo, já que pelo visto era o que tinha parecido e o que todos deviam estar pensando, inclusive a Priscila. Foi nessa hora que me decidi. Vi que a banda estava fazendo um "bis", então me virei para a Gabi e disse: "Você pode colocar o som mecânico assim que o show acabar? Vou ajudar o Rodrigo."

"Acho que a Priscila é que precisa de ajuda, ela não merecia isso...", a Gabi reclamou, mas se posicionou em frente à mesa. Não perdi tempo e fui na direção em que o Rodrigo havia corrido.

Olhei em cada canto do ginásio, mas não avistei nenhum dos dois. Resolvi sair para o pátio mesmo com a chuva que estava caindo, pois eu realmente queria ajudar o Rodrigo a se explicar, a Pri tinha que acreditar nele. Foi nessa hora que vi os dois discutindo perto da saída da escola. Comecei a me aproximar, mas parei. Aquela briga parecia bem séria, talvez eu não devesse me meter. Só que nesse momento a Priscila saiu correndo, chorando, para fora do colégio, e o Rodrigo ficou parado, no meio da chuva. Corri para ele, mas de repente ouvi vários gritos do lado de fora. Antes que eu o alcançasse, ele foi depressa para a saída. Fui atrás, sentindo um arrepio na espinha. Aquilo não parecia nada bom...

Eu só não sabia que era tão ruim assim. Ao sair, dei de cara com a Priscila desmaiada no meio da rua e o Rodrigo já debruçado sobre ela, gritando por socorro e com o pavor estampado no rosto. Meu coração acelerou, fui logo ajudar e então várias pessoas disseram que não era para encostarmos nela, pois, se tivesse quebrado algum osso, ele poderia perfurar um órgão. Aos poucos fui entendendo que ela havia sido atropelada quando correu para a rua sem olhar.

Uma ambulância chegou em poucos minutos, e o Rodrigo contou para os paramédicos que era o namorado da Priscila e que fazia questão de ir com ela.

"Se precisar de qualquer coisa, pode me ligar a qualquer hora!", falei antes que ele subisse no carro.

Ele me deu um abraço, tentando ser forte, e assentiu.

A ambulância partiu e eu fiquei parado ali por um tempo, mas subitamente me decidi. Fiz sinal para um táxi que estava passando e pedi para ir ao hospital para onde levaram a Pri. Eu sabia que meu amigo precisaria de todo apoio possível nos próximos dias...

De: Leonardo <soueuoleo@gmail.com>
Para: Fani <fanifani@gmail.com>
Enviada: 12 de junho, 21:35
Assunto: Priscila

Oi, Fani!

Minha mãe falou que você me ligou, eu estava na casa do Rodrigo até agora. Telefonei pra sua casa mais cedo porque queria te chamar pra ir ao cinema, mas seu irmão atendeu e disse que você tinha ido exatamente ver um filme, mas ele não soube me dizer com quem você foi... Só por curiosidade, não foi com nenhum namorado, né? Porque, afinal, hoje é o Dia dos Namorados, e, bem, sei lá, só fiquei curioso mesmo! Afinal, eu tenho que aprovar o cara! Melhor amigo é pra essas coisas...

Nossa, Fani, a situação está complicada pro Rodrigo. A família da Priscila já estava meio brava, pois todo mundo ficou sabendo que o motivo do atropelamento foi a discussão que eles tiveram. Só que agora (quer dizer, umas duas horas atrás), finalmente a Priscila acordou e foi transferida para um quarto (até o momento ela estava na UTI).

O Rodrigo, que fez plantão no hospital por quase 24 horas, queria falar com ela de todo jeito. Ele falou que só sairia do hospital depois disso. Só que, quando finalmente deixaram que ele entrasse, a Priscila disse que não queria falar com ele, que não queria vê-lo nunca mais, começou meio que a chorar, e aí o médico pediu pra ele sair, pois ela ainda estava muito fragilizada. E então o pai da Priscila foi atrás e avisou que eles só vão conversar de novo quando ela sair do hospital... e SÓ se ela quiser.

Depois disso, a dona Lúcia (a mãe do Rô) o obrigou a voltar pra casa, pois ele ainda estava com a roupa que foi à festa junina e sem comer nada por todo aquele tempo.

Por isso é que eu fiquei lá na casa dele dando uma força até agora. Ele está mal, e eu nem queria estar na pele dele amanhã no colégio... Você sabe como ele é tímido, imagina como ele vai se sentir com todas as pessoas o acusando de algo que ele não fez... Porque eu sei que ele não teve culpa nenhuma! Você estava do meu lado na hora, a gente viu, foi a Nicole que se pendurou no pescoço dele. O que ele ia fazer? Empurrá-la? Ele costuma fazer isso com caras folgados que dão em cima da namorada dele, mas acho que empurrar uma mulher de cima de um palco seria demais... E ele já tinha me falado que a Priscila estava estranha com ele havia muito tempo, então acho que tem mais coisa por trás. Isso deve ter sido só a gota que faltava pra tudo transbordar.

Bem, mas eu não quero me meter. Só espero que fique tudo bem. Adoro a Priscila, e se os dois terminarem mesmo vai ficar uma situação bem chata, pois o Rodrigo é praticamente meu irmão...

Ela deve ir logo pra casa. Você quer ir comigo visitá-la? Acho que ela vai gostar de uma distração, afinal, com a perna e o braço quebrados, não vai ter muito o que fazer nos próximos dias...

A gente conversa na aula amanhã! Terminou o trabalho de História? Se ler este e-mail hoje ainda, pode me passar as respostas das questões número 7, 9 e 10? Estou com preguiça de procurar...

Beijo,

Leo

P.S.: Você estava linda na festa ontem. Esse seu namorado novo (o do cinema) é muito sortudo!

De: Alan <alan_alan@mail.com.br>
Para: Leonardo <soueuoleo@gmail.com>
Enviada: 13 de junho, 14:42
Assunto: Rodrigo

Fala, Leozão!

Cara, aquele seu amigo Rodrigo é meio estranho, né? Hoje na aula eu fui perguntar pra ele o telefone daquela cantora gata que estava dando mole pra ele na festa junina, mas ele se virou e me deixou falando sozinho! Poxa, que cara egoísta, quer tudo pra ele? Já não basta a princesa da Priscila, vai querer todas as gostosas do mundo? Assim não dá, tem que dividir com os amigos!

Por falar em mulher bonita, qual é a sua com a Fani? Sei não, mas acho que aquela garota está na sua... Aquilo de ficar te mandando bilhetinho na aula, de te abraçar do nada e também de ficar atrapalhando seu cabelo... Hummm, tem coisa aí! Fica esperto! Aliás, se não estiver interessado, libera a vaga!

Abraço!

Alan

P.S.: Mas e então? Você acha que consegue descolar o telefone da cantora com o Rodrigo?

De: Leonardo <soueuoleo@gmail.com>
Para: Alan <alan_alan@mail.com.br>
Enviada: 13 de junho, 15:34
Assunto: Re: Rodrigo

Caramba, Alan!

Você tem a sensibilidade de uma porta, né?

O Rodrigo está mal! Ele e a Priscila meio que terminaram na festa junina, exatamente por causa da tal cantora, por isso ele nem quer tocar no assunto! Já não basta a sala inteira (aliás, o colégio inteiro) estar olhando torto pro cara, achando que ele estava traindo a Priscila, e você resolve estressá-lo ainda mais? Temos que dar apoio neste momento!

Leo

P.S.: Se tiver amor aos seus dentes, fique longe da Fani. Este é o primeiro e último aviso.

16

Booker: Saber é a parte fácil.
Dizer em voz alta é que é difícil.

(O encantador de cavalos)

O acidente da Priscila foi grave. Além de ralar a testa, ela quebrou um braço e uma perna e com isso teve que ficar totalmente imobilizada, precisando de ajuda para tudo. Apesar de ter ido ao hospital algumas vezes, assim que ela foi para casa resolvi visitá-la novamente. Para uma garota tão ativa quanto a Pri, devia ser bem difícil ter que ficar presa a uma cama.

Tinha mais alguém que queria ver a Priscila, por isso aproveitei que era sexta-feira e resolvi convidá-la. Num momento em que a professora virou de costas, joguei um bilhete na carteira dela.

Fani, topa ir visitar a Priscila hoje? Eu estou indo, mas acho que quanto mais gente melhor. A mãe dela me ligou e disse que ela precisa de muita distração nesse momento, para esquecer que está engessada praticamente da cabeça aos pés!

Leo

Ela respondeu na mesma hora.

Topo sim, tadinha da Priscila! Posso convidar a Gabi também? As duas acabaram se aproximando, por serem do grêmio e tal...

Fani

Apesar de saber que não ia rolar nada, eu queria muito ir só com a Fani! Eram tão raros os momentos em que eu podia ficar sozinho com ela, que mesmo sendo apenas o percurso até a casa da Pri eu já ficaria satisfeito.

Pode sim, claro. Mas será que a Gabi não vai ficar conversando com ela sobre o grêmio? Acho que lembrar do grêmio vai fazer com que ela se lembre da festa junina, o que vai fazer com que ela se lembre do Rodrigo, o que vai fazer com que ela fique ainda mais triste... Eles ainda não se entenderam.

Leo

Leo, você acha que eu sou insensível? É óbvio que eu não ficaria conversando com a Priscila sobre o grêmio! Mas hoje não posso, já prometi pra minha mãe que vou com ela na degustação pro jantar de bodas de prata que ela e meu pai vão fazer. É só em novembro, mas minha mãe gosta de organizar tudo com muita antecedência! Então, aproveitem a visita e mandem meu abraço pra Priscila!

Gabi

Fani, precisava mostrar os bilhetes pra Gabi? Ela agora acha que eu não quero que ela vá!

Leo

Ela não mostrou, só que eu me sento do lado dela, por isso consigo ler tudo! Não se preocupe, sei que você adoraria minha companhia.

Mas hoje vai ter que se contentar em ficar só com a Fani, que sacrifício...

Gabi

Era impressão minha ou a Gabriela estava insinuando alguma coisa? Resolvi apenas fingir que não tinha entendido o comentário e então mandei mais um bilhete para a Fani.

A Gabi acabou de falar que não pode ir. Te pego às três da tarde? Vou pedir o carro emprestado pro meu pai.

Leo

Ela pareceu meio hesitante, mas virou o bilhete e só escreveu "ok". Comemorei por dentro, mas não demonstrei o quanto eu havia ficado feliz pela chance de estar sozinho com ela. Em vez disso, preferi até ficar meio distante durante o resto da aula, para afastar qualquer suspeita que a Gabi pudesse ter. Se ela tivesse certeza das minhas reais intenções, contaria para a amiga no mesmo instante. E, também, a Fani não estava preparada para saber disso. Ela se afastaria de imediato, passaria a fugir de mim, a me evitar... E isso eu não poderia suportar.

O fato é que eu já tinha me acostumado a gostar dela assim, em segredo. Não tinha mais esperanças de que ela viesse a sentir o mesmo e me contentava com as migalhas de afeto que ela me atirava... Com o carinho com o qual ela atrapalhava o meu cabelo para me zoar, com o calor do rosto dela no meu ombro quando assistíamos a algum DVD juntos, com o tom de voz cúmplice com que ela falava comigo, o qual eu sabia que ela não usava com nenhum outro garoto.

Eu vinha conhecendo outras garotas, mas, enquanto não aparecesse alguma que expulsasse a Fani do meu coração, era lá mesmo que ela ia permanecer. Pelo tempo que desejasse.

Então, às três da tarde passei para buscá-la. Nos quinze minutos até a casa da Priscila, que ficava em um condomínio depois do BH Shopping, fingi para mim mesmo que a Fani era minha namorada, que dirigir com ela ao meu lado era algo corriqueiro, algo que costumávamos fazer. Por alguns momentos tive até que conter meus impulsos e não pegar a mão dela, de tanto que aquilo era natural. Eu tinha certeza de que as pessoas dos outros carros, ao nos verem conversando e sorrindo um para o outro, não tinham a menor dúvida de que éramos namorados de longa data... Ah, se eles soubessem a verdade. Meu devaneio logo acabou, pois a casa da Priscila não era tão longe assim e logo tive que pedir para o porteiro nos anunciar.

O condomínio era construído no meio de uma floresta, e eu não podia imaginar lugar melhor para a Pri morar, ela que era tão louca por bichos. E foram exatamente os cachorros dela que nos receberam, alegremente. Ela tinha uma golden retriever e um cocker spaniel, e vi com surpresa que a Fani se sentou no chão para fazer carinho neles. Como ela só tinha uma tartaruga de estimação, eu imaginava que não gostasse de cachorros... Mas ela só faltou rolar no chão com os bichinhos da Priscila!

"Você não tem vontade de ter um cachorrinho?", perguntei curioso. "Parece que você gostou muito deles... E eles de você."

"Meu sonho!", ela disse sem parar de brincar com os dois. "Só que minha mãe não deixa... Ela diz que cachorros e gatos dão alergia na Juju, a minha sobrinha, e que não quer que ela pare de ir à nossa casa por esse motivo... Na verdade, acho que a Juju não é alérgica, ninguém deixa a menina chegar perto de bicho nenhum, como sabem que ela empola? Mas pode anotar, quando eu tiver uma casa só minha, com certeza vou ter vários!"

Subitamente um pensamento intrusivo, do tipo que eu tinha com frequência, começou a se formar na minha cabeça. Quando a gente namorasse, um dos primeiros presentes que eu daria para ela seria um cachorrinho. Mesmo que a mãe dela não permitisse, ela poderia deixá-lo na minha casa, eu sabia que minha mãe não ia se importar.

De repente acordei. *Quando* a gente namorasse... Como se aquilo fosse mesmo acontecer!

"Vamos subir, Fani? A mãe da Pri disse que ela está no quarto nos esperando", falei para ocupar minha mente com acontecimentos reais, e não inventados.

Ela concordou e, ao chegarmos no quarto, meu coração apertou. A Priscila estava com um gesso que ia do tornozelo até a virilha e outro no braço. Eu a havia visitado no hospital, mas ali, deitada na cama enorme que ela tinha e com a expressão triste, minha amiga parecia tão frágil, tão desamparada... Nunca tinha visto a Pri assim.

Porém, ela abriu o maior sorriso assim que nos viu.

"Fani, Leo! Que bom que vocês vieram!", ela disse tentando se levantar apoiando no braço que não estava quebrado, mas fui correndo impedir.

"Fica quietinha, já sei que você não pode fazer esforço!", falei a segurando e em seguida dando um beijo na cabeça dela.

"Eu não posso fazer nada...", ela falou revirando os olhos, visivelmente entediada.

"Oi, Pri, espero que não esteja doendo muito...", a Fani falou a cumprimentando com beijinhos. "Olha, eu trouxe essa caixa de bombons pra você! E também um filme pra gente assistir, é a história de umas meninas que são atropeladas por um caminhão, achei que você ia se identificar... Mas não se preocupe, eu já vi. Apesar de ser meio triste, tudo fica bem no final."

A Priscila agradeceu muito, e as duas começaram a conversar animadamente. A Fani ficou feliz ao ver que a Pri também colecionava DVDs, e as duas então começaram a discutir sobre o que era melhor: filmes ou seriados.

Depois de muito papo, resolvemos assistir ao tal DVD que a Fani tinha trazido, só que eu acho que a Pri realmente não é muito fã de filmes, pois dormiu no meio. Eu e a Fani ficamos meio sem graça de continuarmos ali, então resolvemos ir embora. A Lívia, a mãe da Pri, na mesma hora pediu desculpas, explicou que os analgésicos que a filha vinha tomando davam muito sono, mas pediu que voltássemos outras vezes, pois não tinha visto a Priscila tão animada desde o acidente.

Ela não deixou que saíssemos antes de lanchar e chamou também o Arthur, o irmão da Priscila, que morava em São Paulo, mas que tinha ido passar a semana em BH para dar uma força para a irmã. Quando estávamos quase terminando de comer, a campainha tocou.

"Deve ser mais visita...", o Arthur falou. "Isso é ótimo pra Pri se distrair. Está sendo bem difícil pra ela, não só pelo acidente, mas também por causa do Rodr..."

Ele parou de falar de repente, quando viu quem tinha chegado. Era a ex-namorada dele, que eu conhecia de um dos aniversários da Priscila. Ela estava ainda mais bonita agora, me lembrava um pouco a Taylor Swift, quando a cantora usava franja.

Olhei para o Arthur e vi que ele estava pálido. Pelo visto não estava esperando tal visita...

"Fani, vamos indo?", falei baixinho para ela, que concordou, e então nos despedimos depressa. Aquela casa teria agitação suficiente nas próximas horas.

Já no carro, a Fani perguntou meio triste: "Você acha que a Pri e o Rodrigo vão terminar de verdade?".

Pensei um pouco, mas logo balancei a cabeça para os lados.

"Não. Tenho certeza de que foi só pra dar uma animada no namoro, daqui a pouco eles estão juntos de novo. Os dois são muito apaixonados..."

Ela concordou e em seguida olhou para a janela, com uma expressão sonhadora.

"E você, Fani?", perguntei sem pensar muito. "Como vai o coração? Eu te mandei um e-mail outro dia perguntando se estava namorando alguém, mas você não respondeu..."

Ela olhou pra baixo, meio sem graça, mas logo riu balançando a cabeça: "Claro que você saberia se eu estivesse namorando!".

"Mas por que não está?", eu tinha que aproveitar que estávamos sozinhos e sem lugar para ela fugir para perguntar tudo que eu queria saber. "Toda linda assim, não deveria estar sozinha..."

"Eu não sou linda...", ela disse baixinho. Eu já ia dizer que era, sim, mas ela resolveu virar o jogo: "E você, por que está sozinho? Já tem algum tempo que terminou com aquela menina que você namorava..."

Virei para a frente e fiquei olhando para a rua, antes de responder. O que eu realmente queria ter dito é que eu não namorava porque a garota de quem eu gostava só me via como amigo. Em vez disso, respondi: "Acho que tudo tem sua hora...".

Ela concordou, olhou para a janela mais uma vez e poucos segundos depois se virou novamente para mim: "Não se preocupe, Leo. Tenho certeza de que logo, logo vai aparecer uma garota especial que vai se apaixonar perdidamente! Você é o menino mais fofo do mundo!".

Ela apertou minha mão, sorrindo, e tornou a olhar para a janela. Respirei fundo, contendo o ímpeto de falar que aquela garota especial já tinha aparecido havia muito tempo. Mas, pelo visto, ser "o mais fofo do mundo" não era o suficiente para ela...

17

Susan Parrish: Como alguém tão atraente, inteligente, que se expressa bem, modesto, sedutor, irresistível... pode estar sozinho nesse mundo?

(Encontro marcado)

De: Leonardo <soueuoleo@gmail.com>
Para: Alan <alan_alan@mail.com.br>
Enviada: 18 de junho, 11:05
Assunto: Ajuda

Alan, onde você está? Te liguei no celular e você não atende, telefonei pra sua casa e seu irmão mandou te enviar um e-mail, diz que você recebe no seu relógio... Tá tecnológico, hein?!

Bem, espero que veja mesmo, porque o assunto é importante. O Rodrigo e a Priscila terminaram pra valer, e o cara está malzão! Só quer ficar deitado curtindo a deprê! Foi aí que pensei em você. O que acha da gente dar uma saída com ele? O Rô está precisando de alguma distração, e amigo é pra essas coisas!

Avisa aí quando ler esse e-mail!

Leo

De: Alan <alan_alan@mail.com.br>
Para: Leonardo <soueuoleo@gmail.com>
Enviada: 18 de junho, 13:02
Assunto: Re: Ajuda

Fala, Leozão!

Tudo preparado! Te garanto que o Rodrigo nem vai lembrar que a Priscila existe, já bolei mil distrações pra não deixar o nosso amigo ficar na fossa!

Alan

De: Leonardo <soueuoleo@gmail.com>
Para: Fani <fanifani@gmail.com>
Enviada: 18 de junho, 14:31
Assunto: Emergência

Fani, estou escrevendo só pra pedir desculpas mais uma vez! Não queria desmarcar o nosso cinema, mas realmente é uma emergência. O Rodrigo tá mal de verdade, aí eu e o Alan vamos tirá-lo de casa, pra tentar animá-lo um pouco... Espero que a Gabi possa mesmo ver aquele filme com você. Amanhã eu passo na sua casa pra gente ver um DVD!

Beijo!

Leo

No dia seguinte à visita na casa da Priscila, tudo desabou. Quero dizer, não para mim, mas para ela e o Rodrigo. Na tarde anterior eu havia perguntado para a Pri se ela e o meu amigo não iam se acertar, mas ela se recusou a falar no assunto. Talvez por essa razão, por achar que eles ainda demorariam um tempo para conversar e que, quando o fizessem, acabariam fazendo as pazes, tomei o maior susto quando em pleno sábado recebi um telefonema do Daniel me pedindo para dar uma força para o irmão, pois ele e a Priscila tinham terminado, e o Rodrigo estava muito mal.

Falei na hora que ia ligar para ele, mas o Daniel explicou: "Leo, acho que só ligar não vai adiantar. Ele não quer falar com ninguém, está deitado no quarto chorando, fechou todas as janelas, está lá na maior escuridão, se afundando cada vez mais na tristeza. Eu o chamei pra sair de casa, mas ele nem quis me ouvir, só faltou me expulsar do quarto. Por isso pensei em você... Quem sabe se vier aqui o convence a ir ao clube ou a algum outro lugar? Está um dia tão bonito, é um desperdício ficar sofrendo assim, mesmo que seja por uma namorada de anos...".

Concordei com ele e fui depressa me arrumar. Eu tinha a intenção de ficar em casa mixando uns CDs até a hora de ir com a Fani para o cinema, como havíamos combinado no dia anterior, mas até ela podia esperar. Eu não ia deixar o meu melhor amigo na mão.

Quando estava entrando no banho, tive uma ideia. Talvez o Rodrigo recusasse a minha proposta de sair, mas certamente ele não conseguiria fazer o mesmo com o Alan. O cara era incansável, não sossegaria enquanto não tirasse o Rô de casa!

E foi isso mesmo que aconteceu. Chegamos lá por volta das quatro da tarde e encontramos o Rodrigo exatamente como o irmão havia descrito. No escuro, deprimido, com a cara inchada, o cabelo desgrenhado, disposto a ficar naquela caverna de autopiedade para sempre.

Acendi a luz, o Alan abriu as janelas e com muito custo conseguimos convencê-lo a sair, embora ele não quisesse ir para bar nenhum. Por isso o levamos para o apartamento do Alan, onde o Adriano, o irmão dele, estava dando uma festinha. Não era nada de mais, mas assim que chegamos vi que era o lugar certo para tentar animar o Rodrigo. Várias amigas do Adriano foram consolá-lo assim que contamos que ele estava com o coração partido, embora ele continuasse com a maior cara de enterro.

Apenas à noite, quando percebi que o Rô finalmente estava se soltando (talvez pela quantidade de bebida que umas garotas ofereceram a ele), é que resolvi curtir também, afinal, eu tinha perdido meu sábado.

Eu já tinha percebido que a Cássia, uma das amigas do Adriano, estava me olhando de longe havia um tempão. Então peguei uma cerveja e fui até onde ela estava.

"Quer um pouco?", perguntei já enchendo o copo dela, que estava meio vazio.

Ela agradeceu, e quando olhou para o meu copo, viu que eu estava tomando refrigerante.

"Está querendo me embebedar pra se aproveitar de mim?", ela disse rindo. "Por que você não está bebendo cerveja também?"

"Estou dirigindo...", expliquei.

"Dirigindo? Você não parece ter idade pra dirigir!"

"E não tenho... Mas sei dirigir desde os doze anos. Por isso, meu pai me empresta o carro às vezes. Não vejo a hora de poder tirar carteira."

"Logo, logo você tira. Quantos anos você tem? Dezessete?"

Dei um gole na minha coca antes de responder. Eu ainda tinha quinze, mas meu aniversário estava chegando...

"Tenho dezesseis", falei sem olhar para ela. "E você?"

"Dezesseis? Nossa, parece mais velho! Acho que é porque você é alto, apesar de ter mesmo um rostinho de neném. Eu vou fazer dezoito na semana que vem."

Por ser amiga do Adriano, eu imaginei mesmo que ela seria mais velha, mas pensei que, ao saber a minha idade, ela ia simplesmente se afastar. Em vez disso, ela me chamou para ir até a varanda.

Topei. Ao chegarmos lá, vi que a lua estava cheia e, pelo apartamento ser em um andar alto, a vista estava bem bonita.

Ficamos um tempo apenas admirando o visual, e então ela apontou para o Rodrigo, que também estava lá, conversando com uma outra menina: "E seu amigo? Pelo visto a Daniela está conseguindo distraí-lo. Tadinho, chegou tão abatido! Essa namorada dele deve ser muito especial, nunca vi um garoto sofrer assim. Pensei que vocês terminassem um relacionamento e já entrassem em outro no segundo seguinte!".

"O Rodrigo é bem sensível...", expliquei. "E ele e a Priscila namoram desde os treze anos, então não é apenas o fim do namoro, é o ponto final de uma história."

Ela assentiu, pensou um pouco e falou: "Queria ter alguém que sofresse assim por mim...".

Balancei a cabeça de um lado para o outro. "Eu não. Gostaria de ter alguém que não precisasse sofrer por mim por motivo algum. Se eu tivesse o que o Rodrigo tinha com a Priscila, esse amor de cinema, eu não daria nenhum motivo pra ela ficar triste".

Pensei na Fani ao dizer aquilo. Ela provavelmente estava vendo um filme naquele momento. Como eu gostaria de estar com ela...

"Quer dizer que você também é sensível...", a Cássia disse rindo. "E todo gatinho assim, tenho certeza de que deve ter um monte de garotas atrás de você, querendo viver essa tal 'história de cinema'!"

A Cássia disse aquilo olhando para a minha boca. Ela era bem gata e a companhia dela era agradável. Apesar de ela não ser a protagonista que eu queria para o filme da minha vida, eu não me importava de fazer algumas cenas com as coadjuvantes...

"Um monte de garotas?", perguntei me aproximando. "Será que tem alguma por aqui?"

"Posso te garantir que sim...", ela jogou os braços em volta do meu pescoço, me puxando.

Só paramos de nos beijar quando o Rodrigo se aproximou. "Leo, você viu meu telefone?", ele perguntou meio cambaleante. Pelo tom de voz vi que estava muito bêbado.

"O Alan o escondeu debaixo do seu travesseiro antes da gente sair da sua casa, pra você não lembrar de trazer", expliquei. "Ele falou que depois de beber você ia querer ligar pra Priscila de qualquer jeito... Acho que estava certo."

Ele ficou indignado e foi xingar o Alan, que caiu na gargalhada. Estava mesmo difícil levar o Rodrigo a sério no grau de bebedeira que ele estava. Voltei a beijar a Cássia, mas no segundo seguinte o Rodrigo apareceu novamente.

"Quero ir embora, me leva pra casa!", ele falou bravo. "Preciso do meu telefone agora!"

"Calma, Rodrigo... Não dá pra gente ir neste minuto. Aliás, acho que vamos ter que ficar um bom tempo aqui ainda. Olha ali embaixo", apontei para a rua na frente do prédio. "Tem uma blitz gigante. O carro está com tudo em dia, eu não bebi nada, mas não tenho carteira. Vamos ter que ficar pelo menos até os guardas irem embora. O Alan até falou pra gente dormir aqui. Os sofás da sala são enormes..."

"Então vou embora a pé!", ele falou, já se direcionando para a saída.

"Nem pensar!", eu o segurei antes que desse um passo. "Se você chegar à sua casa nesse estado, sua mãe me mata. Eu falei que ia te distrair, não te embebedar! E, do jeito que você está, tenho certeza de que se deitaria no primeiro canteiro que encontrasse e dormiria! Não deixo você sair daqui de jeito nenhum!"

Ele ficou um tempinho calado, mas de repente lágrimas começaram a jorrar dos seus olhos.

"Para de chorar, Rodrigo...", sussurrei, pois todo mundo da festa estava olhando para ele, tentando entender o que estava acontecendo. "Tenho certeza de que amanhã você vai se sentir melhor. Quer dizer, depois de amanhã. Porque, quando acordar, você vai estar na maior ressaca, mas tenho certeza de que na segunda-feira já vai estar ótimo!"

Ele chorou ainda mais, então a Daniela, a menina que eu tinha visto conversando com ele um pouco antes, se aproximou, perguntando por que ele estava chorando.

"Ele já estava triste por causa da namorada, quer dizer, ex-namorada... E acho que a bebida fez o efeito contrário. Em vez de animá-lo, piorou ainda mais o humor dele", expliquei.

"Eu quero ligar pra Priscila e os meus amigos não querem deixar!", o Rodrigo falou bravo, em meio às lágrimas.

"Seus amigos querem o seu bem", a Daniela disse, enquanto passava a mão nos cabelos dele, para tentar acalmá-lo. "Aposto que a Priscila não ia gostar nada de te ouvir com essa voz arrastada de bêbado que você está... Deixa pra conversar com ela amanhã, vai ser melhor...".

"Amanhã vai ser tarde demais... Eu aposto que ela já vai estar com um namorado novo!"

Não aguentei e dei a maior gargalhada. "Rodrigo, deixa de ser ridículo! A Priscila está toda engessada, deitada na cama! Vai arrumar namorado onde?".

Mas nada do que eu dizia parecia entrar na cabeça do Rodrigo, ele só ficava repetindo que queria falar com a Priscila naquele momento, enquanto o choro aumentava cada vez mais.

"Chega, eu vou emprestar meu celular pra ele", a Daniela falou de repente. "Desculpa, mas eu não aguento, esse menino está sofrendo demais!"

"Não faz isso...", falei depressa. "A Pri já deve estar dormindo, são onze da noite!"

Mas o Rodrigo já tinha se afastado com o telefone, mais feliz do que eu o havia visto durante o dia inteiro. Resolvi deixar pra lá, ele que fizesse o que bem entendesse...

"Deu tudo certo?", a Cássia perguntou assim que me aproximei.

Respirei fundo, a abracei e expliquei: "Desculpa, meu amigo realmente está mal. E ainda por cima bebeu... Pensei que ele fosse esquecer, mas só piorou tudo".

Ela assentiu e então perguntou com um sorriso: "Onde nós paramos mesmo?".

Eu a puxei para um canto da varanda mais escuro e voltamos a nos beijar. Só que, quando os beijos estavam ficando mais "intensos", a Daniela me cutucou.

"Desculpa, gente, mas a namorada do Rodrigo está exigindo falar com o Leo, está no viva-voz."

Olhei sem entender e vi que ela estava com o celular estendido para mim. No minuto em que ouviu minha voz, a Priscila começou a gritar.

"Escuta aqui, Leo, você não vai deixar ninguém dar mais bebida nenhuma pro Rodrigo, entendeu? E também vai arrumar um lugar aí pra ele deitar, um lugar limpo! E consiga um cobertor pra ele, porque está frio".

"Só isso ou tem mais alguma exigência, *alteza*?", perguntei meio bravo. Quem a Priscila achava que era para me dar ordens?

"É bom mesmo você me obedecer!", ela gritou ainda mais alto. "Você não tinha nada que ter levado meu namorado pra farra! Se não fizer tudo o que eu falei, vou queimar seu filme com a Fani, porque eu já saquei há muito tempo que você está a fim dela!".

Vi que a Daniela e a Cássia se entreolharam, então só respondi que ela não precisava se preocupar, pois eu cuidaria do Rodrigo, e dei um jeito de desligar logo.

"Desculpa, gente, vou ver se consigo fazer o Rodrigo dormir", falei para as meninas, já me afastando. Eu estava sem graça por elas terem escutado o que a Priscila tinha falado, mas também encucado com as palavras dela. Como assim ela sabia que eu gostava da Fani? O Rodrigo que melhorasse logo, pois eu ia ter uma conversa muito séria com ele...

Depois de uns vinte minutos, consegui fazê-lo dormir em um dos sofás. Até que não foi difícil, ele estava bem mais tranquilo depois de ter falado com a Priscila. Não por estar com medo dela, mas porque realmente estava frio, consegui com o Alan um cobertor e o joguei em cima do Rodrigo. Só depois disso fui procurar a Cássia.

"Desculpa, estou de babá hoje...", falei sem graça, me sentando ao lado dela.

"Não tem problema", ela disse olhando para o chão.

"Espero que ele fique bem."

"Ele vai ficar", assenti. "A Daniela disse que conversou com a Priscila, parece que eles vão acabar fazendo as pazes. Eu já sabia que uma hora isso ia acontecer, aqueles dois foram feitos um para o outro."

Ela concordou e levou o copo até a boca. Percebi que agora estava tomando refrigerante também.

"Mas acho que você também já encontrou sua musa de história de cinema...", ela falou com um sorrisinho de lado. "Vi a sua cara quando a namorada do seu amigo falou sobre a menina que você gosta. Parece que é sério..."

Fiquei surpreso e sem graça, mas apenas balancei os ombros. Não tinha por que mentir para ela.

"É, tem uma garota. Mas ela não gosta de mim, somos só amigos..."

"Será?", ela falou virando o rosto para me olhar de frente. "Olha, Leo, eu te conheço há poucas horas. Mas foi o suficiente pra ver que você é especial. Além de ser fofo, é inteligente, sensível, sabe conversar... e beija muito bem! Se essa menina não está enxergando isso tudo que você é, ela deve ser cega!"

Fiquei meio envergonhado, mas gostei das palavras dela.

"Beijo bem, é?", perguntei chegando mais perto.

Ela sorriu, fez que "sim" com a cabeça e me deu mais um beijo, bem demorado. Algum tempo depois se afastou e falou com seriedade: "Se essa moça não perceber o que está perdendo e você cansar de esperar, me liga...". Ela pegou uma caneta na bolsa e anotou o número em um papel, que me entregou. "Tenho que ir embora agora, está tarde."

Dei mais um beijo nela, me despedi, e então fui ver como o Rodrigo estava. Ele continuava dormindo profundamente, só que agora tinha um sorriso no rosto. Devia estar sonhando com a Priscila...

Me deitei no sofá ao lado dele e fiquei me lembrando das palavras da Cássia. *"Essa menina deve ser cega..."*.

Eu só esperava que ela abrisse os olhos a tempo. Talvez tenha sido o zelo e a preocupação que senti na voz da Priscila ao exigir que eu tomasse conta do Rodrigo, ou então o fato de ter adorado receber aqueles elogios da Cássia. Mas de repente me vi com muita vontade de ter alguém que sentisse minha falta, que se preocupasse comigo, que me fizesse dormir com aquela cara de bobo com a qual Rodrigo estava agora. Queria muito que essa pessoa fosse a Fani, mas se ela realmente insistisse na amizade, daria um jeito de desocupar o meu coração. Eu não ia mais me contentar em preenchê-lo com apenas uma amiga. Eu precisava de uma *namorada*.

18

Ben: *Eu só sei que tem um buraco na minha vida e preciso preenchê-lo... logo.*

(Um senhor estagiário)

Leo está online

Rodrigo R. está online

Leo: Finalmente você apareceu online! Estou te ligando desde cedo e seu telefone está desligado. Tudo bem? Acordei meio-dia na casa do Alan e você já tinha ido embora. Como está a ressaca?

Rodrigo R.: Meu telefone ainda deve estar no mesmo lugar onde você e o Alan esconderam ontem... Meu dia foi meio intenso, nem me lembrei de resgatá-lo.

Leo: Rô, foi mal ter te obrigado a sair. Mas é que eu não queria te ver arrasado como estava, achei que saindo e bebendo um pouco você ia se distrair... Não imaginei que você ficaria ainda mais pra baixo.

Rodrigo R.: Foi mal mesmo! Mas tudo bem, no fim das contas deu tudo certo.

Leo: Deu? Está se sentindo melhor hoje? Olha, se quiser podemos sair durante a semana inteira!

Rodrigo R.: Ah, sim, vou sair a semana inteira... para visitar a minha namorada que está com o braço e a perna quebrados!

Leo: Namorada?! Vocês voltaram mesmo?? Ontem a Daniela – aquela menina que te emprestou o celular, caso você não se lembre – me falou que tinha conversado com a Priscila e achou que vocês iam se entender. Mas não pensei que ia ser tão rápido assim!

Rodrigo R.: Ainda bem que foi rápido, se vocês me levassem pra beber mais um dia, acho que eu não conseguiria me levantar da cama nunca mais!

Leo: Daqui a pouco a ressaca passa, pelo menos a dor no coração acabou, né? Me conta, você foi falar com ela? Como reataram?

Rodrigo R.: Ela veio aqui, obrigou o irmão a carregá-la. Parece que achou "bonitinho" o fato de eu ter ligado pra ela bêbado e chorando. Que vexame!

Leo: Valeu a pena! Estou bem feliz por vocês terem se entendido, não conseguiria ver o meu casal preferido separado pra valer! Mas, por falar no seu telefonema bêbado pra Priscila, temos um assunto sério pra conversar! Ontem, depois de falar com você, ela me chamou no telefone e me fez uma ameaça. Falou que se eu não cuidasse da sua bebedeira ia contar para a Fani que eu gosto dela! Que história é essa, Rodrigo?! De novo a Priscila falando sobre isso? Como ela sabe??? Tenho certeza de que foi você que abriu o bico!

Rodrigo R.: Leo, já te disse mil vezes! Eu não falo de você pra Priscila! Muito menos sobre a Fani! Pô, sou seu melhor amigo, tá desconfiando de mim?? A Priscila é esperta, com certeza sacou! Olha, você não me contou que percebeu que a Fani gosta do professor só de observar os atos dela? É a mesma coisa! Você baba quando a Fani passa, fala todo meloso com ela, deixa de fazer o que quer que seja pra ficar ao lado dela... Sinceramente, acho que SÓ a Fani não percebeu! E quer saber? Isso é questão de tempo, daqui a pouco alguém vai abrir os olhos dela, e aí sim ela pode se assustar. Se eu fosse você, já teria me declarado há muito tempo...

Leo: De novo esse papo?! Já te falei que não vou fazer isso! Aliás, vou esquecer a Fani, resolvi isso ontem na festa.

Rodrigo R.: Você ficou com uma menina lá, estou me lembrando disso agora! Gostou dela a ponto de superar a paixão pela sua melhor amiga?? Não acredito!

Leo: Não. Ela não é meu tipo, apesar de ser muito gente boa. Mas ela me disse umas coisas que abriram os meus olhos.

Rodrigo R.: Coisas?

Leo: É. Só sei que saí da casa do Alan hoje ainda pensando nisso. Acho que vou me abrir pra outras meninas. Estou perdendo tempo esperando a Fani eternamente.

Rodrigo R.: Pelo que sei você sempre esteve aberto pra outras garotas, não é como se você estivesse trancado em casa chorando por ela... Você fica com uma menina diferente a cada saída!

Leo: Em primeiro lugar, isso de ficar chorando dentro de casa é coisa sua! E o que você quer? Que eu vire um padre enquanto espero a Fani me notar? Não sou o Alan, mas também não sou santo...

Rodrigo R.: E qual é o plano então? Em que você ficou pensando desde hoje cedo?

Leo: Como você mesmo disse, eu tenho ficado com muitas meninas, mas nunca levo nenhuma delas a sério, é sempre coisa de uma noite só. Isso acontece exatamente por eu compará-las com a Fani. Chega a ser desleal com as garotas, né? Claro que nenhuma é páreo pra ela.

Rodrigo R.: Claro...

Leo: Pois de agora em diante, quando conhecer alguém, vou fingir que a Fani nem existe. Vou focar apenas na menina, nos valores dela, na personalidade, no beijo, no corpo...

Rodrigo R.: Me deixa ver se entendi... Durante esse tempo todo, a cada vez que beijou uma garota, você fez isso pensando na Fani?

Leo: Não! Quer dizer, talvez, às vezes...

Rodrigo R.: Leo, você está doente. Vou falar mais uma vez: declare-se para a Fani. Ela não vai se afastar de você! Pode até ficar uns dias distante, para absorver a informação, mas depois vai gostar, tenho certeza! A menina te adora, Leo, todo mundo vê isso!

Leo: Como amigo. Ela me adora apenas como amigo. E é disso que cansei. Quero alguém que goste de mim de verdade.

Rodrigo R.: Você tinha a Carol e terminou, lembra?

Leo: A Carol não era a garota ideal pra mim. E foi ela que terminou comigo, se você não sabe.

Rodrigo R.: Você ia terminar, ela apenas te fez um favor! E isso de garota ideal não existe... Quer saber? Você realmente combina com a Fani, pensa que sua vida é um filme!

Leo: Só se for um filme de terror! Tenho que ir agora, ainda não terminei o dever de Matemática.

Rodrigo R.: Ok, amanhã conversamos no colégio.

Leo: Ok!

Rodrigo R.: E Leo...

Leo: Oi?

Rodrigo R.: Obrigado por ter me tirado de casa ontem. E por tudo mais. Você é mesmo um ótimo amigo.

Leo: Quê isso, cara. Fico feliz por ter ajudado! Você é meu irmão!

Rodrigo R.: Prometo retribuir quando você precisar!

Leo: Valeu!

Rodrigo R.: Até amanhã!

Leo: Até!

Leo está offline

Rodrigo R. está offline

Roxanne Ritchi: Então é isso?
Você vai desistir?

Megamente: Eu sou o cara mau...
Não salvo o dia, não voo em direção
ao pôr do sol e não ganho a
garota. Vou embora pra casa.

(Megamente)

De: Gabriela <gabizinha@netnetnet.com.br>
Para: Leonardo <soueuoleo@gmail.com>
Enviada: 27 de junho, 14:12
Assunto: Grêmio

Leo, como você sabe, estou no lugar da Priscila
como presidente do grêmio enquanto ela não volta
à ativa. Pensei em implantar durante o mês de
julho um plantão de estudos. Muitos alunos gostam de estudar nas férias, então quero angariar
voluntários do segundo e terceiro anos pra darem
aulas pros alunos mais novos, o que você acha?
Teremos que fazer um revezamento dos integrantes

do grêmio, pois a diretora com certeza só vai permitir se a gente fiscalizar. Topa?

Acho que a iniciativa vai ser um sucesso! Estamos precisando de um projeto que dê certo, já que a festa junina acabou dando errado (ainda bem que a diretora entendeu que o grêmio não teve a menor culpa e não baniu a organização outra vez!).

Gabi

De: Leonardo <soueuoleo@gmail.com>
Para: Gabriela <gabizinha@netnetnet.com.br>
Enviada: 28 de junho, 21:10
Assunto: Re: Grêmio

Ficou louca, Gabi? Sabe o que eu quero fazer em julho? NADA. Esses alunos que você comentou que gostam de estudar nas férias, eu não conheço nem nunca vi!

Pra ser sincero, estou esperando a Priscila voltar pra conversar com ela. Tenho pensado em sair do grêmio. Não é tão divertido quanto eu imaginava... Isso de ter reunião no fim de semana não é pra mim. Então olha com o Juliano ou com a Victória se eles topam esse seu esquema de plantão. Nas férias eu quero ficar livre de qualquer obrigação!

Beijo!

Leo

De: Luigi <luigi@mail.com.br>
Para: Leonardo <soueuoleo@gmail.com>
Enviada: 08 de julho, 11:54
Assunto: Oi

Oi, Leo, saudade do meu primão!

Tudo bom por aí? Resolvi te escrever pra você me atualizar da sua vida, já que, como não tem celular, minha mãe fica me enchendo o saco toda vez que ligo do fixo pra sua casa.

Pena que não vamos nos encontrar nas férias de julho, dessa vez não tive escapatória, vou ter que viajar com a família da minha namorada pra Buenos Aires. Mas você pode vir pro Rio se quiser, tenho certeza de que minha mãe ia adorar!

E por falar em namorada, como vai o romance com aquela sua amiga? Já evoluiu? Tá na hora, né?

Dá notícia!

Abração!

Luigi

P.S.: Seu aniversário tá chegando! Vai comemorar como?

De: Leonardo <soueuoleo@gmail.com>
Para: Luigi <luigi@mail.com.br>
Enviada: 08 de julho, 22:04
Assunto: Re: Oi

Fala, primo! Saudade mesmo, acho que nunca ficamos tanto tempo sem encontrar!

O Rio não ia ter graça sem você aí, acho que sua mãe não ia gostar de pegar umas ondas nem de sair pra balada comigo! Mas tudo bem, estou trabalhando com o meu pai, então é bom que não preciso ficar implorando pra faltar, fico com os dias de crédito e posso ir praí em algum feriado. Acho que 12 de outubro vai ser uma ótima data, já que seu aniversário é dia 13, vai ser muito bom comemorar com você!

A situação com aquela menina continua a mesma...
Na verdade já desencanei. Apesar de ainda não
ter conseguido esquecer - pois encontro com
ela praticamente todos os dias da vida -, estou
deixando o caminho livre. Aliás, sua namorada
não tem uma amiga pra me apresentar?

Meu aniversário esse ano vai cair exatamente
no dia do início das férias, quer presente
melhor?! Não vou comemorar, mas faço questão de
ir ao clube pra dar um mergulho e deixar pra
trás toda a energia estagnada pra começar o
novo ano revigorado! Sei que o ideal seria uma
cachoeira, mas vai ter que ser piscina mesmo...
Além disso, devo sair com uns amigos à noite.

Acho que ir pra Buenos Aires, mesmo que seja
com a família da namorada, não deve ser nada
mal... Aproveite a viagem!

Dá notícias!

Leo

Leo está online

Funnyfani está online

Leo: Oi, Fani, que bom te ver online! Amanhã
é meu aniversário. Pensei em pegar um cinema
pra comemorar. Topa?

Funnyfani: Desculpa, Leo, amanhã não vou poder. Já tinha prometido tomar conta dos meus
sobrinhos. Mas faço questão de te dar um abraço na aula. Por falar nisso, estudou pra prova
de História?

Leo: Estudei, sim... Que pena então, ia adorar
comemorar com você. Vou cobrar o abraço amanhã.

Funnyfani: Pode cobrar! Tenho que ir! Tchau!

Leo: Beijo...

Funnyfani está offline

Rodrigo R. está online

Leo: Fala, Rodrigo! Topa ir lá pra casa amanhã depois da aula pra gente comemorar meu aniversário? Ainda está me devendo aquela revanche no PlayStation! E mais tarde podemos dar uma saída. Meu pai liberou, não vou ter que trabalhar amanhã.

Rodrigo R.: Desculpa, Leo, vou ficar devendo. Você sabe, a Priscila tirou o gesso do braço, mas ainda está com a perna imobilizada. Então em todos os fins de semana estou indo pra casa dela dar uma força, está bem difícil pra ela se locomover sozinha! Você entende, né? Depois a gente comemora! Amanhã na aula eu te dou um abraço, ok?

Leo: Tudo bem, não preocupa.

Rodrigo R.: Valeu! Tenho que ir!

Rodrigo R. está offline

Alan está online

Leo: Fala, Alan!! Amanhã é meu níver! Para qual balada nós vamos?! Quero comemorar!!

Alan: Pô, Leozão! Exatamente amanhã minha avó vem me visitar! Não vou poder sair. Deixa pro ano que vem, falou?

Leo: Ah, tudo bem então.

Alan: Amanhã na aula te dou um abraço.

Leo: Valeu. Tenho que ir agora.

Alan: Quero cola na prova amanhã, tá? Fui!

Leo está offline

Alan está offline

20

> Proprietário do jipe: Vai passar o seu aniversário sozinho?
>
> Daniel Miller: É o melhor dia para se estar sozinho. Eu não tenho essa neurose que as pessoas têm com aniversários e festas. Você nasceu sozinho, deveria comemorar sozinho...
>
> Proprietário do jipe: Eu nunca tinha pensado nisso.
>
> Daniel Miller: É uma teoria dolorosa.
>
> (Um visto para o céu)

Lembro que quando meu irmão mais velho fez dezesseis anos, eu o achava um verdadeiro adulto. O Luiz Cláudio saía com os amigos, namorava, conversava com os nossos pais de igual para igual. Eu o achava o máximo, mas no auge dos meus onze anos pensava que demoraria uma eternidade para eu ter aquela idade também. Porém, não levou tanto tempo assim... Em um piscar de olhos, aqui estou, com os sonhados dezesseis. Posso sair com os meus amigos, posso namorar, e meus pais não me tratam mais como uma criança. Então por que a vida do meu irmão parecia muito mais glamorosa e bem resolvida? Não era para eu me sentir feliz? Ao contrário, acordei com vontade de ser novamente apenas um menino, sem obrigações, sem noção da realidade e... sem saber o que é se apaixonar. Essa com certeza é a pior parte de crescer.

No café da manhã, minha mãe me parabenizou com um abraço rápido e me entregou uma maçã, dizendo para eu não me atrasar para a última prova. Achei aquilo meio estranho, pois em todos os meus aniversários ela me dava presentes desde cedo, fazia um café da manhã especial, me enchia de beijos... Pelo visto, com dezesseis anos eu perderia aquilo também.

Cheguei à escola esperando uma chuva de parabéns, como em todos os anos, mas dessa vez os meus colegas nem me olharam direito, todos deviam estar muito preocupados com a prova que faríamos em poucos minutos. Só que mesmo depois que terminamos não foi muito diferente.

Saí da sala e dei de cara com o Alan no corredor, conferindo o gabarito com um outro colega.

"Fala, Alan! Sua avó não desistiu da visita?", perguntei rindo, ainda esperançoso de ter companhia para sair à noite.

"Avó?", ele perguntou sem entender.

"Você falou que não pode ir pra *night* hoje por causa da sua avó...", respondi meio cismado. Ele tinha mentido para mim? Por qual motivo?

"Ah, claro!", ele deu um tapa na própria testa. "Estou com a cabeça na prova ainda, fui meio mal! Nem pra me passar cola direito, hein, Leozão? Aquela questão que você me disse que era letra B, na verdade era A!"

Resolvi também conferir o gabarito, mas fiquei esperando pelos parabéns, que não vieram. Quando acabou de conferir, ele simplesmente falou: "Tenho que ir, minha *avó* já deve estar na minha casa. Valeu!".

Fiquei chateado, mas o Alan era meio desligado mesmo. Fui andando para a saída, já que na semana das provas bimestrais não tinha aula, e encontrei a Gabi e a Natália conversando bem na porta da escola.

"E aí, meninas? Foram bem na prova?", perguntei.

"Mais ou menos...", a Natália falou olhando para o relógio. "Beijo, gente, vou esperar meu pai lá na outra esquina pra ele não ter que parar em fila dupla. Tchauzinho!"

Ok, mais uma que tinha esquecido.

"Eu fui bem", a Gabi falou sorrindo. "Quer conferir o gabarito?"

"Já conferi, obrigado", respondi desanimado. Pelo visto ela também não tinha se lembrado. "A Fani ainda não saiu da sala?"

"Ainda não, ela sempre demora, fica esperando as respostas que ela não sabe surgirem na cabeça dela de surpresa! Estou aqui só esperando ela sair, vou almoçar na casa dela hoje."

"Vai ajudar a olhar os sobrinhos?", perguntei, me lembrando do que a Fani havia dito.

A Gabi franziu as sobrancelhas, mas de repente pareceu se lembrar de algo.

"Ah, sim, os sobrinhos! Vou ajudar, claro! Impossível a Fani olhar os três sozinha, muito encapetadas aquelas crianças!", ela disse sorrindo amarelo. "Leo, vou ali comprar uma bala, tá? Até mais!"

E se afastou, me deixando sozinho. Olhei para o lado e vi que o Rodrigo tinha acabado de sair e estava andando rápido para o ponto de ônibus. Fui atrás dele.

"Ei, Rodrigo! Vai tirar a mãe da forca?", perguntei segurando no ombro dele.

"Oi, Leo!", ele disse parecendo meio desconfortável. "Vou pra casa da Priscila, lembra que te falei? Como é longe, quero ir depressa pra chegar logo!"

"Calma, cara, sei que você tem que ajudá-la e tal, mas não é como se a Pri estivesse sozinha. Pelo que sei a mãe tirou férias pra ficar com ela, tem também aquela moça que trabalha lá..." Ele ficou me olhando sem dizer nada e então perguntei: "Foi bem na prova?"

"Acho que sim...", ele disse olhando pra baixo. "E você?"
"Fui bem", respondi sério. "Acho que a professora me deu uma prova fácil de aniversário."

Ele levantou as sobrancelhas meio assustado e falou: "Nossa, é verdade, seu aniversário! Parabéns, Leo!". Ele me deu uns tapinhas nas costas. "Muita felicidade aí! Agora tenho que ir mesmo, depois a gente comemora, né? Tchau!"

E saiu andando rápido, antes que eu pudesse dizer mais alguma coisa.

Voltei para a frente do colégio sem acreditar. Até meu melhor amigo naquela frieza? Poxa, a melhor parte de fazer aniversário é que todo mundo trata a gente de um jeito especial... Mas dessa vez parecia que estava acontecendo o contrário. Estavam me tratando como se eu tivesse uma doença contagiosa ou algo do gênero, todo mundo fugindo de mim.

Foi quando eu vi a Fani, carregando vários livros e cadernos, com uma expressão preocupada. Fui depressa ao seu encontro.

"Posso te ajudar?", perguntei já pegando tudo da mão dela.

"Obrigada, Leo! A professora praticamente tomou minha prova, entreguei no último minuto. Aí saí depressa, nem guardei meu material."

"Foi bem?", perguntei olhando para ela. A Fani era muito sensível, não é possível que não se lembrasse do meu dia.

"Nem sei...", ela disse balançando a cabeça. "Algumas questões estavam muito fáceis, fiquei com medo de ter alguma pegadinha da professora!"

"Fani, estava te esperando! Vamos? Senão seus sobrinhos vão começar a chorar, né?", a Gabi se aproximou.

A Fani pareceu aliviada de vê-la e foi logo pegando os livros da minha mão e dizendo: "Claro, vamos depressa!".

Elas ameaçaram sair, mas então a Fani se virou para mim dizendo: "Tchau, Leo! Ah, e parabéns! Desculpa mais uma vez por não poder comemorar com você. Sabe como é minha família, né... Tenho mesmo que olhar a Juju e os gêmeos hoje".

Só isso. Sem abraço, sem beijo, sem aceno. Um simples "parabéns". Pelo menos ela se lembrou, o que já era muito em relação aos meus outros colegas. Mas eu realmente esperava mais... Poxa, no aniversário dela eu havia ficado dias pensando no presente, depois horas gravando aquele CD... Ela realmente não sentia *nada* por mim.

Resolvi ir logo para casa. Minha mãe provavelmente havia feito um almoço especial para compensar a falta do café da manhã. Porém logo que cheguei não senti no ar o costumeiro cheiro gostoso da comida da minha mãe. Na verdade, não tinha cheiro de nada. Nem barulho.

"Mãe?", perguntei procurando primeiro na cozinha e depois no quarto dela. "Tem alguém em casa?"

Silêncio total. De repente um pensamento me veio à cabeça... Uma festa surpresa! Claro, estava na cara, por isso ninguém tinha me desejado feliz aniversário! Era para eu pensar que ninguém tinha se lembrado e provavelmente agora a minha família e os meus amigos estavam todos escondidos em algum canto do apartamento prontos para me surpreender cantando parabéns!

Sorri sozinho, feliz por antecipação. Resolvi entrar na encenação e continuei chamando minha mãe, preparado para fingir surpresa assim que as pessoas pulassem na minha frente. Aliás, já era para terem feito isso, não?

Nesse momento ouvi um barulho na porta. Devia ser agora! Me virei de costas, para parecer que eu não estava esperando, mas em seguida não foram gritos de parabéns que ouvi, e sim a voz do meu irmão, que chegou sozinho carregando uma pizza.

"O que você está fazendo aí parado, Leo?", ele perguntou assim que me viu. "Não é o primeiro dia de férias? Achei que você ia almoçar com os amigos. A mamãe teve que ir resolver uns assuntos de banco, por isso comprei uma pizza pro almoço. Mas, se soubesse que você ia estar em casa, tinha pedido uma sobremesa também, pra colocar uma vela... Aliás, feliz aniversário!"

O Luciano me deu um abraço e já foi atacar a pizza. Fiquei olhando meio decepcionado. Eu estava crente que tinha toda uma festa organizada para mim, e na verdade não era nada disso. As pessoas não haviam mesmo dado a mínima para o meu aniversário.

Peguei um pedaço da pizza do meu irmão e fui para o quarto. Já que ninguém ligava para mim, eu ia curtir meu aniversário sozinho, fazendo tudo o que eu mais gostava. Primeiro liguei o som bem alto. Minha mãe sempre ralhava quando eu fazia isso, mas ela não estava em casa para reclamar.

Em seguida tirei o uniforme, coloquei sunga, bermuda, chinelo, peguei uma camiseta e, quando eu estava quase saindo, vi um embrulho em cima da mesa. Me aproximei para olhar direito... Não queria pensar que era um presente para mim e quebrar a cara. Meu dia estava naquele nível!

De: Papai e Mamãe
Para: Leo
Filhinho, sabemos que você "não gosta de ser rastreado", mas achamos esse presente a sua cara. Quando não quiser usar, basta desligar!

Te amamos!
Mamãe e Papai

Abri depressa, já imaginando o que era. Eu estava certo... Um celular! E dos mais modernos! Uau, meus pais tinham caprichado! Eu não gostava de falar ao telefone, mas daria para baixar uns joguinhos, ouvir música, mandar mensagens...

Agora sim, aquilo estava começando a parecer um aniversário. Recoloquei na caixa com cuidado e saí.

Ainda estava esperando o elevador, quando meu irmão abriu a porta da sala, meio afobado: "Ei, aonde você vai?".

"Pro clube, ué. Não vou ficar em casa em pleno começo de férias, ainda mais sendo meu aniversário... Algum problema?"

Ele pareceu meio indeciso e então disse: "Ah, por nada. Gostaria de ir junto, só isso. Mas tenho que estudar, o vestibular está chegando... Você viu o presente que a mamãe deixou pra você?"

"Vi sim, maneiro!", falei já colocando a mão na porta do elevador, que tinha acabado de chegar.

"Espera, você não vai levar o presente? Não está ansioso pra usar?"

O que estava rolando com o meu irmão? Ele não tinha o menor interesse na minha vida, na verdade a gente mal conversava ultimamente, ele andava no maior mau humor por causa do vestibular.

"Não vou levar, tenho medo de ser assaltado no caminho e ainda nem sei mexer. Mais tarde eu vou 'brincar' com ele e aprender tudo."

O Luciano só fez que "sim" com a cabeça, mas então falou: "Escuta, vai demorar? Não diz que eu contei, mas a mamãe disse que vai trazer uns pães de queijo pra gente lanchar e comemorar seu dia... Ela vai ficar triste se você chegar muito tarde".

"Não vou demorar muito. Pode avisar pra ela que no máximo às cinco da tarde eu estou aqui."

"O que você vai ficar fazendo no clube até esse horário?! Não tem sol, está ventando, quer pegar um resfriado no primeiro dia de férias? Além disso, os pães de queijo vão esfriar!"

"O que é isso, Luciano? Virou meu pai agora?"

"Quero seu bem, só isso!", ele disse meio bravo. "Mas faça o que você quiser, vou falar pra minha mãe que você nem ligou pro presente dela e nem pro lanche!".

Respirei fundo e chamei de novo o elevador, que já tinha descido.

"Estarei de volta às quatro em ponto. Avisa pra *nossa* mãe, por favor. Ela não é só sua."

Em seguida desci, com aquela mesma sensação que eu vinha sentindo desde o despertar. Aquele dia estava muito estranho...

21

Woody: A festa de aniversário é hoje?
Ok, pessoal, a barra está limpa!

(Toy Story)

"Filhinho, como você demorou!", minha mãe falou no segundo em que entrei em casa. "E está com a roupa toda molhada, olha só! Vai direto pro banho!"

"Eu avisei pro Luciano que ia chegar às quatro, são cinco pras quatro!", falei olhando para os lados.

O fato é que no clube, enquanto nadava, novamente aquela ideia de festa surpresa me veio à cabeça... E se meu irmão tivesse me forçado a falar o horário que voltaria só para que, quando eu chegasse, todos estivessem me esperando? Fazia sentido... Apenas isso justificava a estranheza do Luciano, da minha mãe e dos meus amigos.

Procurei não ficar muito ansioso e venci a tentação de voltar do clube antes da hora. Mas cinco minutos antes do horário combinado era aceitável, né? A festa já devia estar pronta e à minha espera!

Porém, ao entrar em casa, vi que eu estava novamente enganado. Não tinha ninguém ali além da minha mãe.

"Estou com fome, cadê os pães de queijo?", perguntei meio irritado e ignorando a ordem dela. Eu ia tomar banho na hora que quisesse.

"Pães de queijo?", ela perguntou com a maior cara de ponto de interrogação. E, de repente, parecendo se lembrar de algo, completou: "Ah, os pães de queijo! Então, o Luciano me avisou que você ia demorar, por isso deixei para pedir o lanche quando você já estivesse em casa, vai chegar tudo quentinho, o pessoal da padaria vai entregar! É seu aniversário, filhinho, você não merece nada requentado!"

"Tudo bem, enquanto não chega vou jogar videogame", falei já indo para a sala.

"Leo, de jeito nenhum", minha mãe entrou na frente da televisão. "Você está todo molhado, pode pegar uma pneumonia! Vai pro banho agora!"

Bufei. Eu realmente pensava que aos dezesseis anos poderia ser um pouco mais dono do meu nariz.

"Tá bom, eu vou!", falei me levantando. "Mas será que pode pedir esse lanche logo, por favor? Estou com muita fome, só comi um pedaço de pizza no almoço..."

Ela me abraçou e atrapalhou meu cabelo. "Tadinho do meu filhinho! Estou te matando de fome bem no dia do seu aniversário? Vou aproveitar e pedir um bolinho de fubá também!".

Bolo de fubá... Humpf. Até o ano anterior minha mãe fazia questão de preparar ela mesma uma enorme torta de morangos com chantilly para comemorar meu aniversário, por saber que era a minha preferida. Em vez disso, neste ano, tudo que eu ia ganhar era um *bolo de fubá*. Da padaria. Argh!

Fui logo para o banho. Aquele papo de comida só fez com que minha fome aumentasse. Porém, embaixo do chuveiro, me lembrei de que eu não tinha agradecido o presente da minha mãe! Que falha terrível! Eu havia ganhado um celular e fiquei tagarelando sobre pão de queijo! Agora eu estava entendendo por que ela não ia preparar a minha torta!

Tomei o banho mais rápido da minha vida, vesti uma cueca e fui atrás dela, para agradecer devidamente.

"Mamãe, onde você está? O lanche chegou? Eu nem agradeci o..."

Nem terminei de falar, pois dei de cara com a mesa da sala cheia de salgados e docinhos! Uau! Então era por isso que minha mãe havia insistido tanto para que eu fosse para o banho, ela queria preparar tudo! Que mãe maravilhosa eu tinha, salvou o meu aniversário!

Peguei uma empadinha, disposto a ir até a cozinha, onde ela provavelmente estava. Queria agradecê-la por tudo o quanto antes. Só que, no momento em que levei a empada à boca, ouvi vários gritos, que fizeram com que meu coração quase parasse de tanto susto.

"SURPRESAAAAAAAAAAAAAAAAA!"

Gelei ao ver na minha frente o Rodrigo, a Priscila, a Gabi, a Natália, o Alan... e a Fani. Sim, a Fani estava ali, me vendo de *cueca*.

"Gostou da surpresa que seus amigos fizeram, filhinho?", minha mãe finalmente apareceu, toda sorridente. Porém, o sorriso sumiu no instante em que olhou para mim. "Mas por que você está só de cueca? Vá se trocar, menino! Que mania é essa que você tem de andar pela casa só com a roupa de baixo! As meninas ficaram inibidas, olha só!"

Ainda me recuperando do choque, coloquei a empadinha na boca e dei uma olhada para a Fani, ela realmente devia estar morrendo de vergonha. Percebi que, apesar de estar com o rosto vermelho, ela estava bem interessada na minha cueca... Mas tirou os olhos no segundo em que viu que eu estava prestando atenção.

Me virei sem dizer uma palavra e fui colocar uma roupa. A Gabi nessa hora começou a zoar, falando para eu não ir ainda, que precisava fazer um *striptease* com a última peça que faltava, e os meninos caíram na gargalhada falando da minha cueca, mas nem liguei. Apesar do susto, o que importava era que meus melhores amigos estavam ali, ninguém estava me ignorando, não tinham esquecido o meu aniversário! Era tudo armação, como eu havia imaginado inicialmente... Que pena que não acertei o horário da surpresa, teria evitado o mico de desfilar na frente de todo mundo sem roupa.

Coloquei depressa uma calça, uma blusa e um tênis e voltei para a sala. Vi que as meninas ainda estavam meio sem graça, então, para quebrar o gelo, falei: "Quer dizer que isso era uma festa surpresa pra mim?".

"Isso *é* uma festa surpresa pra você!", minha mãe respondeu. "E a principal responsável é aquela mocinha ali!", ela apontou para a Fani. "Ela me ligou há mais de uma semana, organizou tudo, convidou o pessoal... E quase que você põe tudo a perder!"

O quê? A *Fani* havia organizado aquela festa? Não era possível... Eu já estava feliz apenas por ela estar ali, mas nem nos meus sonhos poderia imaginar que ela tinha inventado aquilo tudo para mim...

Olhei para a Fani e percebi que ela estava toda sem graça com as palavras da minha mãe. Por isso, apenas dei um sorriso para ela, mais tarde poderia agradecer direito. E para não a deixar ainda mais envergonhada, peguei um brigadeiro e falei: "Então, se é uma festa, o que vocês estão esperando? Não tem ninguém com fome?".

Foi a deixa para todos voarem na mesa. Pouca coisa restou depois de alguns minutos.

Quando eu pensava que não podia melhorar, minha mãe apareceu carregando a minha tão sonhada torta de morangos com chantilly! Todos passaram a cantar parabéns no mesmo instante, e meu sorriso só sumiu quando os meninos começaram a entoar "com quem será...".

Entrei em desespero! Do jeito que o Alan era sem noção, provavelmente falaria o nome de alguma menina, o que faria com que a Fani pensasse que eu gostava de alguém... Mas subitamente percebi o que poderia ser pior. A Priscila era meio fofoqueira, podia falar o nome da própria Fani, já que estava desconfiada que eu gostava dela... Eu não queria nem imaginar as consequências daquilo!

Arregalei os olhos, bravo, para que os meninos parassem com aquela cantoria, e acho que eles entenderam, pois imediatamente diminuíram o volume e a música morreu. Ufa!

Soprei as velas depressa, e o restante da festa foi só alegria. Conversamos muito, comemos a torta, ouvimos música, jogamos PlayStation... Tudo que eu mais gostava, o que fez daquele um dos melhores aniversários da minha vida.

Eu só não tinha conseguido agradecer à Fani ainda. Não queria fazer aquilo na frente de todo mundo, pois sabia que ela não ia gostar. Por isso, apenas quando ela estava já indo embora, junto com a Gabi, foi que a puxei antes que saísse para o saguão.

"Fani, queria te agradecer pela festa! Eu gostei muito, de verdade! Claro que seria bom ter me avisado, porque acabou que a surpresa não foi só minha..."

Ela deu uma risada e me abraçou.

"Você merece, Leo...", ela disse no meio do abraço. "Foi pra você não ter dúvidas de que eu te adoro, viu?"

Fechei os olhos e a puxei ainda mais para mim. Eu também adorava aquela menina, tanto que chegava a doer. Poxa, ela tinha organizado uma festa só para mim... Não é possível, será que o Rodrigo estava certo? Será que ela não sentia nem um pouquinho mais que amizade?

"O elevador chegooooou", a Gabi gritou de repente, me despertando do transe em que aquele abraço gostoso tinha me feito entrar.

A Fani então me deu um beijo na bochecha, e eu estava a ponto de virar o rosto mais para o lado... quando ela disse: "Você é meu melhor amigo! Nunca se esqueça disso!".

Em seguida foi depressa em direção à Gabi, que já estava dentro do elevador. Completamente no automático, fui atrás e abri a porta para que ela entrasse.

Ela agradeceu sorrindo, e eu me ouvi dizer: "Você também é, Fani. A melhor... *amiga* que alguém pode ter".

Ela sorriu mais ainda, eu fechei a porta do elevador e fiquei olhando pela janelinha até que ela descesse.

Por uns segundos ainda fiquei parado, sem conseguir sair do lugar. E foi ali que mais uma vez eu caí na real. Ela queria ser minha amiga. Apenas isso.

Então era aquilo que ela ia ser.

22

Helen: Agradecemos pelo telefone.

Melissa Egan: Quando quiserem.
Eu não recebo muitas visitas
atualmente...

(Eu sei o que vocês fizeram no verão passado)

Caros amigos, depois de tanta insistência de vocês, agora eu tenho um celular! Anotem meu número, mas lembrem-se que continuo sem gostar da ideia de ser encontrado o tempo todo, então pode ser que eu o deixe desligado com frequência! Em todo caso, sintam-se à vontade para ligar (e mandar mensagens) quando quiserem. Leo

Finalmente! Só 1 toque... Msg de mais de 3 linhas dá preguiça! Pra bater papo, telefona! Escrever tudo certinho tb ñ rola, abrevia! Vlw! Alan

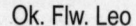
Ok. Flw. Leo

Que bom saber que vou conseguir te encontrar mais fácil, duvido que você desligue o cel com frequência, isso vicia. Eu, particularmente, ainda prefiro os e-mails, detesto digitar no celular, morro de preguiça. Combina com o Rô e vem me visitar de novo, afinal, fui na sua casa toda engessada só pra te dar parabéns! Beijo! Pri

Vou não, vocês ficam me fazendo inveja namorando na minha frente, e eu tenho que me contentar em abraçar seus cachorros! Que dia você vai tirar o gesso? Quero ver minha amiga 100% logo! Leo

Valeu, Leozão! Sua mãe que merece os parabéns, finalmente te trouxe pro mundo moderno! Próxima parada, se livrar dos seus discos de vinil! Sabia que tem uns sebos que pagam a maior grana neles? Quero metade, eu que dei a ideia. Rodrigo

Se encostar nos meus vinis, você morre. Vou fazer uma placa estilo a da Fani, "não dou, não empresto, não vendo", pra ver se você entende! Quer dinheiro? Vai vender seus poemas na Praça da Liberdade, aposto que tem um bando de casalzinho apaixonado que vai comprar. Vlw. Leo

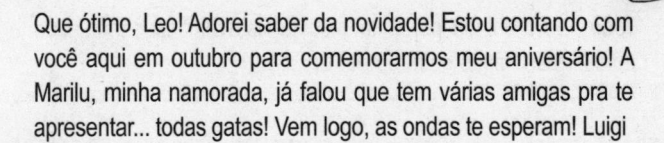

Que ótimo, Leo! Adorei saber da novidade! Estou contando com você aqui em outubro para comemorarmos meu aniversário! A Marilu, minha namorada, já falou que tem várias amigas pra te apresentar... todas gatas! Vem logo, as ondas te esperam! Luigi

Tudo confirmado, primão, aliás, vai ter recesso no colégio, vou poder ficar mais tempo aí! Saudade demais do mar e de você! Fala pras gatas entrarem na fila que o Leozão tá chegando!

Finalmente, né? Pena que você saiu do grêmio, agora seria bem mais fácil cobrar suas funções! Como você é novato no mundo do celular, é bom te avisar que no app de mensagens dá pra saber quando vc está online, a última vez que você acessou e quando visualizou o que os outros escreveram... Não gostava de ser rastreado? Já era, bem-vindo ao big brother da vida real! Gabi

Valeu pelo toque. Se ainda não tivesse saído do grêmio, certeza que eu sairia agora. ☺ Leo

Que ótimo, Leo! Seu número já está anotadinho! Aproveitando, queria te perguntar uma coisa. Ontem, no clube, você estava conversando com um menino perto da piscina, um muito gato, que estava de sunga, sabe qual? Como é o nome dele? Fiquei interessada... Beijo! Nat

Todos os meninos perto da piscina estavam de sunga, sua doida!! Mas "muito gato" só eu! Bjs. Leo

Amei receber sua mensagem, é tipo um bilhetinho virtual! Mas eu ainda prefiro os bilhetes reais, dá pra guardar na agenda. Na verdade, achava meio charmoso você não ter celular, era meio à moda antiga... Mas vai ser ótimo poder falar com você quando eu quiser, espero que não desligue o cel com frequência! Fala pra sua mãe que o presente foi mais pra mim do que pra você... Beijo! Te adoro! Fani

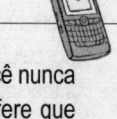

Fani, pode me ligar quando quiser, prometo que pra você nunca vou estar offline. Vamos ao cinema amanhã? Ou prefere que eu vá aí pra gente ver um DVD? Você podia vir aqui em casa também, minha mãe te adorou e falou que você é linda! Mas só quem é doido não acha isso. Beijo enorme! Leo

23

> Velho homem: Desejo-lhe uma história com final feliz... e sabedoria para procurá-la.
>
> (Ironias do amor)

Rodrigo R. *está online*
Leo *está online*

Rodrigo R.: Oi, Leo! A banda do meu irmão vai ensaiar aqui amanhã. Quer vir assistir?

Leo: Ia adorar, mas tenho que estudar... Vou pro Rio no feriado de 12 de outubro, já sei que lá não vou ter tempo pra abrir nenhum caderno e temos provas logo depois...

Rodrigo R.: Mas ainda falta UM MÊS! Tá aplicado, hein? Ou será que esse estudo todo vai ser na casa da Fani?

Leo: Não tem nada a ver com a Fani! Eu tô é com medo de tomar bomba!

Rodrigo R.: Eu sei, tô só brincando. Mas que pena que você vai pro Rio no feriado. Ia te chamar pra ir pro sítio! A reforma acabou, ficou tudo melhor ainda! Tenho certeza de que você vai gostar!

Leo: Estou doido pra ver! Da próxima vez irei com certeza! Mas no feriado quero mesmo ir pro Rio, estou cansado, precisando ver pessoas diferentes...

Rodrigo R.: Dou o maior apoio! Também acho que está na hora de você mudar o disco. Não sei como você tem paciência... Tem quase um ano que você está apaixonado pela Fani em segredo! Como aguenta?

Leo: Olha quem tá falando de paciência... E você que está esperando a Priscila "se decidir" há séculos e não se cansa?

Rodrigo R.: Estava.

Leo: Quê?

Rodrigo R.: Não estou mais esperando...

Leo: Você tá falando sério?!

Rodrigo R.: É tão difícil assim acreditar?

Leo: Você tá querendo me dizer que rolou???

Rodrigo R.: ...

Leo: Rolou????????????? Finalmente? Depois de 300 anos de namoro finalmente a grande noite aconteceu e você não me contou?!

Rodrigo R.: Três anos e três meses de namoro. Sim, aconteceu. E não tinha te contado ainda porque acabou de acontecer, foi no fim de semana passado. Dá pra mudar de assunto agora?

Leo: De jeito nenhum, acho que estava mais ansioso do que você por esse dia! Deu tudo certo? Foi... bom? Onde aconteceu?

Rodrigo R.: No sítio. E foi ótimo, Leo! Mas não quero falar no assunto, a Priscila é minha namorada, não é uma dessas suas "peguetes" com quem você fica uma noite e sai comentando no dia seguinte. Eu respeito a privacidade da Pri e espero que você respeite também. Por favor, não comente isso com ninguém, ok? Muito menos com o Alan. E menos ainda com a Fani!!

Leo: Caramba, Rodrigo, sou seu melhor amigo! Estou feliz por você, só isso. É óbvio que não vou comentar com ninguém. Mas... Sei lá, você conversou comigo sobre isso tantas vezes durante esses anos, dizia que não sabia se a espera valeria a pena... Valeu?

Rodrigo R.: Valeu demais. Eu esperaria mais três anos se precisasse.

Leo: Foi bom mesmo, hein? Como você está se sentindo?

Rodrigo R.: Leo, você virou psicólogo da noite pro dia?

Leo: Já falei, só estou curioso! Mas se não quer se abrir comigo, tudo bem! Vou indo então, desculpa querer comemorar com você um acontecimento tão importante!

Rodrigo R.: Para, Leo... É só que ainda estou meio no ar. Eu não sabia que isso era possível, mas estou ainda mais apaixonado pela Pri.

Leo: Tá parecendo uma garotinha de treze anos falando do primeiro beijo! Hahaha!

Rodrigo R.: Tá vendo só por que eu não queria comentar com você?!

Leo: Desculpa, não resisti! E estou brincando, eu imagino o quanto deve ter sido especial. Quer saber a verdade? Estou meio com inveja.

Rodrigo R.: Inveja? Por quê?

Leo: Como você mesmo disse, eu já tive vários casos de uma noite só... Mas nunca dormi com alguém de quem eu gostasse de verdade. Acho que realmente deve ser mágico, espero que eu possa viver isso algum dia...

Rodrigo R.: Você vai viver! Com alguma menina bem legal. Ou até mesmo... com a Fani. Se você se declarar e acabar logo com essa novela. Dê uma chance pra felicidade, Leo!

Leo: Tenho que ir agora, minha mãe está chamando pra jantar. Adorei a novidade, de verdade mesmo!

Rodrigo R.: Valeu!

Leo está offline

Rodrigo R. está offline

Fani, nosso estudo amanhã na sua casa está confirmado? Eu estava pensando... Que tal um filme depois? Beijo! Leo

Leo, eu ia até te ligar... a Gabi me chamou para ir ao aniversário do primo dela, podemos deixar o estudo pra semana que vem? E o filme também, claro! Beijo! Fani

Ah, que pena... Tudo bem, na semana que vem a gente combina. Beijo! Leo

Rodrigo, pensando bem, acho que vou ao ensaio da banda do seu irmão. Vou deixar pra estudar outro dia... Abraço! Leo

A Fani cancelou, né... Ok, te espero às quatro! ☺ Rodrigo

24

> Charlotte: Eu simplesmente
> não sei o que eu devo ser.
> Bob: Você vai descobrir. Quanto mais
> você sabe quem é e o que deseja, menos
> deixa as coisas te perturbarem.
>
> (Encontros e desencontros)

Vários meses se passaram sem que nada mudasse. Na escola, os professores começaram a exigir muito, então tive que me dedicar cada vez mais aos estudos. Eu não aguentava mais ouvir as palavras "Enem" e "vestibular", ainda que faltasse mais de um ano para acontecer.

Era bom mesmo que demorasse, porque eu ainda não tinha a menor ideia do que ia cursar. Eu adoraria ser como a Fani ou a Priscila, que sonhavam em se tornar cineasta e veterinária. Devia ser bem fácil ter na ponta da língua a resposta daquela pergunta que eu ouvia desde a infância, sobre o que eu "queria ser quando crescer". Eu queria ser bem-sucedido, claro. E, de preferência, rico. Mas eu tinha interesse em coisas demais na vida, e não apenas numa só. Seguir um caminho seria renunciar a todos os outros...

Meu pai continuava a insistir para eu estudar Administração. Ele queria que eu seguisse os passos dele na empresa, já que meus irmãos não tinham muito interesse. Para ser sincero, eu também não tinha. Até estava gostando de trabalhar lá, mas não era algo que eu fazia com paixão. Era muito mais por obrigação... Pelo menos eu ainda tinha algum tempo para decidir, apesar de saber que assim que eu passasse para o 3º ano a pressão aumentaria ainda mais.

Exatamente por isso, eu queria aproveitar meus momentos de folga enquanto eles ainda existiam. Então não tive dúvidas em fazer as malas e ir passar o feriado de 12 de outubro no Rio de Janeiro, onde meus primos e tios moravam. O colégio entrava em recesso todo ano nessa época, emendando com o dia dos professores, então daria para ficar bastante tempo lá.

Logo no primeiro dia fui para a praia. O céu estava muito azul, sem nenhuma nuvem. Tive a mesma sensação de sempre quando chegava lá. Como eu gostaria de viver no Rio! Os cariocas são tão animados! Também, com aquele visual, ninguém quer ficar em casa, dá vontade de correr na orla, ir para barzinhos, praticar esportes... Além disso, tem muitos shows bacanas! Eu realmente gostaria de morar lá, pelo menos por um tempo.

Meu primo cumpriu o prometido e, na comemoração do aniversário dele, me apresentou para umas quinze garotas diferentes. A única que me chamou a atenção foi uma que estava vestindo uma camiseta com estampa de claquete. Eu tinha certeza de que mais alguém adoraria ter uma daquelas...

"Curte cinema?", perguntei antes mesmo de saber o nome dela. "Gostei da sua camiseta."

Estávamos em um barzinho, e a música estava alta, por isso a princípio pensei que ela não tivesse me escutado, pois ficou me olhando sem dizer nada. Quando eu estava prestes a repetir a pergunta, ela deu de ombros e falou: "Quem não gosta de filmes? Essa blusa foi presente do meu ex-namorado. Ele estuda Cinema na faculdade".

"Tenho uma amiga que também quer ser cineasta. Minha melhor amiga na verdade...", falei meio nostálgico. Eu já estava com saudade da Fani. Provavelmente naquele momento ela estava vendo algum DVD. Ela havia me dito que o plano dela para o feriado era ficar em casa assistindo a filmes e mais filmes com um balde de pipoca! Eu estava adorando a viagem, mas trocaria tudo para estar lá com ela...

Repreendi meus pensamentos ao perceber para onde eles haviam me levado. Há meses eu vinha tentando tirar a Fani da cabeça e tinha esperança de conseguir naquela viagem... Mas para isso eu precisava não pensar nela. Resolvi me concentrar na menina.

"Desculpa, como é mesmo seu nome?", perguntei realmente interessado. "O Luigi me apresentou para tanta gente ao mesmo tempo, estou meio confuso."

"Simone", ela estendeu a mão. "Também não guardei o seu."

"Eu sou o Leo", desprezei a mão que ela ainda me estendia e dei um beijo em seu rosto. "Muito prazer, Simone."

Ela pareceu meio assustada, pensei que fosse se afastar, mas então continuou o assunto: "Cheguei a pensar em fazer Cinema também. Mas o mercado é muito fechado. Você já está na faculdade?".

Nesse momento, um sujeito passou e esbarrou em mim. Pedi desculpas, mesmo sem ter culpa, mas ele resolveu encrencar.

"Comprou o bar? Não tá vendo que está no meio do caminho?"

Eu já ia dar uma resposta, mas a Simone me puxou antes, dizendo: "Deixa pra lá, vamos conversar lá fora, o som está muito alto aqui".

Olhei bravo para o tal cara, mas ele tinha se misturado à multidão, então fui atrás dela, que já estava na porta. O movimento lá também estava grande, pois, além de ser feriado, era uma rua cheia de bares e restaurantes em Ipanema.

"Do que estávamos falando mesmo?", ela perguntou assim que me aproximei. Agora que a iluminação estava melhor, pude vê-la direito. Parecia ter mais ou menos a minha idade. Ela era bem bronzeada, tinha os cabelos castanhos encaracolados e, além da blusa da claquete, estava usando short jeans. Seu olhar era profundo e o sorriso, perfeito.

"Você perguntou o que eu estudava. Na verdade, ainda estou no 2º ano do Ensino Médio. Não tenho certeza de que curso fazer. E você?"

"Já estou no pré-vestibular, quero entrar na federal. Ano passado não deu, mas este ano estou esperançosa. Vou estudar Jornalismo."

"Que legal, vou te ver entrevistando as pessoas na TV?", perguntei brincando com um dos cachos dela.

Ela puxou o cabelo e fez um rabo de cavalo antes de responder. "Não quero ser repórter. Pretendo escrever sobre cultura em algum jornal ou revista. Lembra que te disse que pensei em estudar Cinema, mas desanimei por causa do mercado? Com o Jornalismo, além de poder estar nesse meio cinematográfico, cobrindo eventos e escrevendo resenhas, vou ter muito mais oportunidades de emprego. E ainda vou poder falar de outras coisas que eu gosto também, como cinema e música".

"Música?", perguntei interessado. "Que tipo de música?"

Ela começou a citar umas bandas de que gostava, mas o que ela havia dito antes tinha ficado rodando na minha cabeça. Ela ia fazer Jornalismo para escrever sobre cultura? Eu adorava escrever, minhas redações no colégio sempre eram muito elogiadas. E também amava cultura, especialmente a parte musical. Só que, sempre que eu ouvia falar de Jornalismo, o que vinha à minha cabeça eram os apresentadores do *Jornal Nacional*, discorrendo sobre guerras e política. Eu não havia me tocado que por trás das revistas de música e das matérias sobre cinema existiam jornalistas especializados nessas áreas...

Eu definitivamente ia pensar sobre isso. Talvez ali estivesse a resposta para as minhas dúvidas.

Comecei a conversar com a Simone sobre algumas bandas que nós dois gostávamos e, quando ela pediu licença para ir ao banheiro, meu primo se aproximou.

"Cara, a gata tá te dando muito mole. Pega logo!", ele sussurrou apontando na direção em que a Simone tinha ido.

"Estamos só conversando...", falei rindo. "Ela é muito legal."

"E bonita! Não perde tempo, estava vendo vocês de longe, ela não para de encostar em você... E fica te olhando fixamente, praticamente pedindo um beijo!"

A Simone apareceu novamente e já chegou me abraçando.

"Estou atrapalhando a conversa dos meninos? Luigi, não sabia que você tinha um primo tão fofo..."

Ela atrapalhou meu cabelo quando disse isso, e então o Luigi respondeu: "Agora você sabe...". Em seguida deu uns tapas no meu ombro e saiu.

"Fofo, é?", perguntei meio sem graça enquanto pegava as duas mãos dela para que se virasse de frente para mim.

"Com certeza o mais fofo desse bar", ela disse sorrindo para o chão, mas logo me encarou.

Eu apenas a encarei de volta e a puxei devagar. Ela veio.

Tentei me concentrar no beijo, que por sinal estava ótimo, mas de repente a Fani apareceu na minha mente.

"Aconteceu alguma coisa?", a Simone perguntou assim que afastei o rosto.

Dei um riso nervoso, a puxei novamente e falei: "Só estava tomando fôlego, seu beijo me tirou o ar...".

Ela pareceu feliz com a resposta, me beijou mais uma vez, quero dizer, várias vezes, mas eu não consegui mais me concentrar. Na minha cabeça, era só Fani, Fani, Fani.

O Rodrigo estava certo. Eu estava doente. E o pior é que, por mais que tentasse, não conseguia me curar.

Oi, Fanizinha! Aposto que você está deitada na cama, comendo pipoca e vendo um filme "de amorzinho" neste momento, não é? Viu só como te conheço? O Rio está ótimo, mas eu preferiria estar aí com você... Quem sabe no próximo fim de semana? Beijo! Leo

25

Kenny: Ah, vamos lá, você sabe que quer dançar
comigo... Foi para isso que você veio aqui.

(No balanço do amor)

Leo, topa ver um filme lá em casa na sexta-feira?

Claro, Fani! O que você quer que eu leve? Refri?

Que bom que você topa, estou com saudade de sessão
pipoca do seu lado. Eu, o Rodrigo, a Priscila e a
Natália sentimos sua falta no feriado, o filme que
eles viram lá em casa não foi tão divertido sem você.

Também estou com saudade. E também senti sua falta no
feriado. Te mandei uma mensagem e você nem respondeu...

Ah, é, desculpa, tava no meio de um filme e depois
acabei esquecendo. Mas então fica marcado pra
sexta-feira, horário de sempre! Vamos lanchar no
Gulagulosa hoje?

Algumas semanas se passaram desde minha volta do Rio, e a rotina tornou a tomar conta dos meus dias. Tudo o que eu fazia era ir para a escola e para o trabalho de segunda a sexta e para o clube e para a casa da Fani aos fins de semana. Eu e ela estávamos mais próximos do que nunca, era como se namorássemos... Porém sem os beijos. Os pais dela até brincavam que iam me dar a chave da porta da frente, pois eu não saía mais de lá. E a minha mãe vivia perguntando se nós dois não íamos ter algo mais... Aliás, não era só ela. O pessoal da sala também desconfiava que a gente se beijava escondido, e por mais que eu sempre negasse, continuavam nos olhando como se estivéssemos cometendo um crime perfeito, apagando todas as provas de qualquer relacionamento amoroso que existisse ali.

Talvez por isso, por considerá-la mesmo minha namorada secreta e por estar tão acostumado com sua presença, levei o maior susto quando ela chegou na aula em uma terça-feira no final de outubro e contou que ia fazer a prova de seleção de um programa de intercâmbio.

Aquilo me deixou arrasado, pois eu sabia que ela ia passar! A Fani era boa aluna, estudava inglês desde a infância e não tinha ninguém que conversasse com ela que não ficasse encantado com sua meiguice. O que eu ia fazer se ela fosse embora? Eu já tinha morrido de saudade no feriado ficando apenas cinco dias longe, imagina um ano?! Será que era muito errado torcer para ela não passar na prova?

Diferentemente de mim, todos vibraram quando ela soltou a novidade e começaram a contar vários casos sobre intercâmbio. Foi só aí que percebi que a Fani estava me olhando curiosa para saber o que eu tinha achado, por isso me senti na obrigação de dizer alguma coisa. Mas tudo que saiu foi: "Você sabe quanto custa um telefonema para lá? Preciso começar a fazer economia".

Depois disso tive que sair de perto, pois vi que todo mundo ficou sem entender. Eu não costumo telefonar pra Fani, aliás, para ninguém, eu realmente não sou fã de telefones. Mas se ela fosse para o outro lado do mundo, como eu ia fazer? Me contentar com notícias por e-mail? Eu ia morrer de saudade da voz dela, do tom com o qual falava comigo... Pensando bem, quem se contenta com um telefonema? Eu precisava saber quanto custava uma passagem internacional!

Fiquei o resto da semana pensando nisso. A cada bilhetinho que a Fani me mandava, passava pela minha cabeça como seria chato ir para a escola no ano seguinte, sem ela do lado para fazer a aula acabar mais depressa. A cada conversa sobre filmes, eu lembrava que em pouco tempo ela veria as estreias ao lado de outras pessoas. A cada sorriso ou a cada vez que ela apertava a minha mão, eu ficava pensando se ela iria voltar diferente, se eu ainda ia ser seu "melhor amigo" ou se ela arrumaria outro cara para ocupar esse posto em seu novo país.

Pensando nisso, resolvi aproveitar cada minuto possível com ela. Acabei inclusive aceitando o convite da Gabi para a festa de Bodas de Prata dos pais dela. Essas festas costumavam ser bem chatas, cheias de gente mais velha, mas, se eu não fosse, no ano seguinte, quando estivesse morrendo de saudade da Fani, ia lembrar que havia perdido a oportunidade de passar algumas horas ao lado dela fora da escola.

Porém, na sexta-feira, logo que comecei a me arrumar, me arrependi. Eu pretendia ir de calça jeans, mas minha mãe, ao me ver, deu o maior escândalo. Disse que de jeito nenhum eu iria para uma festa de bodas daquele jeito e que eu tinha que vestir um terno! Um terno!!

Falei que preferia não ir, mas ela começou a dizer que as mulheres adoravam homens elegantes, que eu deveria aproveitar a oportunidade de usar uma roupa diferente das que eu usava todos os dias, e então me lembrei que a Fani nunca tinha me visto verdadeiramente arrumado e acabei aceitando que minha mãe passasse o meu terno que estava enfiado em algum canto do guarda-roupa.

"Esse cabelo despenteado não está combinando", ela falou quando eu já estava pronto para sair de casa. "Passa o gel do seu irmão, você vai ficar um pão!"

Um pão?! Comecei a rir da gíria ultrapassada dela, mas ela nem ouviu. Quando dei por mim, minha mãe já tinha buscado o tal gel e estava lambrecando o meu cabelo inteiro com ele.

"Tá bom, mãe, chega!", falei me afastando. "Tá parecendo que o boi lambeu minha cabeça!"

"Tá parecendo é que você é o menino mais lindo do mundo, olha!", ela me virou de frente para o espelho e até que o resultado não tinha ficado tão mal assim...

"Sabe o que está faltando?", ela disse já se afastando. "Perfume!"

Em um segundo ela voltou já borrifando algum perfume do meu pai no meu pescoço.

"Para, mãe!", reclamei, mas ela já tinha deixado o perfume de lado e estava pegando a bolsa.

"Onde você vai?", perguntei sem entender. Ela estava meio desarrumada para sair de casa.

"Vou te levar", ela respondeu como se fosse óbvio.

"De jeito nenhum, vou pedir o carro emprestado pro meu pai", retruquei, já sabendo que ela não ia gostar.

"Leonardo, anda rápido, antes que eu desista de te levar e você tenha que ir de ônibus! Dirigindo em plena sexta-feira à noite você não vai! A cidade fica cheia de blitze! Se seu pai te emprestar esse carro, vamos ter uma briga séria!"

Como eu não queria causar uma desavença entre meus pais, acabei aceitando. Apesar do movimento nas ruas, chegamos em frente ao prédio da Gabi em dez minutos.

"Não precisa me buscar, eu arranjo uma carona", falei tentando me desvencilhar do abraço da minha mãe, antes que alguém nos visse. Ela adorava me fazer passar vergonha, vivia dando demonstrações de afeto em público, por mais que eu pedisse para ela não fazer isso.

"Tudo bem, mas, se precisar, pode ligar. Juízo, não se meta em confusão!"

"Mãe, é uma festa de pessoas velhas! Que confusão eu poderia arrumar?", falei já saindo do carro.

"Assim você me ofende, a mãe da Gabi é mais nova do que eu! Mas já entendi que você não gosta da companhia da sua mãe *idosa*! Beijo, filhinho, divirta-se!"

Dei tchau e entrei depressa, antes que ela resolvesse me beijar mais uma vez.

O evento era no salão de festas e já estava bem cheio quando cheguei. De cara avistei a Gabi, que estava perto dos pais posando para as lentes de um fotógrafo contratado. Continuei circulando, para ver se encontrava a Fani em algum lugar. Logo percebi que ela ainda não tinha chegado, então me posicionei em um lugar onde eu tinha visibilidade da entrada e perceberia quando ela chegasse.

Não demorou muito. Vi exatamente quando ela chegou, tímida como sempre, olhando para todos os lados como se buscasse um apoio, um suporte, alguém para salvá-la.

Não perdi tempo. Peguei um copo de refrigerante que um garçom me ofereceu e, assim que ela passou por mim, fui atrás sem que me visse e encostei o copo gelado nas costas dela, que estavam descobertas por causa do decote do vestido. E que vestido! Além de mostrar as costas, ele também tinha uma fenda que deixava entrever a perna direita dela. Uau!

Ela se virou assustada, mas abriu o maior sorriso quando me viu e se dependurou no meu pescoço.

"Acho que você gostou de me ver...", tentei falar, pois ela estava praticamente me sufocando.

Ela se afastou ainda sorrindo, mas subitamente ficou séria.

"Caramba, Leo! Nunca te vi de terno! E gel! Você está bonito!"

"Valeu! Quer dizer que *hoje* eu estou bonito?", perguntei irônico, mas me sentindo meio mal. Além de apenas me enxergar como amigo, no dia a dia ela ainda me achava feio. Aquilo só piorava...

"Não é isso, Leo!", ela falou depressa. "É só que você ficou diferente... Você é sempre bonito, mas hoje está..."

"Um lixo reciclado?", disse sem conseguir me conter.

"Vamos procurar os pais da Gabi pra dar parabéns?", ela mudou de assunto. Concordei, antes que piorasse tudo ainda mais.

Assim que os cumprimentamos, a Gabi nos puxou para uma área externa do salão. Fiquei aliviado, eu estava morrendo de calor naquele terno e ali fora estava bem mais fresco.

Começamos a conversar sobre a festa, filmes, escola... Até que um garçom apareceu e perguntou o que gostaríamos de beber. Respondi que queria uma Coca, mas a Gabi na mesma hora pegou uma taça de espumante da bandeja.

"Aceita uma também, senhorita?", o garçom perguntou para a Fani, que pareceu meio hesitante, mas acabou aceitando. Ela e a Gabi brindaram e praticamente tomaram tudo de um gole só, rindo muito.

O garçom imediatamente encheu as taças de novo e então a Gabi se virou para mim, estreitou os olhos como se estivesse me vendo pela primeira vez naquele instante e falou: "Como você fez pra domar seu cabelo, Leo?". Ela veio com a mão em direção à minha cabeça, mas me afastei, já arrependido de ter deixado minha mãe me arrumar.

"Não fala do visual dele que ele não gosta", a Fani sussurrou para ela, meio de brincadeira, mas aquilo me deixou irritado.

A Gabi continuou, como se eu nem mesmo estivesse ali: "Mas como não comentar esse *look*? Olha, a calça jeans dele finalmente vai ser lavada, é a primeira vez que vejo o Leo sem ela! Pensei que já tivesse aderido à pele!".

Ela caiu na gargalhada, e notei que até a Fani estava abafando um risinho, por isso não aguentei e explodi.

"Vocês duas acham que me conhecem muito bem, né? Pois fiquem sabendo que o que vocês veem na escola é apenas uma das minhas facetas! Eu sou um homem estratificado, sei muito bem me portar em cada situação social. Que pena que vocês são tão limitadas e acham que as pessoas têm que ser as mesmas o tempo inteiro!"

Em seguida me virei e voltei para o salão, deixando as duas lá fora. Ainda as ouvi me chamando, mas nem liguei. Fui direto para o banheiro, tirei o paletó e passei água no cabelo, para tirar todo aquele gel. Isso é que dava seguir os conselhos da minha mãe!

Eu estava disposto a ir embora, mas, assim que saí do banheiro, encontrei um cara que eu conhecia do clube. Ele me disse que era filho de um dos amigos dos pais da Gabi e acabamos engatando um papo sobre futebol.

Quando ele se afastou, resolvi chamar um táxi para ir embora, mas bem nesse momento as luzes se apagaram e cantaram parabéns. Logo depois algumas pessoas começaram a fazer depoimentos para os pais da Gabi, sobre os anos que eles estavam juntos e tal, e foi aí que eu vi algo que nunca imaginei presenciar na vida. A Fani levantou a taça – que estava cheia –, bateu nela com uma colher e falou: "Vamos fazer um brinde aos noivos! Eles merecem, pois ficar casados tanto tempo hoje em dia não é pra qualquer um!".

No instante em que abriu a boca, percebi que ela não estava normal. Todo aquele espumante provavelmente tinha subido rápido, a Fani não era acostumada a beber, então resolvi ficar, pois já previa que aquilo ia dar problema.

As pessoas imediatamente levantaram os copos e brindaram. A mãe da Gabi agradeceu a Fani, que em seguida foi dançar sozinha, bem animada por sinal. Percebi que o garçom continuava a encher sua taça, sem que ela nem notasse... Pensei em pedir para ele parar, mas o que eu tinha a ver com isso? Ela não era minha namorada, e eu ainda estava meio chateado com o jeito que ela e a Gabi haviam me tratado mais cedo.

De repente, o DJ anunciou que ia tocar uma valsa para o casal. Vi que a Fani saiu da pista e então resolvi me aproximar.

"Tá tudo bem, Fani?", perguntei me sentando ao lado dela. "Quer que eu pegue uma água pra você?"

"Leo!", ela me abraçou mais uma vez "Pensei que você tinha ido embora! Dança comigo? Tá tocando música lenta!"

"Não é música lenta, é uma valsa...", expliquei, como se estivesse conversando com uma criancinha. Mas nessa hora realmente começou a tocar umas músicas mais lentinhas, o que fez com que algumas pessoas se levantassem para dançar.

A Fani também se levantou e começou a me puxar.

"Anda, Leo, por favor! Quero dançar com você! Vem!"

Em outra circunstância eu adoraria dançar com ela. Passar três minutos a abraçando, sentindo seu calor, enquanto a melodia da música se encarregava de fazer o clima ficar romântico, era tudo que eu mais queria no mundo. Mas ela não estava em seu estado normal... Provavelmente no dia seguinte nem se lembraria daquilo, ou, se lembrasse, seria ainda pior, pois morreria de vergonha... Então continuei recusando, explicando que aquele não era um bom momento, até que uns caras um pouco mais velhos do que eu, ao presenciarem a situação, resolveram interferir.

"Tá perdendo tempo, hein? A menina doida pra dançar e você recusando?", um deles falou.

"Você é um homem ou um rato? Vai negar o pedido da moça?", o outro completou.

"Eu danço com ela, deixar mulher passando vontade é maldade!", um terceiro interferiu e já vinha na direção da Fani, mas aquilo eu não ia permitir. Tirei a taça da mão dela, entreguei para a Gabi, que tinha acabado de chegar e parecia estar se divertindo muito com aquela situação, e a levei para pista de dança, para acabar com aquilo logo.

A Fani ficou muito feliz. Assim que chegamos ao centro do salão, jogou os braços sobre os meus ombros e encostou a cabeça no meu peito. Respirei fundo, coloquei as mãos na cintura dela e a puxei para mais perto de mim.

E então não vi mais nada, só senti.

Enquanto eu a rodava pela pista, meu coração batia tão forte que eu só tinha a agradecer por ela estar meio tontinha, senão com certeza ia perceber. Resolvi passar a mão de leve pelos seus cabelos, o que ela pareceu gostar, pois deu um suspiro e se aninhou ainda mais nos meus braços.

Eu tinha certeza de que normalmente aquela dança não aconteceria, que aquele abraço não existiria, que aquilo ali era algo totalmente falso, motivado unicamente pelo excesso de bebida... Mas ainda assim eu queria curtir cada segundo. Eu sabia que no dia seguinte sofreria ao me lembrar dela tão perto, mas naquele momento eu podia fingir que ela estava apaixonada, que aquela dança era real, que ela gostava de verdade de mim.

Como se estivesse lendo meus pensamentos, ela afastou um pouquinho o rosto, me olhou, sorriu e disse: "Eu te adoro, Leo, não fica com raiva de mim nunca, tá?", e em seguida deitou a cabeça no meu ombro.

"Eu também te adoro, Fanizinha...", falei no ouvido dela, mas bem nessa hora senti que ela ficou mais pesada. Subitamente percebi que ela estava desmaiando!

Eu a segurei com força, antes que ela caísse no chão. A Gabi e outras pessoas vieram correndo perguntar o que tinha acontecido e me oferecer ajuda.

"Ela só bebeu demais...", expliquei, já a carregando e indo em direção a um sofá que eu tinha visto no hall de entrada do prédio. Aproveitei que um garçom estava passando e pedi que ele trouxesse água para ela. E então a abanei, até que ela recobrou um pouco a consciência.

"Onde eu estou?", ela perguntou com os olhos semicerrados, como se a claridade a estivesse incomodando.

"Tá no hall do meu prédio, Fani!", a Gabi respondeu. "Consegue levantar só pra gente subir pro meu apartamento ou vai vomitar se fizer isso?"

Ela não respondeu, tornou a fechar os olhos. Então eu falei pra Gabi que ia carregá-la.

"Até que você é fortinho, hein, Leo?", a Gabi falou já no elevador.

Balancei a cabeça e respondi bravo: "Não devia ter deixado a Fani beber assim, Gabi!".

"Ih, qual é? Você é pai dela? Deixa a menina curtir a vida!"

Vi que não adiantava discutir, pois a própria Gabi também tinha bebido muito. Então a segui calado até o quarto dela e coloquei a Fani suavemente na cama.

"Gabi, acho melhor a Fani dormir aqui", falei já puxando a bicama. "A mãe dela vai surtar se vir a filha nesse estado, você sabe como ela é..." A Gabi só deu de ombros, então completei: "Você tem roupa de cama? E uma camiseta também, acho que esse vestido é bem desconfortável pra ela dormir."

"Leo, qual é? Você realmente está achando que a Fani é sua filha, né? Estou morrendo de sono, a Fani já está dormindo, coloca ela aí na bicama de qualquer jeito, ela nem vai ligar..."

"De jeito nenhum, ela vai morrer de frio assim!", repliquei bravo. "E será que você pode telefonar para os pais dela avisando que ela vai dormir aqui? Senão eles vão ficar preocupados."

A Gabi ficou me olhando por uns segundos sem dizer nada, mas acabou catando um edredom no armário, colocou rapidamente na bicama, depois pegou uma camiseta larga em uma gaveta e falou: "Satisfeito? Você pode ir embora agora para eu poder tirar o vestido dela? Ou vai querer fiscalizar isso também?".

Concordei meio a contragosto, eu realmente queria me certificar de que ela estivesse dormindo confortavelmente, mas sabia que teria que confiar na Gabi para fazer isso.

"Promete que vai ligar pros pais dela?", perguntei já na porta.

"Juro pelo que você quiser. Agora dá licença por favor, amanhã você liga pra Fani e pergunta como ela acordou. Te garanto que ela vai te contar que foi a melhor noite da vida dela!"

Assenti, chamei o elevador e me despedi da Gabi. Porém, quando eu estava entrando, ela falou: "Que dança foi aquela, hein...", e me deu uma piscadinha.

Fiquei meio sem graça, sem entender exatamente sobre o quê a Gabi estava falando, mas ela não fez questão de esclarecer. Simplesmente fechou a porta e me deixou ali, estático, sem reação.

Alguns segundos depois, "despertei" e entrei no elevador. Eu precisava ir para casa. Se a Gabi cumprisse a promessa, a Fani realmente teria uma boa noite de sono.

Pena que eu não podia dizer o mesmo de mim...

26

David: Se eu fizesse uma relação dos piores dias da minha vida, hoje estaria no topo da lista!

Alvin: *E ainda é de manhã...*

(Alvin e os esquilos)

"Leo, estou indo pro sítio, ontem você disse que queria ir também. Vai mesmo? Já são onze da manhã, vou sair em meia hora."

Abri apenas um dos olhos e vi o meu pai na minha frente. Eu realmente tinha planejado ir para o sítio. Ele ia para lá todo fim de semana, era relativamente perto, em Lagoa Santa, mas já tinha uns dois meses que sempre aparecia algum programa que impedia a minha ida. Eu estava com muita saudade dos meus cachorros que moravam lá, mas também estava com tanto sono... Eu havia tido a maior insônia e passado a noite inteira lembrando da dança com a Fani.

A Fani! Subitamente me lembrei de que ela havia dormido na casa da Gabi, será que ela estava bem?

"Vou sim, pai, me espera! Só vou tomar um banho rápido!", disse me levantando depressa. Eu precisava telefonar para saber como a Fani estava.

Tomei um banho correndo e, enquanto me arrumava, liguei para o celular dela. Caiu direto na caixa postal. Tentei o telefone fixo. O Alberto atendeu e me disse que a irmã não havia dormido em casa. Claro que eu sabia disso, mas imaginei que talvez ela já tivesse voltado... Tentei então o celular da Gabi. Tocou até desligar. Será que ela ainda estava dormindo?

"Leo, estou indo! Vamos?", meu pai perguntou do corredor.

"Já vou, pai, um segundo, estou só terminando de me arrumar!"

Corri para pegar meu celular. Eu tinha ficado tanto tempo sem um aparelho que ainda não havia me habituado a usar. Mas agora eu precisava, com ele poderia ligar para a Fani no caminho.

Eu o encontrei no meio de alguns CDs, mas, quando apertei os botões, ele se recusou a funcionar!

"Deve ter acabado a bateria", meu pai falou quando me viu tentando ligá-lo pela milésima vez. "Pega o carregador também, lá no sítio você pode dar uma carga."

"Mas eu nem usei, como pode ter acabado a bateria?!", perguntei indignado, apertando os botões com mais força.

"Leo, vai estragar o celular! É assim mesmo, a bateria acaba independentemente do uso, tem que carregar sempre!", meu pai falou meio impaciente. "Tudo pronto? Estou só te esperando!"

Eu não podia viajar sem falar com a Fani! Eu precisava saber se ela estava bem.

"Pode ir levando as coisas pro carro, só vou escovar os dentes!", falei já correndo para o meu quarto. Revirei os meus cadernos e no fim de um deles encontrei o que eu estava procurando. O telefone fixo das pessoas do grêmio. A Priscila tinha feito todos os integrantes anotarem, para o caso de alguma emergência.

Peguei o telefone sem fio, entrei no banheiro e liguei para a casa da Gabi. Alguém de lá com certeza poderia me dar notícias da Fani.

O telefone tocou umas cinco vezes e ninguém atendeu. Quando eu já estava quase desistindo, ouvi a voz mais linda do mundo, mas a última que eu esperava escutar naquele momento.

"Fani?", perguntei depois de um tempo calado, tentando processar o susto.

"Leo?", ela respondeu, parecendo mais surpresa do que eu.

"Já de pé? Achei que você fosse dormir até umas seis da tarde." Ela não respondeu nada, então perguntei logo o que eu queria saber: "Você está bem, Fani?".

Ela suspirou antes de responder. "Estou bem, eu acho... Só que parece que estou com amnésia, não estou entendendo como vim parar no quarto da Gabi. Parece que esqueci alguma cena importante da minha vida!".

Eu ri. Ela usava termos de cinema até numa situação dessas.

"É, acho que você perdeu uma parte bem engraçada do *filme*", falei me lembrando do tombo que ela havia levado. De repente, meu pai apareceu na porta do meu quarto com uma cara bem feia. Por isso, antes que ela dissesse mais alguma coisa, expliquei que estava indo para o sítio e que nós conversaríamos mais na aula, na segunda-feira. Pelo menos eu já sabia que ela estava bem, e isso era o que importava.

Na segunda, notei que a Fani estava um pouco distante, provavelmente envergonhada por causa da festa, pois quando tentei tocar no assunto ela desconversou. Preferi não insistir. Mas foi na terça que algumas novidades começaram a acontecer.

Primeiro, a Fani apareceu na aula com o cabelo bem mais curto. Eu já sabia que ela ia cortar, mas pensei que eram apenas as pontas. Ela estava linda.

Resolvi falar aquilo para ela, mas, como a professora de História já tinha começado a dar aula, mandei um bilhetinho.

Fani, seu cabelo ficou ainda mais lindo. Você está parecida com a Branca de Neve! Leo

Vi que ela deu um sorrisinho, mas não respondeu imediatamente. Como fiquei prestando atenção, notei que ela também recebeu outro bilhete, dessa vez da Gabi. E para minha total surpresa, um tempo depois quem escreveu para ela foi a Vanessa! O que será que ela tinha escrito? Eu nem sabia que a Fani e a Vanessa tinham algum contato, elas pareciam não ir com a cara uma da outra...

Na verdade, eu gostava da Vanessa. Ela era meio convencida, talvez por ser muito bonita, mas nunca tinha me tratado mal ou esnobado, como fazia com alguns garotos da sala. Ao contrário, ela me cumprimentava e até sorria para mim. Certa vez, quando vi a Gabi e a Fani falando mal dela, eu inclusive a defendi, disse que ela era gente boa... As meninas pensaram que eu havia dito isso apenas por causa da (ótima) aparência dela, mas eu realmente achava que no fundo ela era legal.

Eu estava tão curioso que mandei outro bilhete para a Fani.

> Fani, vi que a Vanessa te mandou um bilhetinho.
> Vocês estão se entendendo agora? Não te falei que ela era gente boa? Leo

Ela leu, mas simplesmente o colocou junto com os outros, no meio das páginas do caderno. Ela parecia estar meio aborrecida com alguma coisa. De repente presenciei algo que achei que nunca veria na vida. A Gabi enviou um bilhetinho para a Vanessa! As duas eram meio brigadas desde os cinco anos de idade!

> A Gabi também está amiga da Vanessa? Caramba, achei que isso nunca fosse acontecer! Elas não olham uma pra cara da outra desde o jardim de infância, quando a Gabi derrubou Danoninho no vestido da Vanessa! Que bom... não vou precisar mais fingir que não gosto da Vá. Você vai ver, Fani, ela é um amor, pode acreditar. Leo

Mais uma vez ela não respondeu, a Fani parecia realmente estar concentrada na matéria. Então resolvi tentar pelo outro lado... Escrevi um bilhete para a própria Vanessa, talvez ela esclarecesse sobre o que ela e as meninas estavam conversando.

Oi, Vanessa! Sei que nunca te escrevi antes, mas sempre te achei uma garota legal. Vi que você, a Gabi e a Fani estão trocando mensagens, o que me deixou muito feliz. Temos mesmo que esquecer as diferenças do passado, já não somos mais crianças. Não sei sobre o que vocês estão conversando, mas tem algo em que eu possa ajudar? Pode contar comigo para o que precisar.
Leo

A Vanessa leu e, ao contrário da Fani, não só sorriu para mim como também respondeu imediatamente.

Obrigada, Leo! Não sabia que você era tão fofo! Quer fazer o trabalho de Química com a gente? Beijinhos! Vá

"Bilhete da Vanessa?", o Alan, que sem que eu percebesse estava lendo sobre os meus ombros, perguntou. "A gata tá te dando mole, hein! Te chamando de fofo, convidando pra fazer trabalho junto... Não perde tempo!"

Olhei bravo por ele estar me espionando, e, quando eu ia responder o bilhete, outra coisa roubou minha atenção. A Fani de repente se levantou, juntou tudo dela e foi se sentar lá na frente da sala, onde tinha uma carteira vaga. O que era isso agora? A Fani se sentava nas últimas fileiras desde o começo do ano, junto comigo e com a Gabi. Por que essa mudança? Como se não bastasse, assim que se ajeitou no novo lugar, ela pegou todos os bilhetes que tinha recebido e amassou. Dessa vez fiquei realmente espantado. A Fani tinha uma agenda que usava de diário, anotava nela tudo que acontecia e guardava cada papel de bala que ganhava, ingressos de cinema, os bilhetinhos...

Fani, por que você trocou de lugar? Vai virar nerd agora? E por que amassou todos os bilhetes? Você não vai colocar na sua agenda, como sempre?
Leo

Assim que mandei o bilhete, vi que a Gabi e a Vanessa fizeram a mesma coisa. Só que dessa vez ela resolveu responder! Fiquei feliz, mas logo percebi que ela estava escrevendo com muita força e com a maior cara de brava. Eu só esperava que aquele bilhete não fosse para mim...

Ainda estava prestando atenção no que a Fani ia fazer quando a professora parou na frente dela e puxou o caderno. Opa.

"Que bonito, Estefânia...", ela falou ajeitando os óculos, como se assim pudesse ler melhor. "Acho que a diretora vai adorar receber esse papel com nomes feios! E já que você não está interessada na aula, pode ir pessoalmente entregar pra ela, junto com essa anotação."

Em seguida a professora escreveu alguma coisa, entregou para a Fani e fez sinal para que ela se retirasse da sala. Só faltei morrer de pena! Ela estava tão vermelha de vergonha que parecia que ia explodir! E com uma cara de choro tão grande que pelo jeito ia irromper em lágrimas a qualquer momento...

Assim que a Fani saiu, pedi para ir ao banheiro. Eu precisava saber se ela ia ficar bem.

"Ninguém mais vai sair da sala agora, esperem o sinal bater!", a professora falou brava.

Tive vontade de dizer que eu ia fazer xixi na calça, para ver se ela liberava, mas pela cara dela achei melhor ficar quieto. Por isso, apenas quando a aula acabou pude sair para tentar descobrir o que tinha acontecido.

Encontrei a Fani perto do bebedouro, sentada em um banco e olhando para o chão. Me sentei do lado e fiquei esperando que ela dissesse alguma coisa. Ela continuou calada. "O que aconteceu, Fani?", resolvi perguntar antes que o sinal da próxima aula batesse.

Ela deu de ombros e me mostrou um papel: "A diretora quer conversar com meus pais. Tenho que trazer isso assinado amanhã".

"Mas o que houve pra você escrever um 'nome feio' no caderno?", perguntei rindo, lembrando das palavras da professora. Eu nem sabia que a Fani conhecia palavrões, ela não xingava nunca.

Ela bufou meio impaciente se levantando. Me levantei também.

"Eu estou nervosa por causa da entrevista para o programa de intercâmbio que vou ter amanhã, acho que não vou passar!", ela falou já andando para a sala. "Além disso, minha mãe me fez cortar o cabelo, eu odiei..."

"Ficou lindo, Fani! Falei a verdade no bilhetinho que te mandei."

Ela parou e se virou para mim, balançando a cabeça de um lado para o outro. Então continuou: "E aí de repente surgiu uma enxurrada de bilhetinhos na minha mesa! Seus, da Gabi e até da Vanessa... A professora estava me olhando feio desde o começo, por essa razão guardei tudo e mudei de lugar. Mas quando vocês continuaram a mandar, comigo sentada lá na frente, eu me irritei. E foi aí que a professora pegou o meu caderno, viu o que estava escrito... O resto você já sabe. Acho que ela pensou que o palavrão era pra ela."

Comecei a rir e a abracei.

"Fani, desculpa, eu não vi que você não estava respondendo os bilhetes das meninas também, pensei que eram só os meus, por isso fiquei insistindo... Não imaginei que você acabaria parando na diretoria por causa disso. Foi a sua primeira vez, né? Gostou da experiência? Não é tão ruim assim, a diretora Clarice nem é tão brava..."

Ela franziu as sobrancelhas, mas em seguida riu.

Então tirei os braços do ombro dela e a olhei de frente. "Tenho certeza de que você vai arrasar na entrevista do intercâmbio. Não fica preocupada com isso."

"Duvido...", ela falou já andando para a sala. "Vamos entrar? Não estou a fim de levar advertência de outro professor."

Eu concordei, e ela então pegou o material que estava na primeira carteira e voltou a se sentar perto de mim.

Não perdi tempo.

Bem-vinda de volta! Senti sua falta!

Dessa vez ela respondeu.

Obrigada! Aqui atrás é bem melhor, dá até pra escrever palavrão e a professora não ver! :)

Eu ri e em seguida ela abriu a agenda e pregou o meu bilhete lá dentro. E eu passei o resto da aula sorrindo, sem saber por quê...

27

Rafe: Você é tão bonita que dói.

(Pearl Harbor)

Ela não foi à aula no dia seguinte. Eu já estava imaginando se estaria doente, mas me lembrei que era o dia da maldita entrevista que ela faria para tentar uma bolsa no programa de intercâmbio. A mãe dela realmente devia estar louca para mandar a filha para outro país, afinal, ela costumava ser muito rígida com os estudos da Fani, não ia deixar que ela matasse aula se não fosse por um motivo muito importante.

Por mais que eu soubesse que ela não estava ali, por costume a minha cabeça insistia em virar para o lado, em direção ao lugar em que ela se sentava. Foi quando um pensamento me atingiu. No ano seguinte aquilo seria uma constante. Ir para a escola, o que desde o começo do ano tinha se tornado praticamente uma diversão, voltaria a ser enfadonho, tedioso, chato... Eu sabia que aquilo era exclusivamente minha culpa, por ter colocado a Fani como centro do meu mundo. Se tivesse diversificado, como o Alan vivia aconselhando, não estaria nem aí nesse momento.

Respirei fundo, apoiando a cabeça em uma das mãos, e tentei me forçar a prestar atenção na matéria. Foi quando vi em uma das primeiras fileiras uma cabeleira loira. *Diversificar...*

Sem pensar muito, peguei meu caderno e fui me sentar perto da Vanessa. Ela tinha sido bem simpática no dia anterior, que mal faria em cultivar aquela amizade?

"Leonardo, o que você está fazendo?", a irmã Imaculada perguntou, ao me ver andar pela sala no meio da aula.

"Eu, hum...", senti que os olhares da sala inteira se voltaram para mim, inclusive o da própria Vanessa. Por isso, apenas apontei para ela e falei: "Ia perguntar pra Vanessa se eu podia fazer o trabalho no grupo dela."

Ela havia me chamado para fazer o de Química, certamente não ia achar aquilo muito estranho.

Dessa vez, todos se viraram para a Vanessa, que a princípio franziu as sobrancelhas, mas logo abriu um sorriso, parecendo gostar daquela atenção toda.

"Claro, por que não? Senta aqui, Leonardo", ela disse, dando uns tapinhas na cadeira ao lado.

Eu me sentei depressa. Ouvi algumas pessoas cochichando, mas nem liguei.

"Obrigado", falei para a Vanessa assim que a irmã Imaculada se voltou para o quadro. "Costumo fazer os trabalhos com a Fani, mas ela não veio à aula hoje."

"Você vai gostar muito mais do nosso grupinho, não é, meninas?", ela perguntou para as amigas, que até então estavam me olhando como se eu fosse um alienígena. Mas nesse momento rapidamente balançaram a cabeça assentindo, e percebi que ali o que a Vanessa falava era lei.

Começamos a fazer o tal trabalho, que na verdade era muito fácil, logo terminamos. Pensei que elas iam conversar entre si e nem se lembrar mais da minha existência, mas para minha surpresa perguntaram da minha vida, se eu tinha irmãos, para onde saía, o que eu ia fazer no vestibular...

Aproveitei também para saber mais sobre elas. Eu era amigo da sala inteira, mas a "panelinha da Vanessa", como o grupo delas era conhecido, era meio impenetrável, ninguém sabia muita coisa sobre aquelas meninas. Por isso fiquei tão surpreso por elas me darem abertura. E mais ainda ao constatar que elas eram legais, apesar de realmente serem um pouco convencidas.

A aula acabou passando rápido, graças às minhas "novas amigas". Cheguei em casa e fui direto ligar pra Fani, eu queria saber como ela tinha se saído na entrevista. No fundo, estava torcendo para ela não ter ido tão bem assim, mas claro que eu não ia contar isso para ela.

Foi o pai dela quem atendeu, e então me explicou que a entrevista seria na parte da tarde. A Fani tinha faltado à aula para ir com a mãe comprar uma roupa para a ocasião, o que só reforçou minha teoria de que a dona Cristiana estava muito empenhada em fazer a Fani passar na tal seleção.

Resolvi não telefonar mais e deixar para conversar com ela no dia seguinte. Com certeza ela me contaria que tinha ido bem na entrevista, eu ia acabar demonstrando minha decepção e a Fani ia ficar chateada comigo. O melhor era adiar o quanto fosse possível.

Apesar disso, cheguei à escola de manhã ansioso para vê-la. Minha intenção era ir direto para o meu lugar, que era bem perto dela. Porém, eu tinha dado apenas dois passos, quando a Vanessa me cutucou.

"Bom dia, Leo!", ela falou, com um sorriso deslumbrante. Poderia facilmente fazer propaganda de creme dental se quisesse. No dia anterior ela havia me contado que trabalhava como modelo de vez em quando. "Não vai se sentar perto da gente hoje de novo? Adoramos sua companhia ontem! Não é, meninas?", ela se virou para as amigas, que rapidamente assentiram.

Olhei mais uma vez para o meu lugar e para o da Fani, que também estava vazio. Ela devia estar atrasada, mas e se faltasse novamente? Eu tinha que admitir que no dia anterior a aula tinha sido bem animada pela companhia da Vanessa e das amigas.

Sem pensar muito, simplesmente a segui e me sentei. Só que dessa vez não tinha trabalho em grupo, então foi apenas com ela que fiquei conversando.

A Fani apareceu na sala alguns minutos depois, estava linda como sempre, e cheguei a pensar em me levantar e ir atrás dela. Mas, bem nesse momento, a Vanessa se aproximou do meu ouvido e falou: "Leo, tenho uma confissão pra fazer...". Me forcei a desviar o olhar da Fani e perguntei curioso que confissão era aquela.

Ela mordeu os lábios antes de responder e então falou: "Sabe a festa junina da sala?". Apenas fiz que "sim" com a cabeça. É óbvio que eu sabia. A Priscila tinha ficado meses toda quebrada por causa daquela festa. Tornei a olhar pra Fani, para ver se ela tinha percebido que eu estava sentado em outro lugar, mas ela ainda estava tirando o material da mochila.

"Lembra que você recebeu um correio elegante anônimo?", a Vanessa tornou a falar no meu ouvido.

Me virei para ela depressa. Agora ela tinha toda a minha atenção. Eu havia ficado meses tentando descobrir de quem era aquela mensagem e no fim das contas cheguei à conclusão de que devia ter vindo de algum dos meus amigos, só de zoeira.

"Fui eu que mandei...", ela falou com a mão na boca, abafando um risinho. "Quero dizer, eu e as minhas amigas."

"Você?!", perguntei, achando aquilo surreal. Na mesma hora peguei a carteira no bolso de trás da minha calça e achei o tal bilhete, que estava meio amassado, mas continuava intacto. "Esse correio elegante?", estendi para ela.

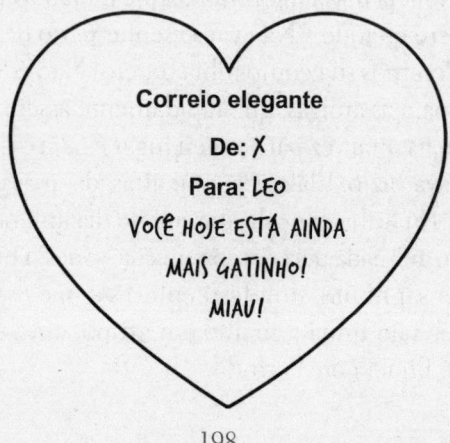

Correio elegante

De: X

Para: LEO

VOCÊ HOJE ESTÁ AINDA MAIS GATINHO!

MIAU!

Ela o pegou sorrindo ainda mais e então fez: "Ahhnn... Você guardou! Que bonitinho! Não sabia que você ia gostar tanto! Na verdade, a gente mandou meio de brincadeira, escrevemos pra vários meninos...".

Eu devo ter parecido meio decepcionado, porque ela rapidamente emendou: "Mas você sabe que toda brincadeira tem um fundo de verdade, né? Você estava bem gatinho mesmo naquela festa. Foi por isso que sugeri pras meninas da gente te incluir nas mensagens que estávamos enviando".

As palavras da Vanessa me deixaram meio com raiva. Era aquilo que eu era para ela, uma brincadeira. Aquelas meninas realmente se achavam superiores ao resto da sala. Bem diferentes da Fani, que esbanjava meiguice e doçura.

Dei mais uma olhada para trás, para ver o que ela estava fazendo. Para minha surpresa, ela estava olhando para mim. Aliás, para mim e para a Vanessa, com a maior cara fechada. A Fani nunca tinha me olhado assim... Estaria com *ciúmes* por eu estar conversando com outra menina? Ei, aquilo era um avanço e tanto! Resolvi incentivar.

"Gatinho é?", sussurrei para a Vanessa, sorrindo. "Tenho que lembrar o que eu estava vestindo naquela festa então..."

"Não precisa!", ela falou, piscando e virando o cabelo para o lado. Ela estava jogando charme para *mim*? "Você é gato até de uniforme!", completou.

Fiquei tão paralisado que até esqueci de me virar para trás para conferir se a Fani continuava de olho. A Vanessa estava me elogiando? A menina mais linda do colégio me achava bonito?!

"Puxa, obrigado!", falei um pouco sem graça. "Você também é. Gata até de uniforme. Aliás, você é gata com qualquer roupa, aliás, até sem roupa. Quero dizer, hum, não foi isso que eu quis dizer!"

Em vez de ficar brava, ela deu uma gargalhada, disse que eu era muito engraçado e passou o resto da aula comentando sobre a matéria comigo. Notei que não parava de pegar no meu braço.

Acho que mais alguém notou, porque, assim que o sinal bateu, a Fani passou do meu lado para ir ao corredor e nem mexeu comigo, foi como se não tivesse me visto. Aquilo realmente estava melhor do que eu esperava, além da Vanessa estar cheia de graça para o meu lado, a Fani pelo visto não estava gostando de eu dar atenção para outra menina. Se eu soubesse que ela ia ter aquela reação, teria feito isso antes...

Continuei a conversar com a Vanessa até a hora do recreio, quando ela foi com as amigas para a cantina, e eu preferi encontrar o Rodrigo no Gulagulosa. Eu precisava contar para ele o que estava acontecendo.

Só que assim que cheguei e me sentei na mesa em que o Rodrigo estava junto com a Priscila, a Natália, a Júlia, a Fani e a Gabi apareceram. Imediatamente a Nat perguntou como ela tinha ido na seleção do programa de intercâmbio. Eu esperava que ela fosse apenas responder que tinha se saído bem, mas, em vez disso, ela olhou para baixo meio tristinha e disse: "Ah, acho que não vai dar pra passar. Não era só uma entrevista, tinha uma prova. Como eu não sabia, nem me preparei. E eram muitos concorrentes. Então acho que não vai dar...".

"Não fica triste, Fani!", a Priscila falou no mesmo instante. "Quando vai ser a próxima seleção? Agora você já sabe que tem prova, é só estudar que você passa!"

"No ano que vem", ela respondeu. "A idade limite é dezessete anos, vou poder tentar mais uma vez. Mas fiquei meio desanimada..."

"Pode parar, dona Fani!", a Gabi colocou a mão na cintura. "Você nem sabe se passou e está aí nesse pessimismo todo! Vamos esperar sair o resultado, né?"

Todas concordaram. E de repente vi que a Fani estava me olhando, provavelmente esperando que eu também dissesse algo em incentivo. Mas eu tinha ficado tão feliz por ela não ter ido bem na prova, que sem perceber dei o maior sorriso. Só quando vi que ela franziu as sobrancelhas, provavelmente sem entender a razão da minha alegria, é que fiquei sério e apenas balancei a cabeça, como se estivesse concordando com as meninas.

Nos últimos horários notei que a Vanessa estava meio estranha. Em vez de ficar a aula toda conversando comigo, como tinha feito antes do intervalo, ela estava quieta, séria e cochichando com as amigas alguma coisa que pelo visto eu não podia saber.

Porém, quando o sinal bateu, ela perguntou se eu poderia esperar um pouco, pois queria conversar comigo.

"Leo, queria te pedir um favor", ela falou com uma expressão triste.

"Claro, o que você quiser!", falei com sinceridade. Com aquela carinha do gato do filme do Shrek, eu não teria coragem de negar nada que ela pedisse.

"Sabe a festa da sala?", ela perguntou enquanto brincava com as pontas do cabelo.

Sim, eu sabia. Aquela festa acontecia todo final de ano, o evento ficou tão esperado que até pessoas das outras salas imploravam por convites. A Vanessa era uma das organizadoras.

"Pois é, estamos há meses procurando o lugar perfeito. Então fiquei sabendo que no prédio da Gabriela tem um salão de festas enorme, com quadras, fliperama, piscina... Não que alguém vá nadar, mas um local com piscina é sempre mais atraente."

Concordei e fiquei esperando para ver aonde ela ia chegar.

"Daí no começo da semana", ela continuou, "a Gabi muito gentilmente ofereceu o tal salão pra gente! Eu fiquei tão feliz! Fiz mil planos, pensei na decoração... Só que hoje a sua amiga Estefânia me parou no corredor dizendo que a Gabi nunca iria emprestar o salão dela pra mim! Tentei explicar que não era pra mim, e sim pra sala, e percebi que a Gabriela ficou meio calada, parecia que estava tão chocada quanto eu... Mas acabou concordando com a amiga, acho que a personalidade dela é meio fraca. O fato é que eu acho que a Estefânia me odeia por algum motivo, talvez por não ser tão bonita quanto eu... Você sabe, as mulheres infelizmente têm uma rivalidade.

E aí, como agora eu e você estamos nos entendendo bem, acredito que sua amiga ficou com ciúmes, achou que eu ia te roubar dela, e quis descontar em mim, entende?"

Quer dizer que a Vanessa também tinha achado que a Fani estava enciumada... Normalmente eu teria ficado feliz com aquilo, mas não podia acreditar na atitude dela. Impedir a Gabi de emprestar o salão para a festa? O que ela ganhava com isso?

"Então, queria te pedir pra conversar com ela, Leo... Explica que eu não tenho culpa de você querer andar comigo também e que só almejo o bem da sala. A festa não é pra mim, é pra todos nós! Eu quero que o evento seja memorável!"

"Pode deixar, Vanessa", falei, segurando os ombros dela. "Vou falar com a Fani hoje mesmo! E com a Gabi também. Tenho certeza de que elas não fizeram por mal e vou convencê-las a voltar atrás, pode contar comigo!"

Ela ficou tão feliz que se dependurou no meu pescoço, dizendo: "Obrigada, Leozinho!". Na sequência me deu um beijo na bochecha, que me deixou até meio zonzo. "Até amanhã! Espero que você me dê boas notícias..."

Depois disso saiu toda saltitante, e eu apenas acenei para ela, sem saber o que dizer. Em seguida, me virei e fui depressa para a saída da escola. Precisava chegar em casa logo. Eu tinha um assunto urgente para resolver...

28

Red Pollard: *Eu não preciso da sua ajuda e, com certeza, não preciso da sua caridade! Me deixe em paz!*

(Seabiscuit: alma de herói)

Todo mundo sabe que eu não gosto de telefone, não faço a menor questão de esconder isso. Prefiro mil vezes conversar pela internet ou ao vivo. Acho telefone invasivo, sempre que preciso ligar para alguém, fico achando que vou pegar a pessoa no meio de algo importante e que vou incomodá-la. Além disso, por telefone não dá para ver as expressões faciais e perceber as reações sobre aquilo que dizemos. Por essa razão resisti tanto a ter um celular. Mas eu tinha que admitir que algumas vezes ele era útil. Eu não conseguiria ter essa conversa com a Fani pessoalmente.

Ela atendeu com o maior tom de surpresa, parecia feliz por ter ouvido a minha voz. E por isso mesmo foi ainda mais difícil começar o que eu tinha a dizer.

"Fani, que história é essa de você impedir a Gabi de emprestar o prédio dela pra nossa festa?", perguntei de um fôlego só. Como ela ficou calada, continuei: "Se você está com ciúmes por eu estar ficando amigo da Vanessa, deveria descontar em mim, e não castigar a sala inteira!".

"O quê?!", foi tudo que ela respondeu.

Respirei fundo e soltei o resto do discurso que tinha ensaiado: "A Vanessa só quer o melhor pra todo mundo, você não pode deixar que a sua implicância com ela atrapalhe as outras pessoas!". Não sei o que esperava. Talvez que ela fosse gritar comigo, se defender, ou pelo menos se explicar. Mas ela continuou muda. Resolvi dizer tudo logo, aquela não tinha sido uma boa ideia. Se eu tivesse conversado com ela cara a cara, teria visto no rosto dela o que estava pensando sobre o que eu falei.

"Eu quero te dizer, Fani, que o fato de eu estar convivendo mais com a Vanessa não vai me fazer gostar menos de você...", expliquei. "Mas tenho que ter outras amizades, você não acha? Se você for fazer intercâmbio no ano que vem, com quem eu vou andar? Você quer que eu fique sozinho?"

Dessa vez ela ia ter que responder, eu tinha feito três perguntas. Esperei, me sentindo ansioso, mas de repente ouvi um clique e na sequência o sinal de ocupado. Ela tinha desligado? Na minha cara?!

Ah, isso não ia ficar assim. Peguei o telefone novamente e digitei o número da Gabi. Ela atendeu de primeira. Devia estar com o celular na mão.

"Gabi, é o Leo. O que está rolando com a Fani? Ela está muito esquisita!"

"Esquisita? A Fani?", ela respondeu meio irônica. Aquilo me deixou ainda mais nervoso.

"Sim, totalmente estranha! Fiquei sabendo que ela te proibiu de emprestar o salão de festas pra nossa sala! E sei perfeitamente que ela fez isso só porque a Vanessa é uma das organizadoras da festa. Se a Fani está com ciúme por eu estar andando com ela, deveria vir conversar comigo, e não descontar nos outros!"

"Você acha que a Fani está com ciúme de você e da Vanessa?", ela perguntou e em seguida deu a maior gargalhada.

"Acho, sim! Aliás, tenho *certeza*", praticamente gritei, na verdade sem certeza nenhuma. "Mas o que a Fani não entende é que ela me largou primeiro! É ela que está querendo arrumar outros amigos lá no intercâmbio! Com quem eu vou andar no ano que vem, hein? Porque, pelo visto, ela quer que eu fique aqui sozinho, morrendo de saudade dela... Por isso resolvi que já vou arrumar outras amigas de uma vez!"

Ela ficou um tempo calada. O que estava acontecendo com essas meninas? Ela também ia desligar?

Eu já estava esperando ouvir o sinal de ocupado, mas então a Gabi, com uma voz bem "profissional", como se fosse uma psicóloga ou algo assim, começou o maior falatório.

"Deixe-me ver se entendi bem, Leonardo... A possibilidade da Fani fazer um intercâmbio cultural, uma experiência enriquecedora para a vida dela, te deixou inseguro a ponto de querer se vingar por antecipação... Vamos analisar isso. Por acaso ela é sua única amiga? Nós dois sabemos que não! Pelo que sei, Sr. Popularidade, você é amigo da sala inteira. Aliás, de *todas* as salas. Sinceramente, é até chato andar do seu lado pelo corredor, pois a gente tem que ficar parando para você cumprimentar todo mundo. Mas, em vez de focar nisso, você está tentando provocar nela alguma reação se aproximando da garota mais insuportável da sala."

Tentei interromper e voltar para o tema principal, a festa, mas ela não deu chance.

"Olha, a Fani, sim, tem poucos amigos, você sabe bem. Ela se liga muito mais em qualidade do que em quantidade. Mas no topo desses amigos está *você*. E o que você está fazendo quando ela mais precisa do seu apoio? Está se afastando, mudando de turma, deixando a menina confusa, sem suporte emocional... Como *suposto* melhor amigo você tinha era que dar força nesse momento, consolar se ela não passar na prova do intercâmbio ou incentivar se ela for mesmo viajar!"

"Para, Gabi. Não é nada disso...", consegui falar enquanto ela respirava, mas ela nem ouviu e continuou o sermão.

"Quer saber? Não vai ser um simples intercâmbio que vai acabar com a amizade de vocês, e sim o *seu* ciúme! Tá aí, morrendo de medo da Fani arrumar lá longe outros amigos, paqueras, namorado... E esquecer que você existe. Mas quer saber? É exatamente isso que ela deveria fazer. Fica aí com sua nova amiguinha Vanessa, a Fani merece amigos melhores! Ah, o salão de festas? Fala pra sua amiga que pode esquecer! Tchau pra você!"

E em seguida desligou. Pelo menos ela se despediu... Fiquei um tempo pensando nas palavras da Gabi. Claro que eu estava enciumado com o intercâmbio da Fani. Sim, eu realmente tinha receio de que ela fizesse novos amigos no exterior e nem se lembrasse mais que eu existia. Um ano era muita coisa! Mas não queria que a Gabi percebesse isso. E muito menos a Fani! As duas agora deviam estar batendo papo e rindo da minha cara, me achando um idiota! Pois elas iam ver que de bobo eu não tinha nada. A Fani podia viajar para onde quisesse, eu não ia nem ligar! E a Gabi que engolisse aquele salão de festas dela... Não era o único local do mundo!

Peguei o telefone mais uma vez e liguei para o Lucas, um dos meus colegas que era meio nerd. Ele parecia ter um certo medo dos alunos mais populares, algo que eu vivia tentando fazer com que ele perdesse, o cumprimentando na sala e puxando papo sempre que tinha chance. Ele havia me contado uns dias antes que sua avó tinha falecido e que por isso a casa onde ela morava estava sendo vendida. Ele me mostrou as fotos, e eu vi que estava completamente vazia. Era o local de que precisávamos.

Ele atendeu com a voz meio tímida, e eu logo expliquei quem era e do que se tratava. No começo ele pareceu hesitante, mas, talvez pensando que isso era um passaporte para a popularidade, perguntou imediatamente para a mãe se podíamos fazer a festa da sala lá. A mãe pelo visto também estava ansiosa para que o filho se enturmasse, pois aceitou. Com a única condição de que não depredássemos as paredes. E também pediu para entregarmos tudo limpo. Isso não seria problema, o orçamento previa mesmo uma faxineira.

Então, no dia seguinte, assim que cheguei à aula, pude dar para a Vanessa não a notícia que ela esperava, mas uma de que ela acabou gostando ainda mais.

"E aí, Leo?", ela perguntou, parecendo ansiosa, assim que me sentei ao lado dela. Sim, era exatamente ali que eu pretendia ficar até o final do ano.

"Arrumei um local muito melhor do que o prédio da Gabi!", preferi focar de uma vez no que tinha dado certo. "Sabe o Lucas?", apontei para o nosso colega, que estava concentrado lendo um livro. Ela franziu as sobrancelhas, mas em seguida assentiu. Continuei: "A casa da avó dele, quero dizer da 'ex-avó', já que ela morreu... Bom, o fato é que a casa está toda vazia e por isso a gente pode fazer a nossa festa lá! Acho que vai ser muito melhor do que em um salão de festas, as regras dos prédios são meio chatas, né? O som não pode estar muito alto, ninguém pode fazer barulho depois de meia-noite, os pais, donos do apartamento, sempre descem pra dar uma fiscalizada... Em uma casa deserta vai ser melhor, nós vamos ter muito mais liberdade! O que você acha?".

Ela ficou meio séria por uns segundos, coçou a cabeça, mas então a expressão dela se iluminou. Como no dia anterior, se dependurou no meu pescoço e me deu um beijo tão perto da boca que mesmo depois dela ter se afastado continuei a sentir os lábios dela na minha pele.

"Isso quer dizer que você gostou?", perguntei só para ter certeza.

"Se eu gostei? Eu amei!", ela apertou minha mão. "Você é um gênio, Leo! Essa festa vai ser épica!"

Ela se levantou para contar a novidade para as amigas, e eu fui beber água, pois aquele beijo tinha me deixado até com sede.

"Aí, Leozão..."

Me virei já sabendo que era o Alan. Ele estava com a maior cara de admiração, como se eu fosse ídolo dele ou algo assim.

"Que foi?", perguntei, já voltando para a sala. O sinal tinha acabado de bater, a primeira aula era de Matemática e aquela professora continuava implicando comigo.

Ele me puxou para o lado, antes que eu entrasse.

"Não te falei que a Vanessinha está dando em cima de você?", ele falou meio sussurrando. "Primeiro aqueles bilhetinhos... E agora ela praticamente te deu um beijo na boca ali na frente de todo mundo!"

"Só estava me agradecendo por eu ter resolvido um problema pra ela...", expliquei, no fundo querendo acreditar nas palavras dele.

"Aham!", ele revirou os olhos. "Então vou me oferecer pra resolver uns problemas pra ela também! Presta atenção, Leo! Ela não para de ficar se encostando em você... Não perde tempo, cara!"

A professora apareceu bem nessa hora, e eu só entrei na sala sem responder nada. Mas durante todo o primeiro horário fiquei pensando no que ele havia dito. Eu não podia negar que a Vanessa parecia mesmo estar dando mole para mim. O jeito que ela segurava no meu braço a cada vez que dizia alguma coisa, o modo que atrapalhava o meu cabelo quando eu falava algo engraçado e os olhares que lançava para a minha boca não pareciam coisa de uma simples amiga. Eu sabia bem, pois era exatamente o que eu costumava fazer com a Fani... Durante meses aproveitei qualquer chance de contato físico que pudesse ter com ela.

Ao me lembrar da Fani, dei uma olhada para trás. Ela me viu, fechou a cara e passou a escrever com força no caderno. Provavelmente estava com raiva pelo meu telefonema do dia anterior. Eu também ainda não tinha superado o fato dela ter desligado na minha cara, mas ainda assim não queria que ela ficasse chateada comigo. Resolvi que no final daquela aula ia chamá-la para conversar, mas ela se enfiou numa rodinha no corredor com a Natália, a Priscila e a Gabi, então não tive chance. No intervalo precisei ficar na sala terminando um trabalho que valia ponto, assim tive que deixar para falar com ela na saída da escola.

Resolvi esperá-la no corredor, para que ela não desaparecesse. Vários alunos saíram, inclusive a Gabi, mas nada da Fani. Pensei em entrar de novo para entender o motivo da demora, mas a Vanessa, que estava saindo com as amigas, parou ao me ver.

"Ah, que ótimo que você ainda não foi embora...", ela falou, virando o cabelo de lado. O Alan diria que ela estava jogando charme. "As meninas vão estudar lá em casa hoje à tarde, a gente queria saber se você topa ir também!"

Ela piscou os olhos com aqueles cílios gigantes dela enquanto esperava a minha resposta. Qualquer cara diria que sim, mas eu estava realmente com saudade da Fani. E tinha esperança de que, conversando com ela, nós voltássemos à velha "amizade", e então eu a chamaria para ver um DVD, afinal era sexta-feira...

"Obrigado, Vanessa, mas já tenho planos pra hoje à tarde", respondi rapidamente. "Quem sabe outro dia..."

Ela fez um beicinho, balançou os ombros e disse que depois a gente combinava, parecendo decepcionada com a minha recusa. Em seguida foi depressa atrás das amigas.

Fiquei olhando até que ela descesse as escadas, me achando meio maluco. A Vanessa era mesmo muito bonita, qualquer um dos meus colegas gostaria de receber um convite para estudar na casa dela!

Bufei e resolvi entrar logo na sala para falar com a Fani. Só que exatamente nesse momento ela apareceu na porta e, para a minha surpresa, não estava sozinha. O professor Marquinho vinha andando ao lado dela, e os dois estavam em um papo tão envolvente que ela nem me viu! Só ficava respondendo ao que ele perguntava com a maior cara de boba apaixonada!

Eu achava que a Fani já tivesse superado aquela paixonite platônica e, até aquele momento, era apenas isso que eu pensava que fosse, uma coisa que só existisse na cabeça dela. Mas, pelo que eu estava vendo, o cara correspondia! Claro que correspondia... Só se fosse louco não faria isso, sendo a Fani tão linda, meiga e inteligente. Mas ele era muito mais velho que a gente e era nosso professor! Era uma tremenda falta de ética dele incentivar aquela paquera!

De repente me toquei e vi nitidamente o quanto eu era ridículo. A menina já tinha mostrado mil vezes que não estava nem aí para mim. Além de resolver fazer um intercâmbio sem a menor consideração com os "amigos" que iam sentir falta dela, pelo visto estava muito mais envolvida do que eu imaginava com o cara de quem realmente gostava. Balancei a cabeça de um lado para o outro e desci depressa a escada. Queria ir embora o mais rápido possível.

Assim que saí, vi a Vanessa perto do carrinho de balas. Não tive dúvidas.

"Vá, dei um jeito no compromisso que eu tinha. O convite pra estudar ainda está de pé?"

Ela sorriu no instante em que me aproximei, e notei que as amigas se afastaram ligeiramente.

"Claro, Leozinho...", ela falou, com aquele sorriso perfeito. "Vamos adorar a sua companhia, não é, meninas?"

As outras garotas só assentiram. A Vanessa então pegou uma caneta da mochila, puxou minha mão e escreveu nela um endereço. Arrepiei ao sentir a caneta deslizando na palma da minha mão, com a dela por baixo.

"Te esperamos às três!", ela guardou a caneta e em seguida puxou o meu rosto, dando um beijo ainda mais perto da boca do que o de mais cedo.

Ela saiu cochichando com as amigas, e eu fiquei parado no mesmo lugar, tentando processar as informações.

Uns segundos depois, o Alan surgiu, já me dando uns tapinhas nas costas.

"Resolveu outro problema pra ela?"

Sorri, dando um soco de leve na barriga dele.

"Tá esperando o quê, Leo?", ele disse com uma expressão de incredulidade. "Chega logo nessa menina! Tá só faltando implorar pra você beijar a boca dela!"

Balancei a cabeça, mas no fundo me questionando se ele não estaria certo.

"Vamos ver...", falei, piscando, e então fui andando com ele para o ponto de ônibus, sentindo o bom humor lentamente voltar para a minha vida.

29

Justin: Ela chuta, ela marca! Gol!

(Ela é o cara)

O prédio onde a Vanessa morava era muito imponente. Ficava no bairro de Lourdes, em uma rua cheia de bares e restaurantes. Ela devia adorar aquela movimentação toda.

O porteiro me anunciou, e, assim que entrei no elevador, me virei para o espelho, para dar uma olhada na aparência. A Vanessa era o tipo de garota que se ligava em marcas, por isso vesti uma camisa nova e também troquei meu tênis encardido de sempre por um mais novo. Enquanto ajeitava o cabelo, não tive como não me lembrar da Fani. Era tão fácil estar ao lado dela... Ela não estava nem aí para o jeito que eu me vestia, com ela eu podia ser eu mesmo.

Balancei a cabeça tentando afastá-la dos meus pensamentos. Eu estava ali exatamente para esquecer que ela existia! Não era essa a ideia inicial? Fazer outras amigas para não sofrer muito quando a Fani viajasse? Pois era isso que eu ia fazer.

Ouvi uns gritinhos assim que toquei a campainha. Tive vontade de rir, mas me contive. Uns segundos depois a Vanessa apareceu. Ela estava de minissaia e blusa justa, e tive que me segurar para não ficar encarando seu corpo. De uniforme ela já arrasava, mas daquele jeito tirava o fôlego de qualquer um.

"A gente estava brincando de jogo da verdade enquanto te esperava!", ela falou depois de me cumprimentar com beijinhos. "Você nem imagina o que acabaram de me perguntar..."

Fiquei tentando imaginar, enquanto a seguia pelo apartamento. Paramos na sala de jantar, a Érica e a Laura, suas amigas inseparáveis, estavam sentadas à mesa. Apenas depois de cumprimentá-las, eu indaguei: "E então, o que te perguntaram?".

As três deram risinhos, mas a Vanessa, já girando a garrafa vazia de água mineral que elas estavam usando na brincadeira, apenas respondeu: "Vou deixar por conta da sua imaginação...", enquanto me lançava um olhar matador. No instante seguinte falou: "Olha, a garrafa parou com a ponta pra você e a base pra Laura. Significa que você tem que responder a uma pergunta dela".

Eu realmente pensava que tinha ido ali para estudar, mas não me importei de entrar no jogo, apesar de achar que estávamos um pouco velhos para isso... Eu costumava brincar de jogo da verdade aos treze anos. Olhei para a Laura, que, depois de piscar para a Vanessa, perguntou: "Quantas namoradas você já teve?".

"Uma só", respondi sem hesitar.

"Só uma?!", a Vanessa franziu as sobrancelhas, parecendo horrorizada. Fiquei meio sem graça, me sentindo meio atrasado nesse quesito, apesar de saber que não deveria. Eu tinha apenas dezesseis anos! Já havia ficado com várias garotas, mas não via muito sentido em namorar se não fosse com alguém de quem eu gostasse de verdade.

"Sim, namorada pra valer foi apenas uma. Terminamos no começo do ano", expliquei. "Por quê? Você já teve muitos namorados?", perguntei curioso.

"Só cinco!", a Vanessa deu de ombros. "O Breno foi o primeiro, quando eu tinha doze anos. Depois namorei o Marcelinho, aos treze. Depois o Inácio, com treze e meio. Em seguida veio o Júlio, quando eu tinha quatorze. Aos quinze, namorei o André. Agora estou esperando meu namorado dos dezesseis anos."

"A meta dela é ter um namorado a cada ano", a Érica explicou, apesar de eu já ter percebido. Pensei que a Vanessa ia mandar a amiga calar a boca, mas ela só fez que "sim" com a cabeça, concordando.

"Legal...", foi tudo que falei. Eu realmente não sabia o que comentar.

"Leo, você está jogando errado", a Laura falou, "não pode só sair perguntando, tem que rodar a garrafa primeiro."

Pedi desculpas, e a Vanessa então pegou a garrafa e a rodou. Vi que eu teria que responder outra vez e quem ia perguntar agora era a Érica.

"Você é a fim de alguma menina da sala?", ela falou sem nem pensar, provavelmente já estava com a pergunta na ponta da língua.

Era uma pergunta simples, eu podia só confirmar ou negar. Por isso não tive receio em dizer que sim. Não tinha como elas saberem de quem eu gostava. Porém, assim que fiz isso, as três riram, olhando umas para as outras. Sabia perfeitamente que estavam pensando que a tal garota era a Vanessa, então rapidamente peguei a garrafa e a girei, para mudar o foco. Desta vez a base ficou virada para mim e a ponta para a Vanessa. Sem me preocupar em ser criativo, apenas repeti a pergunta que tinham me feito.

"Estou super a fim de alguém da sala...", a Vanessa respondeu, olhando fixamente para a minha boca. Opa.

"Está mesmo", a Érica assentiu.

"Total", a Laura completou. "Ela só fala disso, quer dizer, dessa pessoa..."

Eu deveria ter ficado calado, já que tinha uma ideia bem precisa de quem elas estavam falando. Mas minha boca resolveu funcionar sem me pedir permissão: "E quem é o sortudo?".

As três ficaram mudas, olhando umas para as outras, mas de repente a Érica falou: "Nossa, vocês nem imaginam!

Esqueci que tenho terapia hoje, minha mãe me mata se eu faltar! Ela acha que a razão de eu ter perdido média em Biologia é a separação dela do meu pai e que preciso de uma psicóloga para me ajudar a vencer o trauma! Até parece! Graças a Deus que eles não estão mais juntos, sem meu pai em casa a vigilância é bem menor! Mas mesmo assim preciso ficar meia hora escutando os conselhos daquela terapeuta chata".

"Você vai de táxi?", a Laura perguntou, já guardando os livros que estavam na mesa. "Posso pegar uma carona com você? Sua terapia é perto da minha casa e também acabei de lembrar que minha mãe me pediu para fazer compras com ela hoje à tarde."

"Mas e o estudo?", perguntei meio desorientado, apesar de no fundo estar sacando perfeitamente a armação delas...

"Nós vamos estudar!", a Vanessa falou depressa. "Que bom que você está aqui, Leo, se eu dependesse dessas duas provavelmente tiraria zero nas provas finais! Espero que você também não se lembre de alguma obrigação..."

"Na verdade, eu tinha que trabalhar com meu pai, faço estágio na empresa dele...", fui sincero. "Mas expliquei que as provas estão chegando e ele me liberou. Então nessa tarde estou por sua conta."

Ela sorriu, visivelmente feliz com a resposta, e foi levar as meninas até a porta. Poucos segundos depois, voltou.

"Enfim, sós!", ela disse sorrindo e já se sentando ao meu lado. "E aí, o que vamos estudar?"

Mesmo sem querer admitir, fiquei meio decepcionado. Ela realmente queria só estudar?

"Você está mal em alguma matéria?", perguntei. "Pode escolher, eu trouxe os meus cadernos."

"Já passei de ano", ela disse com uma expressão meio convencida. "Eu sou boa em *tudo* que faço, Leo..."

Ela disse aquilo deslizando a ponta de um lápis levemente pelo meu braço, o que me deixou meio ofegante...

"Em tudo, é?", perguntei novamente sem ter controle das minhas palavras.

Ela apenas deu um sorrisinho de lado e abriu um caderno.

"Português está bom pra você?", ela perguntou, pegando o livro dessa matéria.

Expliquei que era a minha preferida, e ela então me pediu para ler uma redação que havia feito. Não tinha nenhum erro ortográfico, mas me deu sono. O texto era sobre o quanto o visual influenciava a primeira impressão que as pessoas tinham sobre nós, um tema até interessante. Mas ela só escreveu sobre ela, desde o quanto se esforçava para só sair de casa impecável até o quanto desprezava as pessoas que "nos obrigavam a olhar para elas malvestidas"... Mentalmente agradeci pelo fato de ter me vestido bem naquele dia, mas não pude deixar de pensar o quanto éramos diferentes. Eu não me importava nem um pouco com a roupa que as pessoas usavam ou deixavam de usar.

Falei que a redação estava ótima e fomos fazer uns exercícios que a professora tinha passado. Havíamos apenas começado, quando ela perguntou: "Além do meu correio elegante na festa junina, você recebeu mais algum?".

Fiquei calado por um tempo, meio assustado com a súbita mudança de assunto, mas vi que ela estava me encarando, esperando a resposta.

"Recebi... Dois."

"Só dois? Pensei que você tivesse mais admiradoras..."

Só? Na verdade, eu tinha achado até muito. E o fato é que nenhum deles era realmente de uma admiradora. Um veio da Fani e falava de amizade, o outro era de uma colega me pedindo para fazer o papel de cupido e o terceiro tinha sido o dela, sem identificação, e que ela mesma havia admitido ter sido brincadeira.

"Acho que não tenho nenhuma", respondi com sinceridade.

"Será? Todo bonitinho assim, tenho certeza de que deve ter muitas fãs..."

"Bonitinho, é?", perguntei, largando a caneta. Aquilo estava ficando interessante.

Ela se aproximou ainda mais.

"Quer dizer, olhando assim de perto, é bem mais que bonitinho. Alguém já te falou que essas suas covinhas dão vontade de morder?"

A *Fani*. Ela já tinha mordido a minha bochecha uma vez, dizendo que minhas covinhas eram irresistíveis. Lembro que nesse momento eu quase a puxei para um beijo, mas antes que eu fizesse isso ela falou que adorava ter um *amigo* tão fofinho...

Mas eu já tinha sacado que a Vanessa não queria amizade.

"Dão vontade?", perguntei, olhando para a boca dela.

Antes que eu me desse conta, ela estava em cima de mim. Ficamos nos beijando por meia hora, ou pelo menos foi o que pareceu.

"Calma...", falei, tentando recuperar o fôlego. Sem que eu percebesse, ela tinha se sentado no meu colo.

"Além de ser bonitinho, beija muito bem...", ela disse, já buscando a minha boca novamente.

Depois de mais uns trinta beijos, me afastei apenas o suficiente para olhá-la de frente. Suas bochechas estavam rosadas, o que acentuava ainda mais o azul dos olhos. Ela era realmente linda.

"Acho melhor ir embora...", falei entre um beijo e outro. "Onde está o pessoal da sua casa?"

"Minha mãe está viajando e a empregada foi levar a minha irmãzinha na natação."

"E seu pai?", perguntei, me dando conta de que não sabia nada sobre a Vanessa.

"Eu não tenho pai. Quero dizer, tenho, mas nunca nem vi. Só sei que ele é americano, minha mãe o conheceu em Nova York, em uma *fashion week*. Ela estava desfilando, e ele era um dos empresários patrocinadores do evento. Os dois tiveram um *affair*, ela engravidou muito nova, e a ideia era me colocar para adoção, para não atrapalhar a carreira dela. Mas, quando nasci e minha mãe viu o quanto eu era linda, desistiu dessa ideia e resolveu ficar comigo. Por isso, até os cinco anos, fiquei viajando com ela pra cima e pra baixo. Até fiz umas campanhas publicitárias de 'mãe e filha'. Costumo dizer que comecei minha carreira de modelo ainda no berço!"

Quer dizer que a Vanessa era modelo de verdade... Até aquele momento eu pensava que ela dizia isso no colégio apenas para se exibir. Mas parecia que ela queria seguir os passos da mãe, que pelo que eu tinha entendido tinha até uma carreira internacional.

Ela continuou: "Só que aí minha mãe conheceu o meu padrasto. Ele é médico. E em menos de um ano os dois estavam casados. É ele que eu considero e chamo de meu verdadeiro pai, foi ele que me criou. Minha mãe acabou engravidando novamente e, por esse motivo, eles resolveram fixar moradia aqui, assim meus avós poderiam cuidar de mim e da minha irmã quando precisassem viajar, já que meu padrasto também vive participando de congressos e simpósios fora do país, inclusive ele está na Alemanha esta semana. Eu odiei vir pra cá, adorava ir o tempo todo para o exterior com minha mãe! Mas ela achou que já estava na hora de eu estudar em uma escola de verdade, até então eu só tinha tido professoras particulares... E foi aí que fui parar no nosso colégio".

"Que história interessante", falei com sinceridade. "Por isso que você quer estudar Moda, né? Nasceu nesse meio."

"Minha *vida* é esse meio!", ela disse com os olhos brilhando. "Não vejo a hora de acabar o colégio pra poder voltar a viajar! BH é muito pequena pra mim, só arrumo trabalhos pequenos! Quero ser capa de revista, participar de desfiles e, quem sabe, futuramente, ser até atriz... Estou fazendo curso de Teatro! Mas a imposição da minha mãe é que eu termine os estudos antes, e só então ela vai me ajudar. Ela disse que assim que o 3º ano acabar vai me indicar pra várias agências. Não vejo a hora!"

Nesse momento, a porta se abriu. Uma garotinha de uns nove anos entrou toda saltitante e foi correndo dar um abraço na Vanessa. Vi que as duas se pareciam um pouco, apesar da menina ter cabelos e olhos castanhos, ao contrário da irmã, que era loira de olhos claros.

"Namorado novo?", ela sussurrou.

"O Leo é só meu colega, diga 'oi' pra ele!", a Vanessa respondeu e, se virando para mim, completou: "Essa é a Melissa, minha irmãzinha."

"Para de me chamar de irmãzinha, não sou mais um bebê!", a garota falou com a mão na cintura e em seguida a estendeu para mim: "Muito prazer, eu sou a Mel. Sabia que tem batom na sua boca, *colega*?".

"Prazer, Mel", falei, meio envergonhado, enquanto esfregava a mão nos lábios. Olhei para a Vanessa e vi que a boca dela estava meio borrada.

"Célia, você pode levar a Melissa lá pra dentro, por favor?", a Vanessa se virou para uma senhora uniformizada que tinha acabado de chegar e estava carregando umas sacolas com frutas e legumes. "Ela precisa de um banho, e nós precisamos terminar de estudar."

Sob protesto, a irmã sumiu com a empregada por um corredor, e então a Vanessa se virou para mim: "Desculpa, a Mel se acha muito adulta. Desculpa também pelo batom. Aliás... Quer mais um pouco?".

Ela sorriu e veio me dar um beijo, mas desviei.

"Vanessa, acho melhor ir embora. Depois a gente termina de estudar."

"Sério?", ela falou, com ar de decepção. "Não precisa ir só porque minha irmã chegou, daqui a pouco ela sai de novo, tem aula particular. Vai me deixar aqui sozinha?"

Ela mordeu os lábios enquanto esperava a minha resposta, e eu precisei de muita força para dizer: "Realmente tenho que ir, depois a gente combina de estudar de novo, tá?". E me levantei antes que eu mudasse de ideia.

Ela se levantou também, meio emburrada, mas falou: "Acabei de me lembrar de uma coisa... Eu tenho uns convites para a inauguração do Barbican hoje à noite, aquele barzinho novo no Seis Pistas. O evento é supervip, só pra convidados, mas o dono de lá é muito amigo da minha mãe. Eu e as meninas vamos. Topa ir com a gente?".

Meu plano para aquela noite era ficar em casa jogando PlayStation. Mas aquele olhar de súplica dela me deixou balançado.

"Posso confirmar um pouco mais tarde?", perguntei, tentando ganhar um tempo para arrumar uma desculpa convincente. "Eu já tinha um compromisso..."

"Claro! Tenho certeza de que vai valer a pena cancelar...", ela então me puxou pela camisa, me prensou na parede e me deu um beijo que me tirou o ar.

Em seguida abriu a porta para mim e acenou com um sorriso que não deixava dúvidas de que sabia que eu cancelaria o que quer que fosse.

Ela estava certa. Eu não precisava jogar videogame naquela noite... A partida já estava ganha.

30

Hitch: Como surge o grande amor?
Ninguém sabe. Mas eu posso dizer que
isso acontece em um piscar de olhos.
Em um momento você está aproveitando
sua vida e no minuto seguinte está se
perguntando como pôde viver
sem aquela pessoa.

(Hitch: conselheiro amoroso)

Poxa, Leo, que história foi essa de faltar o futebol? O time ficou desfalcado! Pensei que você estivesse doente, mas liguei pra sua casa (depois de tentar no celular 20 vezes) e sua mãe falou que você está dormindo até agora! Cara, meio-dia! Hoje é sábado! Tá o maior sol lá fora! O que tá rolando? Espero que você veja essa mensagem a tempo, tô sabendo de uma festa hoje à noite que vai bombar, você não pode perder! Alan

De: Rodrigo <rrrrrodrigooooo@gmail.com>
Para: Leonardo <soueuoleo@gmail.com>
Enviada: 15 de novembro, 10:01
Assunto: Clube

Leo, cadê você? Estou te ligando há um tempão, seu celular está desligado como sempre. Estou indo pro clube, marquei com a Priscila, e pelo que ela me disse parece que a Natália e a Fani também vão! Achei que você ia gostar de saber. Qualquer coisa me encontra lá!

Rodrigo

De: Luigi <luigi@mail.com.br>
Para: Leonardo <soueuoleo@gmail.com>
Enviada: 15 de novembro, 12:54
Assunto: Marilu

E aí, Leo, tudo bem?
Primo, estou escrevendo pra pedir um favor. A Marilu (minha namorada, caso você não se lembre) vai se mudar pra BH no ano que vem, o pai dela foi transferido praí. Estou arrasado, me acostumei a encontrar com ela todos os dias... Vai ser difícil vê-la só nas férias, feriados e alguns fins de semana.
Além disso, tem o ciúme, né... Fico só imaginando minha gata aí cheia de "gaviões" em volta! Bom, é aí que você entra. Pode me enviar o nome da sua escola? Você gosta de lá, né? A Marilu também vai começar o 3º ano como você (quer dizer, se você passar de ano!), e aí eu

fiquei aqui pensando que seria ótimo se vocês estudassem no mesmo local, assim você pode dar uma assistência pra ela (e uma vigiada pra mim)! Fora isso, tudo bem por aí? E como vai o progresso com aquela menina de que você gostava? Tem um tempão que você não dá notícias! Ainda bem que o ano está quase acabando, não vejo a hora de você vir pro Rio pra passar o Natal e o Réveillon!

Abração!

Luigi

Oi, Alan, foi mal, fui na inauguração do Barbican, fiquei lá até tarde e perdi a hora. Acho que hoje não vou sair, a noite de ontem foi bem intensa, acho melhor descansar. Leo

Oi, Rodrigo, tá no clube ainda? Agora que liguei o celular. A Fani está aí mesmo? Preciso conversar com você, pode ficar online assim que chegar em casa? Mas só se a Priscila não estiver do seu lado. Vlw. Leo

De: Leonardo <soueuoleo@gmail.com>
Para: Luigi <luigi@mail.com.br>
Enviada: 15 de novembro, 14:59
Assunto: Re: Marilu
Anexo: escola.pdf

Fala, primo! Saudade demais! Ainda bem mesmo que o ano está terminando, estou precisando demais de um tempo aí no Rio, pra dar aquela revitalizada!

Pode contar comigo, estou mandando anexado um folheto do meu colégio que recebemos no começo do ano, falando que é uma das escolas com maior índice de aprovação no vestibular, com certeza vai impressionar os pais da sua namorada. Lá tem também todas as informações, como endereço, telefone, e-mail...

Claro que vigio a Marilu pra você, conta comigo! Se tudo der certo e ela for mesmo estudar no meu colégio, fala pra ela pedir pra ser da minha sala na hora da matrícula e explicar que, por ser de outra cidade, isso seria bom, já que eu sou seu único conhecido e tal... Acho melhor ela pedir, se eu fizer isso, é capaz da diretora fazer o contrário, ela não vai com a minha cara.

Na verdade, estou até gostando dessa história da sua namorada mudar pra BH, sinal de que vou te ver com mais frequência!

Sobre a minha amiga... Progresso nenhum, muito pelo contrário. Estamos meio distantes um do outro. Mas apareceu outra garota na jogada. Com ela está tudo fluindo até rápido demais... Depois te conto tudo direito, uma hora que puder conversar me avisa que eu te ligo!

Abraço!

Leo

Leo, tô online. Cadê vc? Rodrigo

Rodrigo R. está online
Leo está online
Rodrigo R.: Finalmente, o que tá rolando?
Leo: A Priscila está aí???

Rodrigo R.: Leo, eu sei ler, entendi quando você me pediu pra ficar online só quando estivesse sozinho. A Priscila foi pra casa dela, e eu estou na minha, hoje é o aniversário da Marina, a prima dela, vai ter uma festa, a Pri foi se arrumar. Qual é o assunto sigiloso?

Leo: A Vanessa.

Rodrigo R.: Que Vanessa?

Leo: A Vanessa Amorim, aquela da minha sala, loura, olhos azuis...

Rodrigo R.: Sei quem é, o que tem ela?

Leo: Já tem uma semana que a gente se aproximou, começamos a conversar na sala, aí o Alan ficou falando que ela estava meio dando em cima de mim. Ela me chamou pra ir na casa dela ontem pra estudar e acabou que ela realmente estava a fim...

Rodrigo R.: Legal, ela é a maior gata! Mas não é chata? As meninas vivem falando mal dela, acham que ela é esnobe e antipática, já vi a Priscila comentar.

Leo: Eu também tinha essa impressão, mas ela não é assim... Um pouco metida mesmo, mas até que é simpática.

Rodrigo R.: Então você chegou nela?

Leo: Ela que chegou em mim! Me agarrou antes que eu tomasse a iniciativa. E se eu não inventasse uma desculpa, acho que não ia ficar só nos beijos...

Rodrigo R.: Rápido assim?

Leo: Pois é, por isso que eu quis conversar com você. Estou achando que as coisas estão indo depressa demais, mas ela não aceita reduzir a marcha... Ontem mesmo me chamou para ir com ela à inauguração de um bar e hoje já me mandou uma mensagem perguntando se eu não quero sair de novo.

Rodrigo R.: Ah, por isso que você não foi ao clube...

Leo: Cheguei em casa quatro da manhã! A Fani estava no clube mesmo?

Rodrigo R.: Não, ela não foi. A Natália chegou lá bem tarde, parece que também saiu ontem à noite.

Leo: Saiu, sim, ela estava na inauguração do Barbican, também deve ter acordado depois de meio-dia... E ela me viu com a Vanessa. Nessas alturas, a Fani provavelmente já está sabendo.

Rodrigo R.: Leo, o que isso importa? A Fani não é sua namorada, te chama de amigo o tempo todo... É até bom, quem sabe te vendo com outra garota ela não fique com um pouquinho de ciúme?

Leo: Ela já ficou! Quero dizer, eu acho que ficou, pois me olhou com a maior cara feia só porque eu me sentei perto da Vanessa.

Rodrigo R.: Pois é, você só tem a ganhar com essa história. Mas me conta da Vanessa! Ela está interessada mesmo? Você vai sair com ela hoje de novo?

Leo: Acho que está... Me liga o tempo todo, é até meio insistente. Falei que hoje estou cansado e que queria ficar em casa, então ela perguntou se podia vir pra cá pra gente ver TV!

Rodrigo R.: Hahaha! Acho que você arrumou uma namorada e não está sabendo...

Leo: Foi o que eu te disse, estou achando que está indo tudo rápido demais! Comecei a conversar com ela tem uma semana e agora ela já quer vir na minha casa fazer programinha de casal! Tem quase um ano que eu paquero a Fani e até hoje não rolou nem um olhar mais demorado...

Rodrigo R.: Pra você ver... Talvez isso seja um sinal. Quando as coisas têm que acontecer, não precisa forçar. Tudo flui naturalmente.

Leo: Não tão naturalmente assim. Não tenho sentimentos por ela... Eu até gosto da companhia da Vanessa, mas hoje sinceramente preferia o meu PlayStation.

Rodrigo R.: Fala pra ela que você vai comigo no aniversário da prima da Priscila, conta que já tinha combinado há séculos e havia esquecido. Na segunda eu te dou cobertura, chego perto dela comentando com você sobre isso.

Leo: Valeu!

Rodrigo R.: Mas Leo... Eu acho que você deveria se permitir gostar de outras meninas. Dá uma chance pra ela. Quem sabe os "sentimentos" vêm com o tempo? Um ano paquerando alguém sem nada acontecer é tempo demais. Já te falei que você deveria se declarar pra Fani, mas você não quer fazer isso. Então acho que você merece arrumar uma menina que te faça flutuar...

Leo: Flutuar... É assim que você se sente com a Priscila?

Rodrigo: Leo, eu e a Pri namoramos há anos. Aquela paixão do começo deu lugar a um amor mais calmo. Mas em alguns momentos eu ainda flutuo ao lado dela, sim... E eu não consigo me imaginar com outra menina sem ser a Priscila.

Leo: Entendi. Bem, vou pensar no assunto. Tenho que ir agora, vou avisar pra Vanessa que tenho um compromisso.

Rodrigo: Depois quero saber se ela engoliu a desculpa.

Leo: Te mantenho informado. Fui!

Rodrigo: Valeu.

Leo está offline

Rodrigo está offline

31

Ada Monroe: Durante todo esse tempo
venho colocando gelo em volta do meu
coração. Como faço para derretê-lo?

(Cold Mountain)

Consegui fugir no sábado, mas no domingo não tive escapatória. Logo cedo a Vanessa me ligou, perguntando se eu queria ir ao cinema com ela. Acabei topando, mas dentro do peito algo me dizia que aquilo estava errado. Cinema era coisa da Fani! Era como se eu a estivesse traindo...

Pensei em ligar para ela em alguns momentos, mas a cada um deles me lembrava que, da última vez que eu tinha feito isso, ela havia desligado na minha cara. E então recordei também dela se derretendo para o Marquinho no corredor da escola... Não, eu não ia mais correr atrás da Fani. O Rodrigo estava certo, eu já tinha feito isso por tempo demais. Agora eu ia me dar pelo menos a chance de gostar de outra pessoa. A Vanessa era meio exibida e um pouco grudenta, mas, agora, que eu conhecia a história dela, entendia um pouco as suas razões. Pais ausentes, o sonho de ter uma carreira de modelo... Aquilo tudo devia deixá-la um pouco carente.

Pedi o carro emprestado para o meu pai e a busquei em casa. Para fazer graça, assim que estacionei, dei a volta, abri a porta para ela entrar e fiz uma reverência, como se ela fosse uma princesa ou alguém muito importante. Na verdade, ela estava mesmo parecendo ser da realeza. Usava um vestido tomara que caia azul-claro, que acentuava ainda mais os seus olhos e marcava cada uma de suas curvas. Uma sandália de salto que mostrava pés delicados, e seus cabelos estavam mais brilhantes do que nunca. Percebi que não tinha ninguém que passasse na rua e não olhasse para ela.

"Que cavalheiro...", ela falou, enquanto entrava no carro. E, logo que me sentei, ela se dependurou no meu pescoço, me enchendo de beijos.

"Calma...", falei, tentando respirar. "Isso é pra agradecer por eu ter aberto a porta?"

Ela me soltou, se afastou um pouco e ficou me olhando por um tempinho, sem dizer nada. Só então deu um sorriso e disse: "É por tudo. Você é a melhor surpresa que eu já tive, Leo. Confesso que, quando te via na sala, achava que você era só mais um dos bagunceiros do fundão. Mas a cada hora descubro algo de que gosto mais em você. Gatinho, educado, respeitador, tem um beijo delicioso, dança bem... E agora ainda descubro que é cavalheiro. Ah, e que tem carro! Mal posso esperar pra descobrir suas outras qualidades...".

Ela disse aquilo me olhando da cabeça aos pés, parando um pouco na região abaixo da cintura... Tive vontade de agarrá-la ali mesmo, mas consegui dar a partida e só parar quando chegamos ao shopping.

Por ser em pleno domingo à tarde, o cinema estava lotado. Não tive como não me lembrar da Fani mais uma vez. Apesar de amar filmes, ela odiava ir ao cinema aos finais de semana, dizia que o excesso de pessoas a atrapalhava de aproveitar a *experiência*. Sim, para ela, assistir a um filme era uma aventura, algo como entrar em um portal que a levava para outra dimensão. Por isso ela gostava de estar o mais confortável possível, não suportava quando alguém muito alto ficava tampando a tela ou quando conversavam durante o filme, e até o barulho das pessoas mastigando chicletes de boca aberta a incomodava. Ela falava que aquilo a fazia voltar para a vida real.

Logo vi que a Vanessa não se importava com nada daquilo. Apesar de não comer nada, por estar de dieta, ela não parecia se importar nem um pouco com outras pessoas mastigando ao lado dela. E acho que ver filmes para ela não tinha nada de espetacular, pois passou a metade do tempo me beijando e a outra metade me pedindo para explicar o que estava acontecendo na história...

Quando a sessão acabou, perguntei se ela queria comer alguma coisa, pois eu estava morrendo de fome. Mas ela novamente falou da dieta. Outra vez a Fani me veio à cabeça. Sempre fazíamos um lanche depois do cinema. Em vez disso, a Vanessa quis ir a uma loja e ficou lá dentro por uns quarenta minutos experimentando um monte de roupas e me fazendo opinar. Ela ficava deslumbrante em todas e sabia disso, mas parecia mais feliz a cada vez que eu a elogiava.

"O que você quer fazer agora?", ela perguntou depois que saímos da loja com umas dez sacolas.

Eu estava doido para ir para casa. Como ela estava de regime, eu também não tinha comido nada, para não a deixar com vontade, mas a minha barriga estava roncando cada vez mais alto.

"Acho melhor a gente ir embora...", falei, já me direcionando para o caixa do estacionamento. "Meu pai vai precisar do carro", menti.

"Ah, que pena...", ela disse, parecendo realmente chateada. "Pensei que íamos passar o resto do dia juntos. Eu ia até te chamar pra ir lá pra casa... Minha irmã está na casa da minha avó, sabe?"

Eu não sabia. Mas sabia perfeitamente o que poderia acontecer se nós ficássemos sozinhos na casa dela, com aquele fogo todo que ela estava.

"Que pena mesmo", respondi. "Outro dia a gente combina."

Ela apenas assentiu meio cabisbaixa, mas assim que chegamos ao carro já estava animada novamente. Passou o percurso inteiro até a casa dela me contando sobre os países que já tinha conhecido. Mas, próximo da casa dela, ela perguntou: "Leo, qual é a sua com a Estefânia?".

Eu estava meio distraído, mas quando ouvi aquele nome até freei bruscamente.

"O quê?", perguntei olhando pelo retrovisor, para ver se eu não tinha causado nenhum acidente no trânsito.

"A Estefânia. Da nossa sala", ela falou, me olhando bem séria, parecendo analisar minha expressão facial. "Eu e as meninas achávamos que vocês tinham um caso secreto. Vocês vivem se abraçando, se provocando... E vi que desde que você começou a andar comigo ela se afastou. Ela é apaixonada por você ou algo assim?"

Tive vontade de rir. A Vanessa estava tão por fora... Mas como eu queria que aquilo fosse real!

"Não, ela não é apaixonada por mim, nós somos amigos, só isso. Muito amigos. Nosso afastamento é temporário", falei sem tanta certeza. "A Fani está participando de uma seleção pra fazer intercâmbio cultural, está meio estressada por causa disso... Mas logo, logo volta ao normal."

"Ah, de jeito nenhum, não vou deixar aquela menina ficar te abraçando, apertando suas bochechas e fazendo cafuné no seu cabelo como ela fazia!"

Ao mesmo tempo que tive vontade de dizer que ela não era minha dona, fiquei feliz ao me lembrar do jeito carinhoso que a Fani tinha comigo. Eu realmente estava com saudade dela.

Nesse momento, chegamos à frente do prédio da Vanessa.

"Ah, não vai deixar?", perguntei, já a puxando para mais perto e dando um beijo no pescoço dela. "Ciumenta, é?"

"Muito ciumenta, quero você só pra mim...", ela sussurrou no meu ouvido, me fazendo arrepiar. Em seguida colocou a mão embaixo da minha camisa, o que me deixou com vontade de abaixar o banco e...

Uma batida no vidro nos fez dar um pulo. Vi com alívio que era um pedinte. Apesar de ela ter dito que a mãe e o padrasto estavam viajando, nunca se sabe...

"Não vai dar nada pra ele, vai?", a Vanessa segurou o meu braço quando fiz menção de abrir o vidro.

"Por que não?", perguntei, já buscando a minha carteira no bolso de trás da calça. "Ele deve estar com fome."

"Claro que não, ele vai gastar tudo com bebida!", ela disse indignada.

Apesar do protesto, abri a janela.

"Boa noite, moço", o pedinte falou assim que fiz isso. "Minha esposa está em casa com o nosso bebê, e eu estou desempregado. Você teria um trocado para me ajudar a comprar um pacote de fraldas?"

Olhei para a Vanessa, que sussurrou: "É claro que ele está mentindo...".

Se ele estava mentindo, o problema era dele. A minha parte eu ia fazer. Retirei uma nota de dez reais da carteira e entreguei para ele. O rosto dele se acendeu quando viu o dinheiro e parecia até que ia chorar.

"Muito obrigado! Deus lhe pague! Não encontramos mais pessoas generosas assim no mundo!" E, se virando para a Vanessa, falou: "Parabéns pelo seu namorado, ele tem um coração de ouro!".

Ele guardou o dinheiro e saiu andando, parecia muito contente. Então eu me virei para a Vanessa.

"Viu só? Isso que importa, o bem que nós fazemos pros outros. Ele ficou feliz."

"Claro, ganhou dez reais sem ter que trabalhar... Mas na verdade eu fiquei feliz também."

"Viu só? Ajudar os outros gera uma corrente do bem..."

"Não foi por isso!", ela disse, franzindo as sobrancelhas. "Foi pelo que ele disse depois!"

Fiquei uns segundos sem entender, mas logo lembrei. "Ah, gostou de saber que eu tenho um 'coração de ouro'?"

"Não, gostei de ele ter te chamado de meu *namorado*", ela disse, me puxando pela nuca e em seguida me beijando. "Espera, Vanessa...", consegui me afastar um pouco. "Vamos com calma, né? A gente ainda está se conhecendo. Acho melhor irmos mais devagar, especialmente no colégio... Prefiro que a gente não misture as coisas, que lá nós continuemos apenas 'colegas'."

Eu já podia visualizar a sala inteira comentando se ela espalhasse essa história de *namorado*.

Vi uma expressão de decepção cobrir seu rosto, mas logo depois ela olhou pra baixo, parecendo envergonhada.

"Tem razão, é que eu realmente estou gostando de ficar com você..."

Levantei o queixo dela, fazendo com que me olhasse.

"Ei, eu também estou gostando de ficar com você."

O olhar dela se iluminou.

"Jura?", ela jogou os braços sobre os meus ombros, sem se importar com o freio de mão que estava entre nós.

Apenas assenti, mas então a afastei um pouco e disse: "Acho melhor você subir agora. Já está anoitecendo, é perigoso ficar dentro do carro. Em vez de um pedinte, aquele cara poderia ser um assaltante".

Ela fez um muxoxo, mas disse: "Promete que amanhã depois da aula você vem estudar comigo?".

Fiquei analisando a expressão dela por um tempo sem responder. As coisas estavam mesmo indo rápido demais, mas e daí? "Estudar?", falei com um sorrisinho.

"Sim, estudar!", ela disse sorrindo, mas com as sobrancelhas franzidas, como se fosse óbvio que era só isso que íamos fazer.

"Tá bom, eu venho. Amanhã na aula a gente combina então."

Ela abriu o maior sorriso, me deu mais um beijo e saiu do carro balançando as sacolas.

Engatei a primeira, dei a partida e fui embora pensando para onde o destino iria me levar...

32

Matt: Você é uma garota que não
pergunta a um cara o que fazer...

(A onda dos sonhos)

Entrei na sala na segunda-feira e a primeira pessoa que vi foi a Fani. Ela estava me olhando, com uma expressão meio triste. Resolvi me sentar ao lado dela, mas, quando dei o primeiro passo, senti uma mão segurando meu braço.

"Leo, trouxe seu caderno de Português, você esqueceu lá em casa na sexta-feira!"

Me virei e vi a Vanessa, abanando meu caderno na frente do rosto.

"Obrigado!", falei, já o pegando e me direcionando novamente para o fundo da sala.

"Aonde você vai? Tem trabalho de Português em dupla agora, você vai fazer comigo, né? Falei com a Érica e a Laura que elas podiam fazer juntas."

Olhei mais uma vez para a Fani e vi que ela estava conversando com a Gabi. Se teria um trabalho, eu nem poderia falar com ela, então só assenti e me sentei ao lado da Vanessa.

Mas foi na aula de História que as coisas começaram a ficar estranhas. Eu estava distraído quando um bilhetinho do Alan aterrissou na minha carteira.

Poxa, Leo, quando eu te falei pra não perder a oportunidade de ficar com a Vanessa, não imaginei que você fosse grudar nela! A sala inteira está comentando que vocês estão namorando. Será que você não sabe pegar sem se apegar? Foi com ela que você foi na inauguração daquele bar de playboy na sexta, né? Eu deveria ter imaginado... Espero que não se esqueça dos amigos, essa menina tem cara de quem proíbe os namorados de terem vida própria! Fui! Alan

Li o bilhete várias vezes e em seguida o rasguei, antes que a Vanessa o lesse também... Percebi que ela estava bem curiosa. Mas o fato é que as palavras do Alan haviam me deixado pensativo. Se a sala inteira estava comentando, será que a Fani já sabia que eu estava com a Vanessa? Será que a expressão triste que eu havia visto no olhar dela era por causa disso?

Resolvi conversar com ela na hora do intervalo. O que eu havia dito pra Vanessa no dia anterior tinha ficado na minha cabeça. Eu e a Fani realmente éramos muito amigos e eu queria verdadeiramente que nosso afastamento fosse apenas temporário. Então ia fazer a minha parte.

Assim que o sinal bateu, fui direto para o Gulagulosa, onde a Fani lanchava todos os dias. Pedi uma coxinha e fiquei esperando por ela. Porém, antes que ela chegasse, a Laura, a amiga da Vanessa, surgiu na minha frente dizendo que ela estava na pracinha da frente da escola e tinha pedido para me chamar, pois precisava falar comigo.

"Ela falou que é urgente!", a Laura frisou antes de sair da lanchonete.

Poxa, mais essa agora... Fiquei meio indeciso, mas resolvi ir logo ver o que a Vanessa queria. Eu voltaria a tempo de falar com a Fani, ainda bem que ela ainda não tinha aparecido.

Chegando na praça, logo vi a Vanessa, sentada em um banquinho.

"Me chamou?", perguntei, me sentando ao lado dela. Eu estava curioso para saber o que não podia esperar até voltarmos para a sala.

Ela sorriu ao me ver e então, olhando para os lados, falou: "Estou morrendo de saudade do seu beijo! Como você disse ontem que no colégio é melhor continuarmos apenas coleguinhas, te chamei aqui para suprir minha crise de abstinência...".

Tive que rir da criatividade dela. Apesar de tudo, ela era legal. E continuava a me engolir com os olhos, o que atiçava o meu desejo.

"Teoricamente ainda estamos na área da escola", expliquei, olhando para trás. Notei que a Fani tinha acabado de entrar no Gulagulosa. "Que tal deixarmos pra matar a saudade na sua casa hoje à tarde?", sussurrei em seu ouvido.

Ela deu um sorriso maroto, como se guardasse um segredo só para ela, e sussurrou de volta: "Três da tarde?".

"Combinado." Dei um beijo na mão dela e me levantei, indo direto para o Gulagulosa.

Chegando lá, dei de cara com o Rodrigo, a Priscila, a Natália e até a Gabi... Mas a Fani já não estava mais lá.

"Vocês viram a Fani?", perguntei logo que cumprimentei o pessoal.

"Ela acabou de sair...", a Priscila respondeu.

"É, já voltou pra sala", a Gabi explicou.

"Ela comeu algo que não caiu muito bem, prejudicou a digestão...", a Natália completou, e por alguma razão as três riram.

"Valeu", foi tudo que falei, e fui em direção à sala. Porém, chegando lá, não encontrei a Fani. Ela só apareceu depois que a aula tinha começado. Mas aí já era tarde demais. Ela se sentou ao lado da Gabi, e eu, da Vanessa. E ficamos mais uma vez sem conseguir conversar.

Fui para casa me sentindo dividido. Eu tinha que admitir que estava gostando de ficar com a Vanessa, era muito bom para o ego ter uma garota linda daquelas me enchendo de beijos e elogios. E pelo visto ela estava respeitando meu pedido de não misturarmos as coisas na escola. Mas eu sentia falta da Fani. Eu precisava conversar com ela, antes que nos afastássemos de vez. Resolvi que passaria na casa dela antes de ir para a da Vanessa. Só que eu tinha esquecido de um detalhe... Meu pai. Eu já tinha faltado ao estágio na sexta e agora ia faltar novamente. Eu precisaria ser convincente.

Assim que ele chegou para o almoço, eu o cumprimentei e disse: "Pai, não posso ir pra empresa hoje de novo... Vou estudar na casa da minha amiga outra vez. As provas estão chegando, esse estudo extra é realmente importante".

Ele estreitou os olhos, me analisando, e então falou: "Que amiga? A Fani? Sei perfeitamente que vocês não vão estudar, aposto que vão ficar namorando a tarde inteira!".

Recebi aquilo como um soco. Do que ele estava falando? "Namorando? Pai, a Fani é minha amiga. Minha melhor amiga! Tudo que eu faço na casa dela é ver filmes e mais filmes!"

"Pior ainda", ele falou, indo em direção ao quarto. "Antes ficasse namorando. Se vai ficar vendo filme, é melhor ir trabalhar comigo, pelo menos seu tempo vai ser melhor aproveitado me ajudando e adquirindo experiência. Deixa pra ver filme no fim de semana. Aliás, você não me pediu o carro ontem pra ir ao cinema? Que fixação por filmes é essa agora?"

Respirei fundo antes de explicar: "Pai, não é pra casa da Fani que eu vou. É pra da Vanessa. É com ela que eu vou estudar, estamos fazendo todos os trabalhos juntos...".

Nesse momento, meu irmão Luciano chegou em casa e ouviu a última parte.

"Vanessa? Amorim? Aquela gata do seu ano?", ele perguntou, ganhando a atenção do meu pai.

"Ela é bonita?", ele perguntou para mim, mas foi meu irmão quem respondeu.

"Gata demais! Ouvi dizer que é modelo! Era meu sonho de consumo quando eu estudava naquela escola... Você vai fazer um trabalho na casa dela? Vai ficar sozinho com ela lá?"

Revirei os olhos.

"Não vou ficar sozinho com ela, tem a empregada, a irmã, os pais...", achei melhor não mencionar o fato de que a mãe e o padrasto viviam viajando. E, me virando para o meu pai, completei: "Eu realmente preciso estudar".

"Tudo bem...", ele disse balançando os ombros. "Se é na casa dessa outra menina, não tem problema. Eu estava achando que você realmente ia ficar de namorico com a Fani."

"Bem que ele queria", meu irmão falou, abafando uma gargalhada.

Eu o olhei sério, mas meu pai então falou que me deixaria na casa da Vanessa, antes de ir para o trabalho. Tive que aceitar, senão ele ia acabar achando que eu havia mentido, ainda mais que eu tinha mesmo a intenção de passar na casa da Fani. Agora isso teria que ficar para a volta.

Talvez por ter falado tanto que eu só ia estudar, cheguei à casa da Vanessa realmente achando que era apenas isso que íamos fazer. Porém, quando ela abriu a porta, já me puxou.

"Eu estava morrendo de saudade, por que você demorou tanto?!"

Ela segurou o meu rosto e começou a me beijar com tanto ardor que até me *esquentou*.

"Calma", falei, tentando respirar enquanto olhava para ela. Estava ainda mais linda, com um vestido alaranjado soltinho, bem curto... Perdi o ar de vez quando percebi que, por baixo dele, ela parecia não ter nada. "Onde está sua irmã? Tem alguém em casa?"

"Já te falei que ela tem natação nesse horário, estou sozinha...", ela respondeu, me beijando de novo.

"Tem certeza de que ninguém vai chegar?", perguntei, me sentindo cada vez mais ofegante, enquanto ela passava a mão pelas minhas costas, nuca, cabelo...

Ela se afastou e vi que também estava com a respiração acelerada.

"Leo, qual é? Eu fiz exatamente o que você pediu, segurei a onda na escola, mas aqui já é demais! Você está a fim ou não? Me fala logo porque eu estou *louca* por você!"

Ok, eu não estava apaixonado por ela, bem longe disso, mas uma menina gostosa daquela dando em cima de mim daquele jeito? Eu é que não ia resistir.

"Claro que eu estou a fim...", falei em seu ouvido, o que fez com que ela suspirasse.

"Então vem aqui", a Vanessa me puxou por um corredor e entramos no quarto dela. Enquanto ela trancava a porta, tive tempo de dar uma olhada ao redor. A parede era cheia de quadros com o rosto dela, além de vários porta-retratos com fotos de todos os ângulos possíveis. Estava ali alguém que realmente gostava de si mesma.

Ela acendeu um abajur e apagou a luz. Em seguida voltou a me beijar, como se sua vida dependesse daquilo.

"Tem certeza de que ninguém vai chegar?", perguntei, enquanto ela tirava a minha blusa, entre um beijo e outro.

"Você já perguntou isso", ela disse, me puxando para a cama.

"Só queria confirmar...", falei, subindo a mão pela perna dela. Ela deu um suspiro, o que me deixou com ainda mais vontade de agarrá-la.

A Vanessa então tirou o vestido de uma vez só e me olhou, parecendo feliz ao ver o quanto eu estava abismado com seu corpo perfeito.

E aí eu não quis saber de mais nada, nem me preocupei mais com a possibilidade de alguém chegar.

Quando saí da casa dela, horas depois, minha boca estava até dormente pela quantidade de beijos, e meu cabelo molhado de suor. Mas foi só no elevador que admiti para mim mesmo que, apesar de tudo, aquela tarde não tinha sido tão boa assim.

Eu queria ter vivido tudo aquilo. Só que com outra pessoa...

33

Sarah: Não vim aqui pra dizer que
não posso viver sem você. Eu posso
viver sem você. Mas não quero.

(Dizem por aí)

Cheguei em casa e fui direto para o banho. Eu precisava colocar meus pensamentos em ordem e sabia que no minuto em que me visse meu irmão ia me perguntar como tinha sido o "estudo". O Luciano não era bobo, ele me conhecia melhor do que ninguém, sabia perfeitamente quando eu estava mentindo. Comecei a me lembrar dos detalhes da tarde. Em certo momento, ainda deitado na cama da Vanessa, ela disse: "Posso confessar uma coisa?".

Ela estava com a cabeça no meu peito, enquanto eu fazia carinho em seus cabelos. Respondi que sim, e ela levantou o queixo para me olhar. Ela estava tão bonita, mesmo com a maquiagem meio borrada e os cabelos desalinhados.

"Eu acho que estou gostando de você...", ela disse, com um sorriso sem graça. "Quero dizer... *Pra valer*. Estou sentindo coisas que nunca senti antes. Hoje à tarde, antes de você chegar, eu estava tão ansiosa! A Melissa até perguntou se eu estava esperando o meu namorado..."

Respirei fundo. De novo aquele papo. Eu já ia reforçar que era para irmos com calma, mas ela voltou a falar: "Não se preocupe, eu tornei a dizer pra ela que somos apenas amigos. Mas lá no fundo eu queria dizer que sim, que era exatamente meu namorado que eu estava esperando... Como eu te disse ontem, você é especial, Leo. Nunca ninguém me tratou com tanto carinho assim! E depois dessa tarde...", ela suspirou, "acho que você me deixou meio apaixonada. Onde desliga isso?".

Sorri e dei um beijo na cabeça dela, mas por dentro sabia que estava encrencado. Eu só tinha topado entrar naquele quarto porque pensava que para ela aquilo também era uma aventura... Até aquele momento eu não tinha a menor ideia de que ela pudesse estar apaixonada por mim! E isso mudava tudo. Uma coisa era dormir com alguém que só queria curtir, sem maiores pretensões. Outra bem diferente era fazer isso com uma pessoa que gostava de verdade de mim. Eu estava me sentindo um crápula, alguém sem a menor consideração pelos sentimentos dos outros! Não tinha a menor condição de eu me afastar da Vanessa agora.

Talvez por isso, quando ela perguntou: "Pelo menos nesse minuto eu posso fingir que a gente namora? Que essa tarde vai se repetir mais vezes e que quando eu chegar na aula amanhã vou poder te beijar na frente de todo mundo?". Meu coração se contorceu de pena. Ela era tão carente... Fechei os olhos e, por mais que não quisesse isso, respondi: "Não precisa fingir. Eu também quero que você seja minha namorada".

Ela se virou no mesmo instante, se debruçando sobre o meu peito.

"Sério?! Até na escola?"

Engoli em seco. Mas resolvi levar aquilo adiante.

"Sim, até na escola."

Ela não respondeu, mas voltou a beijar cada milímetro do meu rosto. Em seguida desceu para o pescoço e então mais um pouco... Quando vi, estávamos novamente no meio dos lençóis, e eu concluí que ser namorado dela até que não era um sacrifício tão grande...

Porém, agora, deixando a água cair sobre a minha cabeça, eu não conseguia parar de pensar na enrascada em que eu tinha me metido. Estar sozinho com ela realmente não era ruim, ela conseguia me esquentar apenas com o olhar. Mas passar mais tempo com ela significava passar menos tempo com outras pessoas... Significava passar menos tempo com a Fani.

Saí do banho, peguei o livro de Matemática e fui estudar. As provas estavam mesmo chegando, o que eu tinha dito para o meu pai mais cedo era verdade. Porém, no minuto em que comecei a fazer exercícios, minha mente voou para outro lugar. Mais especificamente, para a primeira vez em que eu tinha entrado no quarto da Fani.

Ele era tão diferente do da Vanessa... Tudo era cor-de-rosa clarinho, a cor que a Fani mais gostava. O quarto da Vanessa tinha cores fortes. A colcha era vermelha, o lustre, amarelo... A Fani tinha uma estante cheia de DVDs e livros. No quarto da Vanessa tudo que vi foram revistas e mais revistas de moda. No da Fani havia apenas duas fotos pregadas em um mural: uma dos três sobrinhos dela. E a outra eu conhecia bem, pois havia sido tirada no corredor da escola... Nela, eu, a Fani e a Gabi estávamos abraçados.

Fechei o livro e resolvi sair de casa. Eu já tinha entendido que não ia conseguir estudar. Além disso, estava quente, apesar de já serem quase seis da tarde. Eu precisava dar uma volta.

Não sei como, mas, quando dei por mim, estava na portaria do prédio da Fani. Eu não sabia direito o que tinha ido fazer ali, mas a expressão triste dela me olhando mais cedo no colégio não me saía da cabeça. Depois daquela tarde, a Vanessa não demoraria a espalhar para a sala inteira que eu era namorado dela... Mas eu queria que a Fani tomasse conhecimento daquilo por mim.

"Está sumido, Leo!", o porteiro já me conhecia, pois eu costumava ir lá toda semana.

"Muito estudo...", foi tudo que respondi. Ele não precisava saber que a nossa amizade estava meio estremecida.

"Pode subir, a Fani está em casa", ele abriu o portão sem nem me anunciar.

Agradeci e, no instante em que entrei no elevador, senti uma sensação boa de familiaridade. Era bom estar ali, ainda que eu soubesse que, depois da conversa com a Fani, era provável que eu não voltasse mais.

Toquei a campainha me sentindo meio nervoso. Tinha dias que a gente não conversava, eu não sabia como ela ia me receber. Fiquei olhando o hall enquanto esperava. Uma guirlanda já estava dependurada. Ainda estávamos em novembro, a minha mãe só nos deixava montar a árvore e o resto da decoração de Natal no começo de dezembro. Ela sempre dizia que essa data a deixava agoniada, por lembrar que mais um ano estava terminando, então preferia adiar ao máximo. Sempre gostei do Natal, quando eu tivesse minha própria casa, provavelmente ia montar tudo em outubro, para durar mais tempo.

Ouvi passos de repente. Sorri para o olho mágico, sabendo que olhariam por ele antes de abrir. Um segundo depois *ela* apareceu na minha frente. Fiquei surpreso ao ver que estava de roupão e com uma toalha enrolada na cabeça, a qual tentava tirar a todo custo, ainda que aquilo lhe custasse alguns fios de cabelo. Olhei de relance para o roupão e notei que estava um pouco aberto. Talvez ela tenha percebido meu olhar, pois na mesma hora o fechou, escondendo cada milímetro do que eu gostaria de ver. Teria que ficar por conta da minha imaginação...

"Posso entrar, Fani?", perguntei, meio sem graça, já que ela continuava parada ali, sem dizer uma palavra.

"Claro", ela se deslocou um pouco para me dar passagem. "Fique à vontade, só vou colocar uma roupa."

"Não precisa, eu não vou demorar", falei depressa. "Só vim aqui pra te falar umas coisas, antes que você escute pela boca de outras pessoas..."

Ela cruzou os braços, meio na defensiva, e me esperou continuar. Foi o que fiz.

"Fani, não sei o que aconteceu, mas de repente tudo ficou diferente entre a gente...".

A rima não intencional me deu vontade de rir. Se fosse um dos filmes de que ela gostava, nesse momento uma música começaria a tocar no fundo, e os personagens sairiam dançando e cantando. Ela se sentou no braço do sofá, ainda de braços cruzados. Parecia não estar com paciência para aquele assunto. Mas ela teria que ouvir.

"Em um dia você era a minha melhor amiga, e no outro passou a nem olhar pra minha cara..."

Nesse momento, ela tentou me interromper, mas fiz sinal para que ela esperasse, pois eu já sabia que ia dizer que a culpa era minha.

Continuei: "Não sei quem é o culpado, nem por que isso aconteceu, mas o fato é que esse nosso distanciamento me fez aproximar de outra pessoa, e eu tenho gostado disso... Não da nossa distância, claro, mas da aproximação, da outra pessoa...".

Ok, tenho que ser sincero. Aquilo não era 100% verdade. Eu não era louco pela Vanessa, na verdade estava bem assustado com a velocidade do progresso do nosso relacionamento. Mas aquela era a minha última cartada. Eu tinha esperança de que, ao assumir que eu estava com outra, a Fani realmente ficasse enciumada...

Mas ela não teve reação. Continuou muda, me olhando, sem mexer nem um músculo sequer.

"Fani, você sabe de quem eu estou falando, né?", resolvi conferir. Eu não podia acreditar que ela fosse me deixar ficar com a Vanessa sem protestar nem um pouquinho que fosse... Eu sabia perfeitamente que as duas não iam com a cara uma da outra.

Porém, ela apenas assentiu e balançou os ombros, como se não estivesse nem aí.

Quer dizer que era assim. Ela não ligava. Tudo bem, aquele era o incentivo de que eu precisava. A Vanessa queria ficar comigo, estava fazendo de tudo para isso. Do outro lado, a Fani acabara de mostrar que eu não significava nada para ela.

"Então é isso que eu vim te dizer", falei, me sentindo subitamente cansado. Só queria ir embora logo. "Eu estou com a Vanessa e queria que você soubesse por mim. Porque independentemente disso, eu tenho sentido a sua falta. E eu queria te contar, antes que qualquer outra pessoa contasse. E antes de contar pra qualquer outra pessoa."

Era impressão minha ou sua expressão tinha ficado novamente triste? Olhei mais atentamente e notei que ela estava piscando muito, parecia estar se segurando para não chorar. Talvez por isso, completei: "Eu quero que você continue sendo minha amiga...".

Ela não respondeu, apenas olhou para o chão, como se procurasse as palavras ali. Comecei a ficar meio triste também, aquilo estava com cara de despedida. Como se a nossa amizade estivesse desmoronando bem na nossa frente.

Resolvi ir embora de uma vez. Eu não devia ter ido ali.

Assim que me direcionei para a saída, ela se levantou e abriu a porta. Sem conseguir resistir, dei um beijo no rosto dela e vi que ela estava com os olhos cheios d'água. Eu a abracei forte e notei que ela retribuiu.

"Ô, Fani... Eu não queria que você ficasse assim", falei com sinceridade. Eu não aguentava vê-la triste por minha causa.

Nesse minuto ela pareceu acordar. Se afastou bruscamente, fechou ainda mais o roupão e falou, bem séria: "Assim como? Só estou meio chocada como a vida dá voltas. Mas cada um faz o que quer. E agora eu tenho mesmo que trocar de roupa, minha mãe deve estar chegando e não vai gostar de me ver assim parada aqui na porta!".

Ela nunca tinha falado naquele tom comigo. Parecia outra pessoa.

Apenas assenti, olhei para ela mais um pouco e então me virei. Achei melhor não esperar o elevador, aquilo realmente era uma despedida.

Eu sabia que, depois daquele dia, a nossa amizade nunca mais seria a mesma...

34

Max Abbitt: O amor não pode
ser encontrado onde não existe.
Nem pode ser escondido quando
realmente existe.

(Namoro a três)

O resto da semana passou depressa. Com o ano acabando, os professores começaram a correr com o conteúdo, e tive que realmente investir nos estudos. Apesar de já ter passado em várias matérias, eu ainda precisava de pontos em Matemática, Química e História, por isso não podia bobear.

Como previsto, a notícia do meu namoro com a Vanessa se alastrou pela escola inteira. Por mais que eu tentasse ser discreto, ela fazia questão de me abraçar e beijar na frente de todo mundo, então acabei desistindo de esconder e resolvi assumir.

Apesar da minha última conversa com a Fani, eu ainda tinha esperança de voltar a ser amigo dela algum dia, mas depois de vê-la mais uma vez se derreter por alguma coisa que o Marquinho havia dito para ela no corredor, desisti. Eu tinha sorte de estar com a Vanessa, se ainda estivesse sozinho e sonhando com a Fani, eu teria ficado mal ao ver aquela cena. Não que eu não tenha ficado, era patético ver aquele professor nitidamente dando corda para ela! Mas aquilo agora era problema só da Fani. Eu ia investir no meu namoro. Pensando nisso, resolvi apresentá-la para a minha família.

Era sexta-feira e minha mãe estava fazendo a minha torta preferida, de morango com chantilly, e achei que aquela seria a ocasião perfeita.

"Mãe, posso chamar a minha... *amiga* pra lanchar aqui?", perguntei enquanto ela misturava os ingredientes.

"A Fani?", ela falou, sorridente. "Claro que pode, estou com tanta saudade dela!"

"Não é a Fani!", falei, meio contrariado. Minha mãe achava que eu só tinha uma amiga? "É outra garota."

Ela largou a massa e se virou para mim, me analisando por um tempinho.

"Pode, claro", ela disse, ainda me olhando. "Mas o que aconteceu com a Fani, vocês brigaram?"

Minha mãe tinha mesmo que ficar falando dela o tempo todo?

"Mãe, não brigamos, mas agora estou mais próximo da Vanessa, essa menina que quero trazer aqui. Você poderia fazer o favor de não falar da Fani perto dela?"

Minha mãe levantou as mãos, como se estivesse pedindo desculpas, e disse: "Claro, não vou dar uma palavra!". E então se voltou para o fogão e não olhou mais para mim.

Como esperado, a Vanessa vibrou quando a convidei. Ela estava ansiosa para ir à minha casa, dizia que só ia se sentir realmente minha namorada depois de conhecer os meus pais... Eu havia conhecido a mãe e o padrasto dela no fim de semana anterior, mas não me sentia *mais* namorado dela por causa disso.

Ela chegou no meu apartamento como se tivesse vindo para uma festa. Estava toda maquiada e até de salto alto. Não tive como não me lembrar que a Fani sempre aparecia lá de camiseta, jeans e All Star...

"Uau, Vanessa!", o Luciano falou assim que a viu. "Que honra ter você aqui! Quando o Leo disse que você vinha, achei que era alucinação da cabeça dele!"

"Que gentil", ela disse rindo. "Estou vendo que o cavalheirismo é de família!"

Olhei torto para o meu irmão e fiz sinal para ele calar a boca. Ele revirou os olhos, mas atendeu.

"Então você é a Vanessa?", minha mãe veio cumprimentá-la. "Que linda que você é!"

"Obrigada, eu sou modelo!", ela respondeu, jogando o cabelo de lado.

Vi que minha mãe a mirou de cima a baixo, assentiu, e em seguida parou o olhar na mão dela, que estava segurando a minha.

"Hum, acho que vou tirar a torta da geladeira!", ela falou sorrindo, mas com as sobrancelhas meio franzidas, parecendo montar um quebra-cabeças mentalmente.

Ela foi para a cozinha e eu levei a Vanessa para a sala de TV.

"Sua mãe é bonita", ela falou assim que ficamos sozinhos. "Quer dizer, seria mais se não fosse tão gordinha... Mas pelo visto ela não é muito vaidosa, né?"

"Minha mãe é a mais bonita do mundo!", falei meio ofendido. Ela era meio cheinha, sim, mas quem ligava? Ela era linda de qualquer jeito.

"Ei, calma...", ela disse, rindo da minha indignação. "Desculpa, eu esqueço que nem toda mãe é modelo internacional como a minha! O que ela faz? É dona de casa?"

Minha mãe era formada em Arquitetura. Mas desde o nascimento do Luiz Cláudio havia largado a carreira para se dedicar à família. A gente tinha orgulho disso, de ter uma mãe tão presente. Mas ali, nas palavras da Vanessa, aquilo parecia ser algo ruim, como se minha mãe tivesse menos valor do que a dela por não trabalhar.

"Ela é *mãe*", falei sério.

"Claro que é mãe, ué. Como você queria ter nascido, de uma chocadeira?", ela riu, achando a própria piada muito engraçada. Por sorte, nesse momento meu pai chegou. Acho que ela não ia achar a menor graça na resposta que eu ia dar.

Depois de eu ter feito as apresentações, meu pai se sentou para ver um pouco de televisão com a gente, mas meu irmão logo apareceu avisando que o lanche estava pronto.

Nos direcionamos para a cozinha, mas, para a minha surpresa, minha mãe tinha colocado a mesa na sala de jantar. No dia a dia, sempre lanchávamos na copa, a mesa de jantar era apenas para eventos especiais... Pelo visto minha mãe achava que aquele era um deles.

"Nossa, que mesa bonita!", falei assim que vi, além da torta de morango, uma cesta cheia de pães de queijo e outros pães. Tinha também presunto, queijo, sucos, refrigerante... "É o aniversário de alguém e eu esqueci?"

Minha mãe sorriu, meio envergonhada, e falou: "A torta ficou tão bonita que achei que merecia ser degustada em um espaço mais atraente! Além disso, é a primeira vez da Vanessa aqui em casa... Espero que seja a primeira de várias!".

Aquilo me deixou meio com raiva. Minha mãe estava fazendo de tudo para agradar uma garota que tinha acabado de chamá-la de gorda e desleixada.

"Posso servir pra você, querida?", ela perguntou assim que a Vanessa se sentou, continuando com a gentileza.

A Vanessa franziu as sobrancelhas e perguntou: "A senhora sabe quantas calorias cada fatia dessa torta tem?".

Minha mãe ficou meio desorientada, mas riu, achando que era uma brincadeira.

"Serve pra mim, mamãe", falei, já colocando o prato na frente da torta. "Tudo que sei sobre calorias é que quanto mais a comida tem, mais gostosa ela é! E essa torta está com cara de que é a melhor que você já fez!".

"Leo, filhinho, essa não foi a educação que te dei!", ela ralhou, desprezando meu prato. "Visitas primeiro."

Ela então cortou uma fatia e colocou na frente da Vanessa.

"Hum, eu não posso aceitar. Não como nada que tenha mais de trinta calorias, e essa torta está com cara de ter mais de trezentas. Por *fatia*."

O queixo da minha mãe praticamente caiu, acho que ela nunca tinha ouvido nada parecido na vida.

"Eu como", peguei o prato da Vanessa e já dei uma garfada. "Deliciosa! Eu estava certo, é a melhor torta que você já fez!"

Minha mãe agradeceu, ainda com a expressão meio confusa, mas então forçou um sorriso e falou para a Vanessa: "Coma ao menos um pão de queijo, meu bem".

"De jeito nenhum!", ela respondeu como se minha mãe tivesse oferecido veneno. "Uma mísera bolinha de pão de queijo dessas tem 198 calorias! Além disso, é cheia de gordura *trans*! Olha, vou tomar só um copo d'água, se eu comer qualquer coisa dessa mesa, vou me sentir uma baleia."

Minha mãe ficou meio em choque, mas ainda assim perguntou se a Vanessa queria que cozinhasse algum prato especial, menos calórico, mas ela apenas indagou se tínhamos alguma fruta. Minha mãe trouxe uma maçã, que ela comeu com gosto.

Apesar disso, o clima ficou meio estranho depois. Todos ficaram calados e, assim que terminamos de lanchar, dei um jeito de pedir o carro emprestado para levar a Vanessa embora.

"Achei que a gente ia ficar mais tempo na sua casa...", ela falou quando estacionei na frente do prédio dela.

Eu também achava. Mas o jeito dela tinha me feito mudar de ideia.

"Vanessa, minha mãe fez tudo pra te agradar... Custava ter comido um pedacinho da torta? Ou pelo menos não desdenhar tanto? Podia ter só pedido desculpas e dito que estava de dieta, sei lá..."

"Leo, eu sou sincera", ela falou com a cara fechada. "E isso não é um defeito, é uma *qualidade*. Não ia mentir pra sua família, aquela mesa realmente estava um desacato à minha boa forma! Alimentação saudável é muito importante pra mim. Mas não se preocupe, da próxima vez que eu for à sua casa, levo minha própria comida."

Eu estava com tanta raiva por ela ter destratado a minha mãe que nem sabia se ia ter uma próxima vez.

Então, apesar de ela ter me chamado para entrar, apenas me despedi rapidamente.

"Vai me tratar mal só porque eu não comi aquela maldita torta?!", ela disse brava. "Por isso é que eu não gosto de namorar cancerianos! Só porque eu não aceitei a oferta da sua *mamãe*, ficou todo ofendidinho..."

"Vanessa, desce do carro, por favor", falei bravo. Se tinha algo que eu odiava na vida eram pessoas que julgavam os outros pela astrologia. Eu até achava uma "ciência" interessante, mas não gostava de ser colocado em um saco junto com todas as outras pessoas do mundo que faziam aniversário perto de mim! Eu tinha certeza de que uma data não tinha o poder de definir totalmente a personalidade de alguém.

Ela desceu, batendo a porta, e entrou no prédio sem olhar para trás.

Quando cheguei em casa, minha mãe estava sentada no sofá da sala. Eu ia só cumprimentá-la, mas ela me chamou para conversar.

"Você e a Vanessa estão namorando?", ela perguntou assim que me sentei.

"Estávamos", fui sincero. "Depois de hoje não sei."

"Leo, eu não quero que você fique bravo com ela só pelo que aconteceu na hora do lanche. A culpa foi minha, eu deveria ter te perguntado se sua convidada tinha alguma restrição alimentar... Tem gente que realmente não gosta de comer guloseimas, temos que respeitar. Fiquei triste, porque eu só queria agradar, mas entendo o lado dela."

"Mamãe, a culpa não foi sua, de jeito nenhum!", falei, pegando suas mãos. "Você já estava preparando a torta, eu resolvi chamar a Vanessa exatamente porque achei que ela ia amar... Sua torta de morango é a melhor do planeta, você deveria ir pro *Masterchef*!"

Minha mãe sorriu, balançou a cabeça e então falou: "Acho que ela ficou com medo de gostar e querer comer tudo... Lembra daquele dia que a Fani veio aqui e eu também tinha feito essa torta? Ela até pediu desculpa por ter comido tanto! E ainda levou um pedaço pra casa!".

Sorri também ao me lembrar da Fani. Ela não ficava contando as calorias de nada que comia, muito pelo contrário. A gente sempre tomava sorvete, comia pizza... Como eu, ela gostava de aproveitar a vida. Estar com ela era... *leve*.

"Você gosta da Fani, né, Leo?", minha mãe falou ao ver que eu fiquei calado.

"Claro que gosto!", respondi depressa.

"Não, eu quis dizer... de verdade. Pra valer. Sempre achei que ela fosse mais do que uma amiga pra você."

Respirei fundo olhando para o chão. Eu não conseguia mentir para minha mãe. E nem queria.

"O problema é que *eu* sou apenas um amigo pra ela. A Fani gosta de outro."

Lembrei mais uma vez da expressão de felicidade dela mais cedo no corredor, só porque o Marquinho disse alguma coisa em seu ouvido.

"Bom, nesse caso, acho que você realmente tem que arrumar alguém que goste de verdade de você! Quem sabe essa Vanessa não pode vir a te fazer feliz? Dê uma chance e respeite o jeito dela. Prometo que da próxima vez que ela vier aqui vamos todos comer salada!"

Torci o nariz e disse rindo: "Acho então que não vou trazê-la aqui nunca mais! Por falar nisso, sobrou um pedaço de torta?".

Minha mãe riu também, e fomos abraçados para a cozinha. De repente senti pena da Vanessa. Ela podia até ter uma mãe que era modelo internacional... Mas a minha era a melhor do universo inteiro!

35

Dylan: *Eu quero a minha melhor amiga de volta. Porque eu estou apaixonado por ela...*

(Amizade colorida)

De: Vanessa <vanessaamo@mail.com.br>
Para: Leonardo <soueuoleo@gmail.com>
Enviada: 24 de novembro, 14:09
Assunto: Torta

Oi, gatinho, estou te ligando e seu celular está desligado. Telefonei pra sua casa também, e seu irmão disse que você foi pro clube. Eu iria até lá pra te encontrar, mas, como você sabe, meus pais estão aqui e já viajam de novo daqui a uma semana. Por isso quero aproveitar o pouco tempo que tenho com eles.

Eu ia te chamar pra vir aqui, mas acho que você não vai querer... E com razão. Eu deveria ter comido a torta ontem, mesmo que isso significasse ter que engordar 300 gramas e ficar

uma bola! Mas o sacrifício valeria pra te ver
feliz! Fiquei a noite toda pensando em você...
Nós ainda somos namorados, né? Não briga mais
comigo, por favor! Lembra que meu aniversário
está chegando, quero você de presente!
Mil beijos!

Vanessa.

P.S.: Consegui (quer dizer, minha mãe conseguiu)
convites para a festa de dez anos da Sapataria,
aquela marca de calçados que eu adoro! Vai ser
na quarta-feira à noite. Você vai comigo, né?
Por favor... Prometo que compenso depois! ;-)

De: Alan <alan_alan@mail.com.br>
Para: Leonardo <soueuoleo@gmail.com>
Enviada: 26 de novembro, 02:12
Assunto: Cola

Cara, preciso de cola na prova de Português
amanhã! Eu tinha que ter estudado mais, só que
passei na frente do Major e estava lotado, só
as mais lindas na porta! Acabei parando lá e
só cheguei agora. Espero não perder a hora.
Conto com seu apoio!

Valeu!

Alan

De: Luigi <luigi@mail.com.br>
Para: Leonardo <soueuoleo@gmail.com>
Enviada: 27 de novembro, 13:15
Assunto: Re: Re: Marilu

Tudo certo, Leo! A Marilu vai mesmo estudar na sua escola! Até fiquei mais feliz agora. Eu estava realmente enciumado, mas com você por perto sei que não vai deixar ninguém ficar dando em cima da minha menina.

Na verdade, tenho certeza de que ela não faria nada de "errado", mas nem posso imaginar que outros caras vão ficar olhando pra Marilu. Porque eu sei que eles vão fazer isso, você sabe o quanto ela é gatinha.

Já está de malas prontas pra vir pra cá em dezembro? Tenho outras amigas pra te apresentar. Isso se você quiser... Sua mãe contou para a minha que você está namorando! É aquela menina? Até que enfim!!!

Abração!

Luigi

De: Rodrigo <rrrrrodrigooooo@gmail.com>
Para: Leonardo <soueuoleo@gmail.com>
Enviada: 28 de novembro, 14:06
Assunto: Estudo

Leo, tá no computador? Anima de vir estudar História aqui em casa? A Priscila não vai poder, tem ensaio da apresentação de jazz. Ela está muito feliz porque finalmente o médico liberou para ela voltar a fazer as atividades físicas. Só que a Pri já passou em História, eu não... Você também está meio dependurado nessa matéria, né? Anima? Acho que em dupla o estudo rende mais.

Rodrigo

De: Gabriela <gabizinha@netnetnet.com.br>
Para: Leo <soueuoleo@gmail.com>
Enviada: 28 de novembro, 15:19
Assunto: FANI

Leo, você não atende o celular nunca! Joga esse negócio no lixo já que não usa!

Seguinte, a Fani passou na seleção do programa de intercâmbio! Claro que eu já sabia que isso ia acontecer, mas ela está meio assustada, acho que agora que caiu a ficha que vai morar um ano fora. Por isso, ela precisa de todo apoio nesse momento.

Hoje à noite ela vai comemorar a aprovação na Pizzaria Finna, com a família, e me chamou também. Sei que vocês estão meio estremecidos, mas a Fani te adora... Acho que faria toda a diferença se você pudesse ir comemorar com ela também. Já passou da hora de vocês fazerem as pazes!

Lembre-se que ela já vai viajar em janeiro e que você vai ficar um ano sem encontrar com ela... Tem que aproveitar enquanto é tempo, né?

Espero te ver hoje à noite. Às oito.

Beijo,

Gabi

"Leo, você está me ouvindo? Já repeti a pergunta três vezes!"

Olhei para o Rodrigo, que estava estalando os dedos na minha cara. Eu estava no apartamento dele estudando História, mas a última coisa que minha mente queria era se concentrar no "triunfo do liberalismo" ou no "nascimento das sociedades industriais". A história que ficava indo e voltando na minha cabeça era a minha com a Fani.

Eu realmente achava que a nossa amizade nunca mais voltaria ao normal. No colégio a gente nem se cumprimentava, parecia que nos afastávamos mais dia após dia. A cada vez que a via no corredor, sentia um pesar pelo que "poderia ter sido". Eu, que achava que ela seria no mínimo minha amiga para sempre, tinha agora que aceitar o fato de ela ter se tornado uma simples colega, uma conhecida, uma daquelas pessoas de quem no futuro só nos lembramos ao olhar as fotos em algum álbum puído.

Por isso fiquei tão balançado ao receber um e-mail da Gabi me contando que a Fani – como eu havia previsto – tinha passado na seleção do intercâmbio. Depois de reler algumas vezes o que ela tinha escrito, percebi que vários sentimentos tinham se apossado do meu peito: tristeza, pela constatação de que em pouco mais de um mês eu não a veria por pelo menos um ano. Angústia, por querer ficar grudado nela durante esse curto período que restava e saber que aquilo agora era impossível. Alegria, pelo fato da Gabi ter dito que a Fani me adorava... Mas, especialmente, ansiedade, pelo convite que a Gabi havia feito. Eu queria mais do que tudo comemorar com a Fani, dizer que, apesar de estar triste pela partida dela, eu estava muito feliz, porque ela ia ganhar o mundo, aprender, ver lugares diferentes, conhecer uma cultura nova.

Porém, eu sabia que não podia ir àquela pizzaria! Estávamos "estremecidos", como a Gabi havia dito. Com que cara eu ia chegar lá? A Fani provavelmente ia me dar as costas, perguntar o que eu estava fazendo ali, poderia até ficar brava por eu estragar a comemoração dela. Não, eu não devia ir.

Além do mais, a Vanessa tinha me convidado para ir com ela a uma festa, e eu já havia aceitado. Depois de pensar muito, decidi seguir o conselho da minha mãe e tentar entender o jeito dela. A Vanessa não era uma pessoa má, só tinha crescido com valores diferentes dos meus... Apesar de algumas (ou várias) vezes ela ser meio egocêntrica, quando estávamos sozinhos eu gostava de estar com ela. Ela era carinhosa e sabia exatamente como me *esquentar*. Eu tinha perfeita noção de que o que eu sentia era basicamente atração física, mas não perdia a esperança de que com o tempo isso mudasse, de que eu pudesse gostar dela de verdade.

Por isso, resolvi deletar o e-mail da Gabi, tirar aquilo da cabeça e seguir com o que já tinha programado. O Rodrigo havia me chamado para estudar com ele. De lá eu voltaria pra casa só para tomar um banho, me arrumar, e depois encontraria a Vanessa na tal festa. O problema é que eu não parava de pensar que não era bem aquilo que eu queria fazer.

"Foi mal, Rodrigo...", falei, esfregando os olhos. "Estou meio disperso hoje."

Meu amigo fechou o livro, foi até a cozinha, buscou dois copos d'água e colocou um na minha frente.

"O que está rolando?", ele perguntou, se sentando novamente.

Respirei fundo, tomei a água de um gole só e contei para ele os últimos acontecimentos, desde o dia em que havia levado a Vanessa à minha casa até o e-mail da Gabi.

O Rô ao final balançou a cabeça e disse: "Leo, a Fani vai ficar um ano fora. Um ano! Claro que você tem que ir comemorar com ela! A gente sabe perfeitamente que esse seu caso com a Vanessa não tem muito futuro, né?". Ele olhou para mim, para confirmar.

"Não sei, Rodrigo", falei desanimado. "Na verdade, eu queria que desse certo. Eu gosto de namorar, e a Vanessa é linda..."

O Rodrigo revirou os olhos.

"Cara, eu até entendi você ter ficado com ela uma, duas vezes... Mas *namorar*?"

"Tá parecendo o Alan falando!", abri o livro novamente, me sentindo cansado daquele assunto.

"Não estou dizendo que você não deve namorar ninguém... É só que a Vanessa... Bem, a Vanessa não tem nada a ver com você."

"Ela tem a ver comigo, sim! Eu adoro sair, ela também..." Ele abaixou a cabeça até o caderno, como se fosse chorar ou algo assim. Mas logo voltou a me olhar.

"Leo, ela só gosta de ir pra esses eventos 'frufrus', para locais cheio de gente tão afetada quanto ela... Já experimentou chamá-la pra jogar boliche? Ou pra ir ao Parque Guanabara?"

Eu ri só de imaginar a cara que a Vanessa faria se eu a convidasse para um desses locais. Não que fossem programas ruins, na verdade eu adoraria jogar boliche com a minha namorada! E o Guanabara é um parque de diversões tradicional de BH, com certeza seria gostoso estar lá com ela. Mas eu realmente não conseguia visualizar a Vanessa indo a qualquer lugar em que fosse preciso usar tênis.

"Pois é...", o Rodrigo comentou só de ver a minha expressão. "Agora imagina se você chamasse a Fani pra fazer essas coisas?"

Não tive como não sorrir. A Fani ia adorar. E eu também adoraria fazer aquilo tudo com ela.

"Acho que vou deixar você terminar de estudar sozinho", falei, guardando meus cadernos na mochila. "Não estou com cabeça e vou acabar te atrapalhando."

Ele concordou, me levou até a porta e insistiu mais uma vez para que eu fosse me encontrar com a Fani em vez de sair com a Vanessa. Apesar de falar que eu ia pensar, não tinha chance de isso acontecer. Que bem ia fazer?

Então, resolvi seguir com o que já havia planejado. A Vanessa me ligou umas três vezes para confirmar que eu tinha o endereço do local da festa, e no final das contas eu já sabia até de cor! Ela ia com as amigas, e eu a encontraria lá um pouco mais tarde. Achei melhor assim, pois, apesar de ter concordado em ir, sabia que não teria paciência para ficar muito tempo.

Tomei banho e comecei a me arrumar. A Vanessa tinha dito que era chique, então coloquei um terno e arrumei o cabelo. Quando estava pronto para sair, minha mãe me viu e falou: "Nossa, que gato! Não te vejo tão lindo assim desde as bodas de prata dos pais da Gabi!".

Nesse momento, um filme passou pela minha cabeça, e eu me lembrei de tudo que havia acontecido naquela festa. A Fani tomando champanhe, me chamando para dançar e caindo nos meus braços... Tinha se passado pouco tempo, mas parecia uma vida! Era como se uma muralha tivesse sido construída entre nós dois naquele período. E eu não gostava nem um pouco daquela barreira.

"Quer saber, mãe?", falei, voltando para o meu quarto. "Vou trocar de roupa!"

"O quê?", ela disse, vindo atrás de mim. "Mas você não disse que a Vanessa avisou que o evento era chique?"

Tirei a calça e o sapato, e no lugar coloquei meu jeans surrado e o tênis de sempre.

"Aquele evento é chique, sim. Mas acabei de me tocar que tenho outro mais importante..."

Olhei pra minha mãe, que deu um sorriso de aprovação. Eu tinha contado para ela mais cedo sobre o resultado da seleção de intercâmbio da Fani e a comemoração.

"Eu te levo, assim você chega mais rápido", ela disse, já buscando a bolsa. Aceitei, pois já eram quase nove da noite, e a Gabi tinha me dito para estar na pizzaria às oito.

Chegando ao local, logo avistei a família da Fani em uma mesa no fundo. Todo mundo estava lá: os pais, os irmãos, a cunhada, os sobrinhos... Vi também a Gabi, sentada bem ao lado dela.

Parei antes que me vissem, sentindo uma espécie de frio na barriga. Eu não falava com a Fani desde aquela tarde na casa dela... Sim, e era por isso que eu estava ali. Aquela distância já tinha ido longe demais.

Respirei fundo e caminhei decidido em direção a eles.

"Olha só quem veio também...", escutei a mãe da Fani dizer, olhando para mim com as sobrancelhas franzidas, como se não esperasse me ver ali. Mas em seguida sorriu, fazendo sinal para que eu me aproximasse. Fui meio sem jeito e comecei a cumprimentar um por um, deixando a Fani por último.

Quando cheguei aonde ela estava, fui surpreendido com um sorriso lindo em seu rosto. Não esperava que ela fosse ficar feliz por me ver ali...

"Achou que eu não viesse, né?", perguntei, piscando para ela.

Ela sorriu ainda mais e se jogou nos meus braços. Como eu estava com saudades do abraço dela! A Fani se afastou devagar, ainda me olhando, como se estivesse conferindo se eu era mesmo real. Meu coração disparou. Ali estavam os *sentimentos*! Eu estava me sentindo vivo pela primeira vez em semanas.

"Alberto, você pode pular uma cadeira pro Leo se sentar do meu lado, por favor?", ela perguntou ao irmão.

"Poxa, me trocou pelo Leo, tudo bem...", o Alberto disse, fingindo estar sentido, mas todo mundo riu, pois sabia que era brincadeira.

Eu me sentei ao lado da Fani, e em seguida o pai dela fez um brinde, para celebrar a aprovação da filha.

"Parabéns, Fanizinha...", falei baixinho, enquanto nossos copos se tocavam. "Estou muito feliz por você."

Ela deu mais um sorriso pra mim e então eu realmente me senti feliz... Estar ao lado dela me deixava assim.

36

Bebê Seymour: Não force a barra porque estou chegando ao limite. Estou tentando não perder minha cabeça!

(Happy Feet)

Difícil foi ir para o colégio no dia seguinte. Com a correria para chegar logo à pizzaria, acabei me esquecendo de avisar à Vanessa que eu tinha desistido de ir à tal festa, só fui lembrar muito tempo depois... Mas aí já era. Não tinha levado meu celular, e quando voltei estava tarde demais.

Eu sabia que ela estaria brava, e com razão. Então resolvi chegar atrasado, assim a aula já teria começado e daria mais tempo para a raiva dela passar. Eu só não esperava que ela estivesse me esperando na porta da sala.

"Tudo bem, Leo?", ela perguntou bem séria e de braços cruzados. "Achei que você tivesse sofrido um acidente."

Eu não tinha a menor paciência para ironia. Fingi que não entendi e apenas respondi que eu estava ótimo.

"Posso saber então a razão de você ter me dado o maior bolo ontem?", ela perguntou, com cara de quem estava a fim de me estrangular.

"Passei mal", eu disse a primeira coisa que me veio à cabeça. "Acho que comi algo que não fez bem... Aí deitei um pouquinho, pra ver se melhorava, e só acordei hoje cedo. Por isso não te liguei, desculpa..."

Vi que a expressão dela se suavizou, apesar de ainda estar com as sobrancelhas franzidas.

"Poxa, Leo. Precisava ter comido coisa estragada exatamente ontem? Devia ter sido mais cuidadoso, você sabia que tinha um compromisso comigo! Custava ter aguentado o mal-estar e ter ido me encontrar ao menos um pouquinho?"

"Você acha que eu fiquei indisposto de propósito?", perguntei meio revoltado. Apesar de não ser verdade, esperava que ela se importasse um pouco mais comigo. "Pode deixar, da próxima vez que for sair com você, vou avisar para o meu corpo que é proibido ficar doente."

Ela abriu a boca para dizer alguma coisa, mas bem nessa hora a professora de Geografia, que já estava dentro da sala, perguntou se íamos ficar batendo papo na porta ou se íamos assistir à aula. Entrei depressa, antes que a Fani ou a Gabi acabassem nos escutando e desmentissem a minha história.

Assim que a aula começou, a Vanessa jogou um bilhetinho na minha mesa.

> Você perdeu, a festa estava ótima! Mas tudo bem, na semana que vem tem o coquetel de lançamento da coleção de verão da Bijoujou. Vai ser muito animado também! Topa?

Eu nem sabia o que era Bijoujou e continuava meio chocado por ela nem mesmo ter perguntado se eu melhorei da falsa indisposição. Então só virei o bilhete e escrevi atrás.

> Temos provas na semana que vem, preciso estudar.

Ela amassou o papel, e cheguei a pensar que tivesse desistido de conversar comigo naquele dia.

Quando a aula acabou, me virei para trás e acenei para a Fani. Nossa amizade ainda estava bem longe de voltar ao que era, mas eu não podia deixar que nos afastássemos outra vez. A Fani acenou de volta, com um leve sorriso. E assim que me virei novamente para a frente, dei de cara com a Vanessa me fuzilando com os olhos.

"Por que você está cumprimentando essa menina?"

Dei de ombros. "Ela é minha amiga, ué. Sempre foi."

"Mas pensei que vocês tivessem brigado! Por *minha* causa!", ela falou como se sentisse o maior orgulho disso. "Vocês não olhavam um pra cara do outro há dias..."

Eu não estava com a menor paciência para a Vanessa naquele momento. Aliás, desde a ida dela à minha casa, o jeito como eu a via tinha mudado. Nem estava mais achando ela tão bonita assim... E, desde a noite anterior, ao encontrar a Fani, percebi que era aquilo o que eu queria sentir. Mesmo que não fosse com ela, eu precisava de uma garota que fizesse com que meu coração disparasse daquele jeito, só de chegar perto. E com a Vanessa isso só acontecia quando estávamos trancados no quarto, depois de muita *ação*...

"Nós não brigamos", expliquei, tentando manter a calma. "Já te falei, a Fani participou de uma seleção para um programa de intercâmbio e estava estressada. Ela passou na prova, o resultado saiu ontem."

"Isso significa que ela vai embora?", o rosto da Vanessa se iluminou. "Quando? Pra onde? Por favor, me diga que é pro Japão!"

Como eu não queria que a Fani fosse nem para a esquina, aquilo me deixou meio com raiva.

"Se quer saber, estou bem chateado com essa viagem!", falei baixo, mas com firmeza. "A Fani é o tipo de pessoa que a gente gosta de ter por perto."

Foi a vez da Vanessa se enfurecer.

"E pelo visto eu não sou, né? Volta pra perto dela então, sei perfeitamente que é isso o que você sempre quis!", ela praticamente sussurrou, mas com tal intensidade que alguns colegas até se viraram para nós. Ela deu um sorriso amarelo para eles, como se não fosse nada, e em seguida se virou e passou a escrever no caderno, me ignorando.

Fiquei com vontade de fazer exatamente o que ela tinha dito e ir me sentar lá atrás, mas a Vanessa não me perdoaria nunca. No fundo, a culpa daquela discussão era toda minha, eu realmente tinha dado um bolo nela. Apesar do jeito dela de mandona e de continuar achando que o mundo girava ao seu redor, daquela vez ela não estava errada.

Por isso, assim que o sinal para o intervalo tocou, pedi que ela ficasse na sala, pois precisávamos conversar. Vi que ela ficou feliz por eu ter me aproximado, mas manteve a pose, com o semblante ainda fechado.

"Queria pedir desculpas por ontem mais uma vez", comecei o discurso que eu tinha ensaiado. "Eu deveria ter te avisado que não conseguiria ir à festa."

Pela expressão dela, notei que tinha gostado do que eu havia dito. Mas ainda tinha mais.

"Só que você tem que entender que não é minha *dona*... Estamos juntos há apenas duas semanas, mas tem hora que você age como se fôssemos casados... Pior, acho que pensa que sou seu empregado. Exige que eu vá a lugares com você, sem nem perguntar se quero mesmo fazer isso, fica vigiando meus passos, faz chantagem emocional... E agora quer até interferir nas minhas amizades. Desse jeito não vai dar certo."

Alguns dos nossos colegas ainda estavam na sala, e notei que ela estava muito preocupada de nos escutarem. Tive certeza quando ela disse: "Será que podemos conversar fora da escola? Não acho que aqui seja o local adequado para discutirmos nosso relacionamento, as pessoas podem ficar comentando depois".

"E qual é o problema? Deixe que comentem!", falei meio ríspido, querendo acabar aquela conversa logo. Eu estava louco para ir ao Gulagulosa, não só porque estava morrendo de fome, mas principalmente porque, desde a noite anterior, minha vontade de ficar perto da Fani tinha voltado com força total.

"Vão pensar que você está me dando o fora se continuar falando nesse tom comigo!", ela fez sinal com a mão para que eu abaixasse o volume. "Prefiro conversar em outro lugar. Você pode ir lá em casa hoje à tarde? E não, não estou exigindo que você vá, como você parece pensar! Estou *pedindo*..."

Pensei em recusar, pensei mesmo. Mas, talvez por ela ter dito a última frase com uma carinha bem triste, não consegui dizer "não". Na verdade, aquilo seria até útil. Dependendo do teor da conversa, eu simplesmente aproveitaria para dizer que deveríamos voltar a ser apenas amigos. Eu sabia que ela não aceitaria aquilo muito bem, então era realmente melhor que estivéssemos sozinhos.

Por essa razão, às duas da tarde me vi passando pela portaria grã-fina do prédio da Vanessa. Eu pretendia ficar pouco tempo, havia avisado para o meu pai que tinha um trabalho em grupo para fazer, mas que logo que terminasse iria para o escritório.

Assim, no momento em que ela abriu a porta, já falei: "Olha, Vanessa, acho que a gente...".

Ela não me deixou terminar. Se jogou nos meus braços e me calou com um beijo muito intenso.

"Calma", falei, tentando me afastar. "Vim aqui pra gente conversar..."

"Não precisa", ela falou, beijando meu rosto todo. "Eu concordo com tudo que você disse. Sou meio possessiva mesmo, mas você é o melhor namorado que já tive, o único que conversa comigo, que gosta de mim pelo que eu sou por dentro, e não apenas por eu ser bonita! Por isso eu não quero te perder!"

Não sei muito bem de onde ela tirou aquilo de que eu gostava do que ela era "por dentro". Talvez por eu gostar de escutar os relatos sobre a infância dela viajando com a mãe... Mas aquilo era curiosidade natural, eu achava interessante saber a história de vida das pessoas. Só que eu não podia mentir para mim mesmo... A princípio eu tinha me envolvido com a Vanessa apenas pela sua aparência. E estava com ela até hoje por *pena*. Quero dizer, com ela me beijando daquele jeito, lembrei que tinha outra razão também...

"Vanessa, acho melhor a gente só conversar hoje", tentei resistir. "E acho que não sou o melhor namorado que você já teve, definitivamente você merece alguém melhor do que eu..."

Ela fez que nem me ouviu. Levantou a minha blusa e começou a beijar meu peito, meu pescoço...

Eu já ia perguntar se ela estava sozinha, mas ela foi mais rápida e colocou o dedo nos meus lábios, dizendo: "A casa é só nossa...", e me puxou para o quarto.

Uma hora depois, falei que precisava ir embora, pois meu pai estava me esperando no trabalho.

"Nosso cinema de domingo está de pé?", ela perguntou, já abrindo a porta, se lembrando de algo que havíamos combinado na semana anterior. "Nesse mesmo dia tem também aquele trabalho da aula de Geografia..."

A professora tinha dado uma tarefa extra, para ajudar quem estava precisando de pontos. Era só fazer uma espécie de censo demográfico na frente da escola, mas eu não estava com a menor vontade de estudar em pleno domingo.

"Não vou fazer esse trabalho, já passei em Geografia. Sobre o cinema, a gente combina na aula."

Ela assentiu, dizendo que também já tinha passado. E então me deu um beijo de despedida.

"Obrigada por ter vindo *conversar* comigo, Leo... Eu adorei! Adoro tudo em você!"

Eu apenas disse que tinha gostado também e entrei no elevador, com a consciência de que terminar com ela seria muito difícil...

37

> John: Ela tem aquela coisa especial
> que coloca a lógica de lado.
>
> (Para Roma com amor)

Eu continuava achando muito estranho ir ao cinema sem a Fani. Não que ir ao cinema com a Vanessa fosse ruim, mas com a Fani era um verdadeiro evento! Ela chegava ao local como se fosse sua primeira vez ali. Olhava os pôsteres, pegava a programação e lia atenciosamente a sinopse de cada um dos filmes em cartaz (por mais que já soubesse o que ia assistir), comprava o ingresso e o segurava como se fosse uma joia preciosa. Depois entrava na sala, ansiosa para ver se teria a sorte de ninguém se sentar na poltrona na frente da dela. Durante o filme, ela mantinha os olhos grudados na tela e, ao final, queria comentar tudo a que havia acabado de assistir.

Estava pensando exatamente nisso quando entrei com a Vanessa na fila da bilheteria. O shopping ainda não estava muito cheio, pois no domingo as lojas só abrem às duas da tarde. Enquanto esperávamos, a Vanessa começou a falar sobre uma bota que queria comprar, mas que não tinha no número dela. Como o assunto não estava muito empolgante, fiquei olhando para os lados só por olhar, sem me fixar de verdade em nada.

Foi quando de repente meus olhos foram atraídos para uma mesa na praça de alimentação. Para uma *pessoa* numa mesa da praça de alimentação.

"Vanessa, você se importa se eu for ali rapidinho? Toma o dinheiro, pode ir comprando nossos ingressos!"

Antes que ela respondesse, fui em direção à mesa. Eu precisava saber o que a *Fani* estava fazendo ali sozinha.

"Oi, Fanizinha", falei, me abaixando para cumprimentá-la. "Tudo b..." Nem terminei de perguntar como ela estava, pois vi que não tinha nada de bom ali. O rosto dela estava inchado, e os olhos, vermelhos. "O que houve? Por que você está chorando, Fani? Aconteceu alguma coisa?"

Ela me olhou com a expressão mais triste do mundo, colocou as duas mãos sobre o rosto e explodiu em lágrimas. Aquilo me deixou muito preocupado! Sem nem me lembrar que a Vanessa estava esperando, puxei uma cadeira e me sentei.

"Ô, minha linda, assim eu fico triste também", disse, passando a mão pelo cabelo dela. E, para tentar fazer graça, completei: "Me fala o que aconteceu que eu vou lá e resolvo pra você...".

Porém, ela passou a chorar ainda mais. Comecei a ficar meio desesperado, mas bem nessa hora a Gabi e a Vanessa apareceram.

"Toma, Fani", a Gabi colocou um sorvete enorme na frente dela. "Certeza que esse *sundae* vai te fazer parar de chorar! Senão quem vai chorar sou eu..."

A Fani enxugou o rosto com um guardanapo enquanto eu continuava a olhá-la atentamente, para ver se as lágrimas estavam mesmo dando uma trégua.

"Nossa, eu ia chorar é depois de comer um sorvete desse tamanho, vocês sabem quantas calorias tem nisso aí?"

Olhei para cima e vi a Vanessa. Tive vontade de fazê-la engolir suas palavras! Levantei-me depressa, sabendo que, se ela ficasse ali, provavelmente a Fani ia cair no choro novamente.

"Vanessa, você já comprou os ingressos do filme?", falei secamente. "Pode fazer o favor de me esperar na fila, como a gente tinha combinado? Já estou indo."

Ela olhou para a Fani com a maior cara de ódio, mas em seguida deu um sorriso forçado para mim.

"Claro, *amor!*", ela disse, me dando um beijo. Só então foi em direção à entrada do cinema.

Respirei fundo e me sentei novamente ao lado da Fani.

"Posso provar esse *sundae* pra ver se está gostoso mesmo?", pedi sorrindo.

Ela não respondeu, mas empurrou o sorvete para mim. Dei uma colherada e constatei que realmente estava bom.

"Você estava certa, Gabi, com um *sundae* desse qualquer motivo pra choro desaparece!"

A Gabi sorriu. Então eu me levantei, antes que a Vanessa voltasse e jogasse aquele sorvete na cara da Fani, o que era bem possível de acontecer.

"Fica bem, Fanizinha", falei, dando um beijo na cabeça dela. "Te ligo mais tarde pra saber como você está."

Ela apenas assentiu, e eu fui andando devagar para o cinema. Dei uma olhadinha para trás e vi que a Gabi tinha se sentado e estava consolando a amiga. Eu sabia que a Fani estava em boas mãos, mas queria poder ficar mais ali, para tentar fazê-la sorrir e para descobrir o que a havia deixado tão triste assim.

"Que ótimo, por causa do teatrinho dessa menina, perdemos o começo do filme!", a Vanessa falou, me entregando os ingressos assim que cheguei.

Minha vontade era de virar as costas e ir embora, mas ela provavelmente aprontaria um escândalo, então apenas falei bem sério: "Eu não sei qual é o seu conceito de amizade, mas eu aprendi que, quando um amigo está triste, devemos consolá-lo!".

"Estou morrendo de pena da sua *amiguinha...*", ela falou, revirando os olhos.

Para que aquilo não virasse a maior discussão, peguei meu ingresso e fui em direção à sala do cinema.

A Vanessa veio atrás de mim, e, pelo menos dessa vez, eu realmente pude ver o filme, já que ela ficou emburrada o tempo todo, sem tentar me dar um único beijo, como de costume.

Assim que cheguei em casa, liguei pra Fani, para saber como ela estava. Notei que a voz dela ainda estava triste, mas pelo visto as lágrimas tinham cessado.

"Fani, você quer conversar sobre o que te deixou triste? Posso ajudar de alguma forma?", perguntei hesitante. No passado, com certeza ela me contaria, mas agora – apesar de termos voltado a conversar nos últimos dias – estávamos meio afastados.

"Não é nada, já passou", ela respondeu depressa, e vi que nada do que eu dissesse faria com que ela se abrisse.

"Tudo bem...", respondi. "Mas, Fani, quero que você saiba que pode contar comigo pra tudo! Eu sei que ando meio distante...", respirei fundo, "só que continuo gostando de você do mesmo jeito. Não me deixa de fora da sua vida, tá?".

Ela ficou um tempinho calada, e só então falou baixinho: "Obrigada, Leo".

Me despedi e desliguei. Em seguida, fui até o meu computador. A Gabi ficava online o tempo inteiro e só ela poderia esclarecer as minhas dúvidas.

Leo está online

Gabizinha está online

Leo: Gabi, quero saber o que está rolando com a Fani. Qual é a razão daquele choro mais cedo?

Gabizinha: Oi pra você também, Leo...

Leo: Estou preocupado, Gabi. Pode me explicar?

Gabizinha: Por que não pergunta pra ela?

Leo: Já perguntei, mas ela fica dizendo que não é nada, que é besteira... Acho que ela não quer que eu saiba. Mas eu queria muito entender o que a deixou daquele jeito, nunca vi a Fani assim.

Gabizinha: Não é besteira. Na verdade, é meio grave. Mas não acho certo te contar se ela não quer que você descubra.

Leo: Poxa, Gabi. Eu quero ajudar... Aconteceu alguma coisa com ela? Ou com alguém da família? Com a tartaruga? Com algum ator de cinema que ela ama?

Gabizinha: Ei, não é tão grave assim! Olha, Leo, eu vou te contar. Mas realmente quero que você guarde segredo disso. Se a Fani descobrir que eu te falei, vai ficar chateada comigo.

Leo: Juro que não falo pra ela, você tem minha palavra!

Gabizinha: Foi o Marquinho que deixou a Fani assim.

Nesse momento até me aproximei mais do computador, para ver se tinha lido direito. O Marquinho? O professor? O que ele tinha feito com a Fani?!

Leo: O professor Marquinho?

Gabizinha: Sim... Você sabe que a Fani tem a maior queda por ele, né?

Leo: Sei. Apesar de ela não ter me contado, eu saquei. Mas... Ele não se aproveitou dela, né??? Eu mato esse cara!

Gabizinha: Vai matar com o quê? Faca de manteiga? Fala sério, Leo. Você não faz nem um pouco o estilo "vingador".

Leo: O que ele fez com a Fani???

Gabizinha: Na verdade, nada... Quero dizer, ele meio que a iludiu, eu acho. Ele também percebeu o interesse dela e passou a dar corda, a fazer um joguinho de sedução...

Eu realmente queria jogar aquele cara do vigésimo andar de um prédio!

Leo: Eu vi os dois conversando no corredor algumas vezes. Ele parecia estar mesmo correspondendo à paquera. Isso é proibido, não é? Tanto por ele ser mais velho quanto por ser professor dela!

Gabizinha: Acho que deve ser ilegal, sim, tenho que pesquisar. Mas isso não é o pior... O que aconteceu foi que hoje, naquele censo demográfico de Geografia, o Marquinho revelou para umas colegas que o entrevistaram que ele é CASADO. A Fani escutou e o coração dela se partiu em quinze pedaços. Pra piorar, um minuto depois a tal esposa apareceu pra buscá-lo na porta da escola e ainda o beijou bem na nossa frente...

Tenho que admitir. Parte de mim ficou feliz ao ler aquilo. Era bem feito para a Fani, para aprender a não dar bola para qualquer um... E agora o coração dela estava livre. Mas, por outro lado, ela não merecia isso. Aquele professor ia se ver comigo!

Leo: Tadinha da Fani. Agora entendi por que ela não quis me contar. Ela nem desconfia que eu sei dessa paixão dela...

Gabizinha: Pois é, mas acho melhor deixar como está. Continue fingindo que não sabe, pra ela não ficar com mais vergonha ainda... Ela está achando que fez o maior papel de boba. E na verdade fez mesmo.

Leo: Pode deixar, não vou falar nada. Mas vou consolar a Fani, quem sabe ela quer ir ao cinema essa semana? Acha que a animaria um pouco?

Gabizinha: Leo, estamos muito perto das provas finais, esqueceu??? A Fani está dependurada em

Física, se não estudar vai ficar de recuperação! E até parece que sua namorada ia deixar
você ir ao cinema com outra... Vi bem como ela
estava se contorcendo de ciúmes hoje!

Por alguns minutos eu tinha me esquecido que a Vanessa
existia. E me lembrar dela me deixou até com dor de cabeça.

Leo: Tenho que ir, Gabi. Obrigado por ter es-
clarecido tudo.

Gabizinha: De nada. E, se for matar o Marquinho, não deixe de me chamar pra ajudar!

Leo: Combinado.

Gabizinha está offline

Leo está offline

No dia seguinte, na aula, assim que vi o Marquinho no
corredor, fui até ele.

"Onde você esconde a aliança?", perguntei, entrando na
frente dele e apontando para sua mão.

"O quê?", ele ficou me olhando confuso.

"Sua aliança. Sua esposa sabe que você não usa com o
intuito de iludir meninas ingênuas?"

Ele ficou me olhando bem sério, mas nesse momento o
Alan apareceu, colocou o braço sobre meus ombros e me fez
sair dali, dizendo para o Marquinho: "Não repara, o cérebro
dele fritou por causa dos estudos, não está falando nada com
nada! Você não é o primeiro professor que ele para no corredor!
Bom dia pra você, Marquinho!".

O professor ainda ficou me olhando por um tempo com
as sobrancelhas franzidas, mas logo balançou a cabeça e continuou seu caminho.

"Qual é Alan?! Ficou louco?", perguntei assim que ficamos sozinhos.

"Louco? Olha quem está falando... O cara que resolveu arrumar briga com o professor na última semana de aula! Tá a fim de ser expulso?"

"Já passei em Biologia... E ninguém ia me expulsar por dizer a verdade!"

"Que verdade?", ele me olhou como se eu tivesse mesmo um parafuso a menos. "Não estou entendendo nada! Só te vi afrontando o Marquinho, e ele com cara de que ia te dar um soco, por isso fui correndo apaziguar! Mas o que está rolando?"

Sem dizer nomes, contei para o Alan que o professor estava dando em cima de uma das nossas colegas e que eu tinha descoberto que ele era casado.

"E você resolveu que ia tirar satisfações? Realmente, acho que seus miolos derreteram! Vem cá, tenho um jeito bem melhor desse cara receber o que merece."

Fui atrás dele, que então entrou na sala, pegou a última folha do caderno e escreveu com letra de fôrma:

> PREZADA DIREÇÃO DA ESCOLA,
>
> GOSTARÍAMOS DE FAZER UMA DENÚNCIA. O PROFESSOR MARCO ANTÔNIO, DE BIOLOGIA, PAQUERA AS ALUNAS. FIQUEM DE OLHO. NÃO VAMOS NOS IDENTIFICAR, PORQUE NÃO QUEREMOS QUE ELE NOS PENALIZE.
>
> É VERDADE ESSE BILHETE.

"Alan, isso não vai dar certo, vão achar que é mentira!", falei enquanto relia, já perto da porta da diretoria, onde íamos jogar o recado.

"Podem até achar, mas pelo menos vão ficar atentos. Ao menor deslize, ele pode ser despedido. Ou até preso!"

Era exatamente o que eu queria. Mas eu não podia fazer isso com o Marquinho. Eu tinha consciência de que uma denúncia dessas poderia destruir sua carreira. Apesar de estar com ódio por ele ter incentivado a paixão platônica da Fani, ele não tinha chegado a fazer nada de concreto.

"Alan, deixa pra lá", rasguei o papel. "Vamos ficar atentos. Se o cara se engraçar pra mais alguma menina, eu o denuncio pessoalmente mesmo, sem bilhete anônimo nenhum."

"Você que sabe...", o Alan falou, meio decepcionado. "Tenho raiva desse professor desde que me deu zero na primeira prova, só porque eu puxei a da Gabi pra tentar colar e acabei rasgando a prova dela no meio."

Eu ri, e então ele perguntou: "E o namoro com a Vanessa?". Só pela minha cara, ele deve ter percebido que eu não estava tão empolgado, porque, antes que eu respondesse, falou: "Já te disse... Aproveita a vida enquanto é tempo! Você mudou depois que começou a ficar com essa garota! Ela é bonita e tal, mas não é a única. Você agora só anda de mau humor, mal sai de casa... Tenho saudade do velho Leo".

Ele bateu no meu peito, se virou e foi andando de volta para a sala. Eu ainda fiquei parado por um tempo, vendo as pessoas passarem, mas sem olhar realmente para ninguém. As palavras do Alan de alguma forma tinham mexido comigo.

Eu também estava com saudade do velho Leo.

38

A Raposa: É apenas com o coração que se pode ver claramente. O que é essencial é invisível aos olhos.

(O pequeno príncipe)

A última semana de aula demorou uns três meses para passar! Os professores só ficavam fazendo revisões chatas, o calor estava castigando e tudo que eu queria era que a semana seguinte chegasse depressa, para que eu pudesse fazer logo as provas e entrar de férias.

Para completar, quando falei para a Vanessa que eu queria viajar para o Rio assim que as aulas terminassem, ela só faltou me matar. Disse que estava contando que eu ia com ela para Angra, onde os pais tinham uma casa, e que era um absurdo eu passar as férias longe dela.

Por tudo isso, foi até um alívio quando na quarta-feira a Irmã Imaculada chegou pedindo para formarmos um círculo com as carteiras, pois não ia dar aula, e sim uma atividade para descontrair a sala. Eu preferiria que ela tivesse liberado todo mundo mais cedo, mas qualquer coisa era melhor do que uma aula normal.

"Atenção!", a Irmã praticamente gritou, pois a sala estava uma bagunça. "Quero que cada um de vocês arranque uma folha do caderno e bem no alto escreva com letra legível seu nome completo."

O barulho foi ensurdecedor. Imagine quase quarenta alunos arrancando as páginas ao mesmo tempo?

"Ok, ok", ela continuou. "Agora, vão passando as folhas para a direita até eu mandar parar. Cada um deve ficar com uma folha de outra pessoa na mão, mas não digam para essa pessoa que estão com a folha dela!"

Fizemos o que ela havia mandado. A folha que ficou comigo foi a do Alan! Tive que me segurar para não olhar para ele e acabar me denunciando.

"Em seguida, escreva em apenas uma linha e com letra de fôrma o que você acha da pessoa cujo nome está no alto da folha, sem assinar. Apenas escreva, passe para a direita e faça a mesma coisa com cada folha, até que todo mundo tenha escrito sobre todas as pessoas. Caso você pegue a sua própria, não leia, apenas passe para a direita rapidamente. Quando terminar, todos irão receber a sua folha de volta e aí cada um poderá fazer uma análise a partir da percepção da imagem que as outras pessoas têm de você".

Achei interessante a dinâmica, então escrevi na do Alan: "O mais gente boa da sala!", e passei para a direita. Na sequência, veio a da Gisele, uma menina que eu mal conhecia. Escrevi apenas "Legal" e passei. Folhas e mais folhas foram indo e vindo, até que a da Fani chegou às minhas mãos. E foi aí que congelei. Eu não sabia o que escrever para ela em apenas uma linha. Precisaria de umas três páginas para expor tudo que tinha vontade de dizer!

"Anda, Leo, por que você está demorando tanto?", a Vanessa, que estava bem do meu lado, perguntou, tentando ver de quem era a folha que eu segurava. Nem me esforcei para esconder, eu teria que passar a folha para ela de qualquer jeito e sabia que ela ia se incomodar com tudo que eu escrevesse para a Fani. Então escrevi rápido apenas: "Nada a declarar", e passei para ela.

A Vanessa, ao ver de quem era a folha, fez uma careta e, ao constatar que eu não tinha escrito nada de relevante, apenas focou em deixar seu próprio recado (ou xingamento) para a Fani.

Fiquei batucando a caneta na mesa enquanto esperava as próximas folhas e desejando ter escrito algo melhor para a Fani. Foi aí que tive uma ideia... Os recados eram anônimos e com letra de fôrma! Eu podia escrever novamente o que quisesse e ela não ia saber que tinha vindo de mim. Então não tive dúvidas. Me levantei, alegando ter esquecido de escrever em uma folha, e fui até uma colega que estava sentada algumas cadeiras à direita da Vanessa. Ela estava com uns cinco papéis em cima da mesa, pois pelo visto queria escrever um testamento em cada um deles, por mais que a professora tivesse dito que era apenas uma frase. Expliquei que achava que tinha deixado de escrever em um deles e realmente encontrei o da Fani ali. Pedi a folha emprestada por um segundo e ali mesmo escrevi:

QUER CASAR COMIGO?

Em seguida, a coloquei no meio das outras e voltei para o meu lugar. Continuei a deixar recados e mais recados, mas por alguma razão o papel da Fani acabou parando novamente na minha mão um pouco mais tarde. Eu ia só passar para o lado, mas resolvi deixar outro recado para ela...

TE ADORO, MENINA!
PENA QUE VOCÊ NÃO ME ENXERGA.

Para a Vanessa não ler, me levantei e larguei a folha dela em outro lugar, e então vi que do lado do Alan tinha um lugar vago. Resolvi me sentar ali, pois eu estava me divertindo muito escrevendo para a Fani tudo que eu queria falar, e dali a pouco a folha dela passaria por mim novamente, por causa do lugar onde eu a havia deixado. Eu estava certo.

É O AMOR DA MINHA VIDA.
O TRISTE É QUE ELA GOSTA DE OUTRO...

Achei que já era suficiente e voltei para o meu assento original.

"Por que você foi se sentar lá longe?", a Vanessa perguntou assim que me sentei ao seu lado.

Respondi como se fosse óbvio: "Porque eu estava com a sua folha, se eu escrevesse aqui você ia ver e estragaria a surpresa...".

Ela pareceu feliz com a resposta e não perguntou mais nada. Pouco depois, foi a folha da própria Vanessa que chegou. Olhei para ela e fiquei pensando no que eu poderia dizer. Meio sem paciência, rabisquei apenas: "Bonita". E também segui a tática de misturá-la no meio dos papéis de outras pessoas.

Ao fim da aula, recebi minha própria folha. Fiquei feliz com a "percepção da imagem que as outras pessoas tinham de mim", como disse a professora.

Leonardo Santiago

1. ADORO!
2. SUPERLEGAL
3. DA TURMA DO FUNDÃO
4. TAGARELA
5. INTELIGENTE, APESAR DE BAGUNCEIRO...
6. GENTE BOA.
7. BACANA
8. QUERIA QUE FOSSE MEU IRMÃO
9. VOCÊ SE TORNA ETERNAMENTE RESPONSÁVEL POR AQUILO QUE CATIVA... ESPERO QUE NÃO ENCHA O SACO DE TER QUE SER ETERNAMENTE RESPONSÁVEL POR MIM!
10. LEGAL DEMAIS
11. FILHINHO DE PAPAI
12. LINDO
13. TEM COVINHAS FOFAS
14. TE ADORO, MEU AMOR!
15. GOSTEI DESDE A PRIMEIRA VEZ QUE CONVERSAMOS, AINDA NO MATERNAL
16. NÃO CONHEÇO MUITO, MAS É SIMPÁTICO
17. PODIA FALAR MENOS, ATRAPALHA UM POUCO AS AULAS
18. SE ACHA
19. EXIBIDO
20. FOFO
21. MUITO LEGAL
22. UM AMOR
23. POPULAR
24. GENTIL E INTELIGENTE
25. GATINHO
26. SEU ÚNICO DEFEITO É NAMORAR AQUELA METIDA
27. AMIGO
28. INTERESSANTE
29. RICO
30. FOFINHO
31. É OK
32. ERA MAIS LEGAL ANTES DE NAMORAR A VANESSA
33. É O CARA! PENA QUE SE JUNTOU COM O LADO SOMBRIO DA FORÇA
34. OBRIGADO PELA COLA NA PROVA DE PORTUGUÊS!
35. GATO!

Passei um tempo lendo e relendo, tentando imaginar quem tinha escrito cada recado. Não havia dúvidas de que a citação de O *pequeno príncipe* era da Fani, ela adorava essa história! Além de ter o livro, ela também gostava do filme.

"Quero ler sua folha", a Vanessa disse, já puxando da minha mão.

"Ei, se fosse pra você, teria seu nome!", falei meio bravo, puxando de volta.

"Mas sou sua namorada, tenho direito!", ela disse, tentando a todo custo tomar da minha mão.

"Já falei que você não é minha dona!", falei baixo, mas algumas colegas ouviram e começaram a cochichar, rindo.

"Viu só o que você fez?", a Vanessa sussurrou, olhando para os lados. "Agora todo mundo vai achar que nosso namoro vai mal."

Cheguei o rosto bem perto do dela e sussurrei de volta: "Ele *vai* mal!". E então me levantei e fui sentar ao lado do Alan outra vez.

Só fui pensar novamente na folha de depoimentos quando cheguei em casa. A maioria das mensagens era positiva, mas várias delas citavam meu namoro com a Vanessa de uma forma bem negativa.

Então me lembrei dos recados anônimos que eu tinha escrito para a Fani. Sorri ao pensar que ela devia estar naquele momento deitada na cama, exatamente como eu estava, com a folha na mão e *morrendo* para saber quem havia escrito cada um deles. Ela era muito curiosa... Se algum dia a gente namorasse, eu contaria para ela o trabalho que havia tido para escrevê-los e provavelmente riríamos muito disso.

Subitamente acordei. De onde tinha vindo esse pensamento de que íamos namorar? A Fani não me via assim e estava prestes a ficar um ano fora! Provavelmente, quando voltasse, nem se lembraria mais de mim, não seríamos nem mais amigos!

Voltei a focar na Vanessa. Aquele namoro realmente já tinha saturado. Os recados estavam certos, eu também me achava mais legal antes. Agora tudo que eu fazia era sair para os lugares de *patricinha* de que ela gostava, já que, se eu não fosse, ela fazia com que eu me sentisse o pior namorado do mundo...

Eu tinha que terminar com ela. Na verdade, não deveria era ter começado! Só que a Vanessa não é nem um pouco o tipo de pessoa que sabe lidar com rejeição, com certeza não seria fácil romper com ela... E eu também não queria deixá-la mal. Por mais que ela pegasse no meu pé e tivesse atitudes que eu recriminava, eu tinha que admitir que ela era muito carinhosa e parecia estar gostando de mim de verdade. O melhor era esperar até entrarmos de férias, eu não queria ser o responsável por ela ir mal em alguma prova.

Voltei a pegar a folha de depoimentos e li mais uma vez o suposto depoimento da Fani.

VOCÊ SE TORNA ETERNAMENTE RESPONSÁVEL POR AQUILO QUE CATIVA... ESPERO QUE NÃO ENCHA O SACO DE TER QUE SER ETERNAMENTE RESPONSÁVEL POR MIM!

Deitei na minha cama e sorri para o teto. Se ela quisesse, eu seria responsável por ela muito além da eternidade...

39

Annie: Essa garota é sem dúvida a
criatura mais baixa e horrível que
já existiu no planeta!

(Operação cupido)

O resto da semana passou depressa. Com a iminência
das provas, tive que usar cada segundo livre para estudar. Eu
precisava passar direto, não queria ficar nem um segundo além
do necessário naquela escola.

Por isso, recusei todos os convites da Vanessa para sairmos.
Como ela já tinha passado em tudo, não parava de me chamar
para ir ao cinema, a festas, à casa dela... A cada vez que eu
dizia que não podia, ela se enfurecia e ficava me ligando de
quinze em quinze minutos para verificar se eu estava mesmo
em casa... Lá pela décima vez eu me cansei.

"Vanessa, chega", falei bravo. "Vou avisar pra minha mãe
que não vou atender mais seus telefonemas. Eu realmente
preciso estudar e você está me atrapalhando!"

"Credo, Leo...", ela disse sentida. "Eu só queria te lembrar
que meu aniversário é no domingo. Minha mãe vai voltar de
viagem especialmente para a ocasião e ela chamou um chef
de verdade para fazer um almoço de comemoração!"

"Precisa de um chef de verdade pra cozinhar alface?", perguntei, abafando o riso. Era praticamente apenas aquilo que ela comia.

"É claro que vou interromper a dieta no dia do meu aniversário!", ela falou brava. "Estou há duas semanas comendo menos do que um passarinho exatamente para poder me esbaldar nesse dia!"

"Vai comer duas alfaces então?" Eu perdia a namorada, mas não perdia a piada.

"Leo, para de brincar! Só te liguei pra avisar que sua presença nesse almoço é imprescindível, não vou aceitar passar essa data sem o meu namorado! Estude tudo que precisar até sábado, porque no domingo você é só meu!"

Aquela possessividade dela realmente era irritante. E a vontade de almoçar na casa dela era inexistente. Mesmo assim falei que iria, pois sabia que ela não me deixaria em paz caso eu não confirmasse logo minha presença.

O problema era apenas o que dar de presente para a Vanessa. Ela tinha muitas roupas, perfumes, sapatos... E eu sabia que não poderia dar uma bijuteria, ela fazia questão de falar que só usava joias de verdade. E para essas eu não tinha dinheiro.

De repente me lembrei do aniversário da Fani. Eu havia gravado um CD pra ela, o qual ela tinha amado! Nunca me esqueci de quando ela disse que os presentes fabricados eram os melhores...

Resolvi repetir a dose com a Vanessa, assim eu só precisaria comprar um CD virgem e escolher algumas músicas que tinham a ver com ela. Essa parte seria fácil, ela amava músicas eletrônicas (ao contrário da Fani), então era só escolher algumas bem animadas para a coletânea.

Foi o que fiz. Mas, no domingo, quando cheguei à casa dela e entreguei o presente, não foi a mesma expressão de felicidade da Fani que eu vi.

"O que é isso?", ela perguntou, virando o CD assim que o desembrulhou.

"Um CD, ué", pensei que fosse óbvio.

"Estou vendo que é um CD, mas as músicas estão com a sua letra! E são de vários artistas!"

"Eu gravei pra você...", expliquei, já sentindo que a ideia não tinha sido tão boa assim, "com músicas que achei que você ia gostar. Pra você se lembrar de mim quando ouvir. Depois que escutar quero saber o que você achou."

Ela finalmente pareceu entender, pois deu um sorriso, abraçou o CD e falou: "Que fofinho!", e ficou me olhando, como se tivesse esperando alguma coisa.

"O que foi?", perguntei.

Ela ficou meio hesitante, mas então soltou: "E o presente de verdade?".

"É esse...", falei, me sentindo um pouco sem graça. "Achei que você ia gostar."

"Ah...", ela comentou, olhando o CD novamente. "Entendi. Gostei. Gostei, sim. Olha, vamos lá pra sala, o chef Paolo está fazendo de entrada umas *bruschettas* deliciosas, você vai gostar. Nenhuma folha de alface à vista!"

Eu ri e a segui, mas notei que ela largou o meu CD em um canto qualquer e durante o resto da tarde não fez a menor questão de pegá-lo.

Apenas no dia seguinte ouvi falar dele novamente.

Eu tinha acabado de chegar do colégio, e já ia começar a estudar para a prova do dia seguinte, quando o interfone tocou. Pensei que era alguma amiga da minha mãe, mas fiquei surpreso quando ela apareceu no meu quarto perguntando se eu tinha marcado de estudar com o Alan, pois ele estava subindo.

Achei aquilo estranho, eu não tinha marcado de estudar com ninguém, muito menos com o Alan.

"Oi, Leozão!", o Alan apareceu alguns minutos depois, sem nenhum livro na mão. Definitivamente a visita dele não tinha a ver com estudo.

"Oi", falei, o cumprimentando. "Nós marcamos alguma coisa?" Sei lá, talvez o excesso de estudo tivesse afetado minha memória.

"Na verdade, não...", ele disse, se sentando em frente ao meu aparelho de som e mexendo nos meus CDs. "Eu vim te falar a respeito disso." Ele levantou uns três CDs, e eu fiquei ainda mais confuso. Como apenas balancei os ombros, ele continuou. "Leo, eu encontrei a Natália no ponto de ônibus agora há pouco e ela me contou uma coisa."

"Que coisa?", perguntei, para ver se ele falava logo. Será que tinha a ver com a Fani?

"É sobre a Vanessa", ele esclareceu. E eu devo ter revirado os olhos, pois no segundo seguinte ele falou: "Nossa, pelo visto o namoro está maravilhoso!".

"O que a Natália te contou, Alan?" Eu estava curioso.

Ele colocou os CDs de volta na estante e então se sentou na minha escrivaninha. Antes de falar, respirou fundo: "Olha, Leo, eu acho que essa Vanessa não é boa pra você. Me arrependi profundamente de ter te incentivado a ficar com ela, mas é que eu achei que você só ia dar uns amassos e largar...".

"Foco na Natália, Alan. O que ela tem a ver com isso?", perguntei impaciente.

Ele resolveu dizer tudo de uma vez: "Leo, a Nat viu a Vanessa rindo de um CD que você deu de presente pra ela. Parece que elas estavam na cantina, e a Natália presenciou quando a Vanessa o mostrou para as amigas desdenhando totalmente. Parece que ela esperava ganhar um presente mais caro... Desculpa te contar isso, Leo, mas achei que você precisava saber. Eu não ia gostar de dar um presente pra alguém e essa pessoa sair falando mal dele pros outros!".

Eu já sabia que ela não tinha gostado muito. Mas não esperava que fosse tanto assim, a ponto de contar para as amigas. Eu realmente poderia ter dado outra coisa pra ela, mas é que a Fani tinha gostado tanto... Eu já deveria saber que a Fani não era como as outras garotas.

"Alan, tudo bem, é o jeito da Vanessa. Eu errei, devia ter dado outra coisa, já a conheço o suficiente pra saber como ela é, as coisas às quais ela dá valor..."

"Leo, tá doido, cara? A menina ri de um presente que você nem mesmo tinha obrigação de dar e você fica se culpando? Não é possível, essa garota fez um feitiço pra você, lavagem cerebral, qualquer coisa assim!"

Ao contrário da Vanessa, eu não achava certo falar mal dela para os amigos. Sim, ela tinha passado da conta, eu estava doido para terminar o namoro, mas já tinha resolvido que faria isso após o fim das aulas. Se eu revelasse essa decisão para o Alan, ele contaria para a Natália, que contaria para outra pessoa, e isso acabaria chegando ao ouvido da própria Vanessa... Queria conversar com ela sozinho, nas férias, para que, além de tudo, ela não tivesse que enfrentar o pessoal da sala dizendo que ela tinha levado um fora. Eu sabia que o fim do namoro a Vanessa podia superar. Já as pessoas rindo dela...

"Alan, obrigado por ter vindo me contar, de verdade mesmo", falei. "Mas pode deixar que eu cuido da Vanessa, sei lidar com ela. Não precisa se preocupar com a minha vida amorosa, eu dou conta."

"Não sei, não...", ele cruzou os braços. "Sabe o que eu não entendo? Eu jurava que você ia namorar a Fani!"

Agora ele tinha falado a palavra mágica.

"O quê?!", perguntei para ver se eu tinha entendido direito.

"A Fani! Vocês viviam grudados, sei lá, achei que combinava, que mais dia menos dia ia rolar algo a mais. Na real? Apesar de achar que na verdade você devia era aproveitar a vida e não namorar ninguém, se fosse pra escolher uma menina pra você, certamente seria ela. A Fani é gente boa, sem frescura, senta com a gente lá no fundão... Ela é das nossas!"

Sem querer, minha boca começou a esboçar um sorriso.

"Ela é legal mesmo, né?", comentei, me sentindo muito feliz por ele ter dito que a gente combinava.

"Muito legal. E gatinha. Se não quiser ficar com ela, já me fala, acho que ela combina comigo também!"

"Sai fora, Alan!", falei bravo, dando um empurrão nele.

Ele balançou a cabeça rindo e disse: "Que cara ciumento, nem tem nada com a gata e fica nessa possessividade toda... Mudando de assunto, como você está em Física? Pode sentar lá atrás amanhã para eu colar de você?".

"Vamos fazer melhor", falei, já pegando meu caderno na mochila. "Vamos estudar. Assim você não vai precisar de cola minha nem de ninguém!"

Ele fez a maior cara de preguiça, mas acabou topando.

No fim das contas, o estudo até que rendeu bastante. Terminei o dia sabendo de duas coisas: eu ia passar em Física, e o Alan era um ótimo amigo...

40

Rocky: Deixe-me dizer uma coisa que você já sabe. O mundo não é o tempo todo sol e arco-íris. É um lugar muito cruel e sórdido, e não importa o quão forte você seja, ele vai te deixar de joelhos e mantê-lo permanentemente assim se você deixar. Nem eu nem você nem ninguém vai bater tão forte quanto a vida. Não se trata do quanto você consegue bater. Mas do quanto você pode ser atingido e seguir em frente. Do quanto você pode aguentar e seguir em frente.

(Rocky Balboa)

Nem acreditei quando a sexta-feira chegou! Depois de uma semana tensa, era um alívio pensar que em poucas horas eu estaria de férias e não precisaria olhar para caderno nenhum até fevereiro do ano seguinte!

Tudo que eu precisava era fazer a última prova e então... Liberdade!

Pensando nisso, entrei no colégio animado. Vi que vários colegas estavam meio nervosos, mas eu tinha estudado pra valer, não tinha por que ter medo.

"Oi, Leo!", o Rodrigo veio em minha direção assim que me viu. "Preparado? Precisa de quantos pontos na prova de Matemática?"

"Só de quatro", respondi, tranquilo. "Acho que vai dar certo, estou sabendo a matéria!"

"E o Sexta-Mix hoje? Você vai?", ele perguntou, se referindo a uma festa que acontecia no clube todas as primeiras sextas-feiras do mês. "Estou na maior preguiça, mas a Pri está insistindo... Depois de meses sem poder ir, por causa da perna engessada, ela quer tirar o atraso! Além disso, quer comemorar o início das férias... Disse que vai dançar a noite inteira!"

"Ah, não animo, não...", falei, me lembrando dos planos que eu tinha para a noite. Agora que as provas haviam acabado, eu queria conversar com a Vanessa para colocar um ponto final no nosso namoro. E queria fazer isso o mais rápido possível. "Já tenho outro compromisso."

"Vai encontrar a Vanessa, né?", ele falou com um sorrisinho meio debochado. "Com certeza é um programa bem melhor. Aliás, era exatamente o que eu queria, ficar com a Pri em algum lugar sem ninguém por perto... Pena que a mãe dela não é como a da Vanessa. A Lívia nunca viaja!"

Balancei a cabeça de um lado para o outro. O Rodrigo estava completamente por fora.

"O que foi?", por causa da minha expressão, ele percebeu que tinha algo errado. "Não é com a Vanessa que você vai sair?"

"É com ela, sim!", expliquei. "Mas, se tudo der certo, acho que não vou ficar sozinho com ela nunca mais..."

O Rodrigo pareceu surpreso, e eu ia começar a contar para ele os meus planos, mas bem nesse momento a própria Vanessa chegou. Sem dar a mínima para o fato de eu estar conversando com o Rodrigo, ela entrou na frente dele e me deu um beijo. Me afastei assim que consegui.

"Você já cumprimentou o Rodrigo, Vanessa?", perguntei sério. Eu realmente estava de saco cheio da falta de educação dela.

Ela franziu as sobrancelhas, olhou para o Rodrigo, disse um "oi" rápido e então voltou a olhar pra mim.

"Leozinho, hoje tem Sexta-Mix, tá sabendo?", ela perguntou, me abraçando. "Nós vamos, né? Será que seu pai te empresta o carro?"

Antes que eu respondesse, o Rodrigo falou: "Leo, vou indo. Boa sorte...".

Apenas acenei para ele, sabendo que não era bem sobre a prova que ele estava falando...

"Mas e aí? Que horas você me pega?", a Vanessa perguntou.

"Não estou a fim de ir nessa festa", respondi impaciente. "Na verdade, acho que a gente podia ir para um lugar mais calmo, onde a gente possa conversar."

"Ah, não, de jeito nenhum!", ela disse com a mão na cintura. "Podemos conversar em qualquer dia, mas o Sexta-Mix é só uma vez por mês! Eu faço questão de ir! Ouvi dizer que hoje vai ser épico..."

Como eu estava sem paciência, apenas falei que depois a gente resolvia e fui para a sala, pois queria dar uma última olhada na matéria. Porém, no minuto em que entrei, o Carlos André e o Alan me chamaram, para perguntar se eu queria ir a um jogo no domingo no Mineirão. Eu ainda estava meio traumatizado pela última vez, mas, antes que eu recusasse, a professora de Matemática entrou na sala. Ela estava com a maior cara de brava, segurando um envelope com as provas. Como ela não ia com a minha cara desde o começo do ano, resolvi ir logo para o meu lugar, antes que ela implicasse. Por mais que eu tivesse estudado, estava com medo daquela professora inventar alguma coisa só para me colocar de recuperação. Mas, se dependesse de mim, ela poderia desistir.

"Leo, coloca sua prova mais de lado pra eu poder ver...", o Alan, que eu nem tinha reparado que havia sentado perto de mim, sussurrou. "Você tá sabendo a matéria muito melhor que eu!"

Olhei para ele impaciente. "Ficou louco, Alan? Essa professora tem olho de águia, vê tudo de longe! Não me meta em confusão, quero entrar de férias hoje!"

"Poxa, valeu! Você só pensa nas suas férias, eu que me ferre. Grande amigo..."

Como ele falou meio alto, a professora chegou bem perto de nós.

"Que fique bem claro que eu não quero ver ninguém olhando para os lados! Se eu pegar alguém tentando olhar a prova do colega, vou dar zero sem nem piscar!"

Concordei depressa. E ela então entregou as provas.

Passei mais de meia hora completamente concentrado nas questões. Talvez por ter estudado muito, não tive dificuldade, apesar de ter pensado bastante em algumas partes. Terminei de responder a última pergunta e resolvi reler tudo para ver se eu não tinha cometido nenhum deslize. Alguns alunos começaram a sair da sala, mas eu não estava com pressa. Se precisasse, eu ficaria até o último minuto. Além de revisar, eu também tinha que passar as respostas a caneta.

Comecei a reler cada questão, mas nesse momento a Fani se levantou. Olhei para ela curioso. Pela expressão eu poderia saber se ela tinha ido bem ou não. Logo vi que estava meio nervosa. Será que precisava de muitos pontos? Pelo que eu sabia, o problema da Fani era em Física...

De repente minha prova foi arrancada da minha mão. Tomei o maior susto, e, quando olhei para cima, vi a professora parada na minha frente.

"Eu avisei que não ia permitir tentativa de cola!", e foi para a mesa dela com minha prova na mão.

"Espera, professora, eu não estava colando! Juro!", meu nível de desespero estava me fazendo falar alto e notei que todos os alunos que ainda estavam na sala começaram a me olhar. Por que a professora não tomava a prova deles também? "Eu só estava distraído", continuei, "olhei pro lado sem querer..."

"Se estava olhando pro lado é sinal de que já acabou, não é?", ela disse, irredutível. "Pode juntar seu material e sair da sala agora."

"Professora, eu não posso sair... Olha, eu já acabei a prova, mas ainda não passei a limpo, escrevi as respostas a lápis!"

Ela estreitou os olhos e começou a conferir a minha prova. Quando chegou ao fim, pensei que fosse dizer que ia considerar ou me mandar passar a caneta por cima, mas ela apenas a colocou em cima da mesa, pegou uma caneta vermelha e escreveu um grande zero em toda a extensão da folha.

"Por favor, não faz isso, professora! Eu estudei pra valer, estou sabendo a matéria! E eu não estava colando, juro por tudo que você quiser!", falei completamente desesperado. Eu estava a ponto de chorar.

Ela se virou e guardou a minha prova em uma pasta. Depois deu um sorrisinho irônico, dizendo: "Te vejo na recuperação, Leonardo. Espero que tenha aprendido que deve olhar apenas para sua própria prova".

Se ela fosse homem, provavelmente eu teria lhe dado um soco, ainda que aquilo me rendesse uma expulsão.

"Isso não é justo!", gritei, sem conseguir me conter.

Ela então veio para perto de mim, com a cara mais brava que eu já tinha visto.

"Quer discutir na diretoria o que é ou não justo?", ela apontou para a porta.

Dei uma última olhada para ela com vontade de estrangulá-la. Fazendo o maior esforço para me segurar, me virei e saí. Qualquer coisa que eu fizesse só ia me encrencar ainda mais. Minha única esperança era que a professora pensasse melhor e resolvesse considerar minhas respostas, mesmo sem estarem a caneta. Difícil seria aguentar *uma semana* até a entrega dos resultados. Mas pelo menos durante esse tempo eu ficaria de férias. Provavelmente as únicas que eu ia ter até bem perto do Natal.

41

Marek: Nós estamos falando a mesma língua, mas você não entende uma palavra que eu digo, não é?

(Linha do tempo)

"Ué, pensei que você tivesse dito que não vinha..."

Eu tinha acabado de chegar ao Sexta-Mix e ouvi a voz do Rodrigo atrás de mim.

"Não tive escapatória...", respondi, me virando. "Onde está a Priscila?"

"Foi dar uma volta com a Natália. Mas e então? A Vanessa conseguiu te convencer?"

Fiz que "sim" com a cabeça enquanto respirava fundo. Eu tinha insistido para ir à casa dela, pois depois de pensar muito cheguei à conclusão de que seria o melhor lugar para conversamos. Mas ela não parava de falar que precisava ir ao Sexta-Mix, que tinha certeza de que seria uma noite inesquecível...

Acabei concordando, mas daria um jeito de falar com ela no caminho para o clube. Se depois de ouvir o que eu tinha a dizer ela não quisesse mais ir ao Sexta-Mix, eu poderia deixá-la novamente em casa. Mas, pelo que eu conhecia da Vanessa, ela não ia desistir dessa festa por nada. Por alguma razão ela estava louca para ir. Na verdade, seria até bom, pois sabia que as amigas dela estariam lá e conseguiriam distraí-la, assim ela não ficaria tão triste...

Porém, quando cheguei à portaria do prédio da Vanessa para buscá-la, fiquei surpreso ao ver que as tais amigas estavam todas lá.

"Oi, Leozinho", a Vanessa disse, me beijando pela janela do carro. "As meninas vieram fazer uma *happy hour* aqui em casa, falei que elas podiam ir com a gente! Sem problemas, né?"

Antes que eu respondesse, elas já abriram as portas e entraram. Foi impossível falar com ela, primeiro porque eu queria que conversássemos sozinhos, mas principalmente porque elas estavam muito animadas e não paravam de falar. Não tive chance de dizer uma palavra...

Ao contar isso para o Rodrigo, ele caiu na gargalhada.

"Culpa sua! Fica esperando o momento ideal para terminar... Tenho que concordar com o Alan, se eu estivesse no seu lugar, nesse caso, teria colocado um ponto final virtualmente mesmo!"

Olhei para os lados, para ver se a Vanessa já estava voltando do banheiro, para onde ela e as outras correram assim que entramos no clube, pois queriam dar uma olhada na maquiagem.

"Continuo achando que terminar assim é covardia. Mas de hoje não passa. Na volta, quando eu for deixá-la em casa, falo com ela."

"Isso se as amigas não agregarem de novo, né?", ele disse, me dando um tapinha nas costas. "Por falar nisso, sua amiga veio também..."

"Que amiga?", perguntei com as sobrancelhas franzidas.

Em vez de responder, ele apontou para o meio da multidão. Como estava lotado e meio escuro, custei a identificar de quem ele estava falando, mas de repente eu a vi. E foi como se o local tivesse ficado iluminado.

"O que a Fani está fazendo aqui?!", perguntei sem entender. Ela odiava esse tipo de evento, não suportava lugares cheios.

"Acho que as meninas a convenceram a vir, ela chegou com a Nat e a Gabi."

Nesse momento a Priscila se aproximou.

"Oi, Leo, que bom que você veio também!", ela disse, me dando beijinhos. "A turma toda está aqui! Me diz que você veio sozinho, sem aquela bruaca a tiracolo, por favor!"

Subitamente a Vanessa surgiu ao meu lado, com o maior sorriso cínico. Era óbvio que tinha ouvido o que a Pri dissera.

"Oi, Priscila! Que ótimo te ver aqui, meu bem! Pelo visto sua perna já está pronta pra outra, né?"

Vi que a Pri ficou meio sem graça, mas logo se recompôs. "Ah, oi!", ela disse, cumprimentando a Vanessa com beijinhos. "Sim, inclusive estou doida pra dançar. Vamos, Rodrigo?"

Os dois acenaram para mim, me deixando sozinho com a Vanessa. Eu não parava de pensar que a Fani estava ali, e acho que a Vanessa percebeu que tinha algo estranho, pois perguntou: "Tá tudo bem, Leo? Você está meio pálido...".

"Sei lá, acho que a minha pressão caiu", inventei. "Vou ao banheiro jogar uma água no rosto. Por que não vai dar uma volta com suas amigas? A gente se encontra daqui a pouco."

Ela colocou a mão na minha testa, como se estivesse verificando se eu estava com febre. Por sorte eu estava realmente quente, não por estar febril, mas por causa do calor que estava fazendo.

"Temos que marcar um lugar e um horário!", ela falou, olhando as horas no celular. "Com essa quantidade de gente, vamos acabar nos perdendo..."

Me perder dela era tudo que eu queria, mas concordei e combinamos de nos encontrar na frente dos banheiros em quinze minutos. Era o tempo que eu precisava.

Ela sumiu na multidão, e eu fui para o lado oposto, tentando a todo custo avistar a Fani. Primeiro olhei na pista de dança, para onde o Rodrigo e a Priscila tinham ido. Talvez ela estivesse dançando com eles. Mas, quando os encontrei, vi que os dois estavam com a Júlia e a Natália, mas nem sinal da Fani.

O Rodrigo, notando que eu estava olhando para todas as direções, me puxou um pouco para o lado.

"A Fani está em uma mesa naquele canto", ele apontou para um local menos movimentado. Claro, eu deveria ter pensado nisso. Ela certamente não estaria no meio da multidão.

"Valeu!", falei, já indo para onde ele tinha mostrado.

Comecei a olhar mesa por mesa, mas nem sinal dela. Até que avistei a Gabi, conversando com um cara. Como eu só tinha mais dez minutos, resolvi ir até ela e perguntar onde a amiga estava.

"Oi, Leo!", ela abriu um sorriso ao me ver. "Que bom que você está aqui! Esse é o Cláudio."

Cumprimentei os dois e, antes que eu perguntasse qualquer coisa, ela disse: "Senta aqui, a Fani precisa te falar uma coisa! Ela foi dar uma voltinha, mas não vai demorar!".

Me sentei, achando aquela história meio estranha. O que a Fani teria para me falar? E como ela sabia que eu tinha ido ao Sexta-Mix?

Foi então que percebi o que estava rolando. A Gabi estava na maior paquera com o tal do Cláudio e apenas queria que eu ficasse ali para a Fani não empatar o esquema dela...

Minha teoria se provou verdadeira quando, dois minutos depois, a Fani chegou e pareceu muito surpresa ao me ver. Em seguida, olhou para a Gabi, que a apresentou para o tal Cláudio, dizendo que ele estava fazendo companhia para ela, já que a Fani a havia deixado sozinha.

"Sei que sua amiga chegou, mas posso continuar aqui?", o menino perguntou para a Gabi. "A conversa está tão interessante..."

Eu e a Fani nos olhamos, sacando tudo.

"Quer beber alguma coisa, Fani?", perguntei, para tirá-la dali. Vi que a Gabi me agradeceu com o olhar. A Fani topou e então fomos andando, lado a lado, até o bar.

"Você já conhecia esse Cláudio?", ela perguntou quando estávamos chegando.

"Não tenho a menor ideia de quem seja!", respondi no ouvido dela, pois a música estava muito alta. Notei que ela estava com seu perfume de sempre, que eu adorava. "Cheguei lá e a Gabi já estava conversando com ele. Disse que era pra eu esperar porque você tinha uma coisa pra me falar."

A Fani parou de andar e me olhou com as sobrancelhas franzidas, sem entender que história era aquela. Expliquei que era tudo desculpa da Gabi, para poder ficar sozinha com o menino.

"Ah, entendi...", ela sorriu para mim e, nesse momento, por termos chegado em um local mais vazio e iluminado, pude vê-la por inteiro pela primeira vez naquela noite. Ela estava com o cabelo de lado, com uma leve maquiagem e vestindo uma blusa de um ombro só. Desci o olhar e me deparei com uma minissaia. Ela estava linda, da cabeça aos pés. Pelo visto tinha caprichado muito para alguém... E não era mais para o professor. Será que já tinha arrumado outra paixão?

"É, dona Fani...", respirei fundo, pois ela realmente tinha me tirado o fôlego.

"O que isso quer dizer?", ela perguntou, colocando a mão na cintura.

Fiquei meio sem graça, não dava para dizer que ela havia me desorientado...

"Não quer dizer nada...", falei baixinho e, de repente, me lembrei da Vanessa. Estava na hora que eu tinha marcado com ela. Era melhor ir logo antes que ela resolvesse me procurar. "Tenho que ir agora, tá?"

Assim que disse isso, a expressão dela se transformou. Em poucos segundos, passou de radiante para desolada.

"Ah, não vai, não...", ela disse, segurando meu braço.

Se fosse qualquer outra menina, eu ia pensar que estava me dando mole. Se fosse qualquer outra menina de quem eu estivesse a fim, eu ia perguntar o porquê de ela não querer que eu fosse embora... Mas era a Fani que estava ali. Eu sabia perfeitamente que ela só queria que eu fizesse companhia para ela porque a Gabi estava com o Cláudio e as outras meninas, dançando. Mas um cara pode sonhar, né? Curti um pouco o toque da mão dela no meu braço, o olhar de súplica que ela ainda estava me lançando e, sem resistir, dei mais uma olhada para o seu corpo. Era como se um imã estivesse me atraindo para ela. Subi os olhos para o rosto e vi que ela estava me encarando. Tremi por dentro. Eu devia estar sonhando, mas nenhuma *amiga* nunca tinha me lançado um olhar assim...

Olhei no relógio novamente. Tudo que eu mais queria era ficar ali com ela, mas eu já estava atrasado para encontrar a Vanessa. Eu ia falar que tinha que resolver um problema e que voltaria logo, mas bem nesse minuto duas mãos geladas taparam meus olhos. É óbvio que eu sabia quem era.

Tirei as mãos dela do meu rosto, mas, antes que eu pudesse pensar, a Vanessa se jogou sobre mim com o beijo mais intenso que já tinha me dado. Demorei uns segundos para recobrar a consciência. Então me afastei um pouco e vi que a Fani fez que ia sair, ainda nos olhando. Ela parecia triste...

"Você cumprimentou a Fani, Vanessa?", perguntei enquanto esfregava as costas da mão na minha boca, pois devia estar manchada de batom.

A Vanessa colocou a mão no peito e fez a maior cara de surpresa, como se tivesse acabado de ver a Fani. Definitivamente, ela podia desistir do sonho de ser atriz. Ela não enganaria nem uma criancinha em um teatro infantil.

"Que bom te ver aqui, querida!", ela falou para a Fani enquanto a cumprimentava com um beijo. "Quando eu ouvi a Natália falar na saída do colégio hoje que até *você* viria ao Sexta-Mix, eu tive que convencer o Leo a vir, afinal, se você, que nunca sai da toca, apareceria, com certeza seria uma sexta-feira especial..."

Fechei a cara no mesmo instante. Quer dizer que era por isso que a Vanessa tinha insistido tanto para irmos àquela festa... Ela só queria que a Fani me visse com ela! Certamente ainda estava enciumada por eu ter dito que continuávamos amigos, independentemente do nosso namoro.

A Fani me olhou rapidamente e tive a impressão de que estava com pena de mim... Por eu estar com alguém como a Vanessa. Em seguida se virou para ela com uma expressão irônica e falou que esperava que aquela noite fosse mesmo muito especial. Então deu as costas e entrou no banheiro.

"Vanessa, o que está rolando?", perguntei bravo. "Que história é essa de ter me feito vir aqui só porque a Fani também viria?"

Ela revirou os olhos, com um sorrisinho. "Você acreditou nisso, Leo?", ela disse, se olhando em um pequeno espelho que havia tirado da bolsa. "Claro que não foi por causa dela, na verdade quase desisti de vir quando soube que essa enjoada ia estar aqui. Mas ainda bem que não fiz isso, estou amando a noite! Vamos dançar? Por favor??"

Ela saiu me puxando, e eu só tive tempo de olhar para a porta do banheiro. A Fani ainda não havia saído. Como eu queria mesmo falar com o Rodrigo, deixei a Vanessa me guiar para a pista de dança. Por sorte as amigas dela estavam bem ao lado do Rô e da Pri.

"Encontrei a Fani", falei, o puxando um pouco para o lado. "Queria te pedir um favor... Vou dar um jeito de ir embora logo, não estou aguentando mais", dei uma olhada pra Vanessa e pela cara dele vi que entendeu o que eu queria dizer. "Eu achei a Fani diferente... Ela está bonita, quero dizer, ainda mais bonita. Queria que você desse uma olhada para ver se ela vai ficar com alguém, talvez ela tenha se arrumado toda para uma pessoa especial."

"Quer que eu pergunte pra Priscila?", ele apontou pra namorada, que estava dançando, mas de olho na nossa conversa. Me afastei um pouco mais e tentei falar mais baixo.

"Não diga nada pra ela!" Eu sabia que aquilo geraria a maior fofoca entre as meninas. "Só observe a Fani..."

"Na verdade, acho que você mesmo vai poder fazer isso..."

Eu me virei para onde ele estava olhando, e, para minha surpresa, a Fani chegou toda sorridente e começou a dançar ao lado da Priscila. A Natália, que também estava junto, disse algo no ouvido dela, as duas riram e então a Fani se virou para mim. Ao notar que eu estava olhando, ela me deu uma piscadinha e chegou um pouco mais perto. Aquilo era um sonho?

"Leo, preciso te contar uma coisa muito imporante!", a Vanessa se postou na minha frente, transformando o momento em um pesadelo. "Mas tem que ser lá fora, aqui está muito barulhento!"

Pela expressão dela era algo grave. Gelei por dentro. Ela não estava grávida, né?! Havíamos nos precavido para que isso não acontecesse...

Eu a segui sem dizer uma palavra, realmente apreensivo. Assim que chegamos lá fora, fiquei esperando que ela revelasse logo o que tinha para dizer, mas ela só ficou mexendo no celular.

"Ei, Vanessa! O que você queria falar?", perguntei nervoso.

Ela me olhou como se tivesse acabado de me encontrar.

"Ah, é!", ela disse, mexendo no cabelo. "Acredita que eu me esqueci? Acho que não era nada urgente."

Sério, tive vontade de gritar com aquela menina. Mas me controlei e falei calmamente: "Vamos voltar lá pra dentro então", já indo em direção à portaria.

Ela me segurou.

"Leo, quer saber? Acho que já deu! Estou cansada, meu salto está me matando! Vamos embora?"

Eu estava louco para entrar de novo e continuar a ver a Fani dançando. Mas eu queria mais ainda terminar aquele namoro.

"Vamos", falei, já pegando a chave do carro.

Ela pareceu satisfeita, mas, quando entramos no carro e eu dei a partida, ela começou a dizer: "Nossa, Leo, pensei que você gostasse mais de sair comigo. Sugeri ir embora só pra ver se você ia insistir pra ficarmos mais um pouco juntos, mas você topou na hora...".

Era a deixa, que eu precisava.

"Vanessa, por falar nisso, preciso conversar com você. Agora que entramos de férias, acho que talvez seja melhor nos afastarmos... Você vai pra Angra, talvez seja uma boa oportunidade para conhecer outras pessoas..."

Ela franziu as sobrancelhas, ficou me olhando por um tempo, mas então deu a maior gargalhada.

"Você está inseguro, Leo?", ela disse, apertando minha bochecha. "Que bonitinho! Acha que vou te trair em Angra? Claro que eu não faria isso! Quero dizer, a não ser que o Neymar se declarasse pra mim. Você sabia que ele tem uma casa, ou melhor, uma *mansão* lá?!"

"Hum, Vanessa, não é bem isso... Na verdade, não me importaria de você ficar com o Neymar, nem com outras pessoas. O que eu quero dizer é que..."

"Graças a Deus, você não é ciumento!", ela disse, levantando as mãos para cima. "Tive um namorado uma vez que implicava se eu dissesse 'oi' pro *porteiro*! Deus me livre!"

Abri a janela para deixar o vento bater um pouco no meu rosto. Aquilo estava mais difícil do que eu havia previsto.

"Vanessa, se quer saber, acho que sou um pouco cimento, sim. Mas não tenho ciúme de você porque..."

"Você confia em mim! Claro, né? Não te dou o menor motivo! Mas eu entendo, deve ser mesmo difícil namorar uma menina tão bonita e ver que todos os outros garotos ficam desejando sua namorada..."

Nesse momento chegamos em frente ao prédio dela.

"Vou direto ao assunto", falei já cansado. "Acho que a gente não devia mais se ver."

Ela fingiu que não me ouviu e começou a procurar a chave na bolsa.

"É incrível, minha chave se esconde! É sempre assim, parece que minha bolsa tem um portal que vai pra outra dimensão!"

"Vanessa, você escutou o que eu te disse?", perguntei, colocando o rosto na frente dela.

"Sobre o quê?", ela disse, ainda revirando a bolsa. "Desculpa, Leo, estou concentrada aqui! Será que minha chave não caiu no banco de trás? Não lembro se ela estava com alguma das minhas amigas, quem sabe elas não deixaram lá? Posso olhar?"

Ela abriu a porta, saiu e entrou novamente pela porta de trás. Acendi a luz para ajudá-la.

"Não tem ninguém na sua casa?", perguntei. "Eles podem abrir pra você e amanhã, na claridade, eu procuro com calma..."

"Todo mundo está dormindo nesse horário, né? Mas se estivesse aqui eu já teria achado! Será que não está no porta-malas?"

Sério, eu estava perdendo a paciência.

"Vanessa, como sua chave teria parado no meu porta-malas?! Ficou doida?"

"Tudo que sei é que ela só pode estar aqui dentro! Abre o porta-malas, por favor?"

Saí do carro pisando duro. Eu tinha a intenção de terminar com a Vanessa, deixá-la em casa e voltar para o clube. Mas pelo visto eu podia esquecer!

Abri o porta-malas e cruzei os braços, esperando que ela fizesse a ronda. Ela ligou a lanterna do celular, demorou uns dez minutos olhando cada cantinho e só então disse: "É, acho que não está aí...".

"Tenho certeza de que sua chave ficou com alguma de suas amigas. Vamos voltar pro Sexta-Mix, você pega com elas."

Em vez de responder, ela entrou no carro e voltou a revirar a bolsa. Em menos de três segundos, puxou um chaveiro repleto de chaves.

"Achei!! Sabia que estava aqui dentro o tempo todo! Não te falei que minha bolsa tem uma passagem secreta?"

"Será que agora você pode me escutar?", perguntei bravo.

"Leo, é melhor deixar pra amanhã...", ela disse, me dando um beijo rápido na boca. "Não é você mesmo que vive dizendo que é perigoso ficar namorando dentro do carro, especialmente à noite?"

E então saiu, bateu a porta e entrou no prédio, tão rápido que não tive chance de dizer uma palavra. Os meninos estavam certos, eu deveria ter terminado com ela por telefone ou algo assim! Agora teria que esperar o dia seguinte...

Olhei as horas e vi que já estava tarde para voltar para o Sexta-Mix. Todo mundo já devia estar indo embora.

Liguei o carro e segui o caminho de casa. O melhor que eu fazia era ir logo para a cama. Pelo menos nos meus sonhos a noite teria um desfecho bem diferente...

De: Vanessa <vanessaamo@mail.com.br>
Para: Leonardo <soueuoleo@gmail.com>
Enviada: 13 de dezembro, 12:08
Assunto: Viagem

Leo, você nem imagina o que aconteceu! Senta que lá vem história!

Na noite passada, depois que você me deixou em casa, eu não consegui dormir direito. Acho que aquela história toda da chave mexeu comigo, você não achou meio sobrenatural eu ter revirado a bolsa toda e não ter encontrado e aí, de repente, ela aparecer? Deu até medo!

Mas, como não consegui dormir, levantei muito cedo e resolvi ir pro clube pegar um bronze, afinal, o verão está chegando! Só que eu estava lá com as minhas amigas e do nada minha mãe me ligou perguntando onde eu estava e dizendo que eu tinha que ir pra casa urgente, pois ela precisava entregar meu presente de aniversário. Eu fiquei muito empolgada, porque tinha dias que ela estava dizendo que meu presente ia chegar e que eu ia amar...

Saí tão depressa do clube que acabei esquecendo minha agenda no vestiário, acredita?! Fiquei revoltada! Só que foi chegar em casa e a revolta passou.

Eu pensei que o tal presente fosse uma chapinha nova ou uma maquiagem importada, mas nem acreditei quando entrei no meu quarto e dei de cara com uma mala Hermès linda em cima da minha cama. Claro que achei que o presente era a mala, né... Mas aí, quando a abri, vi que estava cheia de roupas minhas! Então minha mãe apareceu rindo, dizendo que, já que eu estava de férias, iria com ela acompanhar uns desfiles em Milão, na Itália! Não é o máximo??? E o melhor de tudo é que a Melissa não vai junto, ela vai ficar aqui com meu pai. Vamos ser só eu e minha mãe, como antigamente! Estou TÃO feliz!

Bem, estou escrevendo porque já estamos indo para o aeroporto e é claro que seu celular está desligado. Vou deixar o meu aqui em casa, então ficarei uma semana offline! Provavelmente, quando você ler esse e-mail, já vou estar nos ares. Só estou preocupada porque, como não dormi direito, estou com olheiras!! Mas minha mãe falou que eu terei tempo suficiente pra dormir no avião. Ainda bem, tenho que ter meu sono de beleza, preciso chegar lá maravilhosa, afinal, vou estar no meio de todas aquelas modelos deslumbrantes!

Volto na sexta de manhã, a tempo pra festa da sala! Vou morrer de saudade!

Mil beijos!

Vanessa

P.S.: Como minhas amigas ainda estão no clube, pedi para irem nos Achados e Perdidos procurar minha agenda, mas até agora ninguém devolveu. Claro, né? Eu escrevo lá tudinho que acontece, dia após dia... Minha vida é tão interessante que com certeza alguém vai tirar inspiração para escrever um livro! Vou cobrar direitos autorais!

De: Rodrigo <rrrrrodrigooooo@gmail.com>
Para: Leonardo <soueuoleo@gmail.com>
Enviada: 13 de dezembro, 12:45
Assunto: Solteiro

E aí, quem é o novo solteiro da cidade??? Deu tudo certo ontem? Dá notícias!

Cara, não quero colocar minhoca na sua cabeça nem dar falsas esperanças, mas notei que a Fani ficou te olhando muito ontem à noite, naquela hora que foi dançar com a gente. E no minuto em que você foi embora (puxado pela Vanessa), ela saiu da pista, disse que estava cansada e que não gostava muito de dançar... Por que foi ao Sexta-Mix então? Sei lá, achei meio suspeito. Fique de olho, quem sabe finalmente os sentimentos dela estejam mudando? Aproveita que agora você está livre novamente e se declara!

Como o resultado das provas finais só sai na próxima sexta-feira, estou indo pro sítio com a Priscila e a minha família, volto na quinta! Você não ama estar de férias?

Abraço!

Rodrigo

De: Leonardo <soueuoleo@gmail.com>
Para: Fani <fanifani@gmail.com>
Enviada: 13 de dezembro, 14:05
Assunto: Oi

Fani, me desculpa por eu ter saído ontem bem na hora em que você foi dançar com a gente. A

Vanessa disse que tinha que me falar uma coisa lá fora urgente, mas quando chegamos lá ela falou que tinha esquecido. Eu falei pra gente voltar pra dentro então, mas ela disse que queria ir embora. Eu a deixei em casa, estava disposto a voltar pro clube, mas ela ficou um tempão procurando a chave dela, me fez olhar no carro do meu pai inteiro, até no porta-malas! Quando eu desisti e falei que ela devia ter esquecido no Sexta-Mix, ela encontrou dentro da bolsa dela. Mas aí já estava muito tarde pra voltar lá, acabei indo pra casa direto...

Um beijo do Leo.

P.S.: Adorei ver você dançando, achei que você não gostasse de dançar.

42

Grinch: Não sei por que deixei esse
lugar algum dia. Eu tenho toda
companhia que preciso bem aqui.

(O Grinch)

A semana se arrastou, talvez pela chuva ininterrupta que resolveu tomar conta do céu de BH. Com o Rodrigo viajando e a cidade praticamente inundada, resolvi aproveitar para colocar o sono em dia, pois eu tinha uma grande possibilidade de tomar recuperação – graças àquela professora intolerante – e por isso teria que ficar mais duas semanas trancado na escola.

Exatamente por causa da chuva, tive muita vontade de chamar a Fani para ver um filme comigo, o clima estava perfeito para um cinema. Mas desisti por vários motivos... Primeiro porque eu achava que ela ia me perguntar da Vanessa. Apesar de não me considerar mais namorado dela, eu não tinha conseguido terminar oficialmente ainda. E eu tinha certeza de que, especialmente depois do Sexta-Mix, a Fani não ia querer ir nem para a esquina comigo enquanto eu tivesse qualquer relacionamento com a Vanessa.

Mas tinha também outro motivo. O Rodrigo havia dito que a Fani poderia estar começando a se interessar por mim...

Eu não acreditava nem um pouco naquilo, mas fiquei feliz só de imaginar a possibilidade. E por essa razão sabia que, se voltasse a me aproximar dela, tudo que eu sentia ia retornar com força total. Não que eu a tivesse esquecido um dia sequer, mas, sem vê-la o tempo todo, seria mais fácil. Com ela por perto, eu me lembrava 24 horas por dia que aquele sorriso, aquela voz, aquele perfume, aquele rosto, aquele corpo... Que nada dela nunca seria meu.

Talvez pelo marasmo da semana, acordei muito animado na sexta-feira. Era o dia de buscar o resultado final e, apesar da iminência da recuperação, eu ainda tinha uma ponta de esperança de passar direto. Se isso acontecesse, eu ia viajar para o Rio de Janeiro no dia seguinte, era tudo que eu precisava.

Fui cedo para a escola. Iam liberar os boletins às dez. Como eu queria acabar com aquela incerteza o mais rápido possível, cheguei à porta quinze minutos antes. E foi exatamente por isso que eu vi algo que me deixou totalmente sem reação, pelo menos a princípio.

A Fani, que pelo visto também estava ansiosa pelo resultado, estava sentada sozinha em uma escada em frente à secretaria. Pensei em dar meia-volta, mas não resisti. Fui em direção a ela, mas bem nesse momento outra pessoa apareceu. O Marquinho.

Parei no mesmo instante e fiquei olhando de longe. Queria ver como ela ia reagir. Eu sabia que ela havia se decepcionado com ele, mas será que tinha esquecido pra valer? Pela reação dela eu saberia. Ela costumava suspirar a cada vez que ele passava...

Para minha grande surpresa, ele parou ao lado dela, que tomou o maior susto. Ele então se sentou, e vi que ela parecia estar com medo, pois segurou a bolsa com força em frente ao corpo e fixou o olhar no chão, como se estivesse estudando uma forma de cavar um túnel subterrâneo e escapar. Pensei em ir até lá, mas resolvi observar mais um pouco.

Eles começaram a conversar, na verdade só ele falava, ela apenas concordava com a cabeça. Até que ele de repente olhou para os lados, como se estivesse verificando se tinha alguém prestando atenção. Eu, que estava atrás do carrinho de balas, fingi interesse em um chocolate, mas, quando olhei novamente, o vi acariciar a mão dela com o dedo!

Tive vontade de voar em cima dele. Olhei para ver se ela estava gostando daquilo, mas logo vi que não, pois estava com a maior cara de pânico.

Fui depressa em direção a eles. Ela se levantou de supetão e a bolsa dela, que estava meio aberta, caiu, derrubando tudo que tinha dentro.

Cheguei a tempo de ajudá-la a recolher algumas moedas, vi que o Marquinho já estava se levantando para também ajudar, mas antes que ele fizesse isso, perguntei no ouvido dela: "Esse cara está te incomodando?".

Ela levantou o olhar para mim e apenas falou "Leo!", como se estivesse muito aliviada de me ver ali. Juntos, terminamos de recolher rapidamente o conteúdo da bolsa. Notei que o Marquinho havia se aproximado e estava me olhando, muito sério. Eu também o olhei com a maior cara fechada, mas, apesar disso, ele fez menção de se aproximar da Fani novamente. Só que ela saiu me puxando e só parou quando eu a segurei, já na esquina da escola.

"Fani, espera, me fala o que aconteceu, você está pálida! Eu vi o cara esfregando a mão dele na sua e você se levantando assustada. Ele falou alguma coisa... chata pra você?"

Sério, se ele tivesse feito alguma proposta, digamos, *indecente* pra ela, eu ia matá-lo.

Ela parecia tão horrorizada que não conseguia nem falar, estava tremendo. Então eu a abracei, para acalmá-la.

"Olha, se você não quiser falar, tudo bem, mas acho que você não deve guardar isso pra você", disse enquanto passava a mão de leve pelo cabelo dela. "Eu sei que você gostava desse cara e confesso que fiquei feliz quando soube que ele era casado. Ele não tem o menor direito de te assediar, primeiro por causa do estado civil dele, depois porque você é menor de idade! Se você quiser que eu o denuncie..."

Ela fez que "não" vigorosamente com a cabeça, como se estivesse suplicando para eu não fazer isso. Claro, a Fani era a pessoa mais tímida do mundo, uma denúncia dessas poderia se tornar um grande escândalo. Vi que ela ia começar a chorar a qualquer momento.

"Fani, calma", falei, segurando os ombros dela e fazendo com que me olhasse. "Eu não vou fazer nada que você não queira. Mas não gosto de te ver triste e muito menos que te façam de boba. Promete para mim que pelo menos você vai ficar bem longe dele?"

Dessa vez ela balançou a cabeça afirmativamente e em seguida olhou para o chão, como se estivesse com vergonha de me encarar. Sorri para que ela visse que estava tudo bem e então puxei o rosto dela e dei um beijo.

"E o resultado?", perguntei, segurando sua mão. "Vamos buscar juntos, tenho certeza de que ele não vai ter coragem de se aproximar."

Ela concordou, e nós fomos assim, de mãos dadas, até a frente da escola. Apenas quando chegamos lá e vimos que o Marquinho não estava em nenhum lugar nas proximidades, ela me soltou e disse: "Obrigado, Leo. Por ter aparecido na hora certa".

"Sempre que você precisar...", falei sinceramente. E então dei passagem para que ela entrasse na secretaria na minha frente. Independentemente do que estivesse no meu boletim, eu sabia que no quesito "amizade" eu havia acabado de ser aprovado.

43

Rita Baker: Se você quiser seguir em frente com sua vida, se quiser ser feliz novamente, se quiser realmente viver, então essa é sua chance!

(O silêncio do lago)

BOLETIM ESCOLAR – **Leonardo Morel Santiago**

Disciplina	Frequência Mínimo para aprovação – 70%	Aproveitamento Mínimo para aprovação – 60
PORTUGUÊS	75%	86
HISTÓRIA	75%	70
QUÍMICA	75%	68
INGLÊS	84%	85
MATEMÁTICA	82%	56
LITERATURA	82%	88
GEOGRAFIA	80%	74
FÍSICA	82%	80
ED. RELIGIOSA	80%	75
BIOLOGIA	82%	68
ED. FÍSICA	80%	OK
INFORMÁTICA	84%	82

Apesar de saber da possibilidade da recuperação, quando peguei o boletim e vi aquele "56" em vermelho, a vontade que tive foi de explodir o colégio inteiro. A professora realmente tinha me dado *zero* na prova! Eu precisava de míseros quatro pontos pra passar e, por causa da intolerância dela, agora teria que atrasar minhas férias em duas semanas! Eu não podia acreditar!

"Quero revisão de prova, exijo meus direitos!", gritei na secretaria. "Essa professora estava de mau humor e quis descontar em mim! Não tenho culpa de ela ser feia e mal-amada! E onde está escrito que sou obrigado a entregar a prova a caneta? Eu já tinha feito tudo a lápis e tenho certeza de que pelo menos 80% das questões estavam corretas! Se ela não tivesse arrancado a prova de mim, injustamente, eu teria passado a limpo! Eu devia era ter mandado essa professora pra..."

"Pra onde, Leonardo?", a diretora subitamente apareceu atrás de mim, me calando só com o olhar. "Sim, podemos fazer uma revisão da sua prova. Aliás, podemos chamar seus pais aqui para fazermos uma revisão de todo seu ano letivo! Acho que eles vão gostar de saber sobre todas as vezes que você chegou atrasado, sobre as conversas paralelas durante a explicação dos professores, sobre o desrespeito às regras da escola, como a falta de uso do uniforme e o namoro em sala de aula. E agora, também, sobre a insinuação que uma professora não é capaz de exercer sua função corretamente. Sem falar no xingamento!"

Fiquei paralisado. Aquilo era tudo muito injusto! Sim, eu chegava atrasado a maioria dos dias, mas sempre dentro do período de tolerância. E que culpa eu tinha se todo mundo da sala ficava puxando assunto comigo? Eu deveria ser penalizado por gostarem de mim? Se deixei de usar uniforme foi apenas por uns dois dias, por ter me esquecido de colocar para lavar e não querer chegar na aula com cheiro de suor! Sobre o namoro em sala... Bem, a atenção da Vanessa ninguém chamava, né? Ela que ficava me beijando na aula, o que queriam que eu fizesse? Desprezasse a menina na frente de todo mundo?

"Te esperamos para a recuperação na segunda-feira", a diretora completou, ao ver que tinha abaixado meu topete. "Mas, claro, você tem a opção de não vir e se matricular novamente no 2º ano. A escolha é sua."

Dizendo isso, entrou na sala dela e me deixou com a maior cara de tacho, com a secretária me olhando meio com pena.

Bufei e saí da escola chutando tudo que via pela frente. Para piorar, dei de cara com o Alan e o Rodrigo.

"Fala, Leozão! Anima de ir pro clube?", o Alan perguntou, com a maior cara de felicidade. "Depois de uma semana chovendo, finalmente o sol apareceu!"

"Também vou!", o Rodrigo falou. "Nem acredito que passei direto, pensei que ia ficar em Biologia!"

Os dois olharam para mim e só então perceberam que eu não estava partilhando da animação deles.

"O que rolou?", o Rodrigo apontou para o meu boletim.

"Matemática...", respondi em voz baixa. "A professora realmente não considerou minha prova."

"Cara! Graças a Deus não colei de você!", o Alan colocou as mãos na cabeça. "Copiei tudo da Ana, consegui passar com 70!"

Poxa, até o Alan que nunca estudava tinha passado! Isso que eu chamava de injustiça!

"Pois é, minhas férias só começam daqui a quinze dias. Não estou com pique pra ir pro clube nem pra lugar nenhum... Pior é chegar em casa e ainda ter que enfrentar meus pais."

"Será que eles vão te proibir de ir à festa da sala hoje à noite?", o Alan perguntou preocupado.

Dei de ombros, eu não queria ir à festa mesmo.

De repente me lembrei que aquele era exatamente o dia em que a Vanessa ia chegar de viagem.

"Gente, vou indo, lembrei que tenho que resolver um assunto", falei.

O Rodrigo assentiu, percebendo que assunto era aquele. Havíamos conversado no dia anterior, e eu tinha contado para ele toda a saga do Sexta-Mix e o "não término" de namoro. "Dessa vez vai dar certo", ele disse, batendo nas minhas costas.

Foi então que me lembrei de uma coisa.

"Ei, vocês viram a Fani? Ela estava comigo, mas depois que peguei o boletim fiquei com tanta raiva que nem vi quando saiu, queria saber se ela passou de ano..."

"Não vi, mas as meninas da sala falaram que todo mundo passou em Física", o Alan respondeu. "Era só nessa matéria que ela estava correndo risco, né?"

Pelo menos isso de bom! Ela tinha ficado tão assustada com o assédio do Marquinho que eu nem podia imaginar o estado em que ficaria se descobrisse que também havia tomado recuperação. Só de lembrar, me subiu novamente a maior raiva daquele cara. Resolvi ir embora logo, antes que eu voltasse para dentro da escola e arrumasse ainda mais confusão. Eu queria muito denunciá-lo, mas não podia fazer isso sem o consentimento da Fani.

Cheguei em casa e fui direto para o quarto. Fiquei um tempo deitado na cama só olhando para o teto, até que o telefone começou a tocar insistentemente. Eu é que não ia atender! Continuei do jeito que estava até minha mãe aparecer de toalha e com o cabelo todo molhado, perguntando se eu estava surdo.

"É a Vanessa!", ela disse, me entregando o telefone sem fio com a maior cara de brava, não sei se por ter saído do banho às pressas para atender ou por ser a Vanessa na linha... Provavelmente pelos dois motivos.

Eu estava sem paciência até para ficar com o telefone no ouvido. Coloquei no viva-voz e continuei deitado.

Leo: *Oi, Vanessa.*

Vanessa: *Oi, meu amor, que saudade! E que voz desanimada é essa? Não está feliz por eu ter chegado? Pensei que você ia pular de alegria!*

Leo: *Como foi a viagem?*

Vanessa: *Maravilhosa! Você não vai acreditar, um olheiro de uma agência da Itália pediu para eu enviar meu book! Se tudo der certo, eu vou ser contratada! Não é perfeito?!*

Leo: Perfeito...

Vanessa: *Credo, Leo, achei que você fosse ficar mais empolgado.*

Leo: Estou superempolgado. Na verdade, queria conversar com você. Já que você está na iminência de se mudar para a Itália e tal, eu estava pensando, o que você acha se a gente...

Vanessa: *Eu não vou me mudar pra Itália, quem dera! Você não sabe mesmo como funciona esse mundo da moda, né? Infelizmente não tenho estatura para ser modelo internacional de passarela, apesar de ser considerada uma garota alta no Brasil. Por isso, se eu passar a integrar o casting da agência, me chamarão pra fazer algumas campanhas publicitárias, o que geralmente leva no máximo uma semana! Te garanto que você não vai ficar com muita saudade de mim!*

Leo: Entendi. Espero que tudo dê certo e que você faça várias campanhas. Mas o que eu queria te falar é que eu acho que está na hora da gente...

Vanessa: *Leo, olha só, estou morrendo de pressa! Como já tem uma semana que não faço as unhas nem hidratação nos cabelos, vou passar a tarde no salão! Já estou atrasada, vamos deixar pra conversar na festa da sala? Que horas você passa pra me pegar? Seu pai vai te emprestar o carro, né?*

Leo: *Vanessa, eu preciso falar com você agora. E, além do mais, não vou à festa da sala.*

Vanessa: *Hahaha, você continua com senso de humor! Leo, sério, estou atrasada. Sei que você está louco pra matar a saudade, mas eu realmente tenho que sair. Até mais tarde! Beijo!*

E desligou sem me dar a chance de dizer outra palavra. Tentei telefonar de volta, mas ela não atendeu. Resolvi então ligar meu celular, para não correr risco de incomodar minha mãe quando ela ligasse novamente.

Voltei para a cama, peguei o travesseiro e coloquei na cabeça. Nem sei por quanto tempo fiquei assim, até que minha mãe apareceu, me chamando para almoçar. A minha cara devia estar péssima, pois ela arregalou os olhos, colocou a mão na minha testa e ficou perguntando se eu estava passando mal.

"Mãe, estou bem. Só que tomei recuperação em Matemática. Estou meio revoltado. E triste."

Notei que ela ficou indecisa entre ficar brava ou preocupada. Acabou escolhendo a segunda opção.

"Ô, filhinho. Como isso aconteceu? Você me falou que não precisava de muitos pontos em matéria nenhuma... E eu vi que você estudou."

Respirei fundo e passei os dez minutos seguintes contando para ela tudo que tinha acontecido, desde o dia da prova até o momento em que peguei o resultado.

"Leo, não acho certo você xingar a professora", ela falou, com as sobrancelhas franzidas. "Já aconteceu, agora você deve arregaçar as mangas e estudar! E não dê motivos pra ninguém te reprovar! São só mais duas semanas!"

Concordei e aceitei a mão que ela me estendeu para que fôssemos almoçar. Porém voltei para o quarto logo depois, coloquei o fone de ouvido e fiquei a tarde toda mixando umas músicas, para me esquecer da situação em que eu me encontrava.

Quando meu pai chegou no fim da tarde, contei sobre a recuperação. Ao contrário da minha mãe, ele me deu o maior sermão. Disse que o motivo não importava, e sim o fato de que eu deveria ter estudado o suficiente durante o ano para não ficar dependendo de pontos na última prova. Em seguida, disse que eu estava liberado do estágio durante as duas semanas seguintes, para estudar o tempo todo.

Nem perdi tempo em explicar mais uma vez que eu estava sabendo a matéria e que a culpa da recuperação era simplesmente a implicância da professora. Tudo que me restava era torcer para aquelas duas semanas passarem bem rápido.

Quando eu estava me preparando para tomar banho, colocar um pijama e ficar jogando PlayStation até cair no sono, meu celular tocou.

"Leo, você já está pronto?", ela falou, parecendo nervosa.
"Como sou da comissão organizadora, tenho que chegar lá mais cedo. Vamos de uma vez?"

"Vanessa, eu já te disse... Não vou nessa festa. Estou a fim de ficar em casa hoje, dá pra entender?"

"Leo, para de brincadeira! Da primeira vez foi engraçado, mas agora já deu! Você acha que chega aqui em quanto tempo?"

Respirei fundo, me sentindo muito cansado.

"Vanessa, não estou brincando! Tomei recuperação, estou de mau humor, chateado, sem o menor clima pra sair... Dá pra entender e ter um pouco de empatia? Vá pra festa e divirta-se! Amanhã passo na sua casa, quero conversar um assunto sério com você, ok?"

Ela não respondeu, simplesmente desligou na minha cara mais uma vez. Tudo bem, se ela queria desse jeito, ia ser assim. Eu não ia me dar ao trabalho de romper namoro nenhum, ela que fizesse isso se quisesse. Por mim já estava terminado.

Pensei que as "emoções" da noite tivessem acabado por ali e fiz tudo o que eu havia realmente planejado.

Lá pelas dez da noite, meu telefone tocou outra vez. Pensei que era a Vanessa novamente e já estava me martirizando por não ter desligado o celular, quando li na tela: "FANI". Esfreguei os olhos para ter certeza que eu não estava sonhando e atendi meio desconfiado... Já tinha muito tempo que a Fani não me ligava e, mesmo quando isso acontecia, ela nunca havia telefonado tão tarde assim.

Corri para o meu quarto, fechei a porta e só então atendi. "Leo, sou eu, a Fani." Apesar do barulho que estava fazendo onde ela estava, consegui perceber pela voz que ela parecia meio envergonhada. Mais do que o normal. "Você está ocupado?"

"Estava só vendo televisão", respondi, curioso para saber o que ela queria.

"Você não vai vir à festa?" Ah, era lá que ela estava. Expliquei que não estava animado, e ela imediatamente falou:

"Mas você é tão animado sempre... Por que exatamente hoje você não vem?"

"**Exatamente** como assim? O que tem de especial nessa festa?", perguntei me sentando na cama.

Ela demorou um pouco pra responder: "Na verdade, nada... Mas é que eu... Bom, eu também não ia vir, mas minha mãe me lembrou que essa vai ser minha última festa do colégio, porque eu vou fazer intercâmbio e depois já vou voltar formada e tal...".

Eu não tinha pensado nisso... Era provavelmente a última festa dela antes da viagem. Um pingo de arrependimento por não ter ido começou a aparecer.

"Então eu resolvi vir", ela continuou, "porque eu pensei que todo mundo que eu gosto fosse estar aqui...".

"Todo mundo que você gosta?", perguntei, sem conseguir me conter.

"Hum, bom, é. Assim..." Sorri ao perceber que ela tinha ficado sem graça. Eu praticamente podia ver a expressão dela. "A Gabi, a Natália, a Priscila, o Rodrigo, a Júlia, você..."

"Mas todas essas pessoas com certeza estão aí, menos eu. Tenho certeza de que você não vai nem sentir a minha falta..."

Ela ficou calada e meu coração parou por uns segundos. Será que ela ia sentir falta de mim?

"É... Acho que o resto do pessoal vem, sim...", foi tudo que ela respondeu.

Ela ficou calada por mais um tempo e, como eu ainda não tinha entendido a razão do telefonema, perguntei: "Tá animado, aí? Barulhento eu já ouvi que está".

Ela disse que tinha acabado de chegar, e então comecei a entender. As amigas dela provavelmente ainda não estavam lá ou talvez estivessem ficando com alguém. A Fani só devia estar se sentindo sozinha...

"Eu tomei recuperação", falei, resolvendo fazer companhia para ela mesmo que apenas por telefone.

"Fiquei sabendo, eu tomei também", ela respondeu, me deixando perplexo. Eu jurava que ela tinha passado!

"Tomou? Mas me falaram que todo mundo tinha passado em Física!"

"Não foi em Física, foi em Matemática", ela explicou.

"Ei, eu também!", falei sorrindo. Até que enfim algo bom naquela recuperação. "Acho que essa professora ficou revoltada e saiu dando recuperação pra todo mundo, só pode ser!"

"Bom, até agora só sei da gente. As meninas passaram em tudo...", ela respondeu meio triste.

"Meus amigos passaram também. E sua mãe brigou com você?"

"Não. Ela falou que era pra eu aproveitar bem hoje à noite e começar a estudar amanhã."

Eu não sabia o que dizer. Só sei que aquele leve arrependimento por não ter ido à festa começou a ficar muito pesado...

"Leo, a bateria do meu celular está acabando. Tenho que desligar", ela falou de repente.

"Tá bom, então...", respondi sem saber o que dizer.

"Você não vem mesmo?", ela perguntou com urgência na voz.

"Você faz muita questão?", perguntei, sentindo meu coração disparar. Porém, em resposta, só ouvi o sinal de ocupado. A bateria tinha acabado. Tão típico na minha vida isso acontecer nos momentos mais importantes!

Tentei voltar para o videogame, mas não consegui mais me concentrar. Depois de perder a terceira partida seguida, desliguei e deixei minha cabeça cair para trás no sofá.

"Leo, o que você está fazendo com sua vida?", perguntei para mim mesmo. "O que você tem a perder?"

Nada. Essa era a resposta para as duas perguntas.

Desliguei a TV e fui para o escritório, onde meu pai estava finalizando uns relatórios.

"Pai, sei que não mereço, mas eu queria muito te pedir um favor..."

Ele tirou os óculos e ficou esperando que eu continuasse. Respirei fundo e, criando coragem, pedi o carro emprestado. Ele franziu as sobrancelhas e, antes que dissesse não, implorei: "Por favor, pai. Eu não pediria se não fosse muito importante. É pra encontrar a menina que eu gosto."

"A Vanessa?", ele perguntou, cruzando os braços. Pelo visto ele também não era muito fã da minha futura ex-namorada.

Suspirei, olhei para o chão e então voltei a olhar para ele. "Não. A Fani."

Ele pareceu surpreso, balançou a cabeça de um lado para o outro com um leve sorriso. Em seguida se levantou, pegando o chaveiro que estava em cima da mesa.

"Sempre soube", ele disse, o entregando a mim. "Presta atenção, Leo. Eu sei que você não gosta de bebidas alcóolicas, mas não invente de mudar isso exatamente hoje."

Concordei veementemente com a cabeça, e ele continuou: "Estacione em um lugar bem iluminado, na frente do local pra onde você vai. Ligue o alarme. Leve o celular e me telefone se tiver qualquer problema. E não deixe sua mãe saber que te emprestei o carro! Esse último é o mais importante...".

Dei um abraço nele, falei que não precisava se preocupar. Quando eu estava saindo do escritório, ele perguntou: "Você não vai de pijama, né?".

Apenas balancei a cabeça sorrindo e corri para trocar de roupa. A noite estava apenas começando...

44

> Bruce: Estou te avisando.
> Quando me sinto encurralado,
> sou como um animal selvagem!
> Deus: Você não ganha uma briga desde o
> 5º ano... E essa foi contra uma garota.
> Bruce: Mas ela era imensa.
>
> (Todo poderoso)

Da rua já deu para notar que a festa estava animada. O som alto das conversas e da música devia estar até incomodando alguns vizinhos, eu só esperava que ninguém chamasse a polícia... Entrei olhando para os lados, tentando encontrar a Fani, mas ela não estava em lugar nenhum à vista. Todos me cumprimentavam, parecendo felizes em me ver, mas eu só queria saber se, ao me encontrar, eu também veria um sorriso no rosto dela.

Resolvi circular pela festa, as pessoas continuavam a me cumprimentar com acenos, mas agora pareciam rir um pouco mais do que de costume... Assim que eu passava, cochichavam umas com as outras, como se eu estivesse com uma melancia na cabeça! Olhei de relance para uma parede de espelho e vi que minha aparência estava normal, devia ser apenas uma impressão...

Fui para a pista de dança, o único lugar em que eu ainda não havia procurado. Notei que estava tocando uma música lenta, senti ciúmes ao pensar que ela poderia estar dançando com alguém... Mas foi então que eu vi. Não a Fani, mas a Vanessa. Ela, sim, estava agarrada com um cara! Olhei para os lados e percebi que todos estavam me observando. Quer dizer que era por isso... Os olhares e os cochichos. Meus colegas já tinham visto a minha suposta namorada com aquele sujeito e deviam estar curiosos pela minha reação.

Como era apenas uma dança, a princípio não fiz nada, fiquei só olhando. Mas assim que a música acabou, os dois continuaram um tempo abraçados e só então saíram da pista, sorrindo um para o outro...

Eu tinha plena consciência de que todos os olhares da festa estavam em cima de mim. Sei que eu deveria simplesmente ter dado as costas sem nem olhar mais para a cara da Vanessa, afinal, não era isso que eu queria? Que ela me esquecesse? Mas meu orgulho não me deixou fazer isso. Ela não tinha o direito de ficar com outro cara quando oficialmente todos sabiam que ela era minha namorada. O que ela queria? Que eu fizesse papel de bobo (para não dizer de *chifrudo*) na frente de todo mundo?

Pois isso eu não ia fazer. Vi que eles estavam indo se sentar em um sofá, em um ambiente mais escuro, e, antes que chegassem lá, parei na frente dos dois. Nesse momento pude ver o cara direito. Ele parecia ser alguns anos mais velho que nós, era alto e forte. Mas aquilo não ia me intimidar.

"Tudo bem, Vanessa?", perguntei sério, ao ver que ela não ia falar nada.

"Tudo", ela disse, também com a cara fechada. E, se virando para o lado, completou: "Rafa, esse é o Leo, um colega da minha sala".

"*Colega?*", perguntei com as sobrancelhas franzidas.

Ouvi um burburinho em volta, parecia que estávamos em um palco.

A Vanessa então começou a mexer muito no cabelo, vi que estava sem saber o que fazer, mas acabou se virando para o tal "Rafa" e perguntou se ele podia esperá-la no bar, pois ela precisava resolver um *problema*. Eu sabia perfeitamente que o problema era eu...

Ele concordou e, ao passar por mim, me olhou de cima a baixo, com a maior cara de invocado. Assim que se distanciou, a Vanessa colocou a mão na cintura, dizendo: "Leo, é o seguinte, você falou que não ia vir à festa. O que você queria, que eu ficasse em casa também, que nem uma boba perdedora?".

"Ah, é isso que você acha de mim, que eu sou um perdedor?", respondi no ato. "Por que que você acha que eu sou bobo, eu já tinha reparado..."

Eu tinha plena consciência de que naquele momento éramos a atração principal da festa. Cada vez mais pessoas se juntavam a nossa volta para ouvir a discussão. Eu preferiria conversar com ela em um lugar mais reservado, mas ela parecia estar adorando ser o centro das atenções.

"Leo, pega leve, tá?", a Vanessa apertou meu pulso. "Você não queria vir, o Rafael muito gentilmente se ofereceu pra me fazer companhia e me levar em casa depois. Que mal tem nisso?"

Era isso que eu era para ela. Descartável. Na única vez em que não acatei exatamente o que ela exigiu, o que ela fez? Me trocou por outro sem nem piscar. Eu deveria ter ouvido meus amigos e terminado com ela muito antes, mas, por pena, por querer ser legal, olha o que eu tinha recebido...

Uma raiva crescente inundou meu peito. Tirei a mão dela do meu braço com força e falei: "Não tem mal nenhum. Você pode ir pra casa com quem você quiser de agora em diante. Pode dançar, pode beijar, pode...". A Vanessa arregalou os olhos, então me contive e engoli o que realmente queria dizer. Respirei fundo e continuei um pouco mais calmo: "Você pode fazer o que te der na telha, desde que fique bem longe de mim. Tem muito tempo que eu queria falar isso, mas estava tendo consideração por você, porque sei que você é a pessoa mais preocupada do mundo com o que os outros pensam a seu respeito. Pois agora eu não estou nem aí com o que os outros vão pensar de você, não estou nem aí pra *nada* da sua vida. Quer saber? Tô fora!".

Ela ficou me olhando, estática. O único som que se ouvia era a música que continuava tocando, mas todas as conversas tinham sido interrompidas. Todos estavam vidrados naquela novela mexicana acontecendo diante dos seus olhos.

Cansado de dar entretenimento grátis para o colégio inteiro, me virei e a deixei sozinha. Notei que algumas pessoas bateram palmas quando passei. Pelo visto, dizer verdades para a Vanessa era motivo de aplausos...

Meio desorientado, fui em direção ao bar. Minha boca estava completamente seca. Porém a primeira pessoa que avistei quando cheguei lá foi exatamente o tal Rafael. Fingi que não vi e pedi um refrigerante.

"Não temos refrigerantes, só bebidas alcóolicas!", a menina responsável pelo bar naquele momento respondeu com uma careta.

"Água, então?", tentei mais uma vez.

"Só bebidas alcóolicas!", ela gritou, como se eu não tivesse escutado da primeira vez.

Eu estava realmente com sede, por isso aceitei uma cerveja, mas quando dei o primeiro passo para voltar a procurar a Fani, cutucaram minhas costas com força. Me virei, pensando que talvez fosse o Alan ou o Rodrigo, mas dei de cara com o *amiguinho* da Vanessa.

"Escuta aqui", ele disse, me encarando, "fica longe da Vanessa, tá entendido?".

"O quê?", falei pra provocar. "Não estou escutando..."

Ele chegou mais perto e começou a apontar para o meu peito com a mão que não estava ocupada com dois copos de cerveja.

"O que eu estou dizendo, meu caro, é pra você ficar longe da Vanessinha, falou? Eu não tenho a menor ideia do motivo dela ter te dado atenção bem na hora em que a gente estava se divertindo tanto, mas, pelo que eu percebi, ela estava meio contrariada! Eu prometi pro pai dessa menina que cuidaria dela, e é isso o que eu vou fazer! Não vou permitir que nenhum pirralho a deixe aborrecida, tá ligado?"

Precisei de todo meu autocontrole para não dar um safanão naquelas cervejas. Em vez disso, gritei, por causa da música alta: "Pode ficar com ela toda pra você!". Só que acho que ele não me escutou, ou entendeu errado, porque colocou as cervejas no balcão e veio para cima de mim. Eu me preparei para apanhar, pois tinha consciência de que ele era bem mais forte do que eu. Mas também ia revidar o quanto pudesse.

As pessoas em volta abriram um círculo em torno de nós e começaram a gritar, mas, exatamente quando ele agarrou minha blusa, a Fani surgiu do nada, o empurrou e começou a me puxar enquanto dizia: "Oi, meu amor, eu estava te esperando! Vamos para um lugar mais calmo que eu estou morrendo de saudade!".

Não sei quem estava com a expressão mais perplexa, eu ou o Rafael.

Continuei parado, por mais que a Fani tentasse me puxar. Aquele sujeito tinha me irritado muito, agora era eu quem queria brigar com ele!

"Esse cara é seu namorado?", o Rafael resolveu perguntar. Olhei para a Fani, eu também estava curioso com a resposta.

"É sim, por quê? Algum problema?", ela falou bem brava, entrando ainda mais na minha frente, como se estivesse me protegendo. O que estava acontecendo com a Fani? Será que ela tinha bebido?

O Rafael sorriu e disse: "Problema nenhum, moça...". E então, se aproximando mais, segurou o queixo dela e falou bem perto: "Mas vê se toma conta bem direitinho desse seu namoradinho, viu...".

Nesse momento não aguentei. Tirei a Fani da frente e fui para cima do cara, mas o Alan e o Carlos André, que estavam por perto, já deviam estar prevendo que isso ia acontecer, pois me seguraram antes que eu desse um soco na boca dele. Ou que eu levasse um soco na boca...

Vi que o Rafael deu a maior gargalhada e saiu levando as cervejas. Os meninos ainda ficaram me segurando por um tempo, mas, quando viram que eu já tinha me acalmado um pouco, me soltaram.

"Por que você fez isso, Fani?", perguntei, ao ver que ela continuava do meu lado. "Cara folgado! Chega na festa da nossa sala como se fosse o dono do mundo, resolve me encarar, mexe com você..." E, me virando para o Carlos e o Alan, completei: "E vocês ainda me seguram?!".

"Pois você tem que agradecer muito à Fani, viu?", o Carlos falou. "Não ia sobrar nenhum dente na sua boca se ela não tivesse aparecido na hora exata..."

O Alan bateu nas minhas costas e completou: "Então vocês estão namorando, é? Que bonitinho... Mas você está demais, hein, Leozão? Primeiro a gata da Vanessa, aí mal termina com ela e já arruma outra, sem nem precisar mascar! Você tem que ensinar pra gente como é que faz...".

Os dois começaram a rir. Vi que a Fani ficou sem graça, por isso mandei os dois calarem a boca e deixá-la em paz. Em seguida falei no ouvido dela: "Vamos pra outro lugar".

Ela só fez que "sim" com a cabeça, e então saímos dali.

45

> Holden: *Eu te amo.* Não no sentido amigável, apesar de achar que somos ótimos amigos. *Eu te amo.* Simples assim. Verdadeiramente assim. Você é a personificação de tudo que sempre procurei em alguém. Eu sei que você me considera apenas um amigo, e ultrapassar este limite seria a última coisa que pensaria em fazer. Mas eu tinha que te dizer. Eu simplesmente não aguento mais. Não consigo ficar ao seu lado sem querer te abraçar. Não consigo olhar nos seus olhos sem sentir aquele desejo que a gente só vê nos livros de romance. Eu não consigo falar sem querer expressar o meu amor por tudo que você é. E eu sei que isso provavelmente vai destruir a nossa amizade, mas eu tinha que dizer. Porque eu nunca me senti assim antes.
>
> (Procura-se Amy)

"Fani, por que você falou para aquele cara que era minha namorada?"

Tínhamos acabado de chegar à varanda que ficava na frente da casa. Havia algumas pessoas ali, basicamente casais se beijando, mas era o único lugar onde era possível conversar, pois a música lá dentro estava realmente alta.

Vi que ela ficou envergonhada, não parava de encarar o chão, mas após alguns segundos levantou os olhos para mim e disse: "Porque eu não queria que você se machucasse. Aquele menino não estava brincando...".

"Nem eu estava!", falei, sentindo a raiva voltar. "E quero deixar bem claro que fiquei bravo não por causa da Vanessa, mas porque ele veio tirar satisfação comigo do nada, sem nem me conhecer!"

Ela me olhou como se não acreditasse nem um pouco nas minhas palavras. Provavelmente achava que eu tinha ficado enciumado pelo fato da Vanessa ter aparecido com outro. Eu estava cansado, ainda chateado pela recuperação e por tudo mais... Mas não estava com a menor vontade de explicar para a Fani que a Vanessa era o menor dos meus problemas.

"Leo, desculpe por eu ter insistido pra você vir...", ela falou de repente. "Acho que na sua casa devia estar bem melhor do que aqui, né?"

Foi aí que me lembrei do quê, ou melhor, de *quem* realmente me fez sair. Com toda aquela confusão, eu nem tinha olhado para ela direito. E naquela noite, mais do que nunca, ela estava merecendo todos os olhares. Prestei bastante atenção, para me lembrar depois. Vestido preto, justo no peito e com uma saia que insistia em balançar toda vez que o vento batia... Por sorte, ali na varanda estava ventando bastante, o que fazia com que aquelas pernas lindas que ela tinha aparecessem. O cabelo estava levemente preso em apenas um dos lados. E a maquiagem era o suficiente para realçar os olhos. Naturalmente linda.

"Eu que quero te pedir desculpas, Fani", falei com sinceridade. "Se você não tivesse me convencido a vir, eu não teria visto a Vanessa se esfregando com aquele cara na pista de dança e ainda estaria adiando o que eu deveria ter feito há um tempão!"

E então contei para ela a história toda, desde o início, o fato de ter começado a ficar com a Vanessa só porque os meninos incentivaram e por ela estar me dando mole e que aquilo acabou virando namoro sem que eu verdadeiramente quisesse. Por alguma razão, notei que seu rosto adquiriu uma expressão meio triste. Pensei em perguntar se eu tinha dito algo errado, mas de repente notei que ela estava esfregando a mão nos braços. A noite estava meio fria e aquele vento não estava ajudando.

"Fani, seu vestido é lindo, mas não parece ser nada quente...", aproveitei para dar uma boa olhada nela mais uma vez. "Você não está com frio? Quer ir lá pra dentro?", perguntei, torcendo para que ela dissesse que não estava com frio nenhum. Mas ela apenas concordou com a cabeça. Então a escoltei até um lugar perto da pista de dança onde tinha várias cadeiras vazias. Das amigas dela, a única que avistei foi a Priscila, que estava dançando uma música lenta com o Rodrigo. Então puxei uma cadeira para que ela se sentasse e me sentei na do lado.

Tinha tanta coisa que eu queria dizer para ela... Aquelas músicas românticas e a baixa luminosidade estavam deixando o clima muito propício para declarações de amor. Comecei a batucar na cadeira, meio nervoso. Costumava ser tão fácil ficar ao lado da Fani... Nunca faltava assunto entre nós. Mas agora, após a paixão dela pelo Marquinho e o meu namoro com a Vanessa, era como se fôssemos outras pessoas. Como se ainda não nos conhecêssemos direito.

Eu estava perdido nos meus devaneios, quando o Alan surgiu na nossa frente.

"E aí, Leozão? Recuperou do susto lá?", ele perguntou rindo e, antes que eu respondesse, estendeu a mão para a Fani, dizendo: "Dança uma comigo?".

O quê? Que ideia era aquela do Alan? Lógico que ela não ia dançar com ele, a Fani não gostava de dançar! Olhei para ela e no mesmo instante percebi que estava tentando se fundir na cadeira, mas morrendo de vergonha de recusar... Ela era assim, não sabia dizer "não" para ninguém.

"Alan, sabe o que é...", ela começou a gaguejar. "Meu pé está meio doendo e..."

Resolvi salvá-la.

"Sai fora, Alan, vai arrumar outra mulher pra você, a Fani já tinha prometido dançar essa comigo!", falei rindo e a puxei. Minha intenção era apenas despistar meu amigo, a gente fingiria que ia dançar e em seguida eu a chamaria para nos sentarmos do outro lado.

Porém, assim que ela colocou as mãos nos meus ombros e eu a puxei pela cintura, uma mágica aconteceu... Eu não consegui mais desgrudar dela. Era como se alguém tivesse passado superbonder nos nossos corpos.

A Fani encostou o rosto no meu e eu comecei a sentir um frio na barriga, como nunca havia sentido antes. Não era a primeira vez que dançávamos uma música lenta, na festa dos pais da Gabi isso já havia acontecido. Mas lá ela estava completamente fora de si por causa do excesso de espumantes... Apesar de ter adorado tê-la nos meus braços, eu sabia que no fundo estava dançando sozinho, tinha total consciência de que no dia seguinte ela não se lembraria de nada.

Agora era diferente. Ela estava completamente sóbria. E, para minha total surpresa, aparentava também estar gostando de dançar comigo. Olhei para a parede de espelho que eu havia visto no começo da festa e notei que ela estava de olhos fechados, parecendo estar curtindo o momento. Também fechei os meus e a abracei um pouco mais forte. Ela suspirou...

O que estava acontecendo? Primeiro o telefonema e agora essa dança... Se alguém me acordasse naquele momento eu ia matar a pessoa!

Continuamos a dançar como se não existisse mais ninguém no local. Ela começou a passar a mão bem de leve pelo meu cabelo e eu senti meu corpo arrepiar. Subitamente me lembrei das palavras do Rodrigo. Era como se eu estivesse flutuando...

Sem conseguir resistir, movi um pouco o meu rosto até que nossas bocas ficassem muito próximas. Esperei para ver se ela ia se afastar, mas a Fani não se moveu um centímetro, continuou ali, com a respiração tão ofegante quanto a minha.

Resolvi jogar a prudência para o alto. Tudo que eu precisava fazer era virar meu rosto mais um pouquinho para que nossas bocas se tocassem. O clima estava perfeito, a música, os sentimentos... E tinha também a garota. Ela era a certa.

"Leo, corre!", alguém sacudiu meu ombro, me dando o maior susto da vida. Vi que eram uns amigos meus, da outra sala. "O carro do seu pai! Quebraram o vidro e o alarme está disparando lá na rua!"

O quê? Saí correndo para ver aquilo direito, meu pai ia me matar! Minha esperança era que tivessem confundido e que o carro fosse outro... Porém logo vi que eles estavam certos.

Desliguei o alarme já verificando o estrago. O vidro da janela de passageiro estava estraçalhado. E em cima do banco encontrei um paralelepípedo, que haviam jogado para quebrá-lo. Chequei o carro e estava tudo lá: o rádio, os CDs, o guarda-chuva do meu pai... A pessoa que fez o estrago queria apenas causar aborrecimento. E eu não tinha a menor dúvida de quem era...

Mesmo assim, comecei a perguntar se alguém tinha visto quem tinha feito aquilo, eu precisava de provas! Mas a maioria das pessoas ainda estava dentro da festa, meus amigos só tinham visto porque já estavam indo embora e reconheceram o carro.

Liguei para o meu pai, sabendo que ia levar o maior xingo da vida. Ele atendeu meio sonolento, mas, quando eu disse o que tinha acontecido, falou para eu ir ligando para a seguradora e que em vinte minutos estaria lá. Ele chegou em quinze, com a maior cara de bravo.

"Sinto muito, pai...", falei, me sentindo realmente mal. "Eu fiz tudo que você falou. Parei bem na frente, liguei o alarme... E te telefonei assim que deu problema. Não tive culpa pela pedra..."

Vi que ele ficou meio sensibilizado, pois realmente não tinha nada que eu pudesse ter feito para evitar, a não ser ter ficado em casa. Mas agora eu sabia que *precisava* ter ido àquela festa.

Meu pai chamou a polícia para fazer um boletim de ocorrência e, enquanto esperávamos, a festa foi terminando. Vários pais chegaram para pegar os filhos, entre eles o da Natália, que tinha ido buscar a Gabi, a Fani e ela. Como ele já conhecia o meu pai, os dois começaram a bater o maior papo sobre deixar ou não os filhos dirigirem antes dos dezoito anos, e a conversa estava tão entediante que a Nat e a Gabi até entraram no carro para dormir. Nesse momento percebi que a Fani também estava por perto, acompanhando tudo. Mas, ao contrário das amigas, ela não parecia estar com sono. Respirei fundo. Minha vontade era jogar uma pedra na cabeça de quem tinha arruinado aquela dança!

O Rodrigo veio se despedir de mim, combinamos de ir ao clube no dia seguinte. O Alan e o Carlos André também apareceram para opinar sobre o incidente, e cada um dos meus colegas que saía e via o que tinha acontecido se aproximava para dar uma força. Por isso, apenas quando o pai da Natália se despediu do meu e chamou a Fani, ela se aproximou.

"Tchau, Leo", ela disse, me dando um beijo na bochecha. "Não fica triste, não, tá?"

Ela já ia se afastar, mas a puxei de volta e lhe dei um abraço. Eu havia vivenciado muitas emoções naquela noite, mas ainda queria mais. Por isso, falei baixinho no ouvido dela: "Fico sim. Só que é por outro motivo...".

"Fani, vamos, querida?", o pai da Natália a chamou já dentro do carro.

Ela entrou depressa, mas continuou a me olhar pela janela. Eu acenei, ela acenou de volta, e então o carro deu a partida.

Não consegui tirar os olhos até que ela sumisse na escuridão...

Lambeau: Eu gostaria de nunca ter te conhecido. Porque assim eu poderia dormir à noite e não teria que viver sabendo que existe alguém como você.

(Gênio indomável)

Abri os olhos e a primeira coisa que notei foi que o sol ainda não tinha nascido. Eu havia esquecido as cortinas abertas antes de ir para a cama na noite anterior, por isso agora podia ver até algumas estrelas derradeiras, brigando com a claridade que dava os primeiros indícios matinais. Que horas deviam ser? Cinco? Seis? Lembrei que estávamos no horário de verão, então podia até já ser sete da manhã... Com o relógio adiantado uma hora, eu ia para a escola praticamente no meio da madrugada!

Porém, naquele dia não tinha aula. Eu estava de férias. Ou melhor, eu *deveria* estar de férias! Ainda teria que enfrentar mais duas semanas de aula, sendo que eu sabia perfeitamente a matéria...

Fechei os olhos com força para tentar não pensar em mais nada, mas então um pequeno detalhe veio à minha mente. *Ela* também havia pegado recuperação... O quão improvável era isso? O fato de nós dois, que nem precisávamos de tantos pontos para passar, acabarmos confinados juntos por quinze dias em uma sala de aula? Azar? Ou destino?

Abri os olhos outra vez e resolvi me levantar. Eu não ia conseguir dormir mais mesmo! Meu coração ainda estava batendo muito rápido por causa das emoções da noite anterior...

Fui até a cozinha para buscar um copo de água e surpreendentemente dei de cara com o meu irmão. Então não devia ser *tão* cedo assim... Ele costumava acordar bem tarde aos finais de semana.

"Que cara de ressaca!", o Luciano falou assim que me viu.

Ao contrário de mim, que realmente devia estar com uma aparência péssima, por não ter dormido quase nada, meu irmão estava de banho tomado e completamente apresentável.

Ignorei o comentário dele e apenas perguntei: "Que horas são? E por que você está todo arrumado em pleno sábado de manhã?".

"São seis e quinze", ele falou, mastigando um pedaço de pão e desviando o olhar de mim para um livro que estava aberto em cima da mesa. "Tenho vestibular daqui a pouco e não quero correr o risco de reprovar por chegar atrasado! Ao contrário de uns e outros, prefiro passar de primeira..."

Eu sabia que ele estava se referindo à minha recuperação. Normalmente eu teria apenas ignorado, mas eu tinha acordado realmente de mau humor. Por isso respondi, bravo: "Já falei que a culpa foi da professora! Eu conferi as respostas, acertei pelo menos 80%! Só que acabei me distraindo e esqueci de anotar o gabarito a caneta! Aquela bruxa me deu zero só porque minhas respostas estavam a lápis!".

O Luciano, que não perde uma oportunidade de me irritar, então falou: "Imagino o motivo da distração... Provavelmente o mesmo que fez com que você saísse de casa ontem à noite na maior correria, mesmo já estando de pijama e no meio de uma partida de PlayStation".

Como eu não estava com a menor paciência para entrar em uma discussão com o meu irmão, simplesmente virei as costas e voltei para o meu quarto. Porém, ao me deitar na cama, não tive como não admitir que o Luciano estava certo. Quero dizer, eu sabia que ele achava que a "culpada" disso tudo era a Vanessa. Para o meu irmão, ela era a "miss universo", a mulher mais bonita de todas as galáxias, e ele não conseguia acreditar que ela quisesse namorar comigo! Obviamente o meu irmão achava que ela podia arrumar coisa melhor...

Mas ele estava profundamente enganado. Não que ela não fosse muito para mim, em termos de beleza era, com certeza. Mas não foi por causa dela que eu tinha tomado recuperação. E muito menos a razão por eu ter ido à festa da sala na noite anterior. O motivo daquilo tudo tinha outro nome.

E agora eu tinha certeza de que tanto a saída quanto a recuperação não haviam sido em vão. Tê-la nos meus braços, ainda que por poucos minutos, durante aquela dança, tinha feito tudo valer a pena. O problema nesse momento era o que fazer com a vontade de abraçá-la novamente, de tocá-la, de sentir outra vez aquele perfume tão perto.

Coloquei o travesseiro na cabeça para tentar abafar as lembranças, embora eu soubesse que seria impossível. Mas eu tinha que conseguir esquecê-la de alguma forma. Em poucos dias ela iria para bem longe... E eu realmente não sabia como faria para viver sem a *Fani*.

47

Vovô: Um verdadeiro perdedor é alguém que tem tanto medo de não ganhar que nem ao menos tenta.

(Pequena Miss Sunshine)

"Leo, filhinho! Já é meio-dia! Seu amigo Rodrigo está te esperando lá na portaria, ele falou que vocês combinaram de ir ao clube..."

Me sentei depressa na cama, tentando entender as palavras da minha mãe. De tanto pensar, eu tinha acabado caído em um sono pesado, e tudo que eu queria era ter continuado assim pelo resto do dia. Mas eu realmente tinha marcado com o Rodrigo...

"Pede pra ele subir e esperar aqui em cima, mamãe?", perguntei, esfregando os olhos. "Vou tomar um banho rápido."

Ela concordou, e eu então abri as janelas, arrumei a cama e corri para o banheiro. Quando saí, o Rodrigo estava no meu quarto, olhando os meus CDs.

"Que sono, hein?", ele falou assim que me viu. "Depois de tudo que aconteceu na noite de ontem, pensei que você ia ter a maior insônia... Queria ser assim, cair na cama e não pensar em mais nada!"

"Na verdade, passei a noite praticamente em claro", expliquei. "Custei a pegar no sono e acordei muito cedo. Por isso acabei dormindo mais depois... Realmente foi uma noite muito intensa."

"Seu pai brigou muito por causa da janela do carro? Pelo que vi ontem pensei que ele tinha entendido que a culpa não foi sua."

Apertei os olhos ao lembrar daquilo mais uma vez. Por causa da janela quebrada, eu havia perdido o melhor da festa...

"Meu pai entendeu, sim", falei depressa. "Ele viu que aquilo poderia ter acontecido com qualquer um. O pessoal do seguro falou que hoje mesmo pode trocar o vidro, meu pai já deve até ter levado pra oficina."

O Rodrigo assentiu, mas um segundo depois deu um risinho meio de lado. Eu já sabia o que viria...

"Então, se a noite mal dormida não teve relação com a janela quebrada... Quem foi a culpada pela insônia? A Fani ou a Vanessa?"

Revirei os olhos, impaciente.

"Não fala mais o nome da Vanessa comigo! Acabou! Você sabe que eu nem queria ter começado a namorar essa menina... E vê-la ontem se esfregando naquele cara só me fez ter certeza de que nunca devia ter me envolvido com ela!"

Mesmo sem querer, aquela cena da noite anterior voltou à minha mente. A Vanessa agarrada a um sujeito na pista de dança. Todo mundo olhando para ver a minha reação... Claro que inicialmente eu levei um susto, mas, na verdade, o que mais senti foi alívio. Ela tinha me dado uma ótima desculpa para terminar oficialmente aquele namoro que nem deveria ter começado. Mas eu também não podia dar uma de trouxa na frente de todos os meus colegas. Por isso fiz questão de tirar satisfação. E só não arrebentei a cara dele porque a Fani entrou no meio.

Como se tivesse lido meus pensamentos, o Rodrigo falou: "Ainda bem que a Fani tomou uma atitude, era pra você estar sem nenhum dente na boca se ela não tivesse fingido ser sua namorada."

As palavras "Fani" e "namorada" pronunciadas praticamente juntas fizeram meu coração dar um salto, mas foi o restante da frase que me fez gritar: "Eu é que ia bater nele! Acha que só porque o cara é mais alto eu não encararia?".

"Calma, calma...", o Rodrigo falou rindo. "Já passou. E, afinal, o melhor disso tudo foi realmente a reação da Fani... Sei lá, desde o Sexta-Mix comecei a notá-la meio diferente ao seu lado. Mas ontem pela primeira vez achei que essa sua paixão platônica tem chances de dar em alguma coisa. Ela ficou tão preocupada com você! E, depois, quando vocês dançaram juntos, ela parecia estar gostando tanto! Eu e a Priscila até ficamos surpresos em como vocês dois têm química, eu jurava que ia rolar um beijo no meio daquela música! Por que você não arriscou?"

Respirei fundo, lembrando que por muito pouco eu não havia tentado.

"Não faltou vontade, eu queria que aquela música não acabasse nunca... Aliás, você sabe qual era a música? Eu acabei me esquecendo, já que bem no meio me sacudiram pra contar do vidro quebrado..."

Em vez de responder, ele começou a cantar com uma voz aguda, claramente zoando da minha cara.

"*We danced so close, we danced so slow, and I swore, I'd never let you go...* Era "Never say goodbye", do Bon Jovi. Até comentei com a Pri que a letra veio bem a propósito. Mas, Leo, até quando você vai manter isso assim? Você tem que se arriscar, contar logo pra ela que sente algo a mais! Ela não vai se assustar, a menina está indo fazer intercâmbio, vai ter um ano pra processar essa informação. Não perde tempo, seus dias estão contados..."

Senti uma vontade imensa de mandar o Rodrigo ir embora, fechar as janelas e voltar a dormir, para esquecer tudo aquilo. Que bem ia fazer eu me declarar para a Fani bem agora? Eu havia ficado praticamente um ano gostando dela, fingindo me contentar só com a amizade, vestindo aquela máscara de melhor amigo para poder ficar perto dela o máximo possível... E isso só serviu para as *amigas* dela perceberem o meu interesse! Eu não tinha a menor dúvida de que a Priscila, a Gabi e a Natália tinham total conhecimento do meu real sentimento. E também não duvidava de que elas já haviam falado isso para a Fani. Se ela não acreditou, ou se ignorou, era mais um sinal de que ela não me queria fora da zona da amizade. Eu já tinha entendido isso. Mas pelo visto o Rodrigo ainda não...

"Rô, supera, ok? Não vai rolar. Não vou me declarar pra ela, ainda mais agora. Tentei esquecê-la com a Vanessa, não funcionou, mas eu tenho esperança de que algum dia apareça outra garota que me faça sentir do mesmo jeito que a Fani me faz... É tudo questão de tempo!"

"Sim, é questão de tempo!", o Rodrigo falou meio bravo. "É questão de tempo pra ela entrar naquele avião, descer lá na Inglaterra e arrumar um gringo que nunca vai gostar dela como você! Dê pelo menos uma chance pra ela pensar... Se ela viajar com isso na cabeça, quem sabe lá longe não percebe que durante esse tempo todo também sentiu mais do que apenas amizade?"

Aquele papo já estava me cansando. Eu não ia fazer nada daquilo. Ainda mais depois da noite anterior.

"Rodrigo, chega! Ontem foi a gota d'água. Eu gostei muito da Fani ter fingido que era minha namorada ainda que por poucos segundos, e mais ainda de ter dançado com ela. Só que cheguei ao meu limite! Não consigo mais me contentar apenas com a amizade dela! Eu não vou me declarar, vou fazer o contrário! A partir de hoje, vou me afastar *totalmente* da Fani! Dessa vez vai ser pra valer!"

Várias vezes durante o ano eu havia tentado esquecê-la, mas como me encontrava com ela todos os dias era mais difícil. Só que agora era diferente. Faltava apenas um mês para a viagem dela, e antes disso eu viajaria para o Rio, aliás, já era para eu estar lá.

Me lembrando disso, falei: "Maldita recuperação que entrou bem no meio dos meus planos. Agora vou ter que ficar olhando pra cara dela por mais duas semanas... Mas tudo bem, vou fingir que preciso me dedicar aos estudos, e ela vai ter que entender. Assim, se me convidar pra ir à casa dela, estudar, ver filmes ou qualquer coisa, tenho uma desculpa. E, quando a recuperação acabar, viajo no mesmo dia e só volto depois que ela tiver ido pra Inglaterra. Pronto.".

O Rodrigo ficou me olhando, pasmo.

"Cara, você tomou recuperação exatamente por causa da Fani! A professora pegou sua prova porque você ficou olhando pra ela! Não tá vendo que foi o destino que fez com que isso acontecesse? Quem imaginava que você e a Fani iam tomar recuperação *juntos*? Aproveita! Esses quinze dias podem ser inesquecíveis!"

Realmente cansado daquele papo, calcei meu chinelo, peguei uma toalha e perguntei: "Afinal, nós vamos pegar uma piscina ou não? Se continuar falando essas coisas, não vai ser só da Fani que vou me afastar...".

Ele deu uma bufada, em seguida um soco de leve nas minhas costas, e então fomos para o clube.

48

Tom: Estou confuso. Você sabe, por um lado eu quero esquecê-la. Por outro, sei que ela é a única pessoa em todo o universo que me fará feliz.

((500) dias com ela)

Eu já esperava que a recuperação seria difícil, mas não tanto assim... Claro que não em relação à matéria, a cada explicação da professora eu percebia que não deveria mesmo estar ali, eu já sabia tudo! Definitivamente o conteúdo das aulas não seria um problema. A minha maior provação seria ficar tão perto da Fani... E ter que me afastar.

Por mais que o Rodrigo dissesse que o meu plano era insano, aquele era o melhor jeito de lidar com a situação. Quanto mais próximo eu ficasse dela, mais difícil seria quando tivéssemos que nos afastar pra valer no dia da viagem de intercâmbio dela. Eu não podia me apaixonar ainda mais! Aquela dança tinha sido o cúmulo, o ápice... Se, além disso, eu ainda tivesse que me sentar ao lado dela, estudar junto, conversar assuntos aleatórios, eu não resistiria e acabaria me declarando ou roubando um beijo, como quase fiz na festa. E que bem isso faria? Só ia assustar a menina, que viajaria com uma péssima impressão de mim, sabendo que eu havia a enganado durante o ano inteiro, fingindo ser um amiguinho, mas na verdade desejando algo a mais.

Não. A Fani ia fazer intercâmbio conforme o planejado, sabendo que o "melhor amigo" dela estaria aqui, a esperando, na volta. E, com sorte, um ano sem vê-la abafaria essa paixão que nunca deveria ter começado.

Porém, já no primeiro dia eu vi que não seria fácil.

Talvez pelo fato de a Gabi ter passado direto e de as outras pessoas da sala não serem tão próximas dela, a Fani resolveu grudar em mim! Bem que tentei ficar longe... Ao vê-la sentada no fundo da sala, me sentei na primeira fileira, mas isso só fez com que ela viesse correndo atrás de mim assim que a aula terminou. Tive que inventar a maior desculpa para não conversar com ela, falei que tinha que ir embora depressa, por mais que minha vontade fosse de ficar ali, olhando para ela o dia inteiro. Sério, como a Fani conseguia ficar tão linda mesmo de uniforme escolar?

Nos outros dias não foi diferente. Não importava onde eu me sentasse, ela vinha e se sentava perto de mim. Claro que isso era o esperado, eu era o melhor amigo dela... Ainda bem que eu já sabia mesmo a matéria, ia ser bem difícil me concentrar com ela ao meu lado, com aquele perfume suave de bebê que ela usava para ir à escola, fazendo mil perguntas, querendo saber da minha vida...

Ela chegou a notar minha tentativa de afastamento, pois perguntou se eu estava com raiva, se ela havia feito alguma coisa que tivesse me chateado. Fingi que não tinha a menor ideia do que ela estava falando. Mas aquilo realmente estava virando uma tortura!

Passei então a ignorá-la ainda mais, e, finalmente, lá pelo final da primeira semana de recuperação, acho que ela concluiu que eu estava mesmo me afastando de propósito e parou de insistir. Por mais que eu quisesse aquilo, só serviu para me deixar ainda mais para baixo. A cada vez que eu via a carinha triste da Fani olhando para mim de longe, como se estivesse se perguntando o que havia feito de errado, eu tinha vontade de correr para ela, abraçá-la, explicar que era tudo encenação, que na verdade eu desejava que ela ficasse 24 horas por dia ao meu lado... Mas eu não podia fazer aquilo. Meu plano estava dando certo, e era isso que importava. Só faltava uma semana de aula, uma semana para eu ir pro Rio de Janeiro! E depois eu só teria que vê-la em minhas lembranças...

Porém, na segunda semana, vi que eu estava completamente enganado. A Fani não estava nem um pouco disposta a me deixar esquecê-la, pois continuou se sentando ao meu lado e se aproximando cada vez mais. Me fez perguntas, mandou bilhetinhos com letras de música... E então, na terça-feira, no fim da aula, ela surgiu ao meu lado assim que pus os pés para fora do colégio, segurou o meu braço e falou: "Leo, você vai de ônibus pra casa? O meu pai hoje está com umas consultas atrasadas e avisou que não vai poder me buscar, será que posso andar até o ponto com você? Tenho medo de ir até lá sozinha, você sabe, aquela esquina tem um monte de pivetes!".

Só pela entonação dela eu vi que não era verdade, a Fani não sabe mentir... Além disso, pelo que eu conhecia do pai dela, tinha certeza que ele nunca mandaria a filha voltar de ônibus por causa do trabalho. Mas o que eu ia dizer? Que ela não podia ir comigo?

Então, sem ter saída, só falei: "Hum, ok".

Eu tinha certeza de que ela ia me confrontar, perguntar a razão de eu estar dando um "gelo" nela, por isso fui andando completamente tenso ao seu lado. A cada metro eu amaldiçoava mais a distância do ponto de ônibus! Precisava ser tão longe assim? Passo a passo eu sentia o calor dela tão perto de mim, a mão que às vezes encostava na minha sem querer, o cheiro do xampu que exalava a cada vez que o cabelo dela balançava.

Durante quase quinze minutos, fomos caminhando mudos, cheguei a pensar que eu estivesse enganado, que ela realmente quisesse apenas companhia no percurso, porém, quando já estávamos avistando o ponto, vi que ela respirou fundo e então falou meio brava: "Leo, precisamos conversar. Você está diferente comigo, não adianta negar. O que foi que eu fiz? Dá pra esclarecer, por favor?".

"Eu?", falei apenas para ganhar tempo. É óbvio que era eu, com quem ela estaria falando? Com aquele cara do outro lado da rua? "Acho que você está enganada, eu estou igual a todos os dias..."

Minha resposta fez com que ela ficasse ainda mais nervosa. "Não está igual, mas não mesmo! Esse não é o Leo que eu conheço. O meu Leo nesse momento não estaria calado!" Senti meu coração bater mais rápido ao ouvir aquele *meu Leo*, mas nem tive tempo de processar, pois ela continuou: "O Leo de quem eu gostava estaria tagarelando qualquer assunto, tipo que com uma lata de leite condensado dá pra fazer sete dias e meio de brigadeiro para a sua sobremesa!".

Aquilo me derrubou. A frágil armadura que eu estava vestindo se desfez naquele momento ao perceber que ela se lembrava de um assunto bobo que havíamos conversado meses antes.

Sem conseguir me conter, perguntei rindo: "Você chegou a testar quantas vezes a lata de leite condensado dura pra você?".

Ela não compartilhou o meu riso. Ficou ainda mais séria e segurou o meu braço, fazendo com que eu parasse de andar e olhasse para ela.

"Viu só?", ela falou, apontando para o meu peito. "Esse é o Leo! O Leo que tem sempre uma resposta bem-humorada, que sempre me faz rir! Não tente me convencer do contrário, você não vai conseguir."

Ela continuou a andar, e eu fui atrás, pensando em como era bom ter ao lado alguém que me conhecia tão bem, que sabia das minhas manias, que prestava atenção no que eu dizia, que sentia a minha falta... Naquele momento vi que meu plano havia ido por água abaixo, pelo menos em parte. Eu não ia conseguir me afastar dela naquela recuperação. Só me restava torcer para que a semana passasse logo, assim a minha viagem para o Rio chegaria depressa... Era impossível estar no mesmo ambiente que ela e ser indiferente.

Avistamos o ônibus dela se aproximar assim que chegamos ao ponto. Logo que ele parou, a Fani apenas se virou para falar "tchau", mas eu não resisti. Puxei-a pela cintura e a abracei, sentindo meu coração disparar com o simples contato do corpo dela. Ela pareceu surpresa, mas não fez menção de se afastar, muito pelo contrário. Se eu não tivesse falado para ela entrar depressa para não chegar atrasada no almoço, talvez tivesse até perdido o ônibus... E aquilo não teria sido nada mal.

"Vou me lembrar de você na sobremesa!", ela falou, dando uma piscadinha para mim. Em seguida subiu, e eu fiquei parado, olhando para o nada, até que o ônibus dela desaparecesse pelas ruas da cidade.

49

Nash: *É somente nas misteriosas equações do amor que alguma lógica pode ser encontrada. Só estou aqui por sua causa. Você é a razão do meu ser. Você é toda a minha razão.*

(Uma mente brilhante)

Depois daquele dia, eu realmente desisti de lutar contra meus sentimentos. Ainda mais porque a Fani continuou a se aproximar, cada vez mais. Talvez pela iminência do intercâmbio, ela parecia estar querendo matar antecipadamente toda a saudade que sentiria da nossa *amizade...* Então, por não querer magoá-la, resolvi cancelar o meu plano e aceitar a proximidade dela. Por mais que aquilo me doesse.

Por essa razão, acabei aceitando o convite dela para estudarmos juntos no dia seguinte, quando recebemos as notas da primeira prova da recuperação. Ela havia se saído muito bem, tirou total! Eu, por minha vez, apesar de não ter perdido média, não tinha conseguido uma nota muito alta. Surpresa nenhuma, afinal, eu não estava estudando nada. Nas aulas, eu vinha me concentrando em *não* me concentrar na Fani... E à tarde, eu passava todo tempo no clube. Afinal, eu continuava achando aquela recuperação a maior injustiça, então pelo menos durante uma parte do dia eu merecia um pouquinho de férias.

Só que agora eu teria que me esforçar. Imagina se eu tomasse bomba?! Minha mãe ia me matar! Por isso aquele estudo em dupla até que veio em boa hora. Apesar de saber que a presença dela me distrairia, pelo menos eu teria que prestar atenção nos exercícios para rever a matéria.

Havíamos combinado na minha casa às três da tarde. Mal cheguei da aula e comecei a arrumar tudo. Meu quarto estava uma bagunça! Não que ela precisasse entrar lá, mas eu tinha algo em mente... Queria mostrar para ela o meu equipamento de gravar CDs e, assim como quem não quer nada, perguntar se ela tinha escutado recentemente o CD que gravei para ela em seu aniversário. Talvez isso a fizesse ficar com vontade de ouvi-lo novamente e, quem sabe, dessa vez ela perceberia as mensagens que eu quis passar através das músicas...

Eu ainda estava arrumando tudo, quando o Luciano passou pelo corredor e me viu.

"Nossa! O que aconteceu no seu quarto? Pela primeira vez em anos estou conseguindo ver o chão! O que você fez com toda aquela bagunça?"

Simplesmente ignorei e continuei a colocar os CDs em ordem. Mas meu irmão de repente deu uma risada e falou: "Ahhh, entendi! A mamãe falou que a Fani vem aqui estudar com você... Vai me dizer que o estudo vai ser aqui no seu quarto? Pensei que a recuperação de vocês era em Matemática, e não em Química! Ou seria Física?".

Ele então abraçou a si próprio e ficou dando beijos no ar. Eu o empurrei para fora do quarto e fechei a porta com força. O Luciano não tinha nada a ver com a minha vida!

Terminei de arrumar tudo depressa e fui até a cozinha, onde a minha mãe estava. Quando falei que a Fani viria estudar comigo, ela fez questão de preparar uma torta de morango, porque sabia que ela adorava.

"Mamãe, vou tomar banho. Se a Fani chegar, você pode abrir a porta e conversar um pouquinho com ela, por favor? Não vou demorar!"

Minha mãe respondeu que claro que faria isso, mas nesse momento o Luciano apareceu novamente.

"Ah, então além de dar um jeito naquele escarcéu do seu quarto, ainda vai ficar cheiroso pra menina... Puxa, está mais sério do que eu pensava, hein?"

Dessa vez, eu não aguentei.

"Escuta aqui, Luciano, se você insinuar alguma coisa na frente da Fani, eu juro que te mato!", falei, indo para cima dele.

Minha mãe entrou no meio da gente no mesmo instante.

"Pode parar, vocês dois! Leo, seu irmão está brincando, por que está nervoso assim? E, Luciano, que mania de irritar o Leo que você tem! Ele está certo, nada de ficar de insinuações quando a Fani estiver aqui! Os dois são apenas amigos, e ela é muito tímida. Não vai nem colocar os pés aqui em casa mais se você disser algo parecido!"

Eu e meu irmão ainda ficamos nos encarando por uns segundos, mas então minha mãe me empurrou em direção ao banheiro, dizendo: "Pode tomar seu banho sossegado, eu cuido da Fani se ela chegar. E pode ter certeza que o Luciano não vai fazer brincadeira nenhuma, caso contrário não vai ganhar nem uma fatia da torta!".

Meu irmão saiu bufando para o quarto dele, e eu entrei no banho depressa. Não queria deixar a Fani esperando.

Apesar de ter sido rápido, assim que saí notei que ela já tinha chegado. Aquela voz linda já estava enchendo a minha casa de melodia. Vesti a primeira roupa que vi e fui direto para a sala, onde ela e minha mãe estavam conversando. Eu sabia que, se deixasse, as duas ficariam batendo papo a tarde inteira! Não que eu não gostasse disso, eu adorava o fato de a minha mãe e a Fani se darem tão bem. Inconscientemente me lembrei que com a Vanessa era o oposto... Minha mãe tinha ficado com antipatia de cara. Eu não tirava a razão dela, a Vanessa não tinha feito o menor esforço para agradar, muito pelo contrário.

"Mamãe, eu e a Fani temos que estudar. Melhor você deixar pra colocar a conversa em dia numa outra hora...", eu falei, já dando a mão para a Fani, para ajudá-la a se levantar. "Vamos ficar na copa, não faz muito barulho na cozinha, por favor..."

Minha mãe concordou, com ar de aprovação, não sei se pelo estudo ou simplesmente pela imagem de nós dois juntos na frente dela.

Fomos andando para a copa e nos sentamos ao lado um do outro. No começo foi difícil me concentrar na matéria, já que todos os meus sentidos estavam voltados para a Fani. De vez em quando nossos braços ou mãos se encostavam, e eu tinha que fazer o maior esforço para ela não perceber o quanto aquilo me afetava. Acho que, de tanto tentar, acabei conseguindo me concentrar no estudo, porque até me assustei quando o Luciano apareceu na nossa frente, dizendo que já eram cinco da tarde e que estava faminto.

Minha mãe apareceu na sequência.

"Leo, faz um intervalo, meu filho! A Fani também já deve estar morrendo de fome, vou servir um lanche pra vocês!"

"Não se preocupa, dona Maria Carmem!", a Fani falou, se levantando e já fechando o caderno. "Meu pai vem me buscar daqui a pouquinho, não precisa ter trabalho!"

"Trabalho nenhum, meu amor!", a minha mãe replicou. "Fiz aquela torta que você tanto gosta!"

"Pra Fani você faz torta, né?", o Luciano falou meio aborrecido. "E eu que sou seu filho, não mereço?"

Vi que a Fani sorriu sem graça, então eu falei depressa que, enquanto minha mãe colocava a mesa, eu ia levá-la ao meu quarto para mostrar uma coisa.

Chegando lá, vi que ela ficou olhando para todos os lados, prestando atenção em tudo. Agradeci mentalmente o fato de eu ter ficado tanto tempo arrumando o local, mas então a puxei para que ela visse logo o que eu queria mostrar.

"Esse é o meu equipamento de gravar CDs!", falei orgulhoso. "É aqui que eu faço as mixagens. E ali estão todos os meus discos!", apontei para as prateleiras acima de nós.

Ela ficou impressionada com a quantidade, perguntou como eu me lembrava de cada um deles, então mostrei para ela a lista com todos os títulos. Enquanto ela olhava, tive uma ideia. Eu me sentei em frente ao computador e comecei a procurar a pasta onde eu tinha salvado as músicas do CD do aniversário dela. Eu ia colocar uma delas para tocar e casualmente perguntar se ela se lembrava de onde eu tinha gravado aquela canção... Porém, no momento em que cliquei em "Enjoy the silence", minha mãe surgiu na porta.

"Leo, depois você mostra isso pra Fani, meu filho! Vai lá lanchar! Seu irmão vai comer a torta inteira!"

Comecei a dizer que ele podia comer o que quisesse, mas a Fani já estava indo atrás da minha mãe. Ela realmente devia gostar daquela torta... Desliguei a música e em seguida a tela do computador, meio frustrado, mas com esperança de que desse tempo de seguir com o plano depois. Mas logo vi que eu podia esquecer. Ainda estávamos lanchando quando o pai dela ligou, dizendo que já estava chegando.

"Fani, espero que você volte logo, pra gente conversar com calma, num dia em que vocês não tiverem que estudar!", minha mãe falou, já dando beijinhos no rosto dela.

Ela concordou, e eu então falei que ia acompanhá-la até a portaria.

Entramos no elevador ainda falando sobre os estudos, mas o assunto morreu. Ficamos olhando um para o outro, notei que ela estava meio nervosa e com uma expressão sem graça, e então olhou para o chão. Subitamente entendi o que estava acontecendo... Ela tinha percebido meu interesse! Certamente sabia de tudo havia meses... Por isso, depois que coloquei a música no meu quarto, ela levantou tão depressa quando minha mãe apareceu, provavelmente encarou aquilo como uma salvação! E também por essa razão agora estava visivelmente constrangida de estar sozinha comigo em um espaço tão pequeno! O que ela achava, que eu ia agarrá-la à força ou coisa parecida?

Ela levantou o olhar para mim novamente, e então eu soube o que tinha que fazer. Ia contar para ela que ia viajar para o Rio assim que a recuperação acabasse e que ficaria lá até o final de janeiro. Ela não precisava mais se preocupar em ter que aturar a minha presença. Quando eu voltasse, ela já teria viajado de intercâmbio.

"Fani, eu queria te falar..."

Nesse momento o elevador parou, e alguns vizinhos entraram. Com isso não tive a chance de dizer nada.

Chegamos ao térreo, e o pai dela já estava esperando. Então apenas me despedi, desejando ter seguido meu plano original de ter me afastado dela logo depois daquela festa. Agora, além de não conseguir esquecê-la, eu ainda tinha mais uma certeza. Ela sabia dos meus sentimentos. E realmente só me queria como amigo...

50

Vincent: Agora, se você me dá licença, vou pra casa ter um ataque do coração.

(Pulp Fiction)

Finalmente a recuperação acabou! Não tive a menor dificuldade na última prova e fiz questão de passá-la a caneta antes que acontecesse algum problema novamente. Porém, quando já estava terminando de conferir se estava mesmo tudo certo, notei que a Fani estava saindo da sala e pedi para ela me esperar na porta da escola. Apesar de tudo, eu queria me despedir. Ela não sabia ainda, mas aquele era o último dia que nos veríamos até a volta do intercâmbio dela. Eu tinha gostado da minha ideia do dia anterior, de ficar no Rio até ela viajar, ainda mais agora que eu havia percebido como ela se sentia em relação a mim. Para que eu ia prolongar meu sofrimento? Por isso, queria desejar a ela uma boa viagem de uma vez e torcer para que o mar do Rio de Janeiro lavasse a imagem dela da minha cabeça. Que a levasse para bem longe de mim.

Porém, ao sair da escola, vi que não seria tão fácil. A Gabi e a Natália estavam lá, visivelmente felizes por finalmente a amiga ter entrado de férias.

Assim que as cumprimentei, elas contaram que tinham ido buscar a Fani para irem para o clube, e me convidaram para ir também. Normalmente eu teria adorado ver a Fani de biquíni, mas o que eu menos precisava naquele momento era de gerar mais lembranças dela.

Por isso, respondi depressa: "Não vai dar, vou ter que viajar hoje com o meu pai... Mas que bom que vocês vão pro clube com a Fani, ela estudou muito, merece mesmo esfriar a cabeça!".

"Viajar pra onde?", a Gabi perguntou meio indignada.

Fiquei imediatamente sem graça, como se estivesse fazendo algo errado. A Gabi tinha esse poder, ela sempre falava como se estivesse dando uma bronca. Mas eu não devia nada a ninguém, então respondi, embora sem coragem de olhar para a Fani.

"Pra Volta Redonda, meu pai tem que fazer um trabalho lá, e eu vou ajudar. Depois, vamos direto pro Rio, pra passar o Natal e o Réveillon com a minha família."

Dessa vez foi a Natália que me tomou a palavra, perguntando quanto tempo eu ia ficar lá, e também parecendo meio brava. O que estava rolando com essas meninas?

Eu ia responder que ia ficar durante todo o mês de janeiro, mas meu olhar foi atraído para a Fani. O que vi me fez derreter por dentro. Ela estava triste... E, por alguma razão, eu sabia que era comigo, com a minha viagem. Por mais que aquilo tudo me fizesse sofrer, eu não queria que ela também ficasse assim! A culpa era minha! Eu tinha aceitado fazer o papel de melhor amigo, eu tinha fingido me contentar com isso! Não podia, bem agora que ela estava indo sozinha para o outro lado do mundo, abandoná-la. Eu tinha que dar força para ela, até o final.

Por isso, falei meio gaguejando: "Hum… Eu ia passar janeiro inteiro lá… Mas, como a Fani vai viajar, vou tentar voltar a tempo de me despedir dela".

As três ficaram me olhando estáticas por uns segundos. Então de repente descongelaram e começaram a se despedir, me desejando boa viagem. Quer dizer, a Gabi e a Natália. A Fani nem olhou para a minha cara, simplesmente se virou e começou a andar.

"Ei, não vai nem me desejar Feliz Natal, Fani?", falei, sem conseguir me conter e me arrependendo imediatamente. O que eu queria? Eu tinha acabado de informar a ela que talvez nem voltasse para me despedir... Esperava que ela me implorasse para ficar?

Ela parou no mesmo instante e então se virou devagar, me olhando muito séria.

"Leonardo, quando você planejava me contar que ia viajar?"

Aquilo foi como um soco na minha cara. *Leonardo*. A Fani nunca tinha me chamado pelo nome inteiro. Nem no dia em que nos conhecemos!

"Ia te falar ontem, no elevador, mas acabou que não deu e..."

Ela não me esperou terminar. Simplesmente disse: "Tchau, tenha uma ótima viagem". E em seguida se virou novamente e saiu andando com as meninas. Deixando para trás o que sobrou de mim.

51

Chris Gardner: Se você quer alguma
coisa, vá buscar! Ponto final!

(À procura da felicidade)

Os primeiros dias no Rio de Janeiro foram difíceis. Apesar do sol, do mar e do meu primo Luigi – que não parava de inventar programas legais para me distrair – eu não conseguia evitar pensar na Fani. Mais especificamente, no fato de ela ter ficado com raiva de mim. Considerando racionalmente, desse jeito havia sido até melhor, assim eu não precisava me culpar por não ir ao aeroporto me despedir dela. Mas eu me sentia mal mesmo assim.

Tudo piorou no final da semana seguinte. Eu estava começando a não pensar nela o tempo inteiro e até a curtir, quando me lembrei que o resultado da recuperação estava prestes a sair. Liguei para o Rodrigo e pedi para ele passar no colégio e dar uma olhada para mim, já que ele não tinha viajado ainda e o colégio tinha essa regra chata de só informar o resultado pessoalmente. Ele concordou, fiquei de ligar à noite para saber se eu tinha passado – embora eu não tivesse a menor dúvida disso – e fui para a praia, sem pensar mais no assunto.

Porém, quando voltei, às seis da tarde, minha mãe, que tinha chegado uns dias antes, veio depressa em minha direção.

"Leo, filhinho!", ela falou assim que me viu. "A Fani ligou pra cá uma hora atrás!"

Só de ouvir aquele nome meu coração deu um pulo. Mas o pior ainda estava por vir...

"Ela estava na escola de vocês", minha mãe continuou, "e disse que o pessoal de lá se recusou a entregar seu resultado. Aí ela pediu pra eu conversar com a diretora, que me fez enviar uma procuração por fax, acredita? Que burocracia! Mas no final deu certo! Eu falei para a Fani que você ligaria pra ela assim que chegasse da praia, pra saber se passou de ano."

Olhei desanimado para a minha mãe. Será que ela não podia ter perguntado a nota para mim? E que história era essa da Fani ter pegado o resultado? Eu tinha pedido para o Rodrigo fazer isso! Logo agora que eu estava começando a pensar em outras coisas, ia ter que ligar para ela?! Tudo ia voltar! Aquela voz tinha o poder de me tirar do eixo!

Estava prestes a perguntar se, em vez de *eu* telefonar, minha mãe não poderia fazer isso, quando ela completou: "Inclusive, me esqueci de te contar uma coisa! A Fani esteve lá em casa no dia em que você viajou. Ela levou um CD pra você, de Natal, só que esqueci de trazer! Lembra que eu te contei que deixei minha frasqueira no carro do seu irmão? Pois é, o CD estava junto... Pede desculpa pra ela, prometi que te entregaria assim que chegasse aqui!".

Claro que eu me lembrava. Minha mãe falou naquilo por dias, que tinha esquecido uma bolsa de mão no carro do meu irmão mais velho, quando ele tinha levado o Luciano e ela ao aeroporto. Ela pensou que o Lu tinha pegado, e ele pensou o mesmo. Apenas no avião minha mãe deu falta da bolsa, o que, nas palavras dela, "era terrível", já que lá dentro estavam todos os remédios que ela tomava diariamente, o livro que estava lendo... E, agora, eu sabia que também o meu CD.

"Que CD é esse?", perguntei curioso. "Ela não me falou nada sobre isso!"

"Acho que era uma surpresa", minha mãe respondeu meio distraída, já se sentando no sofá para ver a novela. "Não tenho a menor ideia de quem é o artista do CD, estava embrulhado para presente. A Fani passou lá em casa com outras duas meninas, você tinha acabado de sair. A pobrezinha ficou desapontada, queria até ir à empresa do seu pai pra tentar te entregar. Mas, como eu disse que levaria pra você, ela ficou mais tranquila."

Aquilo me deixou curioso. A Fani nunca tinha me dado um CD antes... Meu gosto musical era um pouco diferente do dela. De que banda seria? De repente pensei em uma coisa. Minha mãe disse que ela tinha ido lá no dia em que viajei, ou seja, no último dia da recuperação, quando ela tinha ficado com raiva por eu não ter contado sobre a minha viagem. Será que o CD era para fazer as pazes?

Bem, não importava o motivo, o fato é que agora eu não tinha saída. Eu realmente teria que telefonar para ela, para agradecer. Mas eu ia ser o mais sucinto possível! E também ia ser seco, nada de ficar me derretendo em palavras. Porém, quando ela atendeu, vi que nada daquilo seria possível. A Fani tinha alguma coisa que me fazia ter vontade de conversar e conversar por horas seguidas...

No começo falamos apenas sobre as notas. Descobri que eu tinha passado de ano, e ela também, mas então resolvi mudar de assunto.

"Fani, minha mãe me falou que você comprou um CD pra mim, de Natal. Não precisava…"

Ela ficou um tempo muda, mas logo perguntou: "Ela falou? Como assim? Ela não te entregou?".

Expliquei a história da frasqueira esquecida e fiquei surpreso ao notar o alívio na voz dela, quando disse: "Ah, que ótimo! Pensei que você não tivesse gostado e por isso não tivesse dito nada até hoje...".

"É óbvio que eu vou gostar, Fani! Aliás, já gostei, só de você ter se preocupado comigo. Não precisava comprar nada pra mim..." Percebi que eu estava começando a ficar meloso e falei depressa: "Minha mãe só não soube dizer de que banda era o CD, mas seu gosto musical é ótimo, então vou adorar de qualquer jeito!".

Foi quando ela disse algo que abalou totalmente as minhas estruturas.

"Mas não é de um artista só... Sabe, eu... fiquei influenciada pela sua mania de gravar CDs e resolvi gravar um pra você também! Com músicas que eu mesma escolhi..."

O quê? Ela tinha gravado um CD para mim?

"É sério isso?", perguntei sem acreditar. Ela confirmou, e eu tive vontade de fazer o meu irmão e minha mãe voltarem para BH a pé só para buscarem aquele CD! Eles não podiam ter esquecido logo isso no carro!

De repente notei que eu estava sendo ridículo. Claro que a Fani tinha gravado músicas aleatórias, sem mensagens escondidas! Deviam ser músicas da moda, das quais ela sabia que eu gostava. Provavelmente tinha só copiado uma playlist qualquer da internet.

"Espero que você esteja bem curioso para ouvir as músicas, eu passei um tempão escolhendo cada uma delas, viu?", ela falou, contrariando meus pensamentos. Ela tinha ficado um *tempão* escolhendo músicas? Para mim? Isso era real?

"Ah, me conta o que você gravou, Fani...", falei sem conseguir resistir. "Pelo menos uma..."

"Eu tenho vergonha...", ela falou com uma voz realmente constrangida, mas, ainda que eu não pudesse vê-la, percebi que estava sorrindo do outro lado.

"Vergonha de mim? Por quê?", perguntei sem entender. Nesse momento resolvi me sentar, aquela conversa estava bem mais interessante do que eu poderia imaginar. Só que, no mesmo instante, minha mãe apareceu mandando que eu desligasse, pois estava no telefone fixo da casa da minha tia em uma ligação interurbana. Expliquei para a Fani que a gente teria que conversar depois, mas me despedir dela não era tão fácil assim. Ainda demoramos vários minutos falando sobre assuntos gerais, até que minha mãe pegou a extensão e nos obrigou a terminar imediatamente aquela conversa.

Desliguei com muito pesar, mas continuei a pensar na Fani pelo resto da noite. Somente ao amanhecer, quando vi que não ia mesmo conseguir dormir, me levantei e resolvi ir pra praia. Eu precisava me distrair... Ia enlouquecer se ficasse imaginando quais músicas a Fani tinha gravado para mim!

Mas não adiantou. Meio-dia, quando meu primo chegou à praia do Leblon, ao local onde costumávamos ficar, me encontrou sentado na areia, olhando para o mar.

"Que cara!", ele falou assim que me viu, se sentando ao meu lado.

"Dormi mal...", foi tudo que falei. Eu não estava a fim de conversar.

Ele ficou um tempo calado, e então disse: "Hoje lá em casa, no café da manhã, todo mundo estava preocupado por você ter saído tão cedo. Aí a minha mãe contou que você ficou meio estranho depois de conversar com uma menina no telefone e que provavelmente ela tinha te dado alguma má notícia. O Luciano na mesma hora falou que não tinha nada a ver com o telefonema em si, e sim com a menina pra quem você tinha ligado... Ele falou que você é louco por essa garota e que está triste porque ela vai fazer um intercâmbio de um ano em outro país. É aquela? A que você comentou comigo algumas vezes?".

Apenas respirei fundo. Meu irmão não tinha nada que ficar me expondo para a família inteira! Ele nem mesmo tinha certeza se eu gostava da Fani, era apenas suposição dele, que dizia que eu ficava diferente ao lado dela...

"Leo, não é vergonha nenhuma gostar de alguém!", o Luigi falou, colocando a mão no meu ombro. "Quando comecei a ficar a fim da Marilu, eu também achava que ninguém podia saber, especialmente ela, e fiz tudo ao contrário. Comecei a tratá-la mal para que ela não percebesse, acredita? Até que vi que aquilo só estava a afastando de mim. Ela também estava interessada, mas, por causa do meu jeito, pensou que eu não estava nem aí. Apenas quando uma amiga dela me contou que eu tinha vacilado, porque ela já estava com outro, foi que eu entendi que deveria ter arriscado. Então me declarei imediatamente e acabei descobrindo que ela só estava saindo com o tal garoto pra tentar me esquecer... Começamos a namorar no mesmo dia."

"É complicado, Luigi...", respirei fundo, olhando para o mar. "Eu e a Fani somos muito amigos. Meu medo não é de levar um fora, e sim de perder a amizade dela. Entre não ter nada e ter só a amizade, eu fico com a amizade."

"Mas quem te garante que ela também não gosta de você mais do que como um amigo? Sua mãe no café da manhã falou que vocês dois são loucos um pelo outro e que tem certeza de que isso algum dia ainda vai dar em casamento..."

Meu primo disse aquilo rindo, mas me irritou profundamente. Minha família não tinha nada que ficar discutindo a minha vida amorosa, ainda mais pelas minhas costas!

Comecei a me levantar para dar um mergulho, antes que eu descontasse a raiva no meu primo, mas ele me puxou, fazendo com que eu me sentasse novamente.

"Leo, ninguém da família ficou te zoando, muito pelo contrário! A minha mãe e a sua ficaram falando sobre o quanto você merece uma menina legal, que te faça feliz. Sua mãe acha que aquela garota que você estava namorando, a Vanessa, não te merecia. E ela acha que essa Fani merece. Só isso... Me diz: como você tem tanta certeza de que ela não quer nada mais sério com você, se você acabou de dizer que nunca arriscou?"

"Porque essas coisas a gente sente, Luigi!", falei sem paciência. "A Vanessa, por exemplo. Na nossa primeira conversa ela já começou a me elogiar, a dar em cima, a lançar olhares sedutores... A Fani não é assim. Ela me trata como um amiguinho..."

"Ela te fala de outros caras? Pede conselhos amorosos pra você?"

Me lembrei da paixão da Fani pelo Marquinho. Ela nunca tinha me falado sobre isso diretamente, apesar de ser totalmente perceptível... Mas já tinha um tempo que ela havia desencanado e desde então não parecia estar interessada em mais ninguém.

"Ela é muito tímida pra isso", respondi.

Meu primo balançou a cabeça de um lado pro outro. "Bem, ao meu ver, melhores amigos contam tudo um pro outro... Ainda mais sendo do sexo oposto! Ela certamente te pediria conselhos, pra entender a atitude de algum cara."

"Eu não peço conselhos pra ela!", repliquei.

Ele riu: "Exatamente... Mas você está a fim dela".

Voltei a olhar para o mar. O Luigi não conhecia a Fani. Ela era diferente de qualquer outra menina. Discreta, na dela. Até mesmo misteriosa...

"Tem certeza de que ela nunca deu nenhum sinal de que tivesse algum interesse em você? Se ela é tão tímida, como você diz, pode ter sido muito sutil, a ponto de você nem ter percebido... Ela talvez tenha demonstrado algum ciúme da sua ex? Ou feito algo fora do comum que tenha te surpreendido?"

Tornei a olhar para o meu primo.

"Ciúmes explícitos da Vanessa ela não demonstrou, apesar de ter se afastado completamente de mim durante o tempo em que estive com ela. E ontem fiquei sabendo que ela gravou um CD, com músicas que ela mesma escolheu, e pediu pra minha mãe e o Luciano trazerem pra mim, mas eles se esqueceram... Isso realmente foi inesperado, nunca imaginei que a Fani gravaria músicas pra mim. No aniversário dela, no começo do ano, eu fiz isso, gravei um CD totalmente escancarado, com músicas românticas, cheias de mensagens. Só faltei escrever na capa que eu estava louco por ela!"

"E ela?", ele perguntou curioso.

"Não percebeu nada! O interesse dela é tão nulo que ouviu música por música sem se tocar que eu tinha escolhido uma a uma especialmente pra ela!".

"Ah, mas ela não se tocou *na época...*", ele disse com o dedo levantado, como se tivesse desvendado o mistério. "Como você sabe que ela não escutou o CD recentemente e tudo fez sentido? E talvez por isso ela tenha gravado outro pra você agora, como resposta?"

Ele falou aquilo tão empolgado, e acreditando tanto nas próprias palavras, que eu até fiquei confuso.

"Luigi, isso não faz sentido... Aliás, nada faz sentido! A Fani estava com raiva de mim, ela ficou chateada porque eu falei que ia ficar no Rio até o dia da viagem dela. Na verdade, eu nem vou voltar pra BH até o final de janeiro, só falei que ia pra ela não ficar mais brava ainda..."

Meu primo me olhou como se eu tivesse enlouquecido.

"Você vai conseguir ficar até o fim do mês sem ouvir o tal CD? E não vai se despedir dela também?! Leo, você perdeu completamente a sanidade! Faça um favor pra si mesmo e volte pra BH o mais rápido possível! Algo me diz que você vai se arrepender muito se não fizer isso..."

"Está me mandando embora da sua casa, Luigi?", perguntei, cruzando os braços.

Meu primo balançou a cabeça. "Só estou te mandando ser feliz! Você pode vir pro Rio quando quiser, inclusive pode voltar no dia seguinte ao do embarque dela. Você sabe que meus pais te adoram, por eles você pode até morar aqui!".

Fiquei um tempo calado, pensando nas palavras dele. Sim, eu estava bem curioso para escutar aquele CD, mas eu sabia que, independentemente do que estivesse gravado, ouvi-lo só faria com que eu me apegasse ainda mais a ela, por ter gasto tanto tempo preparando-o para mim. E levá-la ao aeroporto seria ainda pior! Eu definitivamente não queria vê-la partir.

Tentei não pensar mais no que o Luigi havia dito e aproveitar a praia. Porém, ao chegar à casa do meu primo, vi que não seria fácil escapar. Ao checar meu e-mail, encontrei um da Gabi, convidando para uma festa surpresa de despedida que ela faria para a Fani. Ela sabia perfeitamente que eu estava no Rio, mas mesmo assim respondi que eu não poderia ir por essa razão.

Ela escreveu novamente, insistindo, e eu mais uma vez expliquei que não daria, acrescentando que minha família só voltaria para Belo Horizonte no dia 6, exatamente o dia da viagem da Fani. Então não teria como eu estar lá no dia 4, que era a data da festa. Não achei sensato falar que, na verdade, eu não tinha a menor intenção de voltar até o final do mês... Porém, a Gabi respondeu novamente, dizendo que poderia até telefonar para a minha mãe pedindo para eu voltar mais cedo de avião!

Já cansado daquilo e sabendo que minha mãe jamais concordaria, telefonei eu mesmo para a Gabi e coloquei minha mãe na linha. Mas, para minha grande surpresa, minha mãe concordou, dizendo que também achava um absurdo eu não participar da festinha da Fani e que já ia até olhar uma passagem de avião para mim!

Fiquei indignado, mas não por muito tempo. O destino parecia estar do meu lado, pois a maioria dos voos já estavam lotados, e os únicos que tinham vaga estavam extremamente caros!

Expliquei a situação para a Gabi, sem precisar mentir dessa vez, e ela então perguntou se eu poderia ao menos gravar um vídeo, para que ela mostrasse para a Fani no dia da festa. Assim, eu participaria de alguma forma. Topei, afinal, aquilo não seria um problema. Meu primo até tinha uma câmera profissional que poderia me emprestar.

A Gabi finalmente se deu por satisfeita, e aquilo me tranquilizou. A situação tinha se resolvido da melhor forma possível. Era assim que eu ia me despedir da Fani. Através de um vídeo. Ótimo! Eu poderia dar adeus sem que ela estivesse tão perto, a ponto de me fazer perder a cabeça e me declarar. E, talvez, até de me ver chorar...

52

Brendan Harris: Eu a amei muito. Nunca
vou me sentir desse jeito novamente.
Isso não acontece duas vezes.
Sean Devine: Não acontece nem uma
vez, na maioria dos casos...

(Sobre meninos e lobos)

Gravar aquele vídeo não foi nada fácil. Por vários motivos. Primeiro porque meu primo estava filmando, então eu sentia que, por trás da câmera, ele estava analisando cada uma das minhas palavras, desvendando meus sentimentos... E aquilo realmente me deixou desconfortável. Além disso, no meu "discurso de despedida", eu não queria deixar transparecer que estava triste por ela partir. Eu, como melhor amigo, deveria dar força, recomendar que aproveitasse a viagem, ainda que no fundo quisesse exatamente o contrário. Eu já estava com ciúmes das pessoas que ela conheceria, dos lugares por onde ela passaria, de tudo que faria com que ela nem se lembrasse de mim...

Quando finalmente consegui, meu primo deu um tapinha nas minhas costas, dizendo: "Leo, tem certeza de que você não quer mesmo se despedir da Fani pessoalmente? Não tenho a menor dúvida de que seus pais topariam voltar uns dias antes pra BH se você pedisse. Acho que você precisa de um fechamento. Se despedir dela, de certa forma, colocará um ponto final nisso...".

Apenas balancei a cabeça, no fundo sem ter certeza nenhuma. Nada do que eu tinha planejado havia acontecido. Eu pensei que no Rio teria distrações suficientes para que a Fani nem passasse pela minha cabeça... Mas eu estava percebendo que nenhum lugar, nenhuma garota, nada tinha o poder de afastá-la de mim. A presença dela continuava ali dentro do meu peito, cada dia mais forte, em cada minuto da minha vida.

Apesar disso, resolvi seguir o que eu havia programado. Meus pais realmente iam voltar para BH no dia 6, mas eu ia ficar até o final do mês. Depois que a Fani viajasse, tudo seria mais fácil. O complicado seria contar que eu não voltaria a tempo da viagem dela... Ela ficaria chateada, com raiva. Mas eu sabia que o intercâmbio curaria tudo. Em pouco tempo ela nem se lembraria mais de mim.

A virada de ano chegou, e, apesar de eu estar sem muito clima, topei ir com toda a minha família para a praia, onde veríamos os fogos. Além disso, minha mãe, minha tia e minha priminha queriam pular sete ondas e fazer pedidos, o que eu considerava uma superstição boba. Eu poderia pular mil ondas, e ainda assim o meu maior desejo não se realizaria.

Meus tios, assim que chegamos à praia, fizeram questão de marcar um ponto de encontro e um horário. Com a multidão lá presente, eles ficaram com medo dos meus primos, meu irmão e eu nos perdermos. Meu irmão sumiu de cara. Ele tinha marcado de se encontrar com uma garota que havia conhecido uns dias antes e foi direto procurá-la. Secretamente eu o invejava, também gostaria de passar o Ano Novo com alguém especial, em vez de mais uma vez com os meus pais...

Mas parece que não era só eu que pensava assim, pois foi só pisarmos na areia para o Luigi falar para a mãe dele que a gente ia dar uma volta e já sair me puxando. Fiquei meio admirado, olhando para os meus pais e meus tios para ver se eles iam chamar a nossa atenção, mas eles nem ligaram, estavam felizes e leves pela entrada do novo ano.

Quando chegamos a um local onde tinha muita gente jovem, meu primo parou e, para minha surpresa, levantou a blusa e me mostrou uma garrafa de espumante que tinha pegado escondido. Meus tios tinham trazido várias daquela em uma bolsa térmica, para estourar à meia-noite, mas fiquei sem entender como o Luigi tinha conseguido esconder uma sem ninguém notar. E pelo visto meu primo não estava disposto a aguardar a virada do ano. Em um segundo jogou a rolha para cima, bebeu pelo gargalo e entregou a garrafa para mim, dizendo: "Bebe!".

"Como você conseguiu essa garrafa?", perguntei, empurrando-a de volta para ele, que a colocou na minha mão e cruzou os braços, esperando que eu bebesse.

Balancei os ombros e acabei dando um gole. Era Réveillon, que mal ia fazer?

"Ei, bebe direito!", meu primo ralhou quando devolvi a garrafa para ele, após um pequeno gole. "Não aguenta, é?"

Talvez por ele ter dito a última frase com um ar de superioridade e, ao mesmo tempo, me desafiando, tomei a garrafa dele e dei uns cinco goles sem respirar.

"Assim que eu gosto!", o Luigi falou, pegando-a de volta e também dando mais alguns goles. Em seguida a devolveu para mim, que bebi mais um pouco, em parte porque estava muito calor e aquela bebida gelada cheia de bolhas tinha caído bem.

Continuamos a andar mais um pouco e então chegamos a uma parte da praia onde havia um DJ tocando. Chegamos mais perto e fiquei ali prestando atenção nas mixagens, tentando aprender alguma técnica que eu ainda não soubesse. Ser DJ era o meu sonho secreto. Atualmente era apenas um *hobby*, mas no futuro eu realmente gostaria de trabalhar com música.

"Onde está a garrafa?", perguntei para o Luigi depois de um tempo, pois minha garganta estava seca.

"Ué, acabou lá atrás, bebemos tudo!", ele falou, balançando as mãos. "Mas vou resolver isso, me espera aqui!"

Ele foi andando pela multidão e depois de uns dez minutos voltou com dois grandes copos de cerveja. Eu não era muito fã de cerveja, mas tomei sem reclamar. Pouco depois, meu primo trouxe mais um copo, ou mais alguns, e só reparei que eu estava meio tonto quando ele falou que era melhor a gente voltar para onde o pessoal estava, pois já era quase meia-noite, e a nossa família não nos perdoaria se passássemos a virada do ano longe deles.

Começamos a andar de volta para o lugar de onde tínhamos vindo, mas estava bem mais difícil dessa vez, talvez pelo número de pessoas, que parecia ter triplicado de repente! Também é possível que aquela bebida toda tivesse alguma culpa por todos os meus tropeções na areia...

Depois do que pareceram horas, mas que na verdade devem ter sido poucos minutos, avistamos nossos pais.

"Ei, aonde vocês foram?", minha mãe perguntou. "Estava preocupada, já está quase na hora da virada! Querem um pouco de champanhe? Não aguentamos esperar dar meia-noite..." Ela disse, dando um risinho e entregando um copo de plástico para cada. Aceitamos, e ela então completou: "Só um pouquinho, vocês ainda não têm idade para beber!".

Rimos um para o outro e tomamos de um gole só. Meu irmão apareceu logo depois, pegou a garrafa da mão da minha mãe e despistadamente encheu nossos copos. Começamos a rir muito, aquele Réveillon realmente estava melhor do que eu esperava!

Subitamente o Luigi pegou o celular no bolso e falou: "Vou ligar pra Marilu. Quando dá meia-noite, todas as linhas ficam congestionadas porque todo mundo começa a telefonar junto para desejar feliz Ano Novo. Vou fazer isso agora que é mais garantido".

A namorada dele tinha viajado exatamente para BH, pois o pai dela estava sendo transferido para lá. Ele conversou um pouco com ela, desejou feliz Ano Novo, e aquilo fez com que eu involuntariamente me lembrasse da Fani. Como será que estava sendo o Réveillon dela?

"Toma, sua vez!", o Luigi falou, me entregando o telefone. Fiquei olhando sem entender, e ele então completou: "Liga pra sua amiga! Anda! Eu sei que você quer fazer isso, estou vendo na sua cara!".

"Não quero ligar pra ela!", falei, cruzando os braços, mas no fundo sabendo que era exatamente o que eu queria.

"Liga logo, Leo, não perde tempo! Hoje você tem uma desculpa, ela não vai achar que você está apaixonado nem nada parecido! Amigos ligam pra desejar uma boa entrada de ano... E eu sei que você está morrendo de saudade dela!"

Só do Luigi dizer isso, a imagem da Fani preencheu todos os meus pensamentos. Comecei a sentir tanta falta dela que meu peito até doeu... Então, provavelmente por toda aquela bebida ter me deixado meio impulsivo, aceitei o aparelho que ele continuava a segurar na frente do meu rosto e comecei a digitar o número dela. Meu primo só faltou bater palmas e não saiu do meu lado, talvez com medo de que eu desistisse e jogasse o celular dele no mar.

O telefone chamou algumas vezes, e eu já estava a ponto de desistir quando a voz mais linda de todas atendeu. Pelo barulho, ela estava em um lugar bem movimentado...

"Fani, queria ser o primeiro a te desejar feliz Ano Novo!", falei gritando para ela me ouvir.

Ela respondeu alguma coisa, mas o barulho realmente estava muito alto, tanto do lado dela quanto do meu, então eu só fiquei dizendo: "Fani, Fani? Está me ouvindo?".

O Luigi, do meu lado, começou a me dizer para andar rápido e me declarar logo, porque já ia dar meia-noite e a ligação provavelmente ia cair pelo congestionamento de linhas.

Virei de costas para ele e continuei falando: "Eu acho que você nem está me ouvindo, mas só queria dizer que eu gostaria de estar aí do seu lado, pra te dar um beijão!". Achando que tinha falado demais, completei depressa: "De Réveillon...".

"Isso é o melhor que você pode fazer?", meu primo começou a gritar do meu lado. "Me dá esse telefone aqui, vou resolver esse problema pra você!"

"Você não vai fazer nada!", comecei a brigar com o Luigi, segurando com força o celular, mas ele conseguiu tomá-lo da minha mão.

"Fani, paixão da vida do Leo!", ele falou, rindo, ao telefone. "Vem tomar champanhe com a gente aqui na praia!"

Eu o empurrei e consegui recuperar o celular antes que ele falasse mais alguma coisa.

"Fani, você ainda está aí?", perguntei várias vezes. "Fani? Fani?"

Nesse momento a contagem regressiva começou, e eu não consegui ouvir mais nada. Olhei para o visor do telefone e vi que a ligação tinha caído. Tentei ligar novamente, mas logo notei que o que o Luigi havia dito era real, a chamada simplesmente não completava, o tráfego de ligações devia estar muito grande naquele momento.

Devolvi o telefone e fui andando sem rumo, no minuto exato em que os fogos de artifício começaram. Eu não deveria ter ligado! O que ela estaria pensando sobre as palavras do meu primo? Além disso, eu tinha ficado morrendo de saudades, com vontade de conversar muito mais...

O Luigi me alcançou em poucos segundos.

"Ei, Leo, aonde você vai? Feliz Ano Novo!", ele disse, me abraçando.

Controlando um ímpeto de brigar com ele, apenas assenti, continuando a andar em seguida.

"Leo, você ficou com raiva?", ele me segurou. "Cara, a Fani nem ouviu o que eu falei! O barulho estava muito alto! E você pode falar que eu estava bêbado, que sou louco, sei lá, pode inventar qualquer coisa!" Eu sabia que ele estava certo, mas eu não queria dar o braço a torcer. Ele então completou: "Puxa, me desculpa? Não sabia que você ia ficar desse jeito".

Talvez por não estar acostumado com as pessoas me pedindo desculpas, ou pela vibração do início do novo ano, puxei meu primo e o abracei. Ficamos assim por um tempo, e quando nos afastamos senti lágrimas nos meus olhos.

"Você está chorando?!", o Luigi perguntou preocupado. Fiz que "não" com a cabeça, tentando enxugar o rosto sem que ele visse. "Está sim! É por causa da Fani, né?"

Neguei novamente, mas, ao sentir mais lágrimas, acabei assentindo.

"Eu gosto muito dela...", assumi pela primeira vez em voz alta. "Eu não queria que ela fosse embora."

O Luigi ficou me analisando um pouquinho e então falou: "Você precisa se despedir dela. Faça esse favor a você mesmo. Senão vai ficar o ano inteiro arrependido... Às vezes, dizer adeus é tudo que a gente precisa para conseguir seguir em frente".

Fiquei pensando no que ele tinha falado, mas nesse momento minha mãe apareceu atrás de nós.

"Ei, vocês dois! Por que tão antissociais? Não quiseram passar a virada com a gente?" Olhamos juntos para ela, que de repente franziu a testa: "Leo, você está chorando?".

O Luigi respondeu por mim rapidamente: "Acho que nós dois ficamos meio emocionados com os fogos!".

Aquilo era tão ridículo que eu até ri. Quem fica emocionado por causa de fogos de artifício?

"Ah, que gracinha!", minha mãe falou, nos abraçando. "Vocês me puxaram, eu também chorei de emoção com todas aquelas luzes lindas e com o prenúncio de um ano novinho em folha."

Bem, talvez aquilo não fosse tão ridículo assim...

Começamos a andar de volta para onde o resto da família estava, mas parei de repente e falei: "Mãe, tenho um pedido de Ano Novo pra te fazer...".

Ela e o Luigi me olharam com curiosidade, e então eu disse: "Você se importa de viajar pra BH um dia antes? Eu resolvi voltar com vocês... E, como a Fani vai viajar dia 6, gostaria de ter um tempo pra me despedir dela".

Vi que o Luigi sorriu em aprovação, e a minha mãe ficou me olhando por um tempinho, talvez percebendo que, no fim das contas, aquelas lágrimas não tinham nada a ver com a virada do ano.

Ela balançou a cabeça, dizendo: "Claro, Leo. Seu pai não vai se importar. Eu tenho te achado meio triste, acho que voltar pra casa pode te fazer bem. E eu também acho que você deve se despedir da Fani. Com calma...".

Eu então a abracei e senti que o novo ano não seria nada fácil... Mas, com a ajuda da minha família e dos meus amigos, tudo ia acabar bem.

De: Vanessa <vanessaamo@mail.com.br>
Para: Leonardo <soueuoleo@gmail.com>
Enviada: 01 de janeiro, 13:37
Assunto: Ano Novo

Oi, gatinho! Como você tem se recusado a atender meus telefonemas, resolvi te mandar um e-mail, assim você pode ler o que eu tenho pra te dizer.

Senti muito a sua falta ontem no Réveillon! Apesar de ter vários garotos aqui em Angra doidos para me beijar à meia-noite, era a sua boca que eu queria. Será que não podemos esquecer os problemas que tivemos? Eu realmente gostaria de começar esse novo ano reatando o nosso namoro. O Rafael não significou nada pra mim, eu juro, você nem precisava ter ficado com ciúme! Até deletei o número dele do meu celular. Já o seu número continua nos favoritos...

Você vai me dar mais uma chance, né?

Milhões de beijos e feliz Ano Novo!

Vanessa

De: Fani <fanifani@gmail.com>
Para: Vários <undisclosed recipients>
Enviada: 01 de janeiro, 16:05
Assunto: Despedida

Oi, gente!
Como sabem, no dia 6 de janeiro vou mudar de cenário... Estou animada, mas a parte difícil vai ser ficar longe de vocês por um ano. Por isso, se puderem ir ao aeroporto para me dar um último abraço, ficarei muito feliz, vai ser como levar um pouquinho de vocês na mala! Se não der, não se preocupem, eu vou entender. E sempre teremos as redes sociais para driblar um pouquinho a saudade...
Aproveitando, feliz Ano Novo para todos vocês! Que os próximos 365 dias sejam perfeitos como um filme com final feliz!
Beijos!

Fani

53

Max: She loves you!
Yeah, yeah, yeah!*
(Across the universe)

A distância entre o Rio e BH nunca foi tão grande. Meu pai concordou de voltarmos um dia antes, mas com a condição de que só saíssemos à tarde, para podermos ir uma última vez à praia e almoçarmos com meus tios. Além disso, a estrada estava muito cheia, assim, já eram quase sete da noite quando chegamos.

Mal entrei em casa e já perguntei para a minha mãe onde estava o CD que a Fani tinha mandado para mim. Ela teve que procurar onde o Luiz Cláudio tinha colocado a tal frasqueira. Quando a achou e a abriu, vi com alívio que o CD estava lá. Ele se parecia muito com o que eu tinha gravado para ela, mas a capinha era rosa, em vez de azul.

Eu o segurei como se estivesse carregando a própria Fani, e então fui para o meu quarto. Fechei a porta devagar, me sentei na cama e comecei a olhar os títulos das músicas, que ela tinha escrito à mão na capa do CD.

---

* Ela te ama! Sim, sim, sim!

De: Fani
Para: Leo

CD - Músicas Nacionais Eternas
(Para o Leo escutar e lembrar de mim pra sempre...)

1. Preciso dizer que te amo (Cazuza)
2. Ando meio desligado (Rita Lee)
3. Me liga (Paralamas do Sucesso)
4. Fico assim sem você (versão Adriana Calcanhoto)
5. Amor I love you (Marisa Monte)
6. Este seu olhar (Tom Jobim)
7. Eu te amo você (versão Patrícia Coelho)
8. Seja como for (No Voice)
9. Velha infância (Tribalistas)
10. Três lados (Skank)
11. Só tinha de ser com você (versão Elis Regina)
12. Certas coisas (Lulu Santos)
13. Se enamora (Balão Mágico)

No primeiro título, meu coração parou. "Preciso dizer que te amo"? Tive que me segurar para não colocar o CD para tocar imediatamente, mas continuei a olhar a lista de músicas. Fiquei muito confuso! Aquele era um CD de amor, não havia a menor dúvida! A Fani tinha me dito ao telefone que passara muito tempo escolhendo cada uma das músicas... Ela não escolheria treze canções românticas aleatoriamente!

Respirei fundo, peguei o meu CD player, coloquei-o ao lado da cama, liguei nele o fone de ouvido e me deitei. E então ouvi cada uma daquelas músicas, prestando muita atenção às letras. A princípio eu estava sério, mas ao chegar na última, "Se enamora", eu já estava sorrindo sozinho, olhando para o teto... Eu não ouvia aquela música desde a minha infância e fiquei surpreso com a letra. Eu poderia ter gravado aquela para ela, era tudo que eu queria dizer: *"Quando você chega na classe, nem sabe quanta diferença que faz..."*.

Bem, acho que agora ela sabia. Mas então... Ela sentia o *mesmo*? Aquelas músicas não deixavam dúvida, cada letra era uma declaração de amor! Aquilo queria dizer que ela também gostava de mim?

Eu tinha acabado de colocar o CD para tocar mais uma vez quando minha mãe bateu na porta.

"Leo, acabei de ver que tem uma chamada não atendida da Fani no meu celular. Você retorna pra ela?"

Concordei rápido, já me levantando para pegar o telefone fixo, para não correr o risco de ela ligar novamente para o celular da minha mãe. Eu não queria que ela soubesse que eu já estava em BH.

Liguei para a casa dela, e o Alberto atendeu. Após poucos segundos de papo furado, ele chamou a Fani.

Foi tão diferente ouvir a voz dela depois de escutar aquele CD... Ela parecia ainda mais melodiosa, e agora eu percebia coisas que não tinha notado antes. Ela estava mais tímida do que o normal? E parecia também um pouco ansiosa...

"Oi, Leo!", ela falou meio sem graça, e logo vi que devia ter gente por perto.

"Oi, Fani", respondi, me segurando para não contar que eu tinha acabado de ouvir o CD inteiro e para perguntar se aquilo tudo era real, se ela não queria cancelar aquela viagem estúpida e se casar comigo naquele dia mesmo!

"Hum, eu te liguei um pouco mais cedo. Quer dizer, liguei pro celular da sua mãe, já que você não viajou com o seu..."

"Ela me falou... Por isso estou retornando."

Ok, talvez eu tenha sido um pouco frio demais, mas eu estava realmente me esforçando para não deixar meus sentimentos transparecerem.

"Só queria saber se você vai conseguir mesmo chegar a tempo de ir ao aeroporto. Eu recebi o vídeo que você mandou, obrigada! Mas fiquei com muita saudade... E queria muito me despedir de você. *Pessoalmente.*"

Eu me sentei na cama e fiquei acariciando a capa do CD, como se fosse o rosto dela. Subitamente tudo fazia sentido... Ela também havia me ligado no dia daquela festa da escola e deixado escapar que gostaria que eu estivesse lá. E teve aquela dança... E depois, na recuperação, quando eu me afastei, e ela ficou tão incomodada. E também a raiva que ela demonstrou no dia em que eu disse que iria para o Rio e só voltaria em cima da viagem dela! Ela certamente teria dado um jeito de me contar sobre seus sentimentos antes, se eu não tivesse inventado de ir para longe... Aliás, ela arrumou um jeito, gravou aquele CD! Mas pelo visto o destino não queria que eu descobrisse isso a tempo. Eu nem teria viajado se tivesse escutado aquelas músicas antes.

"Eu também estou. Com saudade", falei, tentando não passar muita emoção. "E não se preocupe, vamos sair daqui do Rio de madrugada, seu voo é só no final da tarde, te garanto que vou chegar a tempo."

"Ah, que ótimo!", ela falou parecendo realmente feliz.

"Hum, então tá", falei depressa, com receio de que de alguma forma ela descobrisse a minha mentira e percebesse que eu já estava em BH. "Tenho que desligar, você sabe como minha mãe é chata com essa questão de interurbanos..."

"Claro!", ela falou depressa. "Até amanhã... Um beijo!"

"Outro..."

Desliguei, mas continuei olhando para o telefone. Algum tempo depois me deitei novamente e comecei a pensar. O que aconteceria se eu contasse para ela que tinha ouvido o CD e perguntasse se a minha suposição de que ela também gostava de mim – mais do que como um amigo – era real? O que eu faria se ela dissesse que sim? Certamente um beijo ia acontecer, mas eu sabia que aquele beijo despertaria a vontade de muitos beijos mais, de ficar com ela o tempo todo... Mas isso não podia acontecer! Em menos de 24 horas ela iria para a Inglaterra. Nós ficaríamos a 8.850 km de distância um do outro. Eu já estava sofrendo antes, pensando que estava apaixonado sozinho... Imagina agora? Se um beijo acontecesse, se ela falasse que realmente gostava de mim, eu não ia aguentar ficar um ano sem ela! Eu ia enlouquecer imaginando o que ela estaria fazendo longe de mim durante os próximos doze meses!

De repente algo me veio à cabeça. Eu estava sendo extremamente egoísta! A questão não era o que eu sentiria, e sim ela! Se iniciássemos um romance antes de sua partida, que impacto isso teria na Fani durante o intercâmbio? Eu conhecia a minha *amiga* muito bem... Ela era sentimental, emotiva... E amava filmes dramáticos, daqueles em que sempre acontece uma reviravolta no final! E, por mais que eu quisesse que ela desistisse daquela viagem e ficasse comigo em BH, eu sabia que aquilo não seria bom. Ela passaria o resto da vida pensando no que perdeu, e eu me sentiria culpado para sempre. E, mesmo que ela não desistisse de nada, que ela viajasse de qualquer jeito, ela não iria inteira. Ela não aproveitaria da mesma forma. Uma parte dela permaneceria aqui.

Não, eu não ia permitir isso.

Fui até a minha escrivaninha, peguei um caderno e comecei a escrever tudo o que eu queria dizer.

Querida Fani,
Nesse momento, você deve estar passando por cima da minha cabeça, nos ares. Eu devo estar olhando para cima e pensando: "Lá vai o meu amor".

Vou te contar uma historinha, que um dia — se você virar (e eu tenho certeza de que você vai) uma roteirista de cinema bem famosa — você pode transformar em um desses filmes de amorzinho de que você gosta tanto.

Parei, contemplando a parte já escrita. Eu achava a minha letra muito feia! E se ela não entendesse? Ou perdesse a paciência? Corri para o computador, era lá que eu ia escrever o restante da carta. Respirei fundo olhando para a tela e então comecei a contar a nossa história, como se fosse um conto de fadas...

✳✳✳

Era uma vez um Menino que era amigo de um monte de gente. Certo dia, apareceu na vida dele uma Menina que não era amiga de quase ninguém, que gostava de dizer que qualidade era mais importante do que quantidade, mas que achou que aquele Menino fosse digno dos tais poucos amigos que ela contava nos dedos da sua mão direita.

Os dois se tornaram inseparáveis, e o Menino percebeu que os momentos mais coloridos da vida dele eram passados ao lado dela. Ele começou a ter vontade de passar mais e mais tempo com aquela Menina e passou a fazer de tudo para que ela notasse isso (gravou músicas, escreveu declarações de amor anônimas...), só que nada adiantou.

Depois de reparar muito, ele descobriu que ela não percebia o amor dele porque não era com ele que a Menina queria ficar, mas sim com um outro cara, mais velho, que não tinha nada a ver com ela. O Menino ficou com muita raiva. Ele queria bater naquele cara, mas não queria que a Menina descobrisse que ele sabia da paixão secreta dela.

O Menino percebeu que tinha que esperar que a Menina descobrisse por ela mesma que o tal cara não prestava. Só que, nessa espera, apareceu uma outra menina na vida do Menino, e ele pensou que talvez ela pudesse fazer com que ele se esquecesse da Menina.

Quando a Menina finalmente entendeu que aquela paixão dela não valia a pena, o Menino pulou de alegria, apesar de ter ficado triste pelo fato dela estar sofrendo. Acontece que, a essa altura, ele já estava com a outra menina e, como ela era muito ciumenta, não deixava que ele chegasse muito perto para consolar a Menina, como ele gostaria.

Um belo dia (diz-se dia, mas na verdade era noite), aconteceu um baile. O Menino não queria ir, mas a Menina fez o Menino sentir como seria importante para ela se ele fosse... Então ele foi, mas chegando lá percebeu duas coisas.

A primeira ele já sabia: que a menina com quem ele estava não merecia que ele passasse nem mais um segundo ao lado dela. E a segunda coisa – que ele também sabia, mas não tinha ideia de que era tanto – era que ele estava (sempre tinha sido) apaixonado por aquela Menina, que era bem mais do que uma amiga aos olhos dele.

Ele acordou no dia seguinte àquela festa muito triste e chegou à conclusão de que deveria se afastar dela a todo custo, não só porque ser apenas amigo era muito ruim, mas porque, em pouco tempo, ela ia viajar para terras distantes, e, já que ele teria que ficar sem ela mesmo, era melhor que se acostumasse logo com essa ideia.

Só que, quanto mais ele se distanciava, mais ela se aproximava. Ela não tinha ideia de como estava sendo difícil para ele tratá-la com tanta indiferença. Mas mesmo assim ele não sucumbiu e deu um jeito de ir para longe.

Mas o acaso não quis de jeito nenhum deixar que o Menino seguisse o plano dele. A Menina deu sinal de vida do lado de lá, e ele tremeu nas bases do lado de cá. Derreteu-se completamente, mas ainda assim tentou cumprir a resolução de só encontrá-la no último dia, para uma rápida despedida.

Só que ele não contava com uma surpresa. E que surpresa! A Menina criou para ele um presente, em formato de embrulho quadradinho. Quando ele abriu, saíram chocolates, estrelas, corações, balas... Todas as coisas deliciosas que ele sempre quis dela, mas que já tinha perdido a esperança de receber. O presente dela encheu a vida dele de melodia.

Ele passou a noite em claro, ouvindo todas aquelas músicas, repetidas vezes, sem cansar, sorrindo para o teto, como se ele tivesse sido o premiado de um grande sorteio. E era assim que ele se sentia. Ganhar o amor daquela Menina era o melhor prêmio que ele poderia desejar.

Mas, de repente, o Menino entristeceu-se.

Não era justo que ele fosse egoísta a ponto de querer viver aquela felicidade naquele momento, naquele exato instante em que a Menina estava indo conhecer outros mundos. Se ele já tinha esperado tanto tempo, poderia esperar um pouco mais... Um ano a mais.

Ele não queria que a Menina fosse viajar triste, imaginando o que estaria deixando para trás.

Ele queria só o bem dela. Ele queria que ela fosse tão feliz quanto o fazia.

Sendo assim, o Menino bolou um plano. Ele ia fazer de conta de que não sabia de nada, porque quando ela descobrisse a verdade – por uma carta que ele ia entregar – ela já estaria distante e teria várias novidades que não deixariam que ela ficasse pensando nele.

O único porém é que ele não aguentaria vê-la indo embora. Então ele resolveu se despedir antes. Para que a imagem dela na cabeça dele ficasse sempre aquela.

Da Menina linda que entrou na vida do Menino para encher tudo de cor.

✳✳✳✳✳✳✳✳✳✳✳✳✳✳✳✳✳✳✳✳✳✳✳✳✳✳✳✳✳✳✳✳✳✳✳✳✳✳

Fanizinha, o resto da história, acho que você já imagina. Cheguei em casa ontem do Rio e fui direto ouvir o seu presente.

Eu te adoro, sempre adorei, mas não contava que esse CD fosse me dizer que isso era recíproco. É recíproco? Ainda não consigo acreditar... Posso estar sendo bobo, enxergando o que eu quero ver, deixando a minha imaginação tomar conta, mas estou apostando no meu coração e tentando me convencer de que isso tudo pode ser real.

Desculpe-me mais uma vez por não ir ao aeroporto. Eu não queria chorar na frente de todo mundo. Nem te fazer chorar.

Me faz um favor? Aproveita muuuito a sua viagem, faça com que ela compense o tempo que a gente vai ter que ficar separado. Curta tudo, seja feliz, para que você volte ainda mais linda do que já é.

Um ano passa muito rápido.

E eu vou estar aqui te esperando.

Te adoro. Lembre-se sempre disso.

Um milhão de beijos.

Leo

Reli tudo várias vezes e coloquei em um envelope. Eu ia entregar aquela carta pessoalmente, mas pediria que ela só lesse quando já estivesse no avião. Era um risco, ela poderia ler antes, mas minha intuição dizia que ela atenderia ao meu pedido.

Em seguida, fui até o meu equipamento de som e comecei a procurar músicas que continham apenas um tema: *saudade*. Agora eu sabia que ela entenderia de primeira todas as mensagens que aquela trilha sonora pretendia passar.

Já eram quase onze da noite quando acabei. De repente me lembrei de algo. Eu havia ficado de ir com o Rodrigo e a Priscila para o aeroporto. Telefonei para ele, mesmo sendo tarde, e avisei que eu não ia precisar mais da carona. Eu iria de carro, porque depois teria que ir direto para a empresa do meu pai. Ele pareceu meio surpreso, e eu me senti totalmente culpado por estar mentindo para o meu melhor amigo. Bem, depois eu explicaria tudo para ele. Se falasse agora, ele acabaria contado para a Priscila, e eu sabia perfeitamente que ela revelaria tudo para a Fani.

Só então me deitei e coloquei o CD dela para tocar novamente. Da primeira vez, aquelas músicas tinham me deixado muito feliz. "Eufórico" seria uma palavra mais adequada. Mas agora elas estavam causando o efeito oposto. Eu estava triste. Arrasado. Agora, mais do que nunca, eu não sabia como aguentaria viver sem ela perto de mim...

54

Leo: Como você olha para a
mulher que ama e diz a si mesmo
que é hora de partir?

(Para sempre)

Cheguei à casa da Fani sem avisar. Achei melhor assim, seria uma visita rápida, eu não queria que ela ficasse ansiosa me esperando. Antes, passei em uma floricultura e comprei uma rosa cor de chá. Uma vez, no colégio, ela esqueceu a agenda aberta em cima da mesa durante o intervalo entre uma aula e outra. Em dez segundos, consegui ver que ela estava respondendo a um questionário de preferências, parecido com o que a Natália tinha me mandado uma vez. Ela já havia preenchido algumas lacunas, e uma delas era exatamente sobre sua flor predileta. E lá estava: *rosas-chá*. Eu nem sabia que rosa era essa, mas pesquisei e anotei mentalmente que em algum momento eu daria uma daquelas para ela. A hora havia chegado.

O pai dela abriu a porta e falou que eu podia entrar, a Fani estava no quarto, terminando de arrumar as últimas coisas. Ao chegar lá, a encontrei equilibrando uma caixa pesada acima da cabeça, tentando colocá-la em cima do armário. Corri para ajudá-la, mas quase atrapalhei! Ela tomou um susto tão grande que a caixa quase veio a baixo.

"Não acredito que deu tempo! Você conseguiu chegar!", ela falou com um sorriso lindo e com os olhos tão brilhantes que poderiam iluminar a madrugada mais escura.

Tive vontade de abraçá-la, mas, se eu fizesse isso, não a soltaria nunca mais. Por isso falei depressa: "Fani, vim aqui mais cedo porque preciso te dizer que eu não vou poder ir ao aeroporto".

Ela me olhou, a princípio meio rindo, como se aquilo fosse algum tipo de brincadeira, mas, ao ver que eu estava falando sério, fechou a cara no mesmo instante.

"Mas... como assim? Você está aqui! Você conseguiu chegar a tempo!", ela falou, se aproximando mais de mim.

Dei um passo para trás antes de contar minha historinha inventada. Expliquei que o meu pai tinha exigido que eu trabalhasse naquele dia, já que durante todo o período da recuperação eu não havia aparecido na empresa. E, além disso, por estarmos tantos dias fora, tudo devia estar desorganizado, e ele precisaria muito da minha ajuda.

Enquanto eu falava, vi que os olhos dela se encheram d'água, e eu estava vendo o momento em que ela ia começar a chorar. Se isso acontecesse, eu não ia aguentar, acabaria revelando que era tudo mentira, que eu não queria que ela ficasse triste... Mas eu estava fazendo aquilo exatamente para que a tristeza dela (e também a minha) fosse menor.

"Vim direto do Rio pra cá, nem fui em casa", fiz questão de dizer, pois queria que ela pensasse que eu não tinha escutado o CD. "Eu queria passar o máximo de tempo possível com você..."

Não consegui dizer mais nada, porque ela realmente começou a chorar. Eu a abracei, sentindo muita vontade de chorar também. Mas eu tinha que ir até o fim.

"Olha, trouxe umas coisas", falei, entregando a sacola onde tinha colocado a flor, o CD e a carta. "É pra você não se esquecer de mim!"

Ela foi tirando um a um e, quando chegou na carta, começou a abrir o envelope. Segurei a mão dela e pedi para que ela só lesse no avião, e que também só escutasse o CD quando já estivesse do outro lado do mundo.

Ela prometeu que faria isso, e então nós ficamos um tempinho só olhando um para o outro, sem dizer nada. As lágrimas dela não paravam de cair, e por dentro eu não parava de me perguntar se estava mesmo fazendo a coisa certa.

De repente a mãe dela apareceu na porta. Ela conversou por um tempo comigo e em seguida começou a arrumar alguma coisa na bolsa da Fani. Pouco depois o pai dela também chegou, o telefone disparou a tocar, a sobrinha apareceu querendo ver o que tinha dentro das malas... Eu fiquei lá no meio me sentindo totalmente fora de lugar. Mais do que isso, me sentindo um estorvo, pois estava bem claro que a Fani ainda tinha muita coisa para fazer antes de viajar, e eu estava ali roubando o tempo dela.

Por isso, falei: "Fani, não quero atrapalhar. Só vim mesmo para me despedir de você".

A mãe dela fez a maior cara de aprovação, mas a Fani só faltou começar a chorar de novo.

"Não precisa ir! Você não falou que ia ficar aqui até a hora de ir trabalhar? Eu não tenho mais nada pra fazer. Fica mais, por favor..."

Quase concordei, mas naquele instante o telefone voltou a tocar, e ela se afastou para atender. Era a Gabi. Nesse meio tempo, a diarista apareceu perguntando a que horas poderia servir o almoço, e a mãe dela respondeu que ia depender do tempo que a Fani levaria para terminar *tudo* que ainda tinha para fazer, olhando feio pra mim...

Por esse motivo, assim que ela desligou o telefone, me aproximei e expliquei que precisava mesmo ir embora. Ela acabou concordando, nitidamente contrariada, e então fomos andando pelo apartamento. Prestei atenção a cada detalhe, sabendo que ficaria pelo menos um ano sem voltar àquele lugar...

Assim que chegamos à sala, ela abriu a porta de saída e ficou mirando o chão, como se olhar para mim doesse ou coisa parecida.

"Fani, eu...", comecei a me despedir, mas o Alberto apareceu nesse momento, com uma máquina fotográfica profissional na mão.

"Abraça a Fani, Leo! Estou fazendo um curso de fotografia e vou aproveitar pra registrar toda a despedida dela no aeroporto, mas estou começando desde já!"

Normalmente eu a teria puxado para mim, feito cócegas para ela rir, atrapalhado seu cabelo para que ela saísse descabelada na foto... Mas agora tudo tinha mudado. Antes, eu era o melhor amigo dela, e aquele era o meu papel. Agora, que eu sabia que era algo mais, fazer aquilo me parecia errado. Eu queria abraçá-la de verdade. Como um namorado, e não como um amiguinho.

Quando dei por mim, a própria Fani já estava me puxando pela cintura, para que eu me aproximasse, por isso passei rapidamente meu braço sobre o ombro dela e dei um sorriso forçado, ainda que sem a menor vontade de sorrir.

O Alberto tirou a foto e foi em direção aos quartos, então aproveitei para dizer: "Fani, tenho mesmo que ir... Desculpe, eu queria ter ficado mais tempo aqui, mas sua mãe está certa, você precisa terminar de se arrumar".

Ela não respondeu nada, só voltou a olhar para o chão, talvez em uma tentativa de que eu não visse a enorme quantidade de lágrimas no rosto dela naquele momento.

"Ô, Fanizinha...", eu falei, a abraçando apertado, dessa vez pra valer, como eu queria ter feito na hora da foto. Ficamos assim durante algum tempo, sentindo nossos corpos colados. Eu podia praticamente escutar o coração dela batendo e até comecei a achar que o meu plano era um erro... Eu queria beijar aquela menina mais que qualquer coisa na vida, não importando se, com isso, eu estragasse tudo, e se depois a gente sofresse muito mais... Tudo que eu queria era senti-la ainda mais perto de mim.

Eu me afastei bem devagar e olhei para o seu rosto. Ela correspondeu ao olhar, e pude ler em sua expressão que tudo aquilo era mesmo verdade, ela realmente gostava de mim! Sem conseguir me conter, passei a mão pelo cabelo dela e a pousei na nuca. Então, a puxei bem lentamente, sentindo meu coração bater cada vez mais rápido à medida que a boca dela se aproximava da minha.

Só que, exatamente naquele momento, ouvimos passos. E na sequência várias pessoas apareceram: o pai, o irmão, a empregada... Então desviei a rota rapidamente e deixei que meu beijo acertasse a bochecha dela.

Meio zonzo, fui em direção ao elevador, e só consegui dizer: "Se cuida, Fani... Me manda um e-mail assim que chegar lá, quero saber de tudo, tá?".

"Vou escrever todos os dias...", ela respondeu com um olhar triste.

E entrei depressa no elevador, antes que desistisse e corresse novamente para os braços dela.

Apenas ao chegar lá embaixo, senti que eu estava prendendo a respiração. Respirei fundo e não fiquei surpreso ao notar as várias lágrimas que vieram na sequência. Saí depressa, mas ainda fiquei na frente do prédio dela por uns segundos, remoendo aquele sentimento. Então dei uma última olhada para cima, para a janela do quarto dela, e em seguida acenei para um táxi que passava.

A dor que eu estava sentindo naquele momento era muito pior do que eu havia previsto. Era muito difícil saber que eu estava abandonando o futuro que a gente poderia ter.

Vincent: Um ano é muito tempo.
Irene: Não tanto assim... Apenas
uma volta em torno do sol.

(Gattaca)

Eu estava na empresa do meu pai, sentado na sala dele, olhando pela janela, mas sem realmente ver alguma coisa. Da casa da Fani eu tinha ido direto para lá, não porque o meu pai tivesse exigido, como eu disse para a Fani. Aliás, ele só havia passado na empresa de manhã e até já tinha ido embora, pois ainda estava cansado da viagem. Mas eu estava lá porque queria ocupar a minha mente de todas as formas possíveis. Se eu ficasse em casa, certamente fecharia a porta e as janelas, e passaria o dia escutando repetidamente o CD que a Fani havia gravado para mim... E eu já estava triste o suficiente sem fazer isso.

De repente, a secretária bateu na porta e começou a dizer que tinha alguém querendo falar comigo, mas a tal pessoa entrou antes que ela terminasse de anunciá-la. Até me levantei, tamanha a surpresa! Era quem eu menos esperava ver ali naquele momento: a Gabi.

"Pelo visto você não está fazendo nada importante, né?", ela olhou para a mesa e viu que ali só tinha uma folha em branco. "Vamos logo! A Natália está lá embaixo com o pai dela, ele vai levar a gente pro aeroporto."

Fiquei parado, só olhando para ela, tentando arrumar uma desculpa. Então falei meio gaguejando: "Não posso, uns fornecedores vão chegar daqui a pouco. Meu pai não está aqui para receber e...".

"Seu pai falou que você pode ir com a gente!", a Gabi disse, já me puxando. "Eu liguei pra sua casa e conversei com ele, que até achou estranho você ter vindo trabalhar, ele pensou que você só viria na segunda-feira... Que eficiência, hein, Leo?"

Ela falou aquela última frase com ironia, mas a secretária, que ainda estava atrás dela, na mesma hora concordou, dizendo: "Ah, sim, o Leo é supereficiente e esforçado! Mas acho que se enganou, não vem nenhum fornecedor hoje...". E, se virando para mim, completou, como se estivesse me dando uma ótima notícia: "Seu pai passou todas as pendências para a semana que vem. Você pode ir sem problema. Se aparecer alguém, eu recebo!".

Sorri amarelo, com vontade de mandá-la cuidar da própria vida, mas a Gabi já estava atrás de mim, me empurrando. E, quando dei por mim, eu já estava na calçada. A Natália e o pai dela fizeram sinal para que a gente se apressasse, então a Gabi abriu a porta, dizendo que, se eu continuasse a andar tão devagar, íamos chegar lá quando a Fani já estivesse dentro do avião. Aquilo não seria de todo mal, mas só me restou acatar. Eu não tinha mais desculpas, não poderia simplesmente falar que eu não queria ir...

Conformado, durante o percurso até o aeroporto, fui me preparando mentalmente para tudo que eu queria evitar: a despedida final. Uma coisa era ir embora da casa dela. Outra era vê-la entrar em uma sala de embarque e voar para bem longe de mim...

Por mais que eu desejasse que o trajeto demorasse uma eternidade, para mim, aqueles cinquenta minutos mais pareceram cinco. O pai da Natália nos deixou bem na entrada do *check-in* e foi estacionar o carro. Logo avistamos os pais da Fani.

"Ah, que bom que vocês chegaram!", o pai dela falou, vindo depressa em nossa direção. "A Fani desapareceu! Estamos sem saber se ela entrou na sala de embarque sem falar com ninguém ou se desistiu de viajar e foi embora de alguma forma!" Aquela última possibilidade me animou um pouco. Eu ia adorar se ela tivesse mesmo desistido, apesar de me sentir culpado de ter aquele sentimento.

"Esses incompetentes do aeroporto não deixam ninguém entrar na sala de embarque pra verificar...", a mãe dela falou, parecendo bem nervosa. "Gabi, você sabe de alguma coisa? Leo?" Eu e a Gabi balançamos a cabeça depressa. A mãe dela começou a chorar, como se fôssemos sua última esperança, mas então a Natália perguntou: "E as malas? Ela as despachou? Não acredito que a Fani deixaria que as malas viajassem sozinhas. Se tiver despachado, ela deve estar aqui em algum lugar. E duvido que tenha embarcado sem se despedir".

"Despachou, sim...", o pai respondeu. "Mas ela estava com a mala de mão, onde tinha colocado o passaporte, dinheiro e outras coisas importantes."

"Ela só deve estar no banheiro!", a Gabi falou impaciente.

"Você acha que não foi o primeiro lugar em que procuramos?", a mãe dela respondeu meio brava.

"Mas tem vários banheiros aqui!", a Gabi retrucou. "E ela pode ter ido fazer um lanche também..."

Pelo olhar dos pais dela, notamos que eles já tinham procurado em todos os lugares. Mesmo assim, a Natália falou que íamos olhar no aeroporto inteiro novamente, e saiu me puxando por uma mão e a Gabi, pela outra.

"Não duvido que a Fani tenha desistido...", a Gabi falou quando saímos da vista deles. "Ela deveria ter feito isso muito antes!"

"Ela não teria coragem de desistir...", a Natália discordou. "A Fani é muito sensata, tem gente na Inglaterra esperando por ela, o pai dela gastou a maior grana com as passagens... E ela não faria todo mundo vir até aqui pra simplesmente falar que não ia viajar mais."

"Acho que a Natália está certa...", constatei meio desanimado. Por mais que eu quisesse a outra opção, eu sabia que a Fani não era de desistir.

"Então ela está escondida por algum motivo. Vamos encontrá-la!", a Gabi falou e começou a dar ordens sobre os lugares onde devíamos procurar.

Entramos em todas as lojas, nos banheiros, nos bancos, nos restaurantes, procuramos também nos outros andares e terminais... Quando finalmente desistimos e estávamos voltando para o local onde a família dela estava, perto da sala de embarque, avistamos o Rodrigo e a Priscila em frente à livraria.

"Já estão sabendo que a Fani sumiu?", a Gabi perguntou meio esbaforida.

O Rodrigo disse que sim, mas a Priscila apenas assentiu. Pela expressão dela, vi de cara que sabia de alguma coisa que não tinha revelado.

"Pri, o que você está escondendo?", perguntei depressa.

"Eu?", ela perguntou, mostrando as mãos, com cara de assustada. "Nada!"

A Natália e a Gabi na mesma hora se voltaram para ela, mas foi o Rodrigo quem falou: "Pri, eu vi quando você e a Fani saíram correndo do banheiro. Foi depois disso que ela desapareceu... Você sabe onde ela está e não me contou?!".

"Eu não sei de nada!", a Pri falou alto. Mas todo mundo percebeu no ato que ela sabia de tudo!

"Priscila, a mãe dela está chorando, desesperada, pensando que a Fani fugiu ou que foi raptada! Isso é sério!", a Natália falou, praticamente chorando também, enquanto pegava a mão da amiga. "Diz logo onde ela está!"

A Priscila mordeu o lábio, ainda parecendo indecisa, mas então revirou os olhos e falou quase sussurrando: "A Fani está logo ali, em um pequeno vão depois da escada rolante". Ela apontou para um local bem perto de onde estávamos. "Ela tinha que resolver um assunto pendente..."

Ela falou essa última frase olhando para mim, e eu estremeci só de pensar no que aquelas palavras significavam.

A Gabi saiu correndo, e a Natália foi atrás, mas, depois de dois passos, voltou e me puxou, exigindo que eu fosse junto.

"Fala pra Fani que já vou avisar pra família dela onde ela está, pra eles não ficarem mais preocupados!", ainda ouvi a Priscila gritar. Mas então passamos pela tal escada rolante e vimos o local onde ela devia estar escondida. Um beco, que parecia ter apenas um almoxarifado.

"Ela está aqui!", a Gabi gritou, entrando rápido no local.

A Fani estava sentada e, ao ver a amiga, se levantou assustada, parecendo estar meio perdida, como se estivesse sido sacudida de um sonho.

"A gente te procurou pelo aeroporto inteiro!", a Natália disse, também se aproximando. "Achamos que você tivesse entrado na sala de embarque sem se despedir de ninguém!"

Subitamente se dando conta de que tinha causado preocupação nas pessoas, ela fez menção de sair dali, mas então nossos olhares se encontraram. E foi como se ela estivesse me vendo pela primeira vez na vida...

Ficamos uns segundos nos encarando, mas acabei abaixando o meu olhar, porque fui atraído para algo que ela estava segurando. Uma carta. A *minha* carta.

A Gabi e a Natália a abraçaram e ficaram falando várias coisas com ela, mas eu não escutei mais nada. Só conseguia pensar que agora ela sabia de tudo. E pelo visto não estava assustada, nem com vontade de sair correndo, como tantas vezes pensei que ela fosse fazer caso soubesse dos meus sentimentos.

Para completar, ela me olhou fixamente e disse: "Muito obrigada por terem *obrigado* esse menino a vir se despedir de mim".

Eu a encarei de volta, mas bem nesse momento ouvimos uma confusão de vozes chegando cada vez mais perto. A Priscila estava tentando a todo custo impedir a família dela de se aproximar. Acho que a Natália resolveu ajudá-la, porque ela saiu puxando a Gabi, que ficou olhando da Fani para mim como se não estivesse entendendo nada...

Assim que nos vimos sozinhos, a Fani respirou fundo e disse: "Desculpa, eu quebrei minha promessa...". Eu sabia que ela estava falando sobre o meu pedido de ler a carta só depois de partir. "Mas é que, de repente, eu me toquei de que essa carta poderia ter a cena final do meu *script* e que, se eu não a lesse a tempo, o final poderia não ser tão feliz quanto merecia..."

Ela então lançou um sorrisinho tímido para mim. E me olhou de um jeito que eu nunca tinha visto antes.

Sem resistir, sorri também e falei: "Pena que não deu pra você ouvir o CD junto... O filme tem uma trilha sonora, sabe?".

Ela abriu ainda mais o sorriso, e aquilo foi a deixa para eu me aproximar, sentindo meu coração bater tão forte e tão dolorido ao mesmo tempo.

"Fani, tinha tanta coisa que eu queria te falar, te perguntar..."

"A gente vai ter muito tempo", ela falou depressa, olhando para trás. Vi a mãe dela a chamando, e as meninas com muita dificuldade em impedi-la de chegar perto de onde estávamos. E então, balançando a carta, ela falou: "*Um ano passa muito rápido... Se você for mesmo me esperar...*".

Ela estava se referindo a algo que eu tinha escrito, e apenas balancei a cabeça. Será que ela tinha alguma dúvida? Cheguei mais perto ainda e falei baixinho: "Se você disser que vale a pena esperar...".

Ela franziu as sobrancelhas e disse, me provocando: "Por que não valeria?".

Tive vontade de sequestrá-la! Eu não podia acreditar que a Fani estava realmente flertando comigo. Ela, a garota com quem eu havia sonhado durante o ano inteiro, que eu pensava que só queria a minha amizade... Agora ela estava ali, sorrindo só para mim, me dizendo coisas com o olhar que eu pensava que só viveria na minha imaginação.

"O final desse filme vai ser feliz?", perguntei, usando mais uma metáfora cinematográfica, pois sabia que ela ia gostar.

"Final?", ela perguntou sorrindo. "Acho que a felicidade vai ser no começo, no meio... E de final é o que eu menos quero saber, por mim não precisa terminar!"

Sem conseguir resistir, comecei a passar a mão pelo cabelo dela, pelo rosto... E, quando vi que ela deu um suspiro, eu já sabia que não tinha mais como parar. Era como se um imã atraísse a boca dela para a minha. Mas eu sabia também que nós estávamos com a maior plateia! Por isso olhei para trás rapidamente e, em seguida, para a Fani. Os pais e os irmãos dela estavam a poucos metros de nós, e eu precisava saber o que ela ia achar do que eu estava prestes a fazer, bem ali na frente deles.

A Fani, porém, deu de ombros, e pela expressão vi que não se importava nem um pouco. Bem, se ela não ligava, eu é que não ia ligar! Então, sem aguentar nem mais um segundo, a puxei para mim.

Quando a boca dela se encostou na minha, parecia que nós já havíamos feito aquilo mais de mil vezes. Tudo se encaixou. Era como se aquele beijo fosse predestinado. Como se durante a minha vida inteira o meu corpo estivesse se preparado para aquele momento.

Nem sei quanto tempo se passou, porque estava tão bom que eu não queria parar nunca mais. Fiquei até meio enciumado, porque a Fani beijava muito bem! Onde ela tinha aprendido a beijar daquele jeito?

Apesar de querer continuar ali pelo resto do dia, uma parte bem pequena da minha consciência me avisou que o pai dela devia estar me odiando por estar tão colado à filha dele assim. Então me afastei bem devagar, e vi que ela estava com um sorriso ainda mais lindo... E por minha causa! Quase a beijei de novo, mas a família dela inteira se aproximou, todo mundo dizendo que estava na hora do embarque, que ela ia acabar perdendo o voo...

Por isso, apenas apertei a mão dela e me afastei, dando espaço para as outras pessoas.

Me aproximei do Rodrigo, que estava atrás de todo mundo, e ele só balançou a cabeça sorrindo, mas, em seguida, deu um tapinha nas minhas costas. Eu sabia que ele estava admirado com o beijo, e também me dando força pelo que viria a seguir.

Todo mundo foi andando devagar em direção à entrada da sala de embarque, e tive a sensação de que eu estava em um funeral... O momento que eu menos queria presenciar havia chegado. Eu tinha tentado fugir, me esconder, mas agora eu precisava viver aquilo. Por aquele beijo eu faria isso de novo mil vezes.

A Fani começou a se despedir de todo mundo, e percebi que não era só eu que estava me sentindo em um velório. Praticamente todo mundo estava com os olhos inchados e vermelhos.

Ouvi quando o alto-falante anunciou o voo dela. Respirei fundo, sem parar de olhá-la nem por um segundo. Queria aproveitar enquanto podia, pois sabia que a saudade não seria fácil.

Ela terminou a sessão de despedida e lançou um último olhar para mim. Estava com o rosto todo inchado, e eu tive vontade de chorar também, mas me segurei. Em vez disso, dei um sorriso, para dar força. Ela então fez sinal para que eu me aproximasse e, mesmo completamente sem graça, já que o pai e a mãe dela estavam bem ao lado, obedeci.

Assim que cheguei perto, ela jogou os braços sobre os meus ombros e começou a chorar ainda mais. Respirei fundo, a abracei forte e falei em seu ouvido, para que só ela escutasse: "Eu vou te esperar... O filme está apenas começando".

Notei que ela precisava ouvir aquilo, pois abriu o maior sorriso em meio às lágrimas. Sorri de volta, dei mais um beijinho rápido nos lábios dela e tornei a me afastar.

Ela enxugou as lágrimas, ainda sorrindo, deu um último aceno para todo mundo e então entrou na sala de embarque.

Naquele momento eu não aguentei e senti uma lágrima escorrer pela minha bochecha. Eu a esfreguei com força, desejando ir embora o mais rápido possível. Eu realmente precisava ficar sozinho.

Por sorte, o pai da Natália estava com pressa. Nos despedimos de todo mundo e, em poucos minutos, estávamos dentro do carro.

Já na saída do aeroporto, vi pela janela um avião, que devia ser o dela, levantando voo. Fiquei olhando até que ele sumisse no horizonte, e então repeti mentalmente, torcendo para que ela me escutasse lá do alto, por telepatia:

"Eu prometo que vou te esperar. O nosso filme está apenas começando..."

Epílogo

De: Leo — Para: Fani
CD — Me deixe só... até a hora de voltar.

1. Lucky — Jason Mraz e Colbie Caillat
2. Here without you — 3 Doors Down
3. Você — Paralamas do Sucesso
4. Please don't go — Double You
5. Love song — 311
6. O que eu sempre quis — Leoni
7. I promised myself — Nick Kamen
8. Far away — Nickelback
9. Grão de amor — Marisa Monte e Arnaldo Antunes
10. Right here waiting — Richard Marx
11. Wherever you will go — The Calling

Red: Alguns pássaros não devem viver na gaiola. Suas penas brilham demais. Quando voam para longe, a nossa parte que sabe que é um pecado trancá-los se alegra. Mas, ainda assim, onde moramos fica muito mais vazio e monótono quando eles se vão.

(Um sonho de liberdade)

LEIA TAMBÉM

FAZENDO MEU FILME 1
A ESTREIA DE FANI
336 páginas

FAZENDO MEU FILME 2
FANI NA TERRA DA
RAINHA
328 páginas

FAZENDO MEU FILME 3
O ROTEIRO INESPERADO
DE FANI
424 páginas

FAZENDO MEU FILME 4
FANI EM BUSCA DO
FINAL FELIZ
608 páginas

**MINHA VIDA FORA
DE SÉRIE**
1ª TEMPORADA
408 páginas

**MINHA VIDA FORA
DE SÉRIE**
2ª TEMPORADA
424 páginas

**MINHA VIDA FORA
DE SÉRIE**
3ª TEMPORADA
424 páginas

**MINHA VIDA FORA
DE SÉRIE**
4ª TEMPORADA
448 páginas

**FAZENDO MEU FILME
EM QUADRINHOS 1**
ANTES DO FILME COMEÇAR
80 páginas

**FAZENDO MEU FILME
EM QUADRINHOS 2**
AZAR NO JOGO,
SORTE NO AMOR?
88 páginas

**FAZENDO MEU FILME
EM QUADRINHOS 3**
NÃO DOU, NÃO EMPRESTO,
NÃO VENDO!
88 páginas

**APAIXONADA
POR PALAVRAS**
160 páginas

**APAIXONADA
POR HISTÓRIAS**
176 páginas

UM ANO INESQUECÍVEL
400 páginas

CONFISSÃO
80 páginas